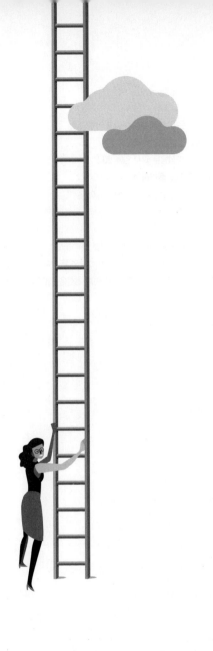

*sweet
forgiveness*

지은이 **로리 넬슨 스필먼** Lori Nelson Spielman

로리 넬슨 스필먼은 미시건 주에서 나고 자랐으며,
글을 쓰기 전에는 언어치료사와
생활지도 상담자, 가정방문 교사 일을 했다.
달리기와 여행, 독서를 좋아하며,
글쓰기는 그녀가 가장 열정을 갖고 하는 일이다.
그녀의 첫 번째 소설인 《라이프 리스트》(2015년, 나무옆의자)는
30여 개국에서 출간되었다.

특히 이 작품은 독일, 이스라엘, 대만 등지에서 종합베스트셀러 1위를 기록하였고,
미국 폭스사에서 영화화가 결정되기도 했다. 이 책 《달콤한 용서》는 그녀의 두 번째 소설이며,
지금 현재 그녀는 미시건 주에서 남편과 고양이와 함께 살면서 세 번째 소설을 집필하고 있다.

로리 넬슨 스필먼 소설 최유리 옮김

달콤한 용서

sweet
forgiveness

아름드리미디어

이 책을 빌에게 바친다.

용서한다는 것은 죄수를 자유롭게 하는 것이고,

그 죄수가 바로 자신이었음을 깨닫는 것이다.

－루이스 B. 스미디스(Lewis B. Smedes)

1

그러니까 피오나 놀스가 책을 썼다는 것이다. 믿을 수가 없다. 그녀는 이제 떠오르는 스타다. 용서 전문가! 얼마나 아이러니한가. 그녀의 사진을 자세히 들여다보니, 짧은 커트 머리에 작고 둥근 코를 가진 여전히 귀여운 얼굴이다. 또 순진무구한 미소에 눈은 더 이상 냉소적이지 않다. 그런 데다가 그녀의 얼굴을 보는 것만으로도 내 가슴은 여전히 쿵쾅거리지 않는가!

나는 피오나의 얼굴이 실린 신문을 거실 테이블에 내던졌다. 하지만 금방 다시 신문을 집어들고 기사를 읽어 내려갔다.

수치스런 당신의 과거를 고백하라

뉴올리언스 《타임스─피카윤》

브리안 모스 기자

사과로 옛 상처를 치유할 수 있는가? 아니면 비밀로 그냥 덮어두는 게 더 나은가?

미시건 주 로열 오크에 사는 서른네 살의 변호사 피오나 놀스에 따르면, 내면의 평화를 이루기 위해서는 과거의 잘못을 수정하는 것이 결정적인 디딤돌이 된다고 한다.

놀스는 말한다. "우리의 수치를 고백하려면 용기가 필요하다. 우리들 대부분은 자신의 약점을 드러내는 것을 불편해한다. 대신 우리는 죄의식을 마음속에 쌓아두고 그 안에 숨겨진 것이 무엇인지 영원히 아무도 보지 않기를 바란다. 수치를 내려놓아 우리를 자유롭게 하자."

그리고 놀스는 2013년 봄, 35통에 달하는 사과 편지를 써서 부치는 것으로 자신의 이론을 시험했다. 그녀는 편지봉투 안에 그녀가 '용서의 돌'이라 이름 붙인 자갈 두 개가 든 주머니를 함께 넣었다. 그 두 개의 돌은 편지를 받는 사람더러 편지를 보낸 사람을 용서해주고, 자신도 다른 사람에게 용서를 구하라는 두 가지 메시지를 담고 있다.

"나는 사람들이 일종의 의무감을 가지고 필사적으로 속죄할 구실을 찾고 있다는 걸 알았다. 민들레 씨앗처럼 이제 용서의 돌은 바람을 타고 옮겨다니고 있다."

바람 덕분인지, 아니면 놀스가 대중매체를 잘 활용한 덕분인지는 알 수 없지만, 용서의 돌이 정곡을 찌른 건 분명한 것 같다. 지금까지 약 40만 개에 달하는 용서의 돌이 사람들 사이를 돌아다니고 있는 것으로 추산되고 있다.

놀스는 자신이 새로 출간한 《용서의 돌》을 홍보하기 위해 4월 24일 옥타비아 서점에서 독자들과의 만남을 가질 계획이다.

휴대폰 알람이 갑자기 울려 나는 화들짝 놀랐다. 4시 45분, 일하러 가야 할 시간이다. 나는 떨리는 손으로 그 신문을 토드백에 집어넣었다. 그러고는 열쇠와 아직 커피가 남은 머그잔을 손에 들고 현관으로 향했다.

3시간 후, 지난주에 경고 등급을 받은 방송 장면들을 검토하고, 오늘의 핫이슈인 '적절한 자가 선탠 법' 관련 정보들을 간단하게 암기한 뒤 나는 내 사무실 겸 분장실 의자에 앉아 있다. 내 머리에는 헤어롤들이 감겨 있고, 입고 있는 '오늘의 의상'은 가운으로 가려져 있다. 하루 일과 중에서 가장 마음에 들지 않는 시간이다. 사람들은 카메라 앞에 선 지 10년이나 되었으니 충분히 익숙해졌을 거라 생각하지만, 분장을 하려면 맨 얼굴 상태여야 한다. 나는 이럴 때마다 환한 조명 아래에서 어떤 낯선 이가 수영복으로 갈아입는 내 모습을 지켜보는 것 같은 느낌이 든다. 나는 다른 상황이었다면 땀구멍 정도로 넘어갔을 내 코의 움푹 패인 곳을 제이드가 확인하거나, 야구라도 하고 있나 싶은 다크서클을 확인할 때마다 제이드에게 사과를 하곤 한다. 한 번은 어찌나 미안한지 제이드의 손에서 파우더

브러시를 빼앗아 내 턱에 있는 마우나로아 화산 크기만 한 여드름을 가려야 하는 끔찍하고 불가능한 제이드의 과세를 함께 나누려고 해본 적도 있다. 아빠가 말했듯이 여자의 얼굴이 민낯이기를 신이 바랐다면, 신은 마스카라를 창조하지 않았을 것이다.

제이드가 마법을 부리는 동안, 나는 한 무더기의 우편물을 훑어보고 있었다. 그런데 거기에서 그 편지를 발견한 순간, 심장이 철렁하면서 얼어붙고 말았다. 우편물 더미 중간에 끼인 그 봉투는 오른쪽 윗부분만 드러나 있었다. 봉투에 찍힌 크고 둥근 시카고 소인이 나를 고문했다.

맙소사, 잭, 이미 충분하다고! 우리가 헤어진 지 벌써 1년이 지났잖아.

그에게 괜찮다, 용서한다는 말을 얼마나 많이 해줘야 하는 걸까? 나는 우체국 소인이 보이지 않도록 편지들을 정돈해서 내 앞에 있는 선반 위에 올려놓고 서둘러 노트북 컴퓨터를 열었다.

잭 루소에 대한 잡다한 생각들을 떨쳐내려고 애쓰면서 나는 이메일을 소리내어 읽었다.

"친애하는 한나, 남편과 나는 아침마다 당신 쇼를 본답니다. 남편은 당신이 아주 잘하고 있다면서 다음번 케이티 쿠릭(미국의 저명한 앵커우먼–옮긴이)은 당신이 될 거라고 말합니다."

"얼굴 들어요, 쿠릭 양."

눈썹연필로 내 눈썹을 다듬던 제이드가 지시했다.

"아하, 케이티 쿠릭 빼기 수백만 달러 빼기 엄청난 수의 팬들이라면."

거기에다 아주 멋진 딸들과 완벽한 새 남편도 빼앗겠지…….

"너도 그렇게 될 거야."

제이드가 워낙 확신에 찬 어투로 말하는 바람에 나는 아주 잠깐 그 말을 믿을 뻔했다. 제이드는 오늘따라 유별나게 예뻐 보였다. 그녀는 거칠고 뻣뻣한 레게머리를 위로 질끈 묶고 있었는데, 그렇게 하니 묘하게 그녀의 검은 눈과 주름 없는 갈색 피부가 돋보였다. 레깅스를 신은 그녀의 다리를 덮고 있는 검은 작업복 주머니에는 다양한 넓이와 각도의 브러시와 펜슬들이 가득 담겨 있다.

제이드가 끝이 납작한 브러시로 아이라이너를 섞는 걸 보고 나는 다시 메일을 읽었다.

"개인적으로 나는 케이티가 너무 과대평가되어 있다고 생각해요. 내가 좋아하는 앵커는 호다 코트브(미국 유명 방송 토크쇼 〈투데이 쇼〉 진행자─옮긴이)랍니다. 요즘 그 여자 재미있잖아요."

"이런! 뒤통수를 치는군."

제이드의 재치 있는 논평에 나는 웃으며 계속 소리내어 읽었다.

"남편은 당신이 이혼했을 거라고 해요. 나는 당신이 미혼이라고 주장하고요. 누구 말이 맞나요?"

나는 노트북 키보드에 손가락을 올려 소리내어 말하면서 타이핑을 했다.

"친애하는 닉슨 부인, 〈한나 파 쇼〉를 지켜봐주셔서 정말 고맙습니다. 새로운 시즌도 즐겁게 시청해주시길 바랍니다. (그런데 호다가 아주 재미있다는 데는…… 저도 동의합니다.) 항상 좋은 일이 함께하시기를 바라며, 한나가."

"헤이, 그 아줌마 질문에 대답 안 했잖아."

나는 거울 속의 제이드를 쏘아보았다. 제이드는 머리를 저으면서, 아이섀도 팔레트를 쥐었다.

"물론 너는 안 하겠지만."

"난 점잖은 사람이라고."

"항상 그랬지. 그런데 내 말은 너무 점잖다는 거야."

"정말? 지난주 쇼에 나온, 내가 질문할 때마다 단답형으로만 답하던 그 건방진 요리사 게스트한테 그렇게 투덜거렸는데도? 시청률에 그렇게 전전긍긍하는데도? 거기다가, 맙소사, 클라우디아도 있어." 나는 제이드에게로 얼굴을 돌렸다. "스튜어트가 클라우디아를 내 쇼의 공동 진행자로 삼으려 한다는 얘기, 내가 했던가? 난 이제 퇴물이 되어가고 있어."

"눈 감아."

제이드가 내 눈꺼풀에 아이섀도를 발랐다.

"클라우디아는 이 도시에 온 지 고작 6주밖에 안 됐는데 벌써 나보다 유명해졌어."

"말도 안 돼! 너는 이미 우리 도시를 대표하는 사람이야. 그렇다고 클라우디아 캠벨이 네 자리를 빼앗으려는 시도 자체를 막지는 못하겠지만 말이야. 이번 사태에서 왠지 안 좋은 기운이 느껴져."

"나는 그렇게까지는 못 느끼지만, 클라우디아가 야심을 가지는 건 좋아. 하지만 그녀의 진짜 속내를 모르겠어. 그리고 내가 걱정하는 건 스튜어트야. 그는 모든 걸 시청률과 연결시키는데, 최근에 내 쇼의 시청률은⋯⋯."

"쉬잇. 나도 알아. 하지만 시청률은 다시 오를 거야. 내가 말하고 싶은 건, 단지 뒤통수를 조심할 필요가 있다는 거지. 클라우디아는 승자가 되는 데 익숙한 사람이야. 뉴욕 WNBC 방송국 출신의 떠오르는 스타가 아침방송 앵커 같은 별 볼일 없는 자리에 만족할 리가 없어."

방송 저널리즘에도 서열이란 게 있다. 우리들 대부분은 오전 5시 뉴스 생방송을 하는 것으로 경력을 쌓기 시작한다. 이건 두 명의 시청자를 위해 새벽 3시에 일어나야 한다는 의미다. 내가 운 좋게 주말 앵커로 진출했던 것도 사람을 녹초로 만드는 이런 끔찍한 업무를 9개월이나 겪고 나서였다. 얼마 안 있어 다시 옮긴 정오 뉴스 앵커 자리는 4년 동안 유지했다. 물론 가장 영광스런 자리는 저녁 뉴스 앵커가 되는 것이다. 내 경우는 정말 때마침 이 일이 일어났다. 저녁 뉴스 앵커였던 로버트 제이콥스가 WNO에서 은퇴했던 것이다. 아니, 소문대로라면 은퇴를 강요당했고, 프리실라가 그 자리를 내게 제안했다. 그 뒤 시청률이 치솟았다.

곧이어 내 스케줄은 밤낮으로 꽉 차게 되었다. 나는 자선행사의 호스트가 되기도 하고, 경매행사에서 사회자 역할을 하기도 하고, 프로모션을 추진하기도 했다. 놀랍게도 나로서는 지금까지도 이해가 잘 안 되는 일이지만, 나는 지역의 유명인사가 되었다. 게다가 나의 빠른 승진은 저녁 뉴스 앵커로 끝나지 않았다. 그들의 표현으로는 크레센트 시가 '한나 파와 사랑에 빠진' 덕분에 2년 전부터는 내 개인 쇼─장담하지만, 대다수 저널리스트들이 이를 위해서라면 목숨까지도 걸 수 있다─를 진행하는 특권도 부여받았다.

"선샤인, 네게도 털어놓고 싶지는 않지만, 〈한나 파 쇼〉가 그렇게 굉장한 건 아니지."

내 말에 제이드가 어깨를 으쓱했다.

"내가 보기엔 루이지애나 주에서 최고야. 클라우디아라면 절대 이런 사실을 놓치지 않을걸? 그녀가 여기에 계속 있어야 한다면, 그녀가 만족할 일자리는 딱 하나밖에 없어. 바로 네 자리."

제이드의 휴대폰이 울렸다. 발신번호를 확인한 그녀가 물었다.

"전화 좀 받아도 되지?"

"아, 물론이지."

나는 그 방해가 반가웠다. 클라우디아에 대해 더 이상 말하고 싶지가 않았다. 그녀는 눈부신 금발인 데다가 결정적으로 나보다 열 살이나 어리다. 그녀의 약혼자는 하고많은 곳 중에서 허필이면 뉴올리언스에 살지? 그러고 보니 젊고 재기발랄한 데다 약혼자까지 있네! 어느 모로 보나 클라우디아는 나보다 한 수 위야. 인맥까지 포함해서.

통화하는 제이드의 목소리가 점점 더 커지고 있었다.

"진심이야? 아빠는 웨스트 제퍼슨 메모리얼 병원에 예약이 되어 있단 말이야. 어제 내가 말했잖아."

속이 뒤틀리는 기분이다. 제이드의 통화 상대는 이제 곧 전남편(혹은 제이드의 호칭에 따르면 개자식 나리)이 될 마르쿠스였다. 마르쿠스와 제이드에게는 열두 살짜리 아들이 있다.

나는 노트북 컴퓨터를 닫고 선반에서 아까 그 우편물 뭉치를 집었다. 제이드에게 시간 여유를 더 주기 위해. 봉투들을 뒤적이며 예의 그 시카고 우체국 소인이 찍힌 편지를 찾았다. 보나마나 잭의 사과 편지일 테지. 그 편지를 읽고 나면, 나는 지금 행복하니 걱정 말고 자신의 인생을 살라는 내용으로 답장을 보낼 것이다. 생각만 해도 맥빠지는 일이다.

그 봉투를 찾아 뭉치에서 빼냈다. 그런데 왼편 상단에 적힌 주소가 잭 루소의 주소가 아니었다. WCHI 방송국이 보낸 편지였다.

잭이 보내지 않았다는 걸 확인하자 안도감이 밀려들었다.

친애하는 한나

지난달 댈러스에서 당신을 만날 수 있어서 기뻤습니다. NAB컨퍼런스에서 했던 당신의 연설은 인상적이고 감명 깊었습니다.

그때 당신에게 언급했듯이, 우리 WCHI는 새로운 아침 토크쇼로 〈굿모닝 시카고〉를 준비하고 있습니다. 〈한나 파 쇼〉처럼 〈굿모닝 시카고〉의 주요 시청자도 여성들일 것으로 예상합니다. 이따금 장난스럽고 재미있는 부분들도 있겠지만, 〈굿모닝 시카고〉는 정치와 문학, 예술, 국제문제 등을 포함하여 어느 정도 무게 있는 주제들을 다루려고 합니다.

지금 우리는 이 쇼의 호스트를 물색하고 있는데, 당신과도 이 문제를 이야기해볼 수 있으면 좋겠습니다. 만약 관심이 있으시면, 인터뷰 과정과 데모 테이프, 그리고 오리지널 에피소드가 있는 제안서를 보내주시면 좋겠습니다.

진심을 담아서

WCHI 부회장 제임스 피터스.

우아! NAB(미국 방송협회 - 옮긴이) 컨퍼런스에서 그가 내 옆자리에 앉았던 이유가 있었어. 제임스가 내 쇼를 본 거야. 그래서 내 쇼의 시청률이 떨어지고 있는 걸 알고 있지만, 기회만 제대로 주어지면 아마 충분히 잘해낼 거라고 말했던 거야. 어쩌면 이게 제임스가 말했던 바로 그 기회일지 몰라. 게다가 WCHI가 오리지널 에피소드 아이디어를 원한다니, 얼마나 신선해? 스튜어트는 내 제안을 고려하는 일이 거의 없어. "사람들이 아침 텔레비전에서 보고 싶어하는 네 가지 주제가 있지. 유명인, 섹스, 다이어트, 그리고 미용이야"가 스튜어트의 지론이지. 논쟁거리가 될 만한 주제로 쇼를 하게 놔두지를 않아.

2초 동안 내 생각은 파도처럼 넘실거리며 뻗어가다가 현실로 돌아왔다.

1,400킬로미터나 떨어진 곳에 직장을 가질 수는 없어. 난 뉴올리언스에 너무 많이 투자했어. 난 고상함 속에 퍼석퍼석한 모래와 재즈와 대형 샌드위치와 왕새우 수프가 섞여 있는 이 이분법적인 도시를 사랑해. 게다가 더 중요한 건 내가 이 도시의 시장을 사랑한다는 거지. 설사 내가 지원하고 싶어한다 해도—지원하지 않을 거지만—마이클은 그걸 원하지 않을 거야. 그는 3세대 '뉴올리언스 사람'이야. 4세대인 딸 에비를 키우고 있는……. 하지만 나를 원한다고 하니 기분은 좋네.

휴대폰을 집어던지듯 내려놓는 제이드의 이마에는 핏줄이 일어

16

서 있었다.

"이 멍청이! 아빠는 병원에 예약시간에 맞춰 꼭 가야 하는데. 자기가 아빠를 모시고 가겠다더니! 또 아빠한테 알랑거린 거야. '걱정하지 마. 역에 가는 길에 들를게'라더니. 진작 알아봤어야 했는데."

거울에 비친 제이드의 까만 눈에 물기가 어려 있었다. 그녀가 몸을 돌려 전화번호를 누르기 시작했다.

"어쩌면 니콜이 모시고 갈 수 있을지 몰라."

제이드의 언니인 니콜은 고등학교 교장선생님이다. 갑자기 결근할 수는 없는 일이다.

"예약이 언젠데?"

"9시. 마르쿠스는 자기가 발목이 잡혔다고 주장하지만, 그래, 그 인간은 항상 잡혀 있어. 아침이면 심장 강화 운동인지 뭔지를 하느라고 항상 그놈의 침대 기둥에 묶여 있지!"

시계를 보니 8시 20분이었다.

"어서 가, 의사들이 정시에 진료하는 일은 없어. 지금이라도 서두르면 담당의를 만날 수 있을 거야."

제이드가 나를 빤히 보았다. "난 갈 수 없어. 아직 네 분장도 안 끝났다고."

내가 의자에서 일어서 손을 내저으며 말했다. "뭐? 넌 내가 분장하는 법도 잊었을 거라고 생각하는 거야? 어서 가. 지금 당장."

"하지만 스튜어트가 이 사실을 알면……."

"걱정 마. 내가 모르게 할게. 저녁 뉴스 전에 에이프릴 분장 시간까지는 꼭 돌아와야 해. 안 그러면 우리 둘 다 지옥행이야. 자, 어서

17

움직여."

나는 제이드의 분장 붓으로 복도를 가리켰다.

제이드의 눈은 문 위 벽에 걸린 시계에 꽂혀 있었다. 그녀는 입술을 깨물며 말없이 서 있었다. 불현듯 제이드가 시내 전차로 출퇴근한다는 사실이 떠올랐다. 나는 사물함에서 가방을 꺼내 열쇠고리에서 자동차 열쇠를 빼냈다.

"내 차를 타고 가."

"응? 안 돼. 그럴 순 없어. 그러다가 만일……."

"제이드, 차일 뿐이야. 교체가 가능한 물건 말이야." 너네 아빠와 달리. 하지만 이 말은 입 밖에 내지 않았다. 대신 자동차 열쇠를 그녀의 손바닥에 올려놓고 말했다. "이제 스튜어트가 여기 와서 네가 나가는 모습을 발견하기 전에 어서 가."

제이드의 얼굴이 안도감으로 환해졌다. 제이드가 나를 껴안았다.

"오, 고마워. 걱정하지 마. 차는 사고 안 나게 할게."

문 쪽으로 가면서 제이드가 말했다. "그럼 골치 썩어."

제이드가 좋아하는 인사말이다. 제이드는 엘리베이터로 걸어가면서 나에게 전화를 걸었다.

"한나벨, 이 신세는 꼭 갚을게!"

"내가 그 사실을 잊어버릴 거라 생각하면 곤란해. 대신 깜짝 포옹으로 갚아야 돼."

나는 열려 있던 분장실 문을 닫았다. 리허설까지 앞으로 30분 동안은 분장실에 혼자 있을 수 있다. 나는 구리색 콤팩트를 찾아내 브러시로 이마와 콧대에 칠한 다음, 가운 단추를 풀고 편지를 다시 집어들었다.

소파 사이를 헤치고 책상으로 걸어가는 동안 피터스 부사장의 제안을 다시 한 번 읽었다. 환상적인 취업 기회인 건 분명했다. 특히 최근에 이곳에서 겪고 있는 슬럼프를 감안하면. 시카고로 옮기는 건 미국 53개 방송시장에서 3번째로 큰 시장으로 간다는 의미다. 그렇게 되면 2, 3년 안에 〈굿모닝 아메리카〉나 〈투데이 쇼〉 같은 전국방송 프로그램에 지원할 자격을 갖게 될지도 모른다. 월급은 거의 4배 이상이 될 테고.

편지를 손에 든 채 책상에 앉았다. 피터스 부사장이 다른 사람들 눈에 비친 것과 똑같은 '한나 파'를 보고 있는 건 분명하다. 더 나은 보수와 더 비중 있는 배역을 위해서라면 언제든 짐을 싸서 옮겨갈 준비가 된 뿌리 없는 기회주의자 독신여성으로.

2012년 〈비평가 선정 시상식〉에서 아빠와 내가 함께 찍은 사진이 눈에 들어왔다. 그 호화로운 이벤트를 떠올리자 저절로 미소가 지어졌다. 하지만 아빠의 흐리멍텅한 눈과 불그스름한 코는 아빠가 술을 너무 많이 마셨다는 걸 말해주고 있다. 나는 은색 드레스를 입고 환하게 웃고 있었지만, 시선이 뭔가 공허하고 멍한 느낌이다. 아빠와 단둘이 그 자리에 앉아 있을 때의 느낌이 고스란히 살아 있는 시선이다. 상을 타지 못해서가 아니었다. 그냥 상실감이 느껴졌다. 술에 취하지 않은 배우자들과 아이들과 부모들이 다른 수상자들을 둘러쌌다. 그들은 웃고, 떠들썩하게 축하하고, 나중에는 큰 원을 그리며 함께 춤을 추었다. 그들이 가진 것을 나도 갖고 싶었다.

또 다른 사진을 집어들었다. 지난여름 폰처트레인 호수에서 뱃

놀이를 하면서 찍은 사진이다. 사진 끝에 에비의 환한 금발머리가 보인다. 그 아이는 내 오른편 뱃머리에 앉아 있었다. 내게 등을 돌린 자세로.

나는 사진들을 책상 위에 도로 세워놓았다. 2년 안에 내 책상 위에 다른 사진이 놓이기를 바라며. 예쁜 집 앞에 환하게 웃고 있는 에비와 함께 마이클과 내가 서 있는 사진, 그리고 가능하면 새로 생긴 아기까지 함께 있는 사진.

나는 피터스 부사장이 보낸 편지를 '관심 제안'이라는 라벨이 붙은 파일 속에 끼워넣었다. 그 파일 속에는 지난 몇 년 동안 받은 비슷한 내용의 편지 12통이 들어 있다. 오늘 밤 나는 고맙지만 안 되겠다는 식으로 답장을 써서 보낼 것이다. 마이클이 알 필요는 없다. 상투적이고 고리타분하게 들릴지 몰라도, 아무리 시카고에서 고급 전문직을 얻는 일이라 해도 내게는 가정을 이루는 것과 비할 바가 아니다.

그런데 나는 언제쯤에나 가정을 이루게 될까? 처음에는 마이클도 나와 생각이 같은 듯이 보였다. 만난 지 몇 주 지나지 않아 우리는 미래에 관해 이야기했다. 우리는 서로의 꿈을 나누면서 시간을 보냈다. 우리는 우리 아이들에게 지어줄 재커리나 엠마나 리엄 같은 이름을 구상하기도 하고, 아이들 모습을 상상하기도 하고, 에비가 남동생과 여동생 중 어느 쪽을 좋아할지를 놓고 이야기를 나누기도 했다. 우리는 인터넷에서 매물로 나와 있는 집들을 구경하기도 했다. "예쁘다! 하지만 재커리에게는 더 넓은 뒤뜰이 필요해"라든지, "이 크기의 침실로 우리가 뭘 할 수 있을지 상상해봐" 따위의 쪽지를 서로에게 보내면서. 하지만 다 오래전 일이다. 지금 마이클의 꿈은 자신의 정치경력에 집중되어 있다. 행여 식탁에서 우리의 미래가 이야기의 주제가 되는 경우에는 "일단 에비가 졸업이라도 하고"가 결론이다.

한 가지 생각이 떠올랐다. 혹시 내가 떠날지도 모른다는 가능성이 마이클에게서 내가 그렇게 바라던 헌신을 끌어내는 계기가 되지 않을까?

나는 파일에서 편지를 도로 꺼냈다. 한 번 떠오른 생각은 자가발전을 해나갔다. 이건 단순한 취업 기회 이상이야. 지금의 정체된 상황을 해결할 수 있는 기회이기도 해. 에비의 졸업까지는 이제 1년밖에 남지 않았어. 지금쯤 결혼반지를 기대한다고 해서 성급하다고 할 수는 없어.

나는 휴대폰을 잡았다. 지난 몇 주 동안의 무거운 기분에서 벗어나기라도 한 것처럼 기분이 좋아졌다. 마이클의 전화번호를 눌렀다.

운 좋게 마이클이 혼자 있는 시간이어야 할 텐데. 그는 내가 스카우트 제의를 받은 것에, 특히나 시카고 같은 대도시의 방송국에서 제의를 받은 것에 감명받을 것이다. 마이클은 내가 자랑스럽다고 말하겠지. 그런 다음에는 내가 떠나서는 안 되는 이유를 일깨워주겠지. 무엇보다 중요한 이유인 내가 그에게 어떤 의미인지를 말하겠지. 그러다 나중에 시간 여유가 나면, 마이클은 내가 자기 수중에서 빠져나가기 전에 우리 계약을 마무리해놓는 게 낫겠다는 생각을 하게 되겠지.

전문가 입장에서, 또 개인 입장에서 그럴듯한 추론을 끝내자 얼굴에 미소가 떠올랐지만, 한편에서는 좀 가볍다는 느낌도 지울 수 없었다.

"페인 시장입니다." 마이클의 목소리는 이미 무거웠다. 그의 하루는 이제 시작이었다.

"해피 수요일!"

우리의 오늘 밤 데이트를 상상하며 그가 기운이 나길 바라면서 나온 인사말이었다. 지난 12월부터 매주 수요일 저녁에는 에비에게 베이비시터가 붙여졌다. 덕분에 수요일 하루만은 마이클도 아빠로서의 의무에서 벗어나 나와 함께 밤을 보낼 수 있었다.

"오, 자기." 마이클은 한숨을 쉬었다. "정말 정신없는 하루야. 워린 이스턴 고등학교에서 공동체 포럼이 있어. 학교 폭력을 방지할 묘안을 짜내는 회의지. 난 지금 거기 가는 길이야. 정오에는 회의가 끝나서 그 집회에 참석할 수 있기를 바라고 있어. 당신도 올 거지? 그치?"

마이클이 말하는 집회는 아동 성적 학대에 대한 경계심을 확산시키기 위해 조직된 '빛 속으로' 집회다. 나는 팔꿈치를 책상에 기댔다.

"오늘 집회는 못 갈 거라고 마리사에게 벌써 말했어. 정오면 너무 빠듯해. 힘들 것 같아."

"괜찮아. 당신은 그 사람들에게 할 만큼 했어. 나도 얼굴만 잠깐 내밀 거야. 오후 내내 빈곤문제에 단계적으로 대처하는 방법을 의논하는 미팅이 잡혀 있거든. 내 생각에는 저녁시간 이후로도 계속 이어질 것 같아. 아무래도 오늘 밤 데이트는 못할 것 같은데, 괜찮겠어?"

빈곤문제? 그렇다면 설사 수요일이더라도 이런 문제를 놓고 왈 가왈부할 수는 없다. 시장의 아내가 되고 싶다면 먼저 그가 공직자 라는 사실을 받아들이는 편이 좋다. 어쨌든 그건 내가 가장 마음에 들어하는 그의 모습 중 하나가 아닌가.

"응, 상관없어. 하지만 당신 목소리가 이미 지친 것 같은데. 오늘 밤에는 잠이나 푹 자."

"그럴게." 마이클이 목소리를 낮추었다. "근데 난 자는 것 말고 딴 짓하는 편이 더 좋은데."

나는 마이클의 가슴에 안긴 내 모습을 떠올리며 미소 지었다.

"나도 그래."

제임스 피터스에게서 온 편지 이야기를 마이클에게 해야 할지 말아야 할지 망설여졌다. 내가 위협을 또 하나 보태지 않아도 그의 걱정거리는 이미 충분하다.

"더 말할 게 없으면 전화 끊을게."

그래, 마이클에게 말하고 싶어. 난 더 말할 게 있어. 난 당신이 오늘 밤에 나를 만나지 못하는 걸 아쉬워하는지, 내가 더 우선순 위인지 알아야겠어. 우리가 미래를 향해 함께 나아가고 있고, 당 신이 나와의 결혼을 원한다는 확신이 필요해. 나는 심호흡을 했다.

"그냥 당신에게 기회를 주고 싶어서. 누가 당신 여친을 쫓아다니 고 있어." 나는 가볍게 노래 부르는 듯한 목소리로 말을 이었다. "오 늘 러브레터를 받았거든."

"내 경쟁자가 누구야? 맹세코 죽여버리겠어."

그가 장난스럽게 으름장을 놓았다.

나는 웃으며 그 편지는 제임스 피터스에게서 온 것이고, 취업 제안서라고 설명했다. 마이클의 내면에서 경고 종소리가 울리기에 적당할 정도로만 내 흥분이 전달되기를 바라면서.

"정확히 말하면 스카우트 제안서는 아냐. 하지만 그 사람들, 내게 관심 있는 것 같아. 오리지널 스토리 아이디어가 있는 제안서를 받고 싶다는 거야. 끝내주지 않아?"

"정말 끝내준다. 우리 슈퍼스타님, 축하해요. 그러다 당신, 내 리그에서 완전히 벗어나는 거 아냐?"

내 심장박동이 살짝 빨라지는 느낌이었다.

"고마워. 듣기에 좋네." 나는 기가 죽기 전에 눈을 질끈 감고 결의를 다졌다. "그 사람들은 그 쇼 프로그램을 가을부터 시작할 생각인가 봐. 그러려면 빨리 움직여야겠지."

"6개월밖에 안 남았잖아. 서둘러야겠네. 당신 인터뷰 일정은 잡았어?"

세찬 바람에 꽈당 넘어진 느낌이었다. 나는 목에 손을 대고 억지로 숨을 쉬려고 애썼다. 마이클이 나를 보지 못하는 게 고마울 따름이었다.

"어…… 아니, 아, 아직 답장은 안 했어."

"잘하면, 에비와 나도 함께 갈 수 있을 거야. 그래, 우리 그걸 미니 휴가로 삼자. 나 시카고에 가본 지 오래됐어."

뭔가 말해! 그에게 실망했다고, 넌 그가 너더러 여기에 있어달라고 부탁하길 바랐다고 말하라고. 그에게 네 전 약혼자가 시카

24

고에 산다는 사실을 상기시켜, 어서!

"그렇담, 내가 떠나도 괜찮아?"

"음, 그렇지는 않아. 눈에서 멀어지면 마음에서도 멀어질 수 있으니까. 하지만 우린 잘해낼 거야, 안 그래?"

"그럼."

하지만 내 머릿속에는 요즘 우리의 스케줄들이 떠올랐다. 같은 도시에 있는데도 단둘만 따로 있는 시간을 만들기가 이렇게 힘든데……

"그건 그렇고, 난 지금 서둘러야 해. 나중에 다시 전화할게. 그리고 자기, 축하해. 당신이 자랑스러워."

마이클이 전화를 끊었다.

나는 휴대폰을 집어던지고 의자에 몸을 파묻었다. 마이클은 내가 떠나든 말든 신경 쓰지 않아. 난 멍청이야. 결혼은 더 이상 마이클의 관심사가 아냐. 그리고 그는 지금 내게 선택의 여지를 전혀 남겨주지 않았어. 이제 난 피터스 씨에게 내 이력서와 아이디어 제안서를 보내야 해. 안 그러면 마이클은 내가 자신을 떠보려 했다고 여기겠지. 사실이긴 하지만.

내 가방에서 삐죽 나와 있는 《타임스-피카윤》 신문이 눈에 들어왔다. 나는 신문을 가방에서 반쯤 꺼내 '수치스런 당신의 과거를 고백하라'는 기사 제목을 한참 바라보았다.

그래? 용서의 돌을 보내면 모든 것을 용서받을 거라고? 피오나 놀스, 넌 망상장애야.

나는 이마를 문지르며, 어수룩한 제안서를 써 보내고 마이클에게 인터뷰 기회를 얻지 못했다고 말하는 식으로 그 취업 제안을 사보타주(겉으로는 일을 하지만 의도적으로 일을 게을리함으로써 사용자에게 손해를 주는 방법 – 옮긴이)할까 하는 생각도 했다. 하지만 안 돼. 그건 너무 쪽팔려. 만일 내가 그 일자리에 도전해보길 마이클이 원한다면, 젠장, 난 그럴 거야. 그냥 도전해보는 정도가 아니라 그 자리를 꼭 얻고 말겠어. 이곳을 떠나서 다시 시작하는 거야. 그 쇼가 인기를 얻으면, 나는 시카고의 다음번 오프라 윈프리가 되는 거야! 그래서 새로운 사람, 어린아이를 사랑하고 아내에게 헌신할 준비가 되어 있는 사람을 만나는 거야. 마이클 페인, 뭣 때문에 당신은 지금의 나를 좋아하는 거야!

하지만 우선은 제안서부터 작성해야 한다.

나는 일어나 방 안을 서성이며 신선하고 시의성 있고 시사하는 바가 큰, 끝내주는 에피소드를 구성할 아이디어를 떠올리려 애썼다. 그 일자리도 가질 수 있고, 마이클도 감동시킬 만한 아이디어를……. 그렇게 되면 그도 어쩌면 다시 생각할지도 모른다.

내 시선은 다시 신문으로 돌아갔다. 노려보던 시선이 부드러워졌다. 그래, 괜찮은 생각이야. 하지만 그러려면 어떻게 해야 하지?

가방에서 신문을 꺼내서 피오나 기사를 조심스럽게 찢어냈다.

책상 서랍 손잡이를 붙잡은 나는 깊은 숨을 들이마셨다.

대관절 내가 뭘 하고 있는 거지?

나는 판도라의 상자이기라도 한 것처럼 닫힌 서랍을 노려보았다. 마침내 손잡이를 세게 당겼다.

오래된 펜들과 종이클립과 포스트잇 메모지들 사이를 손으로 더듬어 드디어 찾아냈다. 그것은 서랍 제일 안쪽 구석에 처박혀 있었다. 2년 전 내가 감춰두었던 그 자리에.

피오나 놀스가 보낸 사과 편지와 함께 용서의 돌 한 쌍이 든 벨벳 주머니가.

2

주머니의 끈을 풀었다. 작고 둥근 정원용 자갈 두 개가 내 손바닥 위로 떨어졌다. 손가락으로 돌을 만져보았다. 하나는 검은색 선이 있는 회색 돌이었고, 다른 하나는 아이보리색 돌이었다. 벨벳 주머니에서 뭔가가 부스럭거리는 느낌이 들었다. 주머니에 손가락을 집어넣어 꺼내 보니 쿠키 상자들 안에 곧잘 들어 있는 '오늘의 운세' 쪽지 비슷한 메모지였다.

자갈 하나는 분노의 무게를 의미합니다.
다른 자갈은 수치의 무게를 상징합니다.
만일 당신이 짐을 벗어버리길 원하면, 둘 다 사용할 수 있습니다.

피오나는 아직 내 돌을 기다리고 있을까? 그녀가 보냈다는 나머지 34개의 돌은 돌아왔을까? 주체하기 힘든 감정에 숨이 막힐 것 같았다.

크림색 편지지를 펼쳐, 2013년 4월 10일이라는 날짜가 적힌 그 편지를 다시 읽었다.

친애하는 한나,

나는 피오나 놀스야. 난 네가 나를 기억하지 못하길 바라. 진심이야. 그렇지 않고 나를 기억한다면, 그건 내가 네게 상처를 입힌 것이 되니까 말이야.

너와 나는 블룸필드 힐스 아카데미에서 중학과정을 함께 다녔어. 넌 전학생이었고, 나는 너를 먹잇감으로 택했지. 난 너를 괴롭히는 걸로도 모자라 다른 여자애들까지 너를 싫어하도록 만들었어. 게다가 한 번은 나 때문에 네가 정학을 맞을 뻔하기도 했어. 메이플 선생님에게 네가 선생님 책상에서 역사시험 답안지를 빼내가는 걸 내가 봤다고 했거든. 사실은 내가 가져간 거였어.

지금 와서 부끄럽다고 해봤자 내 죄의식을 제대로 전한다고 말할 수는 없겠지. 어른이 되고 나서 나는 나보다 잘난 경쟁자들을 질투하고 그보다 못한 아이들은 깔보던, 어린 시절의 그 유치한 잔혹성을 합리화해보려고 애썼어. 하지만 내가 가해자란 진실을 감출 수는 없었어. 변명할 의도는 전혀 없어. 정말로, 그리고 죽을 만큼 미안해.

뉴올리언스에서 네 이름을 건 토크쇼를 진행하는 방송인으로 넌 큰 성공을 거둔 유명인이 되었더구나. 그 사실을 알고 정말 기뻤어.

어쩜 너는 블룸필드 힐스 아카데미나 내가 얼마나 쓰레기 같은 인간이었는지는 오래전에 잊었을지 모르겠다. 하지만 나는 그때 일을 생각하지 않는 날이 하루도 없어.

나는 낮에는 변호사 일을 하고 밤에는 시를 써. 이따금 시집을 출판할 만큼 운이 좋기도 하고 말이야. 난 결혼도 안 했고 아이도 없어. 때로는 외로움이 내가 속죄하는 유일한 방법인가 싶기도 해.

돌 하나는 내게 보내주길 바라. 만일 네가 내 사죄를 받아들여 네 분노의 무게와 내 수치의 무게를 벗어던지기로 하면 말이야. 다른 자갈은 네가 상처 입힌 누군가에게 진심 어린 사죄와 함께 전했으면 좋겠어. 필요하면 돌을 더 추가해서. 어쨌든 그렇게 해서 그 돌이 네게 돌아오면, 내가 내 돌이 다시 내게 오기를 바라듯이, 그때 너는 '용서의 순환'을 완성하게 될 거야. 그럼 그 돌을 호수나 냇물에 던져버리거나 너희 집 정원에 묻거나 화분의 자갈로 사용하렴. 네가 마침내 네 수치에서 완전히 벗어났다는 걸 상징할 수 있는 걸로.

네 진실한 벗
피오나 놀스

나는 편지를 내려놓았다. 처음 그 편지를 우편함에서 꺼내고 2년이 지났는데도, 편지를 읽는 동안 내 호흡은 가빠졌다. 나는 이 아이의 소행 때문에 엄청난 피해를 입었다. 우리 가족이 산산조각 나고만 것이다. 그래, 피오나만 아니었으면 우리 부모님은 절대 이혼하지 않았을 거다.

손가락으로 관자놀이를 문질렀다. 현실적이 되어야 해. 감정적이어서는 안 돼. 피오나 놀스는 이제 대세가 되고 있고, 나는 그녀가 보낸 첫 편지를 받은 사람 중 하나야. 지금 나는 바로 코앞에 끝내주는 스토리를 갖고 있어. WCHI의 피터스 부사장과 다른 관계자들의 시선을 사로잡을 수 있는, 딱 그런 유의 스토리. 피오나더러 방송 출연을 부탁하면, 우리 두 사람은 방송에서 죄의식과 수치심, 용서에 관한 이야기를 풀어갈 수 있겠지.

단 한 가지 문제는 내가 피오나를 아직 용서하지 않았다는 것이다. 그리고 용서할 생각도 없다. 나는 입술을 깨물었다. 지금이라도 그렇게 해야 할까? 이런 일을 내가 능수능란하게 처리할 수 있을까? 어차피 WCHI가 원하는 건 그냥 아이디어야. 그 에피소드가 방송되지는 않을 거야. 아냐, 만약을 위해서 확실하게 해두는 편이 좋겠어.

나는 책상 서랍에서 편지지를 꺼냈다. 그때 방문 두드리는 소리가 들렸다.

"방송 시작 10분 전이야." 스튜어트였다.

"예, 알았어요."

나는 내 행운의 만년필을 집었다. 내 토크쇼가 루이지애나 방송 시상식에서 차석으로 수상했을 때 마이클이 준 선물이다. 나는 잽싸게 써내려갔다.

친애하는 피오나,

네 돌을 동봉한다. 이제 너는 네 수치의 무게가 줄어들고 내 분노가 사그라들었다는 뜻으로 받아들여도 돼.

진심을 담아

한나 파

그래, 이건 너무 성의가 없어. 하지만 이게 내가 지금 할 수 있는 최선이야.

나는 편지를 봉투 속에 넣은 다음, 돌 하나를 넣고 봉했다.

집으로 가는 길에 우체통에 넣자. 이제 난 그 돌을 돌려주었다고 솔직하게 말할 수 있어.

3

나는 치마를 레깅스로 바꿔 입고, 구두를 플랫 슈즈로 바꿔 신었
다. 막 구은 빵과 활짝 핀 하얀 목련꽃 다발을 넣은 토트백을 메고
내 친구 도로시 루소를 방문하기 위해 가든 지구를 향해 걸었다. 도
로시는 세인트 찰스 거리에 있는 6층짜리 아파트 에반젤린에서 우
리 집 바로 옆집에 살다가 네 달 전에 사설 양로원으로 옮겨갔다.

나는 하얀 디기탈리스와 오렌지색 하이비스커스, 루비색 칸나꽃
들로 가득한 정원들을 지나 제퍼슨 거리를 빠른 걸음으로 걸었다.
화사한 봄기운이 주변에 가득했지만, 내 마음은 마이클과 그의 완
벽한 무심함에서 이제 반강제가 되고 만 취업 전망으로, 다시 피오
나 놀스와 내가 방금 부친 용서의 돌로 두서없이 떠돌았다.

오래된 벽돌 맨션에 도착했을 때는 3시가 지나 있었다. 나는 철
제 난간이 있는 경사로를 걸어 올라가 앞 베란다에 앉아 있는 마샤

와 조안에게 인사했다.

"안녕하세요."

나는 그녀들에게 목련꽃을 한 줄기씩 건넸다. 도로시는 시력 감퇴로 도저히 독립적인 생활을 할 수 없을 지경에 이르자 사설 양로원인 이 '정원의 집'으로 거처를 옮겼다. 그녀의 외아들은 1,400킬로미터나 떨어진 곳에 있었기 때문에, 내가 나서서 하루에 세 번 식사가 제공되고 벨을 누르면 도움을 받을 수 있는 이 새로운 보금자리를 찾아냈다. 이제 76세인 도로시는 대학에 새로 들어온 신입생처럼 그 생활을 잘 견뎌냈다.

현관 로비에 들어선 나는 방명록을 작성하지 않고 지나쳤다. 지난 네 달 동안 거의 정기적으로 방문한 덕분에 이제 이 집에 있는 사람들 모두가 나를 안다. 로비를 지나 집 뒤쪽으로 가니, 도로시가 정원에 혼자 앉아 있었다. 귀를 완전히 덮는 구형 헤드셋을 끼고 고리버들 안락의자에 파묻히듯이. 턱이 가슴에 닿은 채 눈을 감고 있는 도로시의 어깨를 살짝 두드리자, 그녀가 눈을 떴다.

"안녕하세요, 도로시, 저예요."

헤드셋을 벗고 CD 플레이어를 끈 도로시가 일어났다. 그녀는 호리호리하면서 키가 컸다. 그녀의 매끈한 흑갈색 피부가 가지런한 하얀 단발머리와 묘한 대조를 이루었다. 눈이 보이지 않아도 도로시는 날마다 화장을 했다. 화장할 시력은 아껴두었다고 농담하면서. 하지만 화장하든 안 하든, 그녀는 내가 아는 가장 아름다운 여성 중 한 명이다.

"오, 한나!"

도로시의 느린 남부 말투는 언제 들어도 카라멜 맛처럼 부드럽게 여운이 남는다. 내 팔을 더듬어 찾은 그녀가 나를 끌어당겨 포옹했다. 내 가슴에 잠들어 있던 익숙한 가책이 다시 살아났다. 나는 도로시의 몸에서 풍기는 샤넬 향기를 들이마시면서, 그녀가 내 등을 따뜻하게 쓰다듬는 기분 좋은 감촉을 만끽했다. 딸 없는 엄마와 엄마 없는 딸만이 할 수 있는, 절대 싫어할 수 없는 스킨십이었다.

도로시가 고개를 하늘로 쳐들었다.

"목련 냄새가 나는데?"

"완전 개코네요." 나는 토트백에서 꽃다발을 빼냈다. "시나몬 메이플 빵 한 덩이도 가져왔어요."

도로시가 손뼉을 쳤다. "내가 제일 좋아하는 건데! 네가 내 다이어트를 망치는구나, 한나 마리."

나는 가만히 웃었다. 한나 마리라니, 엄마들이 애용하는 호칭 아닌가!

도로시가 고개를 갸웃했다. "그런데 수요일에 여기를 어떻게 왔어? 데이트를 위해서 한창 꾸미고 있어야 할 시간인데."

"오늘은 마이클이 바쁘대요."

"그래? 여하튼 앉아서 네 얘기 좀 해보렴."

방문객을 자리에 눌러앉히는 그녀만의 독특한 손짓을 보고 있노라니 얼굴에 저절로 미소가 번졌다. 나는 도로시와 마주보며 오토만(팔걸이와 등받이가 없지만 쿠션 있는 의자 – 옮긴이) 위에 털썩 주저앉았다. 그녀가 팔을 뻗어 내 팔뚝 위에 손을 놓았다.

"내게 털어놔 보렴."

내 속에 든 것을 털어놓을 필요가 있는 때가 언제인지 아는 친구가 있다는 건 얼마나 큰 축복인가! 나는 WCHI의 제임스 피터스가 보낸 편지에 대해서, 그리고 마이클의 열렬한 반응에 대해서 이야기했다.

"마야 안젤루(미국의 저명한 흑인 배우이자 소설가이며, 인권운동가 - 옮긴이)가 말했지, '그들에게 당신의 전부가 옵션일 때는 누구도 우선권을 갖지 않게 하라'고." 도로시가 어깨를 으쓱했다. "물론, 넌 남이 너를 좌지우지하도록 놔두는 사람이 아니지만 말이야."

"아니에요. 당신 말을 들으니 제가 얼마나 바보 같은지 알겠어요. 전 지난 2년 동안 마이클이 제가 결혼할 유일한 사람이라고 생각했어요. 하지만 지금은 과연 제가 그의 레이더망 안에 들어 있기나 한지도 확신을 못하겠네요."

"너도 알다시피, 난 오래전에 내가 원하는 걸 요구하는 법을 배웠어. 그건 로맨틱하게 해서는 안 돼. 솔직해야 해. 남자들은 멍청해서 은근히 암시하는 걸로는 전혀 못 알아들을 수 있어. 넌 마이클에게 그 반응에 실망했다는 얘기는 했니?"

나는 머리를 흔들었다. "아뇨. 그 덕에 궁지에 몰려버린 전 피터스 씨에게 이메일을 보내고 말았어요. 제가 그 제안에 관심 있다는 식으로요. 이제 어떻게 해야 하죠?"

"네가 선택할 수 있는 길은 많아. 하나, 잊으면 안 돼. 가장 큰 힘은 선택지를 갖는 거란 걸."

"맞아요. 어찌 보면 언젠가 가족을 이룰지 모른다는 희망에 매달리느라 평생직장의 기회까지 날려버리는 중이라고 할 수도 있어요.

맞아요, 그 옵션은 제게 약간의 힘을 주겠죠. 떠나는 저를 붙잡으려고 마이클이 언덕 위로 달려가게 할 정도의 힘이요."

분위기를 가볍게 하려는 생각에서였는지, 도로시가 몸을 가만히 기댔다. "내가 자랑스럽지 않아? 우리 사랑스런 아들 이야기는 입밖에도 안 냈잖아?"

"지금까지는요." 난 웃었다.

"마이클은 일부러 더 쿨하게 보이려 하는 거야. 마이클도 네가 네전 약혼자가 있는 도시로 옮길지 모른다는 예상에 무척 당황했을거야. 틀림없어."

나는 어깨를 으쓱했다. "글쎄요, 과연 그런지 잘 모르겠어요. 그사람은 잭에 대해서는 언급조차 하지 않았거든요."

"근데 넌 그 애를 만날 거니?"

"잭요? 아뇨, 아뇨, 절대 아니죠."

갑자기 주제를 바꾸고 싶다는 욕구를 강렬하게 느끼면서 나는 자갈 주머니를 손으로 집었다. 바람둥이 전 약혼자의 엄마와 그 사람 이야기를 계속하는 건 아무래도 어색하다.

"다른 보여줄 것이 있어요." 나는 벨벳 주머니를 도로시의 손 안에 놓았다. "이건 용서의 돌이라고 부르는 거예요. 들어본 적 있어요?"

도로시의 얼굴이 환해졌다. "물론 있고말고. 이 캠페인은 피오나 놀스가 처음 시작한 거잖아. 지난주에 NPR 방송에 나왔더구나. 놀스가 책을 썼다는 것도 알고 있니? 그리고 4월 중에 여기 뉴올리언스에도 올 모양이더구나."

"예, 저도 들었어요. 사실 전 피오나 놀스와 같은 중학교에 다녔어요."

"설마!"

나는 도로시에게 내가 받은 돌들과 피오나의 사과에 대해 이야기했다.

"맙소사! 그러니까 네가 그 처음 편지를 받은 35명 중 한 명이었구나. 그런 이야기를 왜 한 번도 안 했어?"

나는 정원 맞은편으로 시선을 돌렸다. 오크나무 그늘 아래에서 월트셔 씨는 휠체어에 앉아 있고, 도로시가 좋아하는 요양보조사 리지가 그 옆에서 그에게 시를 읽어주고 있었다.

"답을 할 생각이 없었거든요. 근데 용서의 돌 한 알이 제가 2년 동안 당한 따돌림을 정말로 보상해줄까요?"

도로시는 대답하지 않았지만, 그녀는 그럴 수도 있다고 생각하는 것 같았다.

"어쨌든 전 WCHI에 제안서를 보내야 하는데, 피오나 건을 다룰까 싶어요. 피오나는 요즘 한창 뜨거운 감자인 데다가, 그녀가 처음 편지를 보낸 35명 중 한 사람이 저라는 사실도 특이하고요. 그야말로 완벽한 인간극장 스토리라 할 수 있죠."

도로시가 가만히 고개를 끄덕였다. "그래서 네가 그 돌을 가져왔구나."

내 고개가 저절로 아래를 향했다. "예, 인정할게요. 숨은 의도가 있었어요."

"그들이 이 제안을 실제로 쇼로 만들까?"

"아니, 아닐 거예요. 제 창의력을 테스트하려는 측면이 더 크거든요. 그래서 그들이 감명받을 주제여야 해요. 그리고 제가 그 일자리를 못 얻으면, 지금 여기 제 쇼에서 그 아이디어를 사용할 수 있을 것 같아요. 물론 스튜어트가 허락해야 하지만요. 그래서 피오나의 규칙에 따르면 전 그 주머니에 두 번째 돌을 더해서 제가 상처를 준 누군가에게 그걸 보내야 해요. 그 순환이 계속될 수 있도록요."

나는 피오나에게서 받은 아이보리색 자갈은 빼내고 두 번째 자갈을 벨벳 주머니에 넣었다.

"그래서 지금 전 규칙대로 이 돌과 정중한 사과를 당신에게 드립니다."

"나한테? 뭣 때문에?"

"예, 당신에게요." 나는 도로시의 손에 그 돌을 쥐여주었다. "당신이 에반젤린에 사는 걸 얼마나 좋아했는지 전 알아요. 당신을 더 잘 보살피지 못해서 미안해요. 그랬다면 당신이 그곳에 더 머물 수도 있었을 텐데……. 당신의 거동을 도와줄 사람을 구하거나 해서 말이에요."

"얘야, 그런 어리석은 생각을 하면 안 되지. 그 아파트는 너무 좁아서 다른 사람이 같이 있으면 거치적거리기만 했을 거야. 나한테는 이곳이 딱 좋아. 난 여기서 행복해. 너도 알잖니?"

"그래도 전 당신이 이 용서의 돌을 받아주면 좋겠어요."

도로시가 고개를 들었다. 보이지 않는 그녀의 시선이 스포트라이트처럼 내게 쏟아졌다.

"그건 구실이야. 넌 이 순환이 계속될 수 있는 손쉬운 방법을 찾고 있는 거야. 그래야 WCHI에 보낼 에피소드를 완성할 수 있으니까. 넌 도대체 내게 뭘 제안하는 거니? 용서의 완벽한 순환을 보여주면서 피오나 놀스와 내가 한 무대에 나오는 것?"

"그게 뭐 나쁜가요?"

내 목소리에는 쏘아붙임과 간청이 뒤섞여 있었다.

"넌 지금 사람을 잘못 고른 거야." 도로시는 한 손으로 내 손을 감싸쥐고 내 손바닥에 그 돌을 다시 떨어뜨렸다. "난 이 돌을 받을 수 없어. 네 사과를 받아야 할 사람은 따로 있단다."

잭의 고백은 내 심장을 무너져 내리게 했고, 내 가슴이 그야말로 천 갈래 만 갈래 찢기는 듯한 아픔을 주었다. "미안해, 한나. 에이미와 같이 잤어. 딱 한 번. 두 번 다시 이런 일은 없을 거야. 너한테 맹세해."

나는 눈을 감았다. "제발, 도로시. 제가 약혼을 깨는 바람에 당신 아들의 인생이 망가졌다고 생각하는 건 저도 알아요. 하지만 과거를 되돌릴 수는 없는 일이에요."

"난 잭을 말하는 게 아니야." 도로시는 한마디 한마디를 신중하게 고르는 듯했다. "난 네 엄마를 말하는 거야."

4

나는 뜨거운 것이라도 만진 것처럼 깜짝 놀라 돌을 도로시의 무릎 위로 떨어뜨렸다.

"아녜요. 용서하기에는 너무 늦었어요. 건드리지 않고 그대로 두는 편이 좋은 것도 있는 법이라고요."

아빠가 살아 계셨다면 이 말에 동의하셨을 것이다. '진흙탕 속에 빠지고 싶지 않다면, 경작이 끝난 밭을 수확해서는 안 된다'는 게 아빠의 지론이었다.

도로시가 깊은 한숨을 쉬었다.

"난 한나 네가 여기 이곳에 처음 이사 왔을 때부터 너를 봐왔어. 그래서 네가 큰 꿈과 강한 심장을 가진 아가씨란 걸 알아. 너희 아빠 홀로 너를 어떻게 키웠는지에 대한 이야기도 많이 들었고 말이야. 하지만 너희 부녀는 너희 엄마 이야기는 거의 하지 않았지. 엄마가 너보다 자신의 남자친구를 택했다는 것 말고는."

"그리고 그 여자와는 아무 관계도 아닌 채로 있는 게 제가 원하는 거예요."

심장박동이 빨라졌다. 10년이 넘도록 만나지도, 통화를 하지도 않은 그 여자가 아직도 내게 그렇게 강력하게 영향을 끼치고 있다는 사실이 나를 화나게 했다. 피오나라면 이런 걸 '분노의 무게'라고 불렀겠지.

"엄마는 자신의 선택을 명확히 했어요."

"아마 그랬겠지. 하지만 거기에는 더 많은 이야기가 있으리란 게 내 추측이야." 도로시가 내게서 시선을 돌리더니 머리를 저었다. "이런 내 생각을 진작 털어놓지 못해서 미안해. 어떻게 해야 좋을지 모르겠더라고. 사실 평생 속에만 넣어둘 수 있을지 자신이 없었어." 더듬거리며 내 손을 찾은 도로시는 내 손바닥 안에 그 돌을 다시 놓았다. "한나, 넌 네 엄마랑 화해해야 해. 지금이 그때야."

"당신은 규칙을 어기고 있는 거예요. 전 피오나 놀스를 용서했어요. 이 두 번째 돌은 상대방에게 용서를 받기 위한 것이지, 용서하기 위한 게 아니에요."

도로시가 어깨를 으쓱했다. "용서를 받는 것과 용서를 하는 것. 난 이 용서의 돌에 절대 넘을 수 없는 어떤 견고한 규칙이 있다고는 생각하지 않아. 목표는 화해하는 거잖아, 안 그래?"

"도로시, 미안하지만 당신이 그 사건을 시시콜콜 다 아는 건 아니잖아요?"

"너도 사실을 다 아는 건 아닐 거야."

나는 도로시의 얼굴을 뚫어지게 보며 물었다.

"그게 무슨 말이에요?"

"내가 에반젤린에 살 때, 네 아버지가 왔던 거 기억하니? 저녁식사 자리에 우리 모두 모였잖아?"

그것이 아빠의 마지막 방문이었다. 비록 당시에는 아무도 그것이 마지막이 되리라고 예상하지 못했지만. 선탠을 한 것처럼 그을린 아빠의 얼굴에는 행복한 웃음이 가득했고, 언제나처럼 그 자리의 주인공이었다. 우리는 도로시네 발코니에 앉아서 이야기를 나누고 술을 마셨다.

"예, 기억해요."

"난 그때 네 아버지가 자신이 이 세상을 떠날 거란 걸 알고 있었다고 확신해."

도로시의 말투와 함께 거의 신비롭기까지 한 그녀의 흐릿한 눈길을 보고 있노라니, 팔의 털이 곤두서는 것 같았다.

"네 아버지와 나, 우리 둘만 있을 때가 있었어. 너와 마이클이 와인 한 병 더 가져오겠다며 나갔을 때 말이야. 그때 그가 한 이야기가 있어. 당시 네 아버지가 좀 많이 취하기는 했지. 나도 그 점은 인정해. 하지만 네 아버지는 그걸 자기 가슴에서 털어내고 싶었던 것 같아."

"아빠가 뭐라고 했는데요?" 걷잡을 수 없을 정도로 심장이 뛰었다.

"네 엄마가 지금도 여전히 네게 편지를 보낸다고 하더구나."

나는 숨을 쉬려고 애썼다. 편지라고? 엄마에게서 온?

"그럴 리가요. 그건 아빠의 술주정이 확실해요. 20년 가까이 엄마가 편지를 보낸 적은 없어요."

"장담할 수 있어? 난 그때 네 엄마가 몇 년 동안 네게 연락을 시도했다는 인상을 확실하게 받았는데."

"그랬다면 아빠가 이야기했겠죠. 아녜요, 우리 엄마는 저와 연락하고 싶어하지 않았어요."

"하지만 네 입으로 말했잖니? 먼저 접촉을 끊은 쪽은 너라고."

내 열여섯 살 생일날의 모습이 스냅사진처럼 머리에 떠올랐다. '메리 맥' 레스토랑에서 아빠는 나와 마주 보고 앉았다. 아빠의 얼굴에는 소리 없는 너털웃음처럼 환하고 솔직한 웃음이 가득했다. 선물 포장지를 푸는 나를 지켜보느라 하얀 식탁보에 올려놓았던 아빠의 팔꿈치까지도 지금 눈앞에서 보는 것처럼 선명하게 떠올랐다. 선물은 십대가 갖기에는 너무 과한, 다이아몬드-사파이어 목걸이였다.

"이 보석들은 네 엄마 수전의 반지에 있던 것들이야. 너한테 주려고 다시 세팅했어."

나는 아빠가 떠나던 날, 그 큰 손으로 엄마의 보석상자를 샅샅이 뒤지던 모습과 그 반지는 법적으로 자신과 나의 것이라고 주장하던 모습을 떠올리며 굵은 보석 알을 노려보았다.

"고마워요, 아빠."

"그리고 선물이 하나 더 있어." 아빠가 내 손을 잡고 한쪽 눈을 찡긋하며 윙크를 보냈다. "애야, 넌 그 여자를 더 이상 보지 않아도 돼."

그 여자가 엄마를 가리킨다는 걸 깨닫기까지는 시간이 좀 걸렸다.

"넌 이제 혼자 힘으로 결정할 수 있는 나이가 됐어. 판사도 양육권 동의서에서 그 점을 명확히 했고."

아빠는 이 두 번째 '선물'이야말로 진짜 보물이기라도 한 것처럼 완전히 기쁨에 넘친 얼굴로 말했다. 나는 입을 멍하니 벌린 채 아빠를 바라보았다.

"그러니까 더 이상 만나지 않는 거요? 영원히?"

"네가 바라는 게 그거잖아. 네 엄마도 거기에 동의했고. 젠장, 그 여자는 아마 네가 의무에서 벗어나게 해줘서 좋아 죽을 거야."

미소 띤 내 얼굴에서는 경련이 일어나고 있었다.

"음, 맞아요. 그렇겠죠. 그게 아빠도……, 그 여자도 원하는 바라면."

입술이 자꾸 아래로 흘러내리는 느낌이 들어 나는 도로시에게서 등을 돌렸다.

"전 겨우 열여섯이었어요. 자기를 만나야 한다고 그 여자가 주장했어야죠. 절 위해서 싸웠어야죠! 그 사람은 제 엄마였다고요."

목소리가 자꾸 갈라져 잠시 뜸을 들이고 나서야 말을 이을 수 있었다.

"아빠가 전화로 제 요청을 전달했어요. 그런데 그 여자는 마치 제가 그렇게 제안하길 기다려온 사람 같았어요. 아빠가 전화를 끊고 사무실에서 나왔을 때, '얘야, 끝났다. 넌 이제 올가미에서 벗어났어'라고만 말했어요."

나는 입을 가리고 울음을 참았다. 도로시가 나를 보지 못해서 다

45

행이라고 생각하면서.

"2년 뒤 그 여자가 제 고등학교 졸업식에 왔었어요. 제가 정말 대견하다고 하더군요. 그때 제 나이가 열여덟 살이었지만, 너무 상처를 받아서 그 여자에게 말도 붙이지 않았어요. 그 여자는 뭘 기대했을까요? 2년이나 소식도 없었으면서. 그 뒤로는 한 번도 보지 못했어요."

"한나, 네가 네 아버지를 무엇과도 바꿀 수 없을 만큼 소중하게 여긴다는 건 나도 알아. 하지만……." 적당한 단어를 찾으려는 것처럼 도로시는 잠시 뜸을 들였다. "네 아버지가 네 엄마의 접근을 막았을 수도 있지 않을까?"

"물론 아빠는 그랬죠. 아빠는 절 보호하고 싶어했거든요. 그 여자가 자꾸 제게 상처를 주니까……."

"그건 너의 이야기야. 너의 진실이지. 넌 그렇다고 믿어왔고, 네 입장에서는 그럴 수밖에 없었으리란 걸 나도 이해해. 하지만 그렇다고 그게 진실이란 의미는 아니지."

맹세컨대 눈이 보이지는 않지만, 도로시 루소 여사는 내 영혼을 꿰뚫어보고 있었다. 나는 눈물을 훔쳤다.

"이 이야기는 더 이상 하고 싶지 않아요."

내가 의자에서 몸을 일으키자 오토만이 콘크리트 바닥을 긁었다.

"앉아보렴."

도로시의 목소리가 엄했다. 나는 하는 수 없이 다시 의자에 앉았다.

"예전에 애거서 크리스티가 우리 각자의 내면에는 지하실 문이 있다고 말한 적이 있어."

내 팔을 찾아낸 도로시가 팔을 꽉 쥐었다. 그녀의 여린 손톱이 내 팔뚝을 파고들었다.

"그 문 아래에는 우리의 가장 어두운 비밀이 놓여 있어. 우리는 빗장을 굳게 걸어 잠그고 그 문이 열리지 않게 필사적으로 지키지. 그런 비밀 따위는 존재하지 않는다고 스스로를 속이면서 말이야. 운이 좋은 사람은 그 암시가 사실이라고 철석같이 믿기도 해. 하지만 애야, 내가 보기에 넌 그런 운 좋은 사람은 아닌 것 같구나."

도로시는 손이 내 손에 닿자, 내 손에 있던 돌을 집어서 다른 돌이 든 벨벳 주머니 안에 집어넣었다. 그러고는 끈을 당겨 주머니를 졸라맸다. 다시 그녀는 내 토트백을 찾으려고 손을 내밀어 허공을 더듬었다. 마침내 가방에 손이 닿자, 그 주머니를 가방 속으로 집어넣었다.

"과거와 화해하지 않고서는 미래를 절대 찾을 수 없어. 그러니 가서 네 엄마와 화해하렴."

나는 지금 맨발로 주방에 서 있다. 대리석 아일랜드 조리대 위에는 구리 주전자가 고리에 걸려 있다. 시간은 토요일 3시 무렵이다. 마이클은 6시에 오기로 되어 있다. 빵을 미리 구우면, 마이클이 집 안에 들어섰을 때 갓 구운 빵 냄새로 가득한 가정집 분위기를 연출할 수 있다. 약간 뻔뻔스럽긴 하지만 나는 안락한 가정 분위기를 내어 그를 유혹하려고 한다. 오늘 밤에는 모든 수단과 방법을 다 동원할 생각이다. 나는 도로시의 충고를 받아들이기로 결심했고, 뉴올리언스를 떠나고 싶지 않다. 그래서 마이클을 떠나고 싶지 않다고 털어놓기로 결심했다. 그런 생각을 하는 것만으로도 가슴이 뛴다.

손에 기름을 묻힌 다음, 끈끈해진 밀가루 반죽을 믹싱볼에서 꺼내 밀가루를 깔아둔 빵 도마 위에 놓았다. 손바닥으로 반죽을 밀다가 손을 떼면, 반죽은 언제 그랬냐는 듯이 다시 움츠려들었다. 내가서 있는 곳에서 30센티미터도 떨어져 있지 않은 곳에 있는 아일랜드 조리대 아래 찬장 안에는 스테인리스 보쉬(독일의 전자제품 회사─옮긴이) 빵 반죽기가 있다. 3년 전에 아빠가 준 크리스마스 선물이다. 그때 아빠 앞에서는 내가 감성적이어서 반죽을 손으로 치대는 걸 더 좋아한다는 말은 차마 하지 못했다. 이집트인들이 처음 이스트를 발견한 뒤로 4천 년 넘게 지속되어온 관행에 따르는 걸 더 좋아한다고는. 불현듯 나는 그 관행이 이집트 여자들에게 그냥 또 하나의 지겨운 허드렛일에 불과했는지, 아니면 나처럼 마음을 편하게 해주었는지 궁금했다. 반죽을 밀고 당기는 단순노동과 눈에는 거의 보이지 않지만 그 과정에서 일어나는 화학적 변화, 그러니까 밀가루와 물과 효소가 찰지고 매끄러운 반죽으로 변화하는 것은 언제나 매력적이었다.

'숙녀lady'가 '반죽하는 사람dough kneader'이라는 중세 영어에서 파생된 말이라고 가르쳐준 사람은 엄마였다. 나처럼 엄마도 빵 굽기를 좋아했다. 하지만 엄마는 이런 잡학 상식을 어디서 배웠을까? 엄마가 책을 읽는 모습은 본 적이 없다. 게다가 외할머니는 고등학교도 다니지 못하셨다.

나는 손등으로 이마에 흘러내린 머리카락 한 올을 밀어 올렸다. 도로시가 3일 전에 엄마와 화해하라고 말한 이후로 내 머릿속에는 엄마에 대한 생각이 떠나지를 않는다. 정말로 엄마는 나와 연락하려 했을까?

알 수 있는 유일한 사람이 있다. 나는 주저 없이 손을 씻고 전화기를 집어들었다.

태평양 시간대로 1시다. 신호음이 울리는 동안, 나는 줄리아가 베란다 의자에 앉아 로맨스 소설을 읽는 모습을 그려보았다. 어쩌면 손톱을 손질하고 있을지도 모르지.

"한나구나! 잘 지내지?"

반가워하는 전화기 너머의 목소리가 내 죄의식을 자극했다. 아빠가 돌아가시고 한 달 정도는 날마다 줄리아에게 전화했다. 하지만 통화는 일주일에 한 번으로, 다시 한 달에 한 번으로 빠른 속도로 줄어들었다. 내가 마지막으로 그녀와 통화했던 건 지난 크리스마스였다.

나는 마이클과 새 취업 기회에 관한 얘기는 털어놓지 않았다.

"예, 잘 지내고 있어요. 잘 지내시죠?"

"살롱에서 나를 라스베이거스에서 열리는 강좌에 보내고 있어. 요즘은 온통 부분 가발과 붙임머리 얘기뿐이야. 너도 한번 해보렴. 정말 편해."

"생각해볼게요." 그런 다음 나는 본론으로 들어갔다. "줄리아, 물어보고 싶은 게 있어요."

"콘도 말이구나. 알고 있어. 아무래도 부동산에 내놔야겠지?"

"아뇨, 말했다시피 아빠 콘도는 당신이 가졌으면 좋겠어요. 제가 이번 주에 사이볼드 씨에게 전화해서 명의 변경에 왜 그렇게 시간이 오래 걸리는지 알아볼게요."

줄리아의 한숨 소리가 들렸다. "한나, 넌 너무 순진해."

아빠가 줄리아와 사귀기 시작한 것은 내가 대학교에 입학한 첫해였다. 조기 은퇴한 아빠는 내가 서든캘리포니아대학에 다닐 예정이었기 때문에 함께 로스앤젤레스로 옮기기로 결정했다. 아빠가 줄리아를 만난 것은 헬스클럽에서였다. 그 당시 30대 중반이었던 그녀는 아빠보다 열 살이나 어렸다. 나는 붉은 립스틱과 엘비스 프레슬리 기념품 수집 취미를 가진 상냥한 미녀인 줄리아가 금방 마음에 들었다. 한 번은 그녀가 아이를 가졌으면 좋겠다는 심정을 털어놓은 적도 있다. 하지만 줄리아는 대신 우리 아빠를 택했다. 그녀 표현에 따르면 그녀에게는 아빠가 '우리 큰 애기'였다. 그로부터 17년이 지난 지금, 줄리아에겐 '큰 애기'와 함께 자기 자식에 대한 꿈도 사라지고 말았다는 사실이 나를 슬프게 했다. 줄리아에게 아빠의 콘도를 주는 것이 그녀의 그 모든 희생에 대한 최소한의 보상일 것이다.

"줄리아, 제 친구가 저한테 도저히 믿기지 않는 이야기를 했어요."

"무슨 이야기?"

"제 친구는……." 나는 손으로 머리타래를 잡아당기며 말했다. "제 친엄마가 저와 연락하려고 제게 편지를 보냈다고 생각해요. 언

50

제인지는 잘 모르겠어요." 나는 내 말이 일종의 비난처럼 들릴까 봐 잠시 머뭇거렸다. "친구는 아빠가 그 사실을 알고 있었다고 생각해요."

"난 몰라. 이미 대형 쓰레기 봉지로 12개나 되는 물건들을 자선단체에 보냈어. 그 사람은 온갖 것을 다 쌓아두었더라고."

줄리아가 부드럽게 웃었다.

미안함이 몰려왔다. 아빠의 옷장을 치우는 사람은 나였어야 했는데, 오히려 나는 아빠가 그랬던 것처럼 그 힘든 일을 그녀에게 시킨 꼴이 되고 말았다.

"우리 엄마에게서 온 편지나 편지 뭉치 같은 건 없었나요? 아니면 다른 거라도?"

"나도 네 엄마가 여기 로스앤젤레스 주소를 가지고 있는 건 알고 있어. 이따금 아빠에게 세금 고지서 따위를 보냈거든. 하지만 유감스럽게도 한나 네 앞으로 온 건 없어."

나는 입이 떨어지지 않아 대신 고개를 끄덕였다. 그제야 나는 알았다. 내가 다른 대답을 듣기를 얼마나 필사적으로 바랐는지.

"한나, 네 아빠는 널 사랑했어. 자신의 많은 결점에도 불구하고 아빠는 정말로 너를 사랑했어."

아빠가 나를 사랑했다는 건 나도 안다. 그렇담 왜 그걸로 충분하지 않은 거지?

그날 밤을 위해 준비한 특별 행사, 즉 내가 좋아하는 조 말론 목욕 오일에 몸을 담구는 일까지 끝냈다. 나는 레이스 달린 살색 브래지어와 그에 매칭되는 팬티를 입고 거울 앞에 서서 고데기로 머리 끝부분의 곱슬을 폈다. 어깨까지 내려오는 내 머리는 자연스런 곱슬이지만, 마이클은 부드럽게 흘러내리는 머리를 더 좋아한다. 속눈썹을 집어서 마스카라를 발랐다. 그런 다음 화장품들을 가방 속에 도로 넣고, 주름이 잡히지 않도록 조심하면서 마이클이 좋아하는 짧은 구리색 드레스를 입었다.

마지막으로 내 열여섯 살 생일선물인 다이아몬드-사파이어 목걸이를 꺼냈다. 엄마의 약혼반지에서 뽑혀져 나온 그 보석들이 나를 빤히 바라보았다. 그들도 자신들의 지금 형상이 익숙하지 않은 것처럼. 사실 열여섯 살 생일 이후로 나는 그 목걸이를 상자 속에 모셔두기만 했다. 한 번도 그 장신구를 몸에 달고 싶다는 생각을 한 적이 없었다.

목 뒤에서 백금 고리를 끼우고 있노라니 슬픔이 밀려들었다. 아빠의 영혼에 축복이 있기를! 아빠는 얼마나 무심한 사람이었던가. 아빠는 그 목걸이가 숙녀의 나이가 된 나를 축하해준다는 의미 외에 파멸과 상실을 상징할 수도 있다는 사실을 전혀 눈치채지 못했다.

마이클이 내 아파트에 들어선 것은 6시 37분이었다. 일주일 만이다. 그사이 머리가 자라 커트가 필요해 보였다. 하지만 숱 많은 내 머리와 달리 그의 옅은 금발은 부드럽게 흘러내리는 약한 곱슬이라, 오히려 그를 해변의 젊은이처럼 보이게 했다.

나는 마이클을 보고 시장보다는 '랠프 로런'(남성복 전문 의류회사-옮긴이) 모델처럼 보인다고 놀리는 걸 좋아한다. 사실 그의 짙고 선명한 푸른 눈과 하얀 얼굴은 그를 성공의 상징으로 보이게 만들었다.

"안녕, 예쁜이." 마이클이 집 안으로 들어오며 인사했다.

그의 코트를 벗길 새도 없이 그는 나를 번쩍 안아 들고 침실로 갔다. 그 바람에 드레스가 말려 올라갔고, 드레스의 주름은 여지없이 구겨졌다.

우리는 천장을 쳐다보면서 나란히 누워 있었다.

"맙소사, 워낙 급했거든." 마이클이 침묵을 깨고 말했다.

나는 옆으로 몸을 돌려 손가락으로 그의 사각턱 선을 따라 그렸다. "보고 싶었어."

"나도 당신 보고 싶었어." 마이클이 머리를 돌려 내 손끝을 자신의 입속으로 넣었다. "당신 그거 알아? 당신은 정말 굉장해."

나는 마이클이 숨을 고르고 다시 2라운드를 시작하기를 기다리면서 그의 품속에서 가만히 있었다. 나는 마이클의 품속에 폭 잠겨 있는 이 사이 시간이 마음에 든다. 세상사는 저 멀리 있고, 들리는 소리라곤 뒤섞인 우리 두 사람의 숨소리뿐이다.

"뭐 마실 것 좀 가져올까?" 내가 가만히 속삭였다.

대답이 없다. 고개를 들어보니, 마이클의 눈은 감겨 있고, 입은 살짝 벌어져 있다. 그는 가볍게 코를 골기 시작했다.

시계를 보니 6시 55분이었다. 문을 열고 들어와서 코를 골기까지 18분밖에 걸리지 않았다.

❖

눈을 번쩍 뜬 마이클이 부스스한 머리로 자리에서 일어나 앉았다. "지금 몇 시야?" 시계를 들여다보려고 그가 눈을 찡그렸다.

"7시 40분." 마이클의 매끄러운 가슴을 손바닥으로 쓸면서 대답했다. "당신은 잠들었어."

그는 튕기듯이 침대에서 일어나 휴대폰을 찾기 시작했다. "맙소사, 에비에게 8시에 데리러 가겠다고 했는데. 서두르는 게 좋겠어."

"에비도 온다고?" 실망감이 얼굴에 드러나지 않길 바라면서 반문했다.

"응. 에비는 우리와 함께하려고 데이트 약속도 취소했어."

마이클이 바닥에 떨어져 있던 셔츠를 집었다. 나도 침대에서 내려왔다.

내가 이기적이란 건 나도 알지만, 오늘 밤에는 시카고 건을 꼭 이야기하고 싶어. 이번에는 소심하지 않을 거야.

브래지어를 하면서 마이클은 싱글아빠이고, 그것도 아주 훌륭한 아빠란 사실을 떠올렸다.

마이클은 시장으로서 의무를 다 해내기에도 업무가 너무 많아. 그런 그에게 나와 시간을 보낼 건지, 자기 딸하고 시간을 보널 건지 선택하라고 해서는 안 돼. 그는 우리 둘 다를 만족시키려 애쓰고 있는 거야.

에비에게 보낼 문자를 치는 마이클을 보면서 말했다.

"좋은 생각이 있어. 오늘 밤에는 에비와 만나. 두 사람만 말이야. 난 내일 따로 만날 수 있을 거야."

마이클의 표정이 굳어졌다. "안 돼! 제발. 난 당신도 가면 좋겠어."

"하지만 장담하지만 에비는 당신과 단둘이 있는 걸 더 좋아해. 그리고 내가 말했던 그 시카고 일자리 있잖아. 거기에 대해서 당신과 단둘이 얘기할 시간이 필요해. 내일 다시 만나면 어떨까?"

"난 내 인생의 오늘 밤을 두 여성분과 함께 보내고 싶은데." 마이클이 다가와 가볍게 내 목에 입술을 댔다. "한나, 난 당신을 사랑해. 그리고 에비가 당신을 더 자주 만날수록 그 애도 당신을 더 좋아하게 될 거야. 에비에게 한가족처럼 우리 셋이 함께 있는 모습을 자꾸 보여주는 게 좋잖아, 안 그래?"

마음이 누그러졌다. 마이클은 우리의 미래를 정확히 내가 바라던 대로 그리고 있었다.

우리는 세인트 찰스 시의 동쪽으로 달려가 캐럴턴에 있는 마이클의 집에 10분 늦게 도착했다. 마이클은 에비를 데려오기 위해 빠른 걸음으로 현관을 향해 걸어갔고, 나는 그의 SUV에 앉아서 한때는 세 사람이 한가족으로 살았던, 크림색 벽토를 바른 웅장한 그 집을 뚫어지게 바라보았다.

'빛 속으로' 집회를 후원하기 위한 입찰식 경매장에서 마이클을 처음으로 만난 그날, 나는 마이클에게 딸이 있다는 사실을 눈치챘다. 나는 그가 우리 아빠처럼 싱글대디라는 점에 끌렸다. 우리가 사귀기 시작했을 때 나는 에비의 존재를 긍정적인 측면으로만 바라봤다. 나는 아이들을 좋아하니, 그 애는 내게 일종의 보너스라고 생각했다. 적어도 그 아이를 직접 만나기 전까지는……

철문이 활짝 열리더니 에비와 마이클이 나왔다. 에비는 거의 자기 아빠만큼 키가 컸다. 핀으로 머리를 뒤로 묶은 덕분에 아름다운 초록색 눈이 잘 드러났다. 에비는 뒷자리에 올라탔다.

"안녕, 에비! 정말 예쁘구나!"

"안녕하세요."

에비는 건성으로 인사하면서 밝은 분홍 '케이트 스페이드' 백에 손을 넣어 휴대폰을 집어들었다.

마이클은 추피툴라스 거리 쪽으로 차를 몰았고, 나는 에비를 대화 속에 끌어들이려고 애썼다. 하지만 여느 때처럼 에비는 한마디 이상을 대답하지 않았고 나와 눈을 마주치지 않았다. 자기가 뭔가를 나누고 싶을 때는 언제나 자기 아빠를 똑바로 보면서 말머리에 꼭 '아빠'라는 호칭을 붙였다. 마치 비언어적인 암시만으로는 나를 없는 사람 취급하기에 충분하지 않은 것처럼. "아빠, 나 SAT 점수 나왔어." "아빠, 나 아빠가 좋아하는 이 영화 봤어."

에비가 고른 프랑스인 구역에 있는 '브루사드' 레스토랑에 도착하니 호리호리한 검은 머리 백인 여자가 우리를 테이블로 안내했다. 초로 불을 밝힌 다이닝룸과 연결된 안마당에서는 가스등이 깜박이고 있었다. 잘 차려입은 노부부가 앉은 테이블을 지날 때 나를 눈여겨보는 그들의 모습이 눈에 띄었다. 나는 그들에게 미소를 지었다.

"한나, 난 당신의 열렬한 팬이에요." 내 손을 쥐면서 노부인이 말했다. "매일 아침 당신 덕분에 웃는다오."

"오, 고맙습니다." 그녀의 손을 토닥이면서 내가 말했다. "정말 뭐라 말할 수 없을 정도로 고마워요."

우리 세 사람이 테이블에 자리를 잡고 앉자, 마이클을 자기 쪽으로 더 당겨 앉게 한 에비가 마이클에게 투덜거렸다. "약을 한 게 틀림없어. 이 도시를 구하는 건 아빤데, 사람들의 주목을 받는 건 저 여자야. 사람들은 정말 멍청해."

피오나 놀스에게 괴롭힘당하던 블룸필드 힐스 아카데미 시절로 되돌아간 듯한 기분이 들었다. 나는 마이클이 나를 변호하기를 기다렸지만, 그는 그냥 킥킥거리고 말았다.

"그게 뉴올리언스의 연인과 사귀면서 내가 지불하는 대가지."

마이클이 탁자 아래에서 내 무릎을 꽉 쥐었다.

털어버려, 에비는 그냥 어린애일 뿐이야. 예전의 너와 하나도 다르지 않아. 나는 속으로 나 자신을 다독였다.

갑자기 기억 하나가 내 의식 속에 선명히 떠올랐다. 하버코브에서였다. 엄마의 남자친구인 밥은 아이스크림 가게인 테스티 프리즈 앞에 차를 댔다. 엄마는 조수석에 앉아 있고 나는 뒷좌석에 처박혀

서 손톱을 물어뜯고 있었다. 밥이 그 멍청한 웃음을 띤 얼굴을 하고 어깨 너머로 나를 바라보았다. "아가씨, 핫 퍼지 선데이 어때? 아니면 바나나 스플릿은?" 나는 팔짱 낀 손을 배 위에 놓고 내 배 속에서 꼬르륵 소리가 나지 않기를 바라며, "난 배 안 고파요"라고 말했다.

나는 눈을 감고 그 기억을 떨쳐버리려 애썼다. 도로시와 그 망할 놈의 돌 때문이야!

메뉴판을 집어든 나는 내가 입고 있는 드레스보다 값 비싸지 않은 요리가 있는지 살폈다. 남부 신사인 마이클은 언제나 자기가 밥 값을 내겠다고 우긴다. 하지만 펜실베이니아 광부의 후손인 나는 항상 가격을 의식한다.

몇 분 후에 마이클이 주문한 음료를 가지고 돌아온 웨이터가 에비의 잔에 탄산수를 따랐다.

"에피타이저로 식사를 시작하시겠습니까?"

"음, 어디 보자……."

마이클이 메뉴판을 들여다보면서 선뜻 결정을 못하는 사이, 에비가 기선을 잡았다.

"허드슨 밸리 푸아그라랑 블랙 앵거스 카르파초(생고기를 얇게 썬 요리 – 옮긴이)랑, 조지스뱅크 바다 가리비 주세요. 그리고 노루버섯 테린(잘게 썬 고기와 갖은 재료를 넣고 오븐에 중탕으로 익히는 요리 – 옮긴이)도요. Aussi, s'il vous plaît.(부탁드립니다. 감사합니다.)" 웨이터에게 프랑스어로 인사까지 덧붙인 에비가 아빠를 올려다보며 말했다. "아빠도 이 집 버섯을 좋아하게 될 거예요."

웨이터가 가고 나서 나는 내 메뉴판을 옆으로 치웠다.

"그래, 에비야, SAT 점수를 받았다고 하니, 어느 대학에 갈지 생각이 좀 모아졌니?"

에비가 휴대폰에 손을 뻗어 문자를 확인했다. "그렇지도 않아요."

마이클이 웃으며 대신 대답했다. "오번대학교와 툴레인대학교, 서든캘리포니아대학교 셋 중 하나로 좁혀졌어."

마침내 공통 주제가 생겼어! 나는 에비에게로 몸을 돌렸다.

"서든캘리포니아? 거긴 내가 다녔던 데야. 너도 캘리포니아가 마음에 들 거야. 그래, 에비야, 잘 모르는 게 있으면 부담 갖지 말고 나한테 물어봐. 추천서를 써줄 수도 있어. 그것 말고도 필요하면 뭐든 도와줄 수 있어."

마이클의 눈썹이 올라갔다. "에비, 넌 유리한 조건을 갖게 된 것일 수도 있어. 한나는 그 학교 졸업생들 중에서 유명인사야."

"마이클, 그런 말도 안 되는……."

분명 말도 안 되는 어리석은 이야기였다. 하지만 마이클의 말에 나는 위안을 받았다.

에비는 시선을 여전히 휴대폰에 꽂은 채 머리를 절레절레 흔들었다. "내 리스트에서 서든캘리포니아는 뺐어요. 좀 더 도전적인 곳에 지원할 거예요."

"아, 당연히 그래야지." 나는 쥐구멍을 찾아 들어가고 싶은 심정으로 메뉴판을 쥐고 얼굴을 그 안에 묻었다.

내가 처음 에비를 만난 것은 마이클과 내가 사귀기 시작하고 8개월이나 지나서였다. 나는 어서 빨리 그 애가 보고 싶었다. 당시 에비는 막 열여섯 살이 되었고 나는 우리가 금방 친구가 될 것이라고 믿었다. 우리 둘 다 경주마처럼 활동적인 성격인 데다 에비는 학교신문 기자로 활동하고 있었다. 또 우리 둘 다 엄마 없이 자랐다.

나는 에비와의 첫 만남이 격식 없이 자연스럽게 이루어질 수 있도록 카페 '두 몽드'에서 커피와 도넛을 먹기로 했다. 그 자리에서 마이클과 나는 그 달콤한 빵을 한 입 가득 베어 물며, 설탕가루가 잔뜩 묻은 접시와 우리 얼굴을 보고 서로 웃었다. 하지만 에비는 미국인들은 단것을 너무 많이 먹는다고 선언한 다음, 의자에 기대앉아 블랙커피만 홀짝였다. 그날 하루 종일 휴대폰 문자만 보내면서.

"그 애에게 시간을 줘. 나를 남과 함께 나누는 게 익숙하지 않아서 그래." 마이클은 이렇게 설명하곤 했다.

문득 식당 안이 갑자기 조용해진 것을 깨닫고 고개를 들었다.

마이클과 에비가 다이닝룸 맞은편을 보고 있었다. 나도 그들의 시선을 따라갔다. 6미터쯤 떨어진 코너 테이블 옆에 한 남자가 한쪽 무릎을 꿇고 앉아 있고, 손으로 입을 가린 검은 눈동자 한 쌍이 그를 내려다보고 있었다. 남자가 작은 상자를 내밀었다. 그의 손이 떨리는 게 보였다.

"부디 나와 결혼해줘, 캐서린 베넷."

감정이 복받쳐서 잠긴 듯한 그 남자의 목소리에 내 콧등이 찡해왔다.

얼간이처럼 굴지 말자. 나 자신을 다잡았다.

그 여자는 탄성을 내지르며 남자의 품으로 뛰어들었다. 레스토랑 곳곳에서 박수갈채가 쏟아졌다.

나도 박수치고 웃으며 눈가를 슬쩍 훔쳤다. 테이블 맞은편에서 바라보는 에비의 눈길이 느껴졌다. 우리의 눈이 마주쳤다. 에비의 입가가 위로 올라가 있었다. 따뜻한 미소는 아니었다. 그 아이는 실실 웃고 있었다. 이 열일곱 살짜리가 날 비웃는 게 확실하다. 그 아이가 무슨 생각을 하고 있는지 알 것 같다. 그 애는 사랑을 믿는, 그것도 자기 아빠와의 사랑을 믿는 내가 바보라고 생각하고 있다.

"마이클, 의논할 게 있어."

마이클이 탄 사제라크 칵테일을 한 잔씩 들고 우리는 우리 집 하얀 소파 양 끝에 앉았다. 깜박이는 벽난로 불빛이 방 전체를 호박색으로 물들이고 있었다. 나는 이 평화로운 분위기가 나한테 그런 것처럼 마이클에게도 가짜처럼 느껴지는지 궁금했다.

마이클은 안경을 빙빙 돌리면서 머리를 저었다.

"한나, 그 앤 그냥 십대 소녀야. 걔 입장에서 생각해봐. 자기 아빠를 다른 여자랑 함께 나누기가 얼마나 힘들지. 제발 그냥 이해해주면 안 되겠어?"

나는 마이클을 쏘아보았다. 오늘 밤에 에비만 만나라고 제안한 건 나다. 나는 그가 그 점을 떠올리길 바랐지만, 그렇다고 이야기가 옆길로 새는 것도 원하지 않았다.

"에비 이야기가 아냐. 우리 문제를 말하려는 거야. WCHI에 제안서를 메일로 보냈어. 제임스 피터스에게 내가 그 일자리에 관심 있다고 했다고."

나는 긴장이나 불만으로 마이클의 얼굴이 굳어지기를 바라면서 그의 얼굴을 살폈다. 하지만 그는 다시 활기를 되찾았다.

"잘했어, 자기!" 마이클이 소파 등 뒤로 손을 올려 내 어깨에 얹었다. "그 문제라면 내가 백프로 지원해줄게."

갑자기 위가 조이는 느낌에 나는 목걸이를 만지작거렸다.

"당신도 알잖아. 그건 그냥 일일 뿐이야. 당신이 지원할 필요는 없어. 마이클, 난 1,400킬로미터나 떨어진 곳으로 가게 돼. 난 당신이……."

"난 내가 원하는 것을 부탁하는 법을 오래 전에 배웠어"라던 도로시의 말이 떠올랐다.

나는 마이클의 얼굴을 똑바로 보았다.

"난 당신이 나더러 여기 있어달라고 했으면 좋겠어."

5

거실 탁자에 안경을 놓은 마이클이 내 곁으로 당겨 앉았다. "머물러줘." 내 팔뚝을 잡은 그의 푸른 눈이 내 눈을 깊숙이 들여다보며 말했다. "제발 떠나지 마."

마이클은 내 몸을 당겨 길고 깊은 희망적인 키스를 했다. 그가 몸을 뗐을 때 그는 내 귀 뒤의 묶은 머리를 걷어 올렸다.

"방금 생각했는데, 그래도 당신은 그 인터뷰에 최선을 다할 필요가 있어. 그건 당신이 WNO와 다음번 계약조건을 협상할 때 하나의 협상카드가 될 거야."

나는 고개를 끄덕였다. 물론 마이클의 말이 옳다. 특히 현실적으로 클라우디아 캠벨이 변수로 있는 한에서는.

마이클이 손바닥으로 내 볼을 감쌌다. "한나, 난 당신을 정말로 사랑해."

나는 미소 지었다. "나도."

"그러니 뉴올리언스를 떠나더라도 당신이 나를 떠나는 건 아냐." 그가 소파에 등을 기댔다. "당신도 알다시피, 에비는 이제 다 자라서 집에 혼자 있을 수도 있어. 게다가 주말에는 약속이 많더라고. 덕분에 한 달에 한 번, 잘하면 한 달에 두 번도 당신을 만나러 갈 수 있을 거야."

"그럴 수 있다고?"

믿긴 힘들지만, 주말 전체를 마이클과 단둘이서만 보낼 수 있다니! 우리는 서로 팔베게를 하고 잠이 들 것이고, 다음 날 아침에 눈을 뜨면 함께 보낼 수 있는 온전한 하루가 우리 눈앞에 펼쳐져 있을 것이다…….

마이클이 옳다. 실제로 내가 시카고로 옮기면, 우리는 더 많은 시간을 함께 보낼 수 있을 것이다.

"그럼 그 사이 주말에는 내가 여기로 다시 오면 되겠네."

기대의 풍선이 부풀어오르는 것을 느끼면서 내가 말했다.

"바로 그거야. 당신이 일 년 동안 그 자리를 지킨다고 해봐. 그럼 당신은 전국 단위에서 인지도가 생길 거야. 그럼 워싱턴에서 일자리를 찾는 데 매우 유리해질 거야."

"워싱턴?" 나는 고개를 저었다. "모르겠어? 난 당신과 미래를 함께하길 원해."

마이클은 한숨을 쉬었다. "이건 비밀인데, 나 상원의원에 출마할 생각이야. 사실 한스 상원의원이 재선 여부를 확실히 하지 않았기 때문에 지금 이야기하는 건 약간 시기상조이긴 하지만 말이야."

내 입가에 미소가 떠올랐다. 마이클은 미래를 그리고 있다. 몇 년 후 마이클은 워싱턴에 있을 것이다. 그리고 나 역시 그곳에 있게 되리라 확신하면서.

주말이 끝나가는 일요일 밤, 나는 침대에 누워 멍하니 천장을 응시하고 있었다. 왜 아직도 이렇게 공허한 걸까? 이번에는 내가 원하는 바를 마이클에게 이야기했다. 그리고 그는 적절한 대답을 했다. 그런데 전보다 더 외로운 이유가 뭘까?

새벽 1시 57분이 되어서야 나는 그 이유를 알았다. 난 틀린 질문을 한 거다. 마이클도 나와 함께하기 원한다는 사실은 알게 되었다. 하지만 내가 정말 알고 싶었던 건 '마이클이 나와 결혼하길 원하나?'였다.

❖

월요일 오후, 제이드와 나는 오더번 공원에서 파워워킹을 하고 있었다.

"여보, 제발 한 번만 기회를 줘. 다시는 그러지 않을게. 맹세해'라고 마르쿠스가 나한테 말했어."

배 속이 뒤틀리는 느낌이다. "그에겐 다른 여자가 있었잖아."

"더 이상은 아니래. 그 여자는 그저 나를 대신한 시시한 대체물일 뿐이었대."

"그래서 넌 뭐라고 했어?"

"난 '꿈도 꾸지 마! 턱을 부숴놓기 전에 입 닥쳐'라고 말했지."

나는 웃으며 제이드에게 하이파이브를 했다. "잘했어! 확실하게 했군."

제이드가 걸음을 늦췄다. "그런데 이 망할 놈의 죄책감은 대체 왜 드는 거지? 마르쿠스는 참 좋은 아빠였어. 아니, 좋은 아빠야. 데본은 그를 아주 좋아해."

"마르쿠스는 아들을 계속 만날 수 있잖아. 그는 네가 데본에게 사실을 말하지 않은 것도, 소송을 제기하지 않은 것도 고마워해야 해. 그랬다면 아들을 못 만날 수도 있을 테니까."

"나도 알아. 하지만 데본은 이해 못해. 데본은 내가 자기 아빠에게 못되게 굴고 있다고 생각해. 데본의 반항적인 태도와 마르쿠스의 애걸이 2인조로 팀을 이뤄 날 공격하고 있어. 마르쿠스는 우리가 함께했던 지난 15년의 기억을 나에게 상기시키려고 무진 애를 쓰고 있어. 내 자동차 브레이크가 고장 나 자기 차 뒤꽁무니에 바짝 붙어 갔던 이야기, 어려운 시절을 겪으며 밤에도 주말에도 일해야 했던 이야기, 잠도 못자고……."

나는 제이드의 말을 듣지 않았다. 마르쿠스의 고생담은 서른 번도 넘게 들어서 더는 듣고 싶지 않았다. 부모님의 전폭적인 지지 아래 제이드는 지난 10월 마르쿠스를 떠났다. 마르쿠스가 제이드를 때린 바로 그날 말이다. 그리고 그 다음 주 이혼 절차를 밟았다. 고맙게도 제이드는 흔들리지 않았다. 적어도 아직까지는.

"나도 마르쿠스를 좋아했어. 정말이야. 하지만 그가 한 행동에는 변명의 여지가 없어. 비난받아야 할 사람은 네가 아니야, 제이드. 넌 네 아들에게 훌륭한 본을 보여주고 있어. 어떤 남자도 여자를 때려서는 안 돼. 결코! 그걸로 이야기는 끝났어."

"알아. 네 말이 맞다는 거 나도 알아. 난 그저……, 이런 말 한다고 날 미워하진 마, 한나벨. 난 가끔 그가 그리워."

나는 제이드의 팔짱을 끼었다. "'복사해서 붙여넣기' 하자면, 나도 가끔 잭과 함께했던 시간이 그리워질 때가 있어. 하지만 그는 신뢰를 잃었어. 너와 마르쿠스도 마찬가지야."

제이드가 내 쪽으로 몸을 돌렸다. "마이클과 데이트는 어땠어? 더 이상 꾸물대지 말고 다이아몬드 반지를 사달라고 말했어?"

나는 토요일 밤에 나눈 우리의 대화를 들려주었다. "결론은 내가 시카고로 간다면 우리가 온전히 함께할 수 있는 시간이 실제로 더 늘어날 수 있다는 거야."

제이드는 회의적인 표정이었다. "정말? 그가 이 소중한 도시를 떠난다고? 매달 꼬박꼬박? 네가 그 '괴팍양'을 상대하지 않아도 되고?"

에비를 지칭하는 제이드의 호칭에 나는 웃지 않을 수 없었다.

"그 사람 말로는 그래. 물론 지금은 나도 정말 그 일을 원하고 있어."

"안 돼! 넌 떠날 수 없어. 내가 절대 안 보낼 거니까."

내가 마이클에게 원했던 게 바로 이 반응이다.

"걱정 마. 나보다 더 훌륭한 지원자가 엄청나게 많을 거야. 하지

만 내 입으로 말하긴 좀 그렇지만, 난 꽤 괜찮은 제안서를 보내긴
했어."

나는 대유행 중인 '용서의 돌'과, 오랫동안 만나지 못한 엄마와
피오나를 게스트로 초대할 기획을 담은 제안서에 대해 들려주었다.

"잠깐…… 네 엄마라고? 엄마는 돌아가셨다고 하지 않았어?"

나는 움찔하며 눈을 감았다. 내가 그렇게 이야기했던가?

"문자적으로는 아니야. 하지만 비유적으로 말하면 그래. 오래전
우리 사이는 크게 어그러졌어."

"몰랐어."

"미안해. 이 이야긴 하고 싶지 않아. 아주 복잡한 얘기야."

"음, 감동적이야, 한나벨. 넌 엄마와 화해하고 방송에 초대할 생
각이구나."

"오, 절대 아니야!"

제이드가 고개를 흔들었다. "진작에 알았어야 했는데, 네 경계선
이 어디인지."

제이드 목소리에 담긴 빈정대는 기미를 무시하고 내가 말했다.

"맞아, 그건 넘지 말아야 할 경계선이야. 그리고 그냥 제안서일
뿐이고 꾸며낸 거라고. 우린 사실 화해하지 않았어."

"알겠어. 그러면 '용서의 돌' 이야기를 더 해봐. 그게 '감옥탈출 황
금열쇠' 같은 거니? 깊이 숨겨둔 부끄러운 비밀을 고백하고 상대방
에게 돌을 주면 만사가 해결되는 거야?"

"음, 좀 감상적으로 들리지?"

제이드가 어깨를 으쓱했다. "아니, 꽤 훌륭한 생각인 것 같아. 그

아이디어가 왜 그렇게 유행하게 됐는지 알겠어. 용서가 필요하지 않은 사람이 누가 있겠어?"

"맞아, 제이드. 클리니크 화장품 판매대에서 충동적으로 샘플을 집어온 정도가 네가 지은 가장 큰 죄겠지만 말이야."

나는 웃으며 제이드를 보았다. 하지만 그녀의 얼굴은 어두웠다.

"헤이, 농담이야. 넌 정말 완벽에 가까운 사람이란 뜻이야."

제이드는 쭈그리고 앉아 무릎을 감싸안았다.

"한나벨, 넌 몰라."

나는 제이드를 잔디밭으로 데려갔다. 조깅하는 사람들이 우리를 지나쳐 갔다. "무슨 일이야?"

"내가 한 엄청난 거짓말이 냄새나는 치즈처럼 25년 동안 줄곧 나를 따라다녔어. 아빠가 암 선고를 받은 후론 그 무게가 나를 짓눌러 숨도 못 쉬겠어."

제이드는 몸을 펴더니 기억에서 도망이라도 치는 듯 먼 곳을 바라보았다. 이 돌이 무슨 짓을 저지르고 있는 건가? 평화를 가져오는 게 아니라, 회한을 일으킨다.

"내가 열여섯 살이 되던 생일이었어. 부모님이 파티를 열어주셨지. 우리보다 아빠가 더 신나셨던 것 같아. 아빠는 완벽한 파티를 위해 지하실에 페인트도 칠하고 가구도 새로 들여놓아줬어. 내가 흰색 카펫이 있으면 좋겠다고 하자, 아빤 두말하지 않고 그대로 해주셨어." 제이드가 나를 바라보며 미소 지었다. "상상이 가? 흰색 카펫이 깔린 지하실!"

"그날 밤, 여자친구들 열다섯 명이 왔어. 오, 그리고 우린 남자애들에게도 인기가 많았어! 남자애들 여섯 명이 체리 보드카와 무시무시할 정도로 빨간 와인을 들고 지하실 문을 두드렸는데, 우리는 아무 생각 없이 열어줬지. 하지만 난 무서웠어. 부모님이 지하실로 내려오시기라도 하면 평생 외출금지를 당할 거고, 술 마신 것까지 들키면 아마 산 채로 껍질이 벗겨질 거라고 생각했거든. 하지만 부모님은 이미 우리를 살펴보고 올라가신 데다, 텔레비전에서 〈48시간〉을 하는 시간이었어. 부모님은 나를 믿었어. 그런데 한밤중에 내 친구 에리카 윌리엄스가 벌처럼 부들부들 몸을 떨더니 메스꺼워하면서 흰 카펫 위에다 전부 토해버린 거야."

"오, 맙소사! 넌 어떻게 했어?"

"물론 최대한 문질러 닦았지. 하지만 얼룩은 남았어. 다음 날 아침 아빠가 지하실로 내려와 그 얼룩을 봤어. 나는 에리카가 토했다고 말씀드렸어. 아빠가 '술 마셨니?'라고 묻길래 난 아빠 눈을 똑바로 보며 대답했어. '아니요, 아빠.'"

제이드의 목소리가 떨렸다. 나는 그녀의 어깨에 팔을 둘렀다.

"제이드, 대수롭지 않은 일이야. 잊어. 넌 그저 어린애였잖아."

"아빤 20여 년 동안 그 이야기를 계속 꺼내셨어, 한나. 심지어 내 서른 살 생일에도 다시 물으셨어. '제이드, 네 열여섯 살 생일파티 때 에리카가 술을 마셨니?' 그러면 난 언제나처럼 대답했고, '아니요, 아빠.'"

"그렇다면, 이제 네 아버지에게 진실을 말해야 할 때가 된 건지도 몰라. 아버지에게 '용서의 돌'을 드려. 내 생각엔 진실이 아버지에게 입힐 상처보다 거짓말이 너에게 입히는 상처가 더 큰 것 같아."

제이드가 고개를 저었다. "너무 늦었어. 지금 암이 뼈까지 전이됐어. 진실을 말하면 아빠는 돌아가실지도 몰라."

제이드와 내가 마지막 바퀴를 돌고 있을 때 도로시에게서 전화가 왔다. 최근 들은 목소리 중 가장 기운차고 쾌활했다.

"얘야, 오늘 오후에 들러줄 수 있겠니?"

도로시가 방문해달라고 부탁하는 건 드문 일이다. 보통은 내가 너무 자주 온다고 나를 나무라곤 했다.

"그럼요, 기꺼이 갈게요. 무슨 일 있나요?"

"놀라운 일이야. 그리고 올 때 작은 주머니 여섯 개쯤 가져다주겠니? '마이클스'에서 팔 것 같은데."

오, 멋지군. 다시 '용서의 돌'이네.

"도로시, 당신은 제가 주는 돌을 거절했잖아요. 당신은 순환의 고리에서 벗어난 거예요. 그러니 그 우스꽝스러운 '용서의 돌'을 계속 순환시킬 필요는 없어요."

"여섯 개. 우선 그거면 돼." 도로시는 고집스레 말했다.

미리 예상했어야 했다. 도로시는 돌림편지나 이메일에 동참하길 무척 좋아한다. 그녀라면 '용서의 돌' 같은 새 유행에 참여할 기회를 절대 놓치지 않을 것이다. 돌을 받을 자격이 있다고 여기든 아니든 간에, 이미 순환의 고리에 발을 들인 도로시는 용서의 순환이 계속되게 만들 것이다.

"좋아요, 하지만 제가 받은 편지에 적혀 있기로는 용서의 돌은 하나였는데요. 여섯 개가 아니라요."

"넌 내가 76년을 살면서 단지 한 사람에게만 상처를 줬을 거라고 생각하니? 우리 모두가 이런저런 수치의 짐을 지고 있다는 걸 너도 알잖아. 이 우스꽝스러운 '용서의 돌'의 미덕이 거기에 있는 것 같구나. 그 돌은 사람들에게 약점이 있을 수 있다는 것을 인정해주고 있어. 아니, 어쩌면 약점이 있을 수밖에 없다고 말해주고 있어."

그날 오후 늦게 도로시를 방문했을 때, 도로시의 표정은 달라져 있었다. 굳어 있던 주름이 부드러워져 훨씬 온화해 보였다. 파라솔이 달린 정원 테이블 앞에 앉아 있는 그녀 앞에는 피오나 놀스의 오디오북이 놓여 있었다. 나는 그것을 노려보았다. 나를 그렇게도 괴롭혔던 소녀가 지금 용서의 상징이 되었다. 그리고 틀림없이 그건 돈이 될 것이다. 대성공이다.

"사람들은 두 가지 이유에서 비밀을 간직하지. 자기 자신을 지키기 위해, 혹은 다른 이들을 지키기 위해. 놀스가 한 말이야." 도로시가 말했다.

"정말 놀라운 계시군요. 똑똑한 여자예요."

"정말 그래. 얘야, 주머니는 가져왔니?"

도로시는 내가 비꼬고 있다는 사실을 눈치채지 못한 것이 분명했다. 아니면 모르는 척하기로 했거나.

"네. 얇은 망사로 된 흰색 주머니예요. 조그만 녹색 물방울무늬가 있어요."

나는 그녀의 손에 주머니를 쥐여주었다. 도로시는 손으로 더듬거리며 끈을 당겨 주머니를 열었다.

"아름답구나. 내 방 침실 등 옆에 돌을 담아둔 컵이 있을 거야. 그걸 좀 가져다주겠니?"

나는 자갈이 담긴 플라스틱 컵을 가지고 왔다. 도로시는 테이블 위로 자갈을 쏟아 부었다.

"마릴린이 어제 정원에서 이걸 모아줬어." 그녀는 조심스럽게 돌을 둘씩 모았다. "첫 번째 돌 두 개는 마릴린에게 보낼 거야. 그녀는 아직 몰라."

"마릴린?"

평생에 걸쳐 도로시의 가장 가까운 친구인 마릴린의 이름이 나와 나는 깜짝 놀랐다. 하지만 생각해보면 일리 있는 얘기다.

"음, 누군가를 평생 동안 알고 지냈다면 분명 한두 번은 그 사람의 마음을 아프게 했겠군요. 그렇죠?"

"맞아. 큰 상처를 줬지."

도로시는 눈을 감고 고개를 흔들었다. 그 생각을 떠올리는 것만으로도 몸이 떨리는 듯했다.

"난 늘 인생이란 촛불로 가득 찬 넓은 동굴 같은 방이라고 생각해 왔어. 우리가 태어날 때, 그 초들은 절반쯤 켜져 있었어. 그리고 선행을 할 때마다 초에 하나씩 불이 들어오면서 조금씩 빛을 더해가지."

"멋지네요."

"하지만 살면서 이기심과 잔인함 때문에 어떤 불꽃은 사그라지고 말아. 그렇게 우리는 어떤 초에는 불을 붙이고 어떤 촛불은 꺼뜨려. 이 세상에 어둠보다는 빛을 더 밝히기를 바라는 게 우리가 할 수 있는 전부야."

나는 얼마나 많은 초가 내 인생의 방을 밝히고 있을지 그려보며 잠시 말없이 있었다. 내가 이제껏 살면서 어둠보다 빛을 더 밝혔는지 궁금했다.

"아름다운 비유예요, 도로시. 당신은 아주 밝은 빛을 밝히며 살아왔어요."

"오, 하지만 살면서 많이 꺼뜨리기도 했지." 도로시는 더듬거리며 돌 두 개를 한데 모았다. "이건 스티븐에게 줄 거야."

"관대하시군요. 전 당신이 그를 경멸한다고 생각했어요."

잭과 사귀던 시절, 그의 생부인 스티븐 루소를 두 번 만났다. 품위 있는 사람으로 보였다. 하지만 도로시는 자신의 전남편 이야기는 거의 하지 않았다. 전남편 이야기라곤 유방절제술을 받은 지 9개월 만에 이혼을 선포한 막돼먹은 놈이었다는 게 전부였다. 30년이란 세월이 흘렀지만 도로시의 상처는 온전히 회복된 것 같지 않았다.

"난 지금 내가 가르쳤던 스티븐 윌리스 이야길 하는 거야. 영리한 아이였지만 그 아이의 가족들은 형편없이 살았어. 나는 그 애가 낭떠러지 아래로 떨어지는 걸 그냥 보고만 있었어. 한나, 난 나 자신을 용서할 수가 없어. 스티븐의 형들이 아직 시내에 사는 것 같아서 연락할 수 있는지 알아보려고 해."

얼마나 용감한 행동인가? 아니, 그게 아닌가? 어쩌면 사과로 도로시의 죄책감은 가벼워질지 모른다. 하지만 스티븐에게는 생각하고 싶지 않은 어린 시절의 기억을 떠올리게 할 수도 있지 않을까?

도로시는 또다른 한 쌍의 돌 위에 손을 올렸다. "이건 잭에게 보낼 거야. 쓸데없이 참견한 데 대해 아직 사과하지 못했어."

그 말에 나는 차갑게 얼어붙었다.

"내가 아니었다면 너희 둘은 지금쯤 결혼했을 거야. 한나, 너에게 고백하라고 잭을 부추긴 사람이 나였어. 잭이 감당하기에는 그 죄책감이 너무 무거웠거든. 엄마라면 누구나 그걸 알아. 그 애의 은밀한 죄가 너희 두 사람 관계를 파괴하고 마침내는 결혼까지 깨뜨렸지. 난 잭이 고백하면 네가 용서해주리라 생각했단다. 내가 틀렸던 거야."

나는 도로시의 손을 잡으며 말했다. "전 잭을 용서했어요. 하지만 당신 말이 맞아요. 어쩌면 잭이 제게 진실을 고백하지 않는 편이 나았을지 몰라요. 혼자 간직하는 게 나은 비밀도 있는 법이니까요."

도로시가 고개를 들었다. "네 엄마와 너 사이의 비밀처럼 말이니?"

몸이 경직되었다. "비밀 얘기를 한 적은 없는데요."

"말하지 않아도 알 수 있어. 어머니는 자식을 버리는 법이 없단다, 한나. 네 엄마에게 용서의 돌을 보냈니?"

슬픔과 패배감이 동시에 밀려왔다. "편지는 없었어요. 줄리아에게 확인해봤어요."

도로시는 못마땅한 듯 헛기침을 했다. "네 아버지가 여자친구에게 진실을 말하지 않았을 수도 있지 않니? 그 핑계로 슬쩍 넘어가려고?"

  "생각할 시간이 필요해요, 도로시."

  "무엇이 당신을 덮어 어둡게 하든 그 위로 빛을 비추기 전까지는 그것이 당신의 눈을 가려 당신은 영원히 길을 잃게 된다, 피오나 놀스의 말이야."

6

매거진 거리에 있는 '가이즈'에 들러 먹을거리를 샀다. 석양 무렵, 나는 부엌 조리대 앞에 서서 튀긴 굴이 든 샌드위치와 '잽'의 감자 튀김을 먹으며 불이 밝혀진 노트북 컴퓨터 화면을 멍하니 보고 있었다.

'무엇이 당신을 덮어 어둡게 하든, 그 위로 빛을 비추기 전까지는 그것이 당신의 눈을 가려 당신은 영원히 길을 잃게 된다.' 도로시의 말이, 아니 피오나의 말이 나를 동요시켰다. 양심을 가진다는 건 어떤 느낌일까? 순수해서 흠이 없고 존경할 만하다는 건 어떤 느낌일까?

빌어먹을! 지금 나에게 필요한 건 그딴 게 아니다. 난 지금의 일과 인간관계만으로도 너무 바빠 '가이즈'의 음식으로 저녁식사를 대신할 정도다.

부엌 반대편으로 가서 냉장고를 열었다. 냉동실을 살피다 뜯지 않은 솔트 카라멜 아이스크림을 발견했다. 손을 뻗어 잡으려는 순간, 멈칫했다. 냉장고에 자물쇠가 달려 있으면 얼마나 좋을까 생각하며 냉동실 문을 꽝 닫았다. 텔레비전에 얼굴을 비추는 직업을 가진 사람은 날마다 칼로리와 싸워야 한다. 싸움에서 지면 이력도 끝난다. 스튜어트는 내 대기실에 체중계를 가져다놓으라고까지는 하지 않았지만, 가로줄 무늬처럼 옆으로 퍼지는 게 선택사항이 아니라는 점은 분명히 했다.

정신 바짝 차려!

음식 포장지를 쓰레기통에 던져넣고 거실로 걸어갔다. 유리문 밖으로 날이 저물고 있었다. 가족이 함께 모여 식사를 하고 엄마들은 아이들을 씻길 시간이다.

불쑥, 잭이 떠올랐다. 내가 오늘 도로시에게 한 말들을 나 자신은 믿고 있을까? 잭이 고백하지 않았다면 그가 바람피운 사실은 까맣게 모른 채 우리는 결혼 3주년을 맞고 있을까? 그렇다면 잭은 지금 시카고가 아니라 이곳 뉴올리언스에서 레스토랑 컨설팅을 하고 있겠지. 첫째 아이는 돌을 지났을 거고, 지금쯤은 둘째 계획을 세우고 있겠지.

잭은 대체 왜 일을 이 지경으로 망쳐놓았담! 에이미는 인턴사원이었다고! 제기랄, 스무 살밖에 안 먹은!

감상을 밀어놓고 생각한다면, 잭이 비밀을 고백하지 않기를 난 바랐을까? 알 길이 없다. 하지만 그 결과는 좋았다. 지금은 그걸 안다. 덕분에 마이클을 만나지 않았는가. 잭보다 마이클이 나와 훨씬 잘 어울린다. 물론 잭은 다정한 사람이며 그와 함께 있으면 즐거웠다는 건 인정한다. 하지만 마이클은 든든한 바위 같은 사람이다. 그는 따뜻하고 영리하며, 시간이 부족하다는 점을 늘 한결같은 충실함으로 보상한다.

방을 가로질러 의자 위에 던져놓은 토트백 안을 들여다보았다. 가방에서 작은 주머니를 꺼냈다. 남아 있던 돌이 손바닥 위로 떨어졌다. 손바닥 안에서 염주처럼 돌을 굴리며 책상으로 가 편지지 한 장을 꺼냈다. 첫 번째 단어를 쓰자 심장박동이 빨라졌다.

엄마,

나는 심호흡을 깊이 한 후 계속해서 썼다.

어쩌면 지금이 우리가 화해할 때인지도 모르겠어요.

손이 너무 떨려 글을 쓸 수 없을 지경이었다. 나는 펜을 옆으로 치우고 의자에서 일어섰다. 못하겠어!

열려 있는 유리문이 나를 유혹했다. 6층 발코니로 나가 쇠 난간에 기대, 보라색과 주황색 연무로 희미하게 덮인 서쪽 하늘을 감탄하며 바라보았다. 아래로 보이는 세인트 찰스 시내에선 전차가 넓은 대로를 가로지르는 빛나는 자동차들의 물결에 합류하고 있었다.

도로시가 그렇게 집요하게 주장하는 까닭이 뭘까? '에반젤린' 로비에서 처음 만난 바로 그 날, 나는 살아온 이야기를 도로시에게 했다. 그곳에서 10분쯤 수다를 떨다 도로시는 집으로 올라가 이야기를 계속하자고 했다. "우리 집은 617호란다. 나와 함께 칵테일 한잔 하지 않겠니? '라모스 피즈'를 한 통 만들 생각인데 어떠니?"

난 처음부터 도로시가 좋았다. 그녀 인격의 3분의 2는 꿀로, 3분의 1은 버번 위스키로 이루어져 있었다. 서로의 눈을 똑바로 보면서 대화를 나눌 때면, 우리가 서로의 삶을 온전히 이해한다는 느낌이 들었다.

우리는 스타일이 각각 다른 안락의자에 앉아 진과 크림과 레몬을 넣은 맛있는 전통 뉴올리언스 칵테일을 마셨다. 도로시는 자신이 14년간의 결혼생활을 접고 이혼한 지 34년이 되었다는 이야기를 들려주었다. 결혼해서 보냈던 시간보다 20년이 더 긴 세월을 혼자 지낸 것이다.

"스티븐은 가슴에 집착하던 남자가 분명했어. 그리고 그 시절엔 유방절제술이 그리 정교하게 이루어지지 않았어. 최악의 조합이지. 하지만 난 이겨냈어. 당시 세 살 먹은 아들이 있는 남부 여자에게 주어지는 건 아들을 위해 새 남편을 찾는 것이었지. 하지만 내가 월터코헨 고등학교에서 영어를 가르치며 혼자 살기로 결심하자 우리 엄마는 충격을 받으셨어. 그리고 내가 아는 것이라곤 20년의 아름다운 세월이 뜨거운 여름 한낮 도로 위에 떨어진 빗방울처럼 흔적도 없이 사라졌다는 사실뿐이야."

도로시는 애틋하게 과거를 회상하면서 자신이 유명한 산부인과 의사의 딸로 뉴올리언스에서 자랐다는 이야기도 들려주었다.

"아버지는 지역에서 평판이 높았던 분이셨어. 하지만 산부인과 의사의 아내인 우리 어머니는 그리 훌륭하지 않았지. 어머니는 오더번 드라이브의 상류 집안에서 자랐어. 어머니가 원하는 건 항상 아버지의 능력을 넘어섰단다."

'라모스 피즈'가 내 판단력을 마비시킨 게 틀림없다. 나도 모르는 사이에 평소엔 거의 꺼내지 않는 내 가족 이야기를 도로시에게 하고 있었다.

내가 열한 살 때, 아빠는 '애틀랜타 브레이브스'(미국 메이저리그 소속의 프로야구팀 – 옮긴이)에서 '디트로이트 타이거즈'로 이적했다. 6주 만에 부모님은 블룸필드 힐스 근교 부자동네에 집을 사고 명문 사립여학교로 나를 전학시켰다. 하지만 난 똘똘 뭉쳐 다니는 6학년 무리 속에 결코 끼지 못하리란 사실을 전학 첫날 바로 깨달았다. 헨리 포드나 찰스 피셔 같은 자동차 거물의 자손들에게 펜실베이니아 스쿨킬 카운티 출신의 순박한 야구선수를 아빠로 둔 말라깽이 전학생에게 보낼 관심은 없었다. 적어도 그 무리의 우두머리격인 피오나 놀스는 그랬다. 그리고 나머지 15명의 소녀들은 절벽에서 뛰어내리는 나그네쥐처럼 피오나를 그대로 따랐다.

석탄 광부의 아름다운 딸이자 그 당시 서른한 살이던 엄마가 나의 유일한 친구였다. 엄마 또한 나와 마찬가지로 부유한 이웃들 틈에서 따돌림을 당하고 있었다. 엄마가 창밖 먼 곳을 응시하며 끝까지 타들어갈 때까지 담배를 피우는 동안 난 옆에 앉아 수다를 떨었다. 우리에게 달리 할 수 있는 게 있었을까? 아빠는 야구를 사랑했고, 별다른 배움과 기술이 없는 엄마는 그런 아빠를 사랑했다. 그건 내 생각일 뿐일 수도 있지만 말이다.

우리가 이사 온 지 1년하고 한 달이 되던 11월의 추운 밤, 나의 세상은 뒤집혔다. 식당 옆 창문을 통해 눈이 내리는 모습을 보면서 나는 저녁을 차리고 있었다. 나는 끝도 없이 계속되는 흐린 날들과 다가오는 겨울을 놓고 불평을 늘어놓았다. 엄마와 나는 둘 다 조지아에서 살던 시절을 그리워하며 푸른 하늘과 따뜻한 산들바람을 회상하는 걸 즐겼다. 하지만 이사 온 후 처음으로 엄마는 내 편을 들지 않았다.

"이미 지난 이야기야." 엄마가 짧게 쏘아붙였다. "남쪽이 날씨가 더 좋은 건 분명해. 하지만 너는 너무 조지아 이야기만 하는구나. 이제 그만 잊어버려."

나는 내 편을 잃었다는 생각에 가슴이 쓰라렸다. 하지만 그때 아빠가 활짝 웃으며 뒷문으로 들어오는 바람에 반박할 기회를 갖지 못했다. 마흔한 살이었던 아빠는 메이저리그에서 가장 나이 많은 야구선수들 중 한 명이었다. 디트로이트에서의 첫 시즌은 실망스러웠기에 아빠는 걸핏하면 울화통을 터뜨렸다. 하지만 그날 밤 아빠는 겉옷을 옷걸이 위로 던지며 엄마를 껴안았다.

"집으로 돌아가게 됐어! '팬더스'(조지아주립대학교 야구팀 – 옮긴이) 팀의 새 수석코치가 됐어!" 아빠가 선언했다.

'팬더스'가 어떤 팀인지는 몰랐지만 집이 어딘지는 알았다. 애틀랜타! 조지아에서는 2년밖에 살지 않았지만 우리는 그곳을 우리 집이라고 불렀다. 그곳에서 우리는 적어도 행복했다. 이웃들과 바베큐 파티를 하고, 주말이면 타이비 섬으로 소풍을 가기도 하면서.

엄마가 아빠를 밀쳐냈다. "술 냄새나요."

하지만 아빠는 개의치 않았다. 나도 마찬가지였다. 나는 함성을 질렀고 아빠는 나를 안아 올렸다. 나는 숨을 깊이 들이마시며 잭 대니얼스 위스키와 카멜 담배가 섞인 익숙한 향기를 콧구멍에 가득 채웠다. 아빠지만 이 크고 잘생긴 남자에게 매달릴 때마다 느끼곤 했던 낯설고도 당혹스러운 환희를 느끼면서.

나는 엄마도 기쁨으로 춤추고 있을 거라 생각하며 엄마 쪽을 돌아봤다. 하지만 엄마는 창밖으로 고개를 돌리고 있었다. 엄마는 개수대를 손으로 짚고 어둑어둑한 밤 풍경을 응시하고 있었다.

아빠의 품에서 빠져나오면서 내가 말했다.

"엄마, 떠날 수 있다는데 행복하지 않아요?"

엄마가 몸을 돌렸다. 엄마의 아름다운 얼굴이 붉게 일그러져 있었다. "네 방으로 올라가라, 한나. 아빠와 할 얘기가 있어."

울고 싶은 것처럼 엄마의 목소리가 잠겨 있었다. 나는 얼굴을 찡그렸다. 도대체 엄마는 왜 저러지? 뭐가 문제지? 이제 우린 미시건을 벗어날 수 있어. 조지아로 가는 거야. 따뜻한 날씨와 빛나는 하늘과 나를 좋아하는 친구들이 있는 곳으로.

나는 씩씩거리며 슬그머니 부엌을 빠져나갔다. 하지만 침실로 가는 대신 소파 뒤에 쭈그리고 앉아 어두운 거실을 통해 들려오는 엄마 아빠의 대화에 귀 기울였다.

"대학에서 가르치는 건가요? 어떤 일이에요, 존?"

엄마의 목소리였다.

"당신은 이곳에서 행복하지 않았잖아, 수전. 당신은 그걸 숨기지 않았어. 그리고 솔직히 난 경기를 하기엔 나이가 너무 많아. 대학 코치는 거쳐가는 과정일 뿐이야. 몇 년 있으면 난 메이저리그에서 일할 자격을 갖게 될 거야. 그리고 우리는 한 번도 상상해본 적이 없는 돈을 벌게 될 거야. 지금까지 한 번도 벌어본 적이 없는 액수를 말이야."

"그건 다시 술을 마시게 된다는 걸 의미하나요?"

아빠의 목소리가 커졌다.

"아니야! 빌어먹을! 난 당신이 기뻐할 거라고 생각했어."

"왜 난 이 이야기 속에 뭔가 숨겨져 있을 것 같은 의혹이 들까요?"

"당신 마음대로 의심해. 이 자리를 제안받고 나는 수락했어. 이미 수락했다고."

"나에게 묻지도 않고요? 어떻게 그럴 수 있어요?"

나는 고개를 갸웃거렸다. 엄마가 화내는 이유가 뭐지? 엄마는 이곳을 싫어했어, 그러지 않았나? 아빠는 엄마를 위해, 우리 모두를 위해 결정한 거야. 엄마도 기뻐해야 마땅하잖아.

"왜 난 당신을 한 번도 기쁘게 하지 못하는 거지? 원하는 게 뭐야, 수전?"

엄마의 흐느끼는 소리가 벽을 통해 들려왔다. 나는 엄마에게 달려가 달래주고 싶었다. 하지만 입을 틀어막고 기다렸다.

"난…… 난 떠날 수 없어요."

간신히 아빠의 목소리를 들을 수 있었다. 부드럽고 낮은 목소리였다. "맙소사. 심각한 일이야?"

그리고 이어서 짐승이 울부짖는 듯한, 잊을 수 없는 소리가 뒤따랐다. 아빠는 애처롭게 흐느끼고 있었다. 그리고 그 사이사이 아빠는 엄마에게 함께 떠나자고 간청했다. 아빠에겐 엄마가 필요했다. 아빠는 엄마를 사랑했다.

극심한 공포와 두려움과 당혹감이 나를 덮쳤다. 아빠가 우는 모습은 한 번도 본 적이 없었다. 아빠는 강하고 분별 있는 사람이었다. 내 삶의 토대가 무너지고 있었다. 엄마가 계단을 올라가는 모습이 보였다. 그리고 곧 문이 닫히는 소리가 들렸다.

부엌에서 의자가 바닥에 긁히는 소리가 났다. 얼굴을 양손에 파묻고 의자 위로 무너지듯 내려앉는 아빠의 모습을 떠올릴 수 있었다. 그리고 이제 막 사랑을 잃은 한 남자의 숨죽인 흐느낌이 다시 시작되었다.

일주일 후 수수께끼는 풀렸다. 아빠는 다시 한 번 이적되었다. 이번에는 자신의 아내에 의해. 낮에는 목공을 가르치고 비수기에는 목수 일을 하는 밥이라는 사내가 아빠의 자리를 대신했다. 학교 상담교사가 소개해준 사람이었다. 아빠는 지난여름 그를 고용해 우리 집 부엌을 리모델링했다.

나는 끝내 내가 원하는 것을 얻지 못했다. 그로부터 9개월이 더 지나서야 나는 미시건을 떠나 아빠가 계신 애틀랜타로 갈 수 있었다. 엄마는 남았다. 아빠보다, 그리고 나보다 더 사랑하는 남자와 함께.

지금 난 화해하려 하는 걸까? 나는 한숨을 쉬었다. 도로시는 무슨 일이 있었는지 절반도 알지 못한다. 그 나머지 일을 아는 사람은 단지 네 사람밖에 없다. 그리고 그중 한 사람은 이제 세상에 없다.

사실 나는 파란만장했던 일련의 사건을 마이클에게 얘기하려고 했다. 세 번째 데이트를 하던 날, 우리는 '아르노'에서 근사한 저녁식사를 했다. 그 후 우리 집 소파에 앉아 칵테일을 마실 때였다. 마이클은 자신의 아내가 당한 비극적인 사고에 대해 자세히 털어놓았다. 우리는 둘 다 눈물을 흘렸다. 내 과거를 이야기한 적은 한 번도 없지만 마이클 품에 안겨 있자니 그날 밤만큼은 이야기를 꺼내도 괜찮을 것 같았다. 나는 이야기를 처음부터 들려주었다. 물론 밥과 만난 그 마지막 밤에 대해서는 언제나처럼 멈췄다. 수치스러웠기 때문이다.

"그래서 난 애틀랜타로 이사해서 아빠와 함께 살았어. 처음 2년 동안은 한 달에 한 번씩 엄마를 만나러 갔어. 늘 중간 지점에서 만났지. 주로 시카고였어. 아빠는 내가 엄마 집으로 가는 걸 허락하지 않으셨어. 나도 원치 않았고. 내 마음이 무거워질까 봐 걱정하신 거지. 엄마가 떠나기 전에는 아빠와 그리 친하지 않았어. 난 엄마와 항상 붙어다녔어. 아빠는 문자 그대로든 상징적으로든 늘 운동장에 계셨으니까 말이야. 아빠는 늘 여행 중이거나, 훈련 중이거나, 아니면 자주 술집에 계셨어."

마이클의 눈썹이 치켜 올라갔다.

"맞아. 아빠는 사람들과 어울리는 걸 좋아했고, 술을 즐겼어."

난 시선을 떨어뜨렸다. 뻔한 알코올중독자를 어떻게 해서든지 미화시켜보려는 내 모습이 부끄러웠다. 목소리가 갈라졌다. 잠시 멈춘 후에야 간신히 이야기를 계속할 수 있었다.

"그렇게 해서, 고등학교를 졸업한 뒤로는 엄마를 만난 적도, 소식을 들은 적도 없어. 그래도 괜찮아. 정말 아무렇지도 않아. 그런데도 눈물이 나는 이유를 모르겠어."

마이클이 내 어깨에 손을 두르고 나를 힘껏 끌어안았다. "무거운 이야기구나. 다 털어버려, 자기. 관계를 망친 쪽은 당신 어머니야. 그 사람은 자신이 얼마나 소중한 걸 잃었는지 알아야 해."

마이클은 흐트러진 내 마음을 조심스레 들여다보며 자식을 보호하려는 부모마냥 내 이마에 입을 맞추었다. 하지만 그때, 아직도 뇌리에 남아 있는 잭의 마지막 말이 떠올랐다. "나를 쉽게 떠나는 게 당연해, 한나. 사실 당신은 한 번도 나를 받아들인 적이 없었으니까."

난생처음으로 내가 그렇게 견고하게 쳐놓은 마음의 방어막을 뚫고 들어오려는 남자가 있다. 난 미처 생각하기도 전에 불쑥 내뱉고 말았다. "그 사람이…… 밥이 나를 만졌어. 엄마는 내 말을 믿지 않았어. 그래서 난 미시건을 떠난 거야. 엄마는 남았고."

마이클의 얼굴이 경악한 표정으로 바뀌었다. 더 자세히 얘기하기가 힘들었다.

"한나, 당신에게 충고 하나 해야겠어. 숨기는 편이 좋은 비밀들이 있어. 공인으로서 우리에겐 이미지가 중요해."

나는 당황한 눈으로 그를 쳐다봤다. "이미지라고?"

"건전한 이웃집 소녀 같은 당신 이미지를 지키란 말이야. 평범하고 좋은 배경을 가진 잘 자란 사람, 그게 당신의 브랜드야. 그 브랜드를 가짜라고 여길 만한 빌미를 누구에게도 주지 마."

❖

한나,

그 자리에 관심이 있다고 하셔서 기쁩니다. 당신이 보낸 제안서에 우리 팀은 모두 깊은 감명을 받았습니다. 피오나 놀스와의 에피소드는 우리가 만들고 싶어하는 방송의 방향과 정확히 일치합니다. 거기다 당신의 개인적인 이야기라는 사실이 아주 특별한 느낌을 더하고 있습니다.

내 비서 브렌다 스탁이 당신에게 연락할 것입니다. 인터뷰는 4월 7일에 진행할 예정입니다. 그때 뵙기를 바랍니다.

제임스

"빌어먹을, 속이 메슥거려."

컴퓨터 화면을 노려보며 내뱉었다.

제이드는 손가락으로 붓을 톡톡 치며 내가 입고 있는 비닐 가운 위로 여분의 파우더를 털어냈다.

"그게 뭔데?"

나는 컴퓨터 화면에 문서를 띄웠다. "읽어봐, 제이드. 내가 WCHI에 보냈던 제안서 기억하지? 그들 마음에 들었나 봐. 하지만 너한테 말했던 것처럼 그건 거의 꾸며낸 얘기야. 피오나에게 돌을 돌려보내기까지 2년이 걸렸다는 이야긴 하지 않았어. 그리고 우리 엄마…… 난 제안서에 엄마가 쇼에 출연할 거라고 했어. 거짓말을 한 거지. 나는 엄마한테 돌을 보낸 적도 없어! 그 얘기도 지어낸 거라고!"

제이드가 내 어깨에 손을 얹었다. "헤이, 진정해. 그건 그냥 제안서야, 그렇지? 실제로 촬영은 안 할 거라고."

나는 손을 들었다. "확신할 수는 없지만, 촬영하든 안 하든 난 잘못하고 있는 것 같아. 그들이 물어보면 뭐라고 하지? 난 끔찍한 거짓말쟁이야!"

"그렇담 엄마에게 돌을 보내."

"우리 엄마? 안 돼, 안 돼! 난데없이 불쑥 돌을 보내는 짓은 못하겠어. 난 여러 해 동안 엄마를 만난 적도 없어."

거울에 비친 내 얼굴을 보며 제이드가 나를 꾸짖었다.

"넌 틀림없이 할 수 있어. 네가 원하기만 한다면 말이야." 그녀는 헤어스프레이를 들고 흔들었다. "난 아무래도 상관없어. 솔직히 난 네가 그 일을 안 맡았으면 좋겠어."

"어떤 일?"

열린 문으로 자두색 랩드레스를 입은 클라우디아가 들어왔다. 어릴 때 가지고 놀던 바비인형처럼 느슨한 나선형 웨이브 머리를 늘어뜨리고 있었다.

"오, 안녕. 그 일은……."

"아무것도 아니야." 내 말을 끊으며 제이드가 말했다. "뭐가 필요해, 클라우디아?"

클라우디아는 화장대 의자를 향해 걸어갔다.

"아침 뉴스에서 멍청한 기사를 하나 맡았어. 모기 퇴치에 가장 적합한 냄새." 그녀는 모기 퇴치 스프레이 두 병을 들고 있었다. "숙녀분들 생각은 어떠세요?"

클라우디아는 냄새를 맡아보라고 병을 열어 제이드의 코 가까이에 댔다. 그녀는 스프레이 노즐이 달린 두 번째 병으로 다시 냄새를 맡게 했다.

"첫 번째 제품." 제이드가 몸을 돌리며 말했다.

왠지 제이드는 냄새를 맡지도 않았을 거라는 생각이 들었다. 그녀는 그저 클라우디아를 쫓아버리고 싶어했다.

"네 생각은 어때, 한나?"

나는 노트북 컴퓨터를 화장대 위에 올려두고 첫 번째 제품의 냄새를 맡았다.

"나쁘지 않아."

그러자 그녀는 스프레이가 달린 병을 내 코에 갖다 댔다. 나는 숨을 들이켰다.

"흠, 이건 거의 냄새가 안 나."

"그럼 이렇게."

클라우디아가 손으로 노즐을 누르는 것이 내가 본 마지막 장면이었다. 그 다음에는 바늘 수천 개가 내 눈을 마구 찔러댔다.

"앗!" 나는 비명을 질렀다. "오, 제기랄!"

나는 꼭 감긴 눈을 손으로 감쌌다.

"오, 안 돼! 미안해, 한나."

"빌어먹을! 아! 아! 아! 눈에 불이 나는 것 같아!"

"이리 와, 눈을 씻어내야겠어."

제이드의 말에서 다급함이 느껴졌다. 하지만 눈을 뜰 수 없었다. 그녀는 내 어깨를 붙잡고 세면대로 데려가 얼굴을 물로 씻었다. 하지만 난 눈을 조금도 뜰 수 없었다. 감긴 눈 사이로 눈물이 저절로 흘러나왔다.

"미안해." 클라우디아가 계속 되풀이해 말했다.

나는 힘든 노동을 하는 것처럼 숨을 몰아쉬며 세면대 위로 몸을 구부렸다. "괜찮아. 걱정 마."

방을 가로질러 오는 다른 발걸음 소리가 들렸다. 빠른 걸음으로 미루어볼 때, 스튜어트였다.

"대체 무슨 일이야? 오, 맙소사! 무슨 일이 있었던 거야, 파?"

"클라우디아가 스프레이를……," 말리기도 전에 제이드가 입을 열었다. "모기퇴치제가 눈에 들어갔어요."

"어휴, 잘하는 짓이군. 10분밖에 안 남았다고."

스튜어트가 내 옆에 서 있는 것이 느껴졌다. 세면대 쪽으로 고개를 숙여 얼빠진 듯 내 얼굴을 바라보는 그의 모습을 상상할 수 있었다.

"맙소사! 얼굴 좀 봐! 괴물 같아!"

"고마워요, 스튜어트."

눈이 붉게 부풀어오르고 화장은 번져 엉망일 내 꼬락서니는 상상만으로도 충분하다. 그걸 스튜어트는 꼭 확인해줘야 했을까?

"좋아, 대체 앵커를 투입해달라고 전화하지. 클라우디아, 자네가 좀 도와줘야겠어. 오늘 쇼를 시작해줄 수 있나? 적어도 이 얼굴이 다시 사람 꼴을 갖출 때까지 말이야."

"잠깐만요. 안 돼요. 내가……."

급한 마음에 보이지 않는 눈을 이리저리 돌리면서 내가 말했다.

"물론이죠. 도울 수 있어서 기뻐요."

"제발 잠시만 시간을 줘요."

나는 손가락으로라도 눈꺼풀을 들어올려보려 애썼다.

"자넨 협동정신이 투철하군, 클라우디아." 내 말은 아랑곳지도 않고 뚜벅뚜벅 걸어나가는 스튜어트의 구두 소리가 들렸다. "파, 자넨 오늘 쉬어. 그리고 다음부터는 그렇게 칠칠맞지 못한 행동은 하지 말고."

"오, 그런 걱정은 마세요." 제이드가 빈정대며 말했다. "그리고 스튜어트, 이 고약한 쓰레기는 가지고 나가요."

클라우디아가 헉 하고 숨을 들이키는 소리가 들렸다.

"제이드!" 그녀의 무례한 말에 놀라 내가 말했다. 방에 긴장이 감돌았다. 이윽고 제이드가 침묵을 깨뜨렸다. "모기퇴치제."

제이드가 스튜어트에게 깡통을 건네는 소리가 들렸다. 문이 닫히고 나와 제이드만 남았다.

"잔머리 굴리는 나쁜 년!"

"진정해. 클라우디아가 고의로 그러진 않았을 거야."

휴지를 눈에 댄 채 내가 말했다.

"바보. '교. 묘. 한. 조. 작.'이라는 냄새를 못 맡았어?"

7

2주 후 수요일 아침, 나는 시카고 오헤어 공항에 도착했다. 나는 네이비색 정장과 힐을 신고 휴대용 가방을 어깨에 느슨하게 메고 있었다. '한나 파/WCHI'라고 적힌 팻말을 든 건장한 20대 남자가 나를 맞았다.

우리는 공항 밖으로 걸어나갔다. 휙 불어오는 차디찬 바람에 숨 쉬기가 힘들었다.

"지금 봄 아닌가요?" 나는 코트 깃을 세우며 말했다.

"시카고에 오신 걸 환영합니다." 그는 자동차 뒷좌석에 내 가방을 내려놓으며 말했다. "그래도 지난주는 15도까지 올라갔어요. 어젯밤엔 영하 8도였지만요."

우리는 I-90 도로에 올라 동쪽으로 달려 로건스퀘어에 있는 WCHI 본사로 향했다.

나는 손을 허벅지 아래에 넣어 데우며 초조한 마음을 진정시켰다. 인터뷰에서 용서 이야기를 대신할 만한 게 없을까?

뒷좌석의 얼어붙은 창문 밖으로 시선을 던졌다. 반짝거리는 도로 위로 진눈깨비가 내리고 있었다. 독립된 벽돌 차고를 가진 농장들이 있는 근교를 지났다. 불현듯 잭이 떠올랐다.

어리석은 생각이다. 잭은 근교가 아닌 도심에 산다. 하지만 막상 시카고에 와 보니, 그가 날 속이지 않았다면, 우리가 함께했다면 어떻게 살았을지 궁금해졌다. 잭의 간청대로 내가 떠나지 않았다면 지금쯤 이런 작고 예쁜 집에서 살고 있을까? 그가 인턴과 바람을 피운 사실을 몰랐다면 나는 지금 더 행복할까? 아니다. 정직을 바탕으로 하지 않은 관계가 제대로 굴러갈 리는 없는 법이다.

이 생각에서 빠져나오기 위해 토트백에서 휴대폰을 꺼내 나를 그리워하고 있을 사람에게 전화를 걸었다.

"안녕하세요, 도로시. 저예요."

"오, 한나. 네 목소리 들으니 참 좋구나. 오늘 아침에 '용서의 돌' 한 쌍을 더 받았다는 게 믿겨지니? 패트릭 설리번, 깊은 목소리를 가진 신사 말이야, 너도 알지? 이제 막 이발소에 다녀온 것 같은 향기가 나는 사람이지."

시각이 아닌 청각과 후각을 바탕으로 한 도로시의 묘사에 내 얼굴에는 절로 미소가 떠올랐다.

"네, 패트릭 씨 알아요. 그가 당신에게 돌을 줬다고요?"

"그래. 그의 표현에 따르면 여러 해 동안 '소홀했던 것'을 사과했어. 패트릭과 난 알고 지낸 지 오래됐어. 그도 나처럼 뉴올리언스 토박이야. 장학금을 받고 더블린에 있는 트리니티대학에 가기 전, 툴레인대학에 다닐 때 우린 사귀었어. 우린 다툼 없이 헤어졌어. 난 패트릭이 왜 그리 갑작스럽게 관계를 끝냈는지 지금까지 알지 못했어. 난 우리가 사랑하고 있다고 생각했거든."

"마침내 패트릭 씨가 사과한 거예요?"

"맞아. 그 가여운 남자는 줄곧 끔찍한 짐을 지고 있었어. 그와 난 둘 다 명망 있는 트리니티대학 장학금을 타려고 지원했어. 우리는 함께 아일랜드로 가서 여름 동안 시를 공부하고 운치 있는 근교 여행도 하고 돌아올 계획이었지. 문제는 장학금 지원 여부가 에세이로 판별이 난다는 거였어. 우리는 쓰다가 구겨버린 종잇조각들로 휴지통이 넘칠 만큼 열심히 썼어. 마감 전날 밤, 패트릭과 난 함께 앉아 최종 완성본을 서로에게 소리 내어 읽어주었어. 그가 자신의 글을 읽을 때 난 울 뻔했어."

"감동적인 글이었어요?"

"아니. 너무 형편없었어. 패트릭이 합격하지 못하리란 사실은 불 보듯 뻔했어. 그날 밤 난 한숨도 못 잤어. 내가 장학금을 받을 건 꽤 분명했어. 잘난 척하는 것 같지만 난 성적도 좋았고 에세이도 훌륭했으니까. 하지만 패트릭을 놔두고 혼자 떠나고 싶지는 않았어. 게다가 나만 장학금을 받는다면 그가 낙담할 게 뻔했고. 그래서 나는 다음 날 아침 결심했어. 지원하지 않기로."

"패트릭 씨가 당신 생각에 찬성했나요?"

"그에겐 말하지 않았어. 우리는 함께 우체통으로 갔어. 그는 몰랐지만, 내가 밀어넣은 봉투는 빈 봉투였어. 그런데 3주 후, 패트릭이 합격했다는 소식을 알려왔어."

"합격했다고요? 그럴 수가! 함께 갈 수 있었군요."

"아들이 자신들이 있는 고향으로 돌아와 공부한다는 사실에 패트릭의 부모님은 무척 기뻐하셨어. 나는 놀라움을 감추려 애썼어. 그리고 후회도 하고……. 패트릭은 하늘을 둥둥 떠다니는 사람 같았어. 그는 내 합격 소식도 금방 받을 거라 확신했어. 하지만 그를 믿지 못하고 저평가하는 바람에 에세이를 보내지 않았다는 이야기를 도저히 못하겠더라고. 이틀이 지나서야 패트릭에게 난 합격하지 못했다고 말했어. 그는 아주 속상해하며 나를 두고는 떠나지 않을 거라 맹세했어."

"그래서 두 분 다 기회를 놓쳤어요?"

"아니. 나는 패트릭에게 가지 않는 건 어리석은 일이라고 했지. 9월에 돌아와 그곳에서 있었던 일을 전부 이야기해달라면서. 나는 그에게 떠나야 한다고 강하게 우겼어."

"그래서 그가 떠났나요?"

"6월에 떠났어. 그러고는 패트릭의 소식을 더 이상 들을 수 없었어. 그는 더블린에 남았고, 거기서 25년을 보냈거든. 그곳에서 건축가가 되고, 아일랜드 아가씨와 결혼해 아들 셋을 낳았지."

"그렇담 이제야 마침내 패트릭 씨가 당신을 떠난 것에 대해 용서를 구한 건가요?"

"나처럼 패트릭도 자신이 장학금을 못 받을 거란 사실을 알았어. 장학금을 받으려면 이대로는 안 된다는 걸 그도 알았던 거야. 나와 함께 가고 싶은 마음이 너무 컸던 패트릭은 과감한 꾀를 냈어. 우리가 함께 있었던 그날 밤, 패트릭은 내가 버린 에세이 중 하나를 쓰레기통에서 꺼내서 다시 타이핑했어. 가족과 뿌리를 찾는 것의 중요성을 말하는 에세이였던 것 같아." 도로시는 잠시 머뭇거렸다. "이제 기억도 안 나. 어쨌든 패트릭은 그렇게 해서 합격했다고 말했어. 내 에세이로 말이야. 상상해봐. 그는 그 세월 동안 계속 죄책감에 눌려 있었던 거야."

"그래서 뭐라고 했어요?"

"음, 난 물론 패트릭을 용서했어. 그가 진작 용서를 구했다면 벌써 옛날에 용서했을 테니까."

"물론 당신은 그랬겠죠. 참 기구한 사연이군요."

패트릭 설리번이 도로시의 사랑을 믿었다면 어떻게 됐을지 궁금했다.

"한나, 이곳에서 이 돌들은 신입 남자 전입자보다도 인기가 많아." 도로시가 웃었다. "우리 나이 사람들에게는 이 돌들이 죽기 전속죄하고 화해할 수 있는 기회가 되거든. 피오나가 우리에게 준 놀라운 선물이지. 피오나가 24일 옥타비아 서점에 오면 우리 입주자 몇 명하고 같이 갈 계획이야. 마릴린도 갈 거야. 너도 우리와 함께 갈 거지?"

"어쩌면요. 하지만 아직 확실하진 않아요. 남의 에세이를 훔쳤는데 돌 하나로 해결될까요? 누군가를 왕따시키며 괴롭힌 경우는요? 너무 쉽게 책임을 면해주는 것 같아요."

"나도 같은 생각이야. 돌 하나로 해결되기엔 너무 큰 고통도 있어. 바윗덩어리를 가져와도 해결되지 않는 일들도 있고. 단순한 사과로는 결코 돌이킬 수 없는 일들, 인과응보를 따를 수밖에 없는 일들이 있어."

엄마 생각이 났다. 맥박이 빨라졌다. "맞아요."

"그래서 난 아직 마릴린에게 돌을 보내지 못했어. 난 정말 진심으로 속죄할 방법을 찾아야 해." 이 지점에서 도로시는 우리 두 사람이 공모라도 하는 듯 목소리를 낮췄다. "넌 어떠니? 엄마에게 아직 연락 안 했니?"

"제발, 도로시, 당신이 다 아는 건 아니잖아요."

"그럼 넌 모든 걸 아니?" 도로시는 자신은 선생이고 나는 제자라도 되는 양 단호한 말투로 말을 이었다. "'의심이 좋은 것은 아니다. 하지만 확신은 부조리하다', 볼테르(18세기 프랑스 작가로 대표적인 계몽사상가 - 옮긴이)의 말이야. 얘, 한나야, 제발, 지나친 확신은 금물이야. 엄마의 이야기도 들어보렴."

40분 후, 우리가 탄 자동차는 줄지어 늘어선 2층짜리 벽돌 건물들 앞에 멈췄다. 뉴올리언스에 있는 나의 작은 방송국은 이 거대한 건물의 동 하나 정도밖에 되지 않는다. 전나무숲으로 둘러싸인 입구 옆의 WCHI라고 적힌 간판까지 웅장했다. 나는 질척한 도로 위로 발을 내디디며 심호흡을 했다. 연극을 시작할 시간이다.

제임스 피터스와 만났다. 그는 나를 방송국 회의실로 데려갔다. 타원형 테이블에 방송국 고위 임원 다섯 명이 앉아 있었다. 세 명은 남자였고 두 명은 여자였다. 엄격한 질문이 쏟아져나올 것을 대비했다. 하지만 인터뷰는 마음이 통하는 동료들 사이의 수다에 가까웠다. 그들은 뉴올리언스에 대해, 나의 관심사에 대해, 〈굿모닝 시카고〉라고 하면 떠오르는 건 무언지, 내가 희망하는 게스트는 누군지 알고 싶어했다.

"당신의 제안서는 아주 인상적이었어요. 피오나 놀스와 '용서의 돌'은 이곳 중서부에서 열풍을 일으키고 있어요. 당신이 피오나를 알고 있다는 것과 그녀의 돌을 처음 받은 사람들 중 하나라는 사실은 정말 주목할 만했죠. 당신이 뽑힌다면 그걸 방송으로 만드는 것에 우리는 관심이 많아요." 테이블 끝에 앉은 헬렌 캠프가 말했다.

위장이 뒤틀렸다. "고맙습니다."

"돌을 받았을 때 어떤 기분이었는지 얘기해주세요."

이름이 기억나지 않은 반백의 신사가 물었다.

얼굴이 달아올랐다. 제기랄. 두려워하던 일이 벌어졌다.

"음, 글쎄요. 전 우편으로 돌을 받았어요. 6학년 때 나를 따돌리며 괴롭혔던 피오나가 기억났죠."

마케팅부의 부사장인 잰 하딩이 끼어들었다.

"그냥 궁금해서 묻는 건데…… 당신은 돌을 바로 돌려줬나요, 아니면 며칠 후에 돌려줬나요?"

"아니면 여러 주 후?"

피터스가 덧붙여 물었다. 허용되는 최대치가 여러 주인 듯했다.

나는 초조하게 웃었다. "여러 주 걸렸어요."

112주 말이다.

"당신은 두 번째 돌을 어머니에게 보냈다고 했어요, 어느 정도로 어려운 일이었나요?" 헬렌 캠프가 말했다.

맙소사, 제발 이 이야긴 그만할 수 없을까? 부적이라도 되는 듯 다이아몬드-사파이어 목걸이를 만지작거렸다.

"피오나 놀스의 책에 인상 깊은 구절이 있었어요." 나는 도로시가 가장 좋아하는 구절을 떠올리고 그것을 소리 내어 암송했다. 나 자신이 위선자 같았다. "무엇이 당신을 덮어 어둡게 하든 그 위로 빛을 비추기 전까지는 그것이 당신의 눈을 가려 당신은 영원히 길을 잃게 된다."

코가 붉어지고 눈물이 흘렀다. 처음으로 그 말이 진실이라는 것을 깨달았다. 나는 길을 잃었다. 그것도 완전히. 지금 난 이곳에서 용서 이야기를 꾸며내며 내 앞에 앉은 사람들 모두를 속이고 있다.

"음, 당신이 길을 찾아서 기뻐요." 잰 하딩이 말하면서 몸을 앞으로 기울였다. "그리고 당신을 찾은 건 우리에게 행운이에요!"

제임스 피터스와 내가 탄 택시는 앵커 두 사람과 함께 점심식사를 할 '킨지 찹하우스'를 향해 풀러턴 대로를 달리고 있었다.

"오늘 아침 인터뷰는 멋졌어요, 한나. 보셨다시피 그들은 WCHI에서 가장 훌륭한 임원들이에요. 당신과 아주 잘 맞을 겁니다."

분명 그들이 나라고 착각하는 그녀와는 아주 잘 맞을 것이다. 젠장, 도대체 난 왜 제안서에 '용서의 돌'에 대해 썼을까? 엄마를 방송에 초대할 길이 없는데!

나는 제임스를 보고 미소 지었다.

"감사합니다. 아주 인상적인 분들이었어요."

"솔직히 말하지요. 당신 제안서는 아주 훌륭했어요. 우리가 지금까지 본 가장 훌륭한 데모 테이프 중 하나였어요. 난 10년 전부터 당신을 알았어요. 뉴올리언스에 사는 내 여동생은 당신을 아주 높게 평가해요. 하지만 지난 세 달 동안 당신 방송의 시청률은 하락 추세예요."

나는 끙 하는 신음 소리를 냈다. 스튜어트와 그가 고른 얼빠진 주제들에 내가 얼마나 좌절하고 있는지 늘어놓으며 해명하고 싶었지만, 그래 봤자 결국 그건 〈한나 파 쇼〉가 아닌가.

"맞아요. 그동안 많이 부족했어요. 전부 제 책임이에요."

"난 스튜어트 부커를 알아요. 이곳에 오기 전 마이애미에서 함께 일했어요. WNO에서 당신 재능은 낭비되고 있어요. 당신은 이곳에서 방송해야 해요. 이곳에선 한나, 당신의 아이디어가 가치를 인정받을 겁니다." 제임스가 손가락을 들어 나를 가리켰다. "당신은 뽑힐 거고, 피오나 놀스 제안서는 언젠가 방송으로 만들어질 겁니다. 약속해요."

아차 싶었다.

"고맙습니다."

자부심과 공포, 철저한 비열함이 동시에 느껴졌다.

저녁 9시, 나는 오크 거리에 있는 작은 비즈니스호텔로 들어섰다. 그때까지도 난 여전히 허둥대고 있었다. 출발을 앞당기기라도 하려는 듯 안내 데스크 쪽으로 서둘러 발을 옮겼다. 기만적인 인터뷰의 기억을 떨쳐버리고 한시바삐 이 도시를 떠나고 싶었다. 방에 들어가자마자 마이클에게 전화해 토요일 데이트에 늦지 않게 일찍 돌아가겠노라고 말할 것이다. 그 생각을 하니 기운이 났다.

마이클과 에비가 주말에 시카고로 나를 만나러 올 거라고 생각해 나는 일부러 일요일 비행기를 예약해놓았다. 하지만 내가 시카고 비행기를 타기 두어 시간 전에 마이클은 에비가 '몸이 좀 좋지 않다'고 전화로 소식을 전했다. 그들은 시카고행을 취소했다.

아주 짧은 순간, 내가 이곳으로 이사하면 그러마고 약속했던 것처럼 마이클 혼자 오라고 할까 하는 생각도 했다. 하지만 에비가 아프다지 않는가! 적어도 에비 말로는! 아무리 둔감하기로 연인에게 아픈 딸을 두고 오라고 할 수 있는 여자친구가 어디에 있겠는가? 나는 고개를 저었다. 또 아무리 매정하기로 아픈 아이에게 다른 꿍꿍이가 있다고 의심하는 여자친구란 것도 얼토당토않아 보였다.

대리석 로비를 절반쯤 지났을 때 그를 발견했다. 나는 그 자리에서 멈췄다. 잭이 휴대폰을 만지작거리며 화려한 장식의 안락의자에 앉아 있었던 것이다. 나를 발견한 잭이 일어섰다.

"헤이!"

그는 주머니에 휴대폰을 집어넣으며 특유의 느린 걸음으로 나에게 걸어왔다. 갑자기 그의 느린 걸음만큼이나 시간이 천천히 흘렀다. 기억 속 그대로 잭은 입술을 살짝 비틀며 활짝 웃었다. 언제나처럼 덥수룩한 머리…… . 하지만 내가 한때 반했던 남부 사나이의 매력은 이제 거의 보이지 않는다.

나는 약간의 어지러움을 느끼며 말했다. "잭, 여기서 뭐해?"

"엄마가 당신이 여기 왔다고 말해주셨어."

"물론 그랬겠지."

도로시는 아직도 잭과 내가 다시 합치기를 바라고 있다. 그녀의 희망에 맞춰줄 수 없다고 생각하니 가슴이 아팠다.

"어디서 얘기 좀 나눌 수 있을까?" 잭이 엘리베이터 버튼을 눌렀다. "바로 아래층에 바가 있어."

이 가까운 바가 내가 이 낯선 도시에서 전 남자친구와 함께 있다는 사실을 보상해주기라도 하는 듯 그가 말했다.

우리는 말굽 모양의 부스에 자리를 잡았다. 잭은 진 마티니 두 잔을 주문했다.

"하나는 그냥, 하나는 얼음을 넣어주세요."

아직 그걸 기억하고 있다니, 감동이었다. 하지만 우리가 헤어진 후 난 달라졌다. 난 더 이상 마티니를 주문하지 않는다. 요즘 난 보드카 토닉 같은 좀 더 가벼운 음료를 선호한다. 잭이 어찌 알겠는가? 2년이 넘도록 우린 함께 술을 마신 적이 없다.

잭은 시카고에서의 일과 생활에 대해 이야기했다. "날씨가 무지 추워." 그가 말했다. 익숙한 깊은 껄껄거림과 함께. 하지만 우리가 이별한 후 그의 눈에는 슬픔의 흔적이 남았다. 아직도 난 그 눈빛이 익숙하지 않다. 우리가 함께했을 때, 특히 모든 것이 새롭고 희망찼던 초기에 잭의 눈에는 오직 기쁨만 가득했다. 그 기쁨을 앗아간 책임이 나에게만 있는 것일까?

웨이트리스가 다가와 테이블 위에 음료를 내려놓고 사라졌다. 잭이 나를 향해 미소 지으며 잔을 들었다. "오랜 친구를 위하여."

나는 내 앞에 앉은 남자를 찬찬히 바라보았다. 거의 결혼까지 갔던 남자, 장밋빛 볼, 입술 한쪽을 기울이며 웃는 환한 웃음, 주근깨 난 팔, 그리고 여전히 손톱 물어뜯는 잽싼 동작을 바라보았다. 그가 정말로 바로 내 앞에 다시 있다. 비록 잭이 부정을 저질렀지만 난 이 남자가 좋았다. 진심으로 좋았다.

아끼는 스웨터 같은 친구들이 있다. 티셔츠나 블라우스를 입는 날이 더 많지만 스웨터는 옷장 구석에 늘 있다. 바람 부는 날 몸을 따뜻하게 해 줄 준비를 갖추고 익숙하고 편안하게. 잭 루소는 내 스웨터였다.

"오랜 친구를 위하여."

향수의 그림자가 가만히 드리워지는 것을 느낀 나는 서둘러 그 기분을 떨쳐내기 위해 건배를 제안했다. 나에겐 지금 마이클이 있다.

"당신을 보니 참 기뻐. 좋아 보인다, 한나. 조금 마른 것 같지만 행복해 보여. 행복한 거지? 제대로 먹고 다니긴 해?"

"둘 다 맞아." 나는 웃으며 대답했다.

"좋아, 훌륭해. '미스터 보수' 시장님이 당신을 행복하게 해주는 게 분명하군."

마이클을 향한 잭의 소심한 공격에 나는 고개를 저었다.

"당신도 그를 좋아하게 될 거야, 잭. 마이클은 진심으로 사람들에게 마음을 써."

그리고 나에게도. 하지만 그에게 이렇게 말하는 건 잔인하다.

"난 달라졌어. 그러니 당신도 그래야 해."

잭은 올리브가 꽂힌 이쑤시개를 빙글빙글 돌렸다. 그의 마음에 뭔가 있는 게 틀림없다. 제발 과거를 다시 들먹이지는 말아줘!

"당신 어머니는 잘 지내고 계셔. 요즘 새로운 일에 꽂히셨어. '용서의 돌' 말이야." 나는 화제를 돌렸다.

잭이 웃음을 터뜨렸다. "나도 알아. 얼마 전 나에게 돌 한 주머니와 편지 세 장을 보내셨어. 엄마는 세상에서 가장 따뜻한 분이지. 엄마가 내게 사과를 하더라고."

나는 미소를 지었다.

"도로시에게 돌에 대해 알려준 게 슬슬 후회되기 시작해. 늘 텔레비전 옆에 두는 도브 초콜릿처럼 사람들에게 돌을 나눠주고 계셔."

잭이 고개를 끄덕였다. "멋지군. 난 두 번째 돌을 아버지에게 보냈어. 아버지가 재혼할 때 내가 결혼식에 가지 않았다는 건 알지?"

"당신은 어머니를 보호하려 했던 거야. 그분도 이해하실 거야."

"맞아, 하지만 그 일로 아버진 상처를 입었어. 아버지와 샤론은 정말 행복해. 이제 그걸 알겠어. 사과 편지를 쓰니 정말 기분이 좋더라고. 엄마도 아버지를 용서하고 평화를 누렸으면 좋겠어."

"네 아버지가 네 엄마더러 용서해달라고 부탁한 적이 한 번도 없을 수도 있잖아."

잭이 어깨를 으쓱했다. "그럴지도 모르지. 게다가 엄마에겐 다른 상대가 있는 것 같고."

"뭐? 도로시가?"

"더블린에 사는 설리번 씨 말이야."

"도로시가 패트릭 설리번 씨에게 다시 관심을 가진다고 생각하는 거야?"

"맞아, 눈치가 그래. 엄마는 아버지와 헤어진 후로 아무도 만나지 않았어. 어쩌면 옛 애인인 설리번 씨를 기다렸는지도 몰라. 그가 엄마의 나무를 흔들어놓은 유일한 사람일 수 있어."

"엄마의 나무를 흔들었다고?" 나는 웃으며 손바닥으로 그의 팔을 살짝 쳤다. "넌 정말 로맨틱하구나!"

"뭐라고? 난 네 나무를 흔들었어."

잭이 웃자 그의 뺨 위로 주름이 생겼다.

"오, 잘난 척 그만해, 루소."

나는 눈을 흘겼지만 잭과 농담을 주고받는 것이 즐거웠다.

"내 말은 엄마에게도 로맨스를 누릴 자격이 있다는 거야. 그 설리번이란 분이 그걸 가져다줄지도 모르고." 잭은 내 눈을 보았다. "당신은 내 느낌이 어떤지 알 거야. 당신은 자신이 사랑하는 사람들을 결코 포기하지 않으니까."

정곡을 찌르는 비난이었다. 그가 나를 뚫어지게 보는 것이 느껴졌지만 나는 시선을 피했다. "가야겠어."

나는 술잔을 옆으로 치웠다. 잭이 내 손을 잡았다.

"안 돼. 난 당신과 얘기하고 싶어……. 아니, 해야 해."

잭의 손에서 온기가 전해졌다. 그의 시선이 다시 부드러워졌다. 가슴이 두근거렸다. 맙소사, 가벼운 분위기를 유지해야 해.

"도로시한테 듣기로는 레스토랑 컨설팅 일이 잘되고 있다며? '토니 플레이스'는 아직 못 찾았어?"

잭에게는 세계를 여행하며 완벽한 식당을 찾아내는 꿈이 있었다. 죽여주는 마티니와 붉은 가죽으로 된 부스가 있고 불빛이 어둑한 '토니 소프라노'. 잭은 언젠가 그런 곳을 발견하면 그곳을 사서 '토니 플레이스'라 부를 거라고 했다.

잭이 웃음기 없는 얼굴로 내 손을 꼭 잡았다. "나 곧 결혼해, 한나."

"뭐라고?"

잭의 굳게 닫힌 턱 근육이 움찔하는가 싶더니 거의 눈에 띄지 않을 정도로 고개를 살짝 끄덕였다.

나는 잭에게 잡힌 손을 빼내 팔을 문질렀다. 갑자기 추웠다. 내가 가장 아끼는 스웨터의 올이 풀리고 있었다. "축하해."

뻣뻣해진 혀로 겨우 말하고서 마티니 잔을 들었지만, 손이 떨리는 바람에 술이 쏟아졌다. 나는 목소리와 태도를 평소처럼 되돌리려 안간힘을 쓰며 두 손으로 잔을 내려놓고 냅킨을 집어들었다.

"음, 난 당신에게 말하고 싶었어. 백만 번 넘게 당신 마음을 되돌리려 했던 수작과는 달라." 잭은 한숨을 쉬었다. "맙소사, 이렇게 말하니 끔찍하게 들리네. 홀리는 멋진 여자야. 당신 마음에도 들 거야. 그리고 정말 중요한 사실은 내가 그녀를 사랑한다는 거야."

그가 미소를 지었다. 나는 숨을 쉴 수 없었다. 홀리. 그녀를 사랑한다.

"당신 어머니 도로시도 알고 계셔?" 목소리가 떨려 나왔다.

"내가 홀리를 만난다는 건 알아. 하지만 결혼한다는 건 몰라. 당신에게 이 사실을 전하는 사람은 나여야 한다는 데 엄마와 나는 동의했어. 그녀는 임신했어. 엄마가 아니라, 홀리 말이야."

잭은 입을 한쪽으로 기울이며 환하게 웃었다. 예상치도 못하게 갑자기 눈물이 쏟아졌다.

"오, 제기랄." 나는 시선을 돌리며 눈물을 닦았다. "미안해. 좋은 소식이구나. 내가 왜 이러나 모르겠네."

잭이 냅킨을 건네주었다. 나는 눈물을 닦았다.

"아기라니. 정말 잘됐네."

하지만 그건 잘된 일이 아니었다. 난 엄청난 실수를 한 것이다.

"난 우리 관계가 회복되길 바랐어, 한나. 하지만 당신은…… 너무 단호했어. 흑 아니면 백. 너무나 분명하게 판단했지."

나는 잭을 쏘아보았다. "판단? 당신은 인턴과 잤어."

그가 손가락 하나를 펴서 올렸다.

"단 한 번이었어. 그리고 난 그 일을 평생토록 후회할 거야. 하지만 진실은 내가 당신과 어울리는 사람이 아니었다는 거야, 한나."

잭이 부드럽게 말했기에 난 표정 관리를 할 수 있었다. 나는 누구보다 더 이 남자를 사랑했다.

"물론 당신은 아니었어. 당신 기분 좋으라고 우는 거야."

간신히 미소를 지으며 내가 말했다. 미소와 흐느낌이 섞였다. 나는 결국 얼굴을 감싸쥐었다.

"당신이 그런 사람이 아니란 걸 어떻게 알아? 당신은 어떻게 그렇게 확신해?"

잭이 내 팔을 쓰다듬었다.

"당신이 나를 용서하지 않는 걸 보고. 내가 말했듯 우리 같은 사람들은 사랑하는 사람을 절대 포기하지 않거든."

나는 잭의 눈을 들여다보았다. 그가 옳은 걸까? 아니면 나에겐 선천적으로 용서하는 능력이, 심지어 사랑하는 능력이 결핍되어 있는 걸까? 엄마와, 내가 엄마에게 취했던 강경한 태도가 떠올랐다.

"당신은 강철봉 같아, 한나. 조금도 굽히려 들지 않아. 그것이 긴 시간 당신을 버티게 해줬을지도 모르지만."

나는 더듬더듬 가방을 찾았다. "가야겠어."

"잠깐만."

잭이 지갑에서 돈을 꺼내 테이블 위에 놓았다. 그가 나와 보조를 맞추려 서둘러 따라 나오는 소리가 들렸다. 나는 엘리베이터를 지나 발걸음을 빨리했다. 다른 여자랑 곧 결혼할 남자와 함께 있고 싶지 않아. 문을 열고 시멘트 계단을 올라갔다.

내 뒤를 쫓아오는 잭의 발소리가 들렸다. 계단을 반쯤 올랐을 때 그가 내 팔꿈치를 붙잡았다.

"한나, 잠깐만." 잭이 나를 돌려세웠다. 부드러운 눈길이었다. "그는 어딘가에 있어, 한나. 당신 안의 강철을 녹일 불같은 남자 말이야. 단지 내가 그 남자가 아닐 뿐이지. 한 번도 그랬던 적이 없었어."

8

40분이 지나고서야 나는 마이클에게 전화했다. 충격이 가시지 않아 목소리가 여전히 잠겨 있었다. 마이클이 내 기분을 오해하지 않기를 바랐다. 잭 때문에 눈물을 흘렸지만 마이클을 향한 감정이 변하지는 않았다.

다행히 그는 너무 지쳐 내 감정을 전혀 눈치채지 못했다.

"에비는 어때?"

"잘 있어."

그의 무심한 대답에 에비가 아픈 적이 있기는 했나 하는 의심이 다시 고개를 들었다. 잭이 옳다. 나는 너무 비판적인 사람이다. 나는 오늘 WCHI에서 어떻게 보냈는지 간략히 이야기했다.

"최종적으로 남은 지원자 세 명 중 한 명이 됐어. 그들은 나를 좋아하는 것 같아. 하지만 결과는 몇 주 후에야 알게 될 거야. 이런 일은 진행이 느리잖아."

"축하해. 계약이 성사된 거로 들리는데." 마이클이 하품을 했다. 침대 곁에 놓인 시계를 확인하는 그의 모습을 상상할 수 있었다. "또 할 얘기 있어?"

시의회 회의에서 시간 안에 보고해야 하는 공무원이 된 느낌이다. "아니야, 중요한 건 다 얘기했어."

나는 잭 이야기는 하지 않았다. 말할 필요가 없다. 하지만 충동적인 질문이 나오는 걸 막지는 못했다.

"내가 완고해, 마이클? 지나치게 비판적이야?"

"응?"

"그렇다면 난 바뀔 수 있어. 더 부드러워지고 더 포용력 있는 사람이 될 수 있어. 더 열려 있고 더 나누는 사람이 될 수 있어. 정말 그럴 수 있어."

"아니야. 절대 아니야. 당신은 완벽해."

킹사이즈 호텔 침대가 갑갑하게 느껴졌다. 잭과 미래의 그의 아내, 그리고 마이클과 에비에 대한 이런저런 생각으로 잠이 오지 않았다. 또 인터뷰에서 엄마와 화해했다고 거짓말했던 사실도. 결국 나는 잠들지 못하고 밤새 이리저리 뒤척였다.

동이 터올 무렵 잠옷을 벗고 운동복으로 갈아입었다. 나는 미래에 대한 생각을 하며 주머니에 손을 넣고 시카고의 레이크프론트

파크를 산책했다. 진짜로 이곳에서 일자리를 얻게 되면 어떡하지? 이 도시에서 혼자 살 수 있을까? 친구도 하나 없는 이곳에서? 게다가 이젠 잭마저 떠났다.

앞에서 걷고 있는 남녀 한 쌍이 보였다. 적갈색 머리칼의 예쁜 여자와 버버리코트를 입은 남자. 남자의 어깨 위에는 귀여운 아이가 올라앉아 있었다. 내가 저 자리에 있다면 더 이상 바랄 게 없겠지.

온 세상이 공모해 나를 괴롭히는 것 같다. 도로시는 화해하라고 내 등을 떠밀고, 그 망할 놈의 제안서는 나에게 숙제를 안겼다. 어젯밤 잭은 사랑하는 사람이라면 포기하지 말라는 말을 했다. 엄마 생각이 떠올랐다. 내가 너무 가혹하게 엄마를 비난해 이런 일들이 생긴 걸까? 미처 떨쳐내기도 전에 불쑥 어떤 영상이 떠올랐다.

머릿속이 점점 더 빠르고 부산스럽게 움직이는 것이 느껴졌다. 밥을 바라보던 엄마의 얼굴에 어린 미소. 그 영상은 갈수록 선명해졌다. 리모델링을 하는 동안 엄마는 밥의 트럭이 도착하길 기다리며 아침마다 거실 창가에 서 있었다. 밥이 도착하면 커피 한 잔을 들고 그를 만나러 진입로로 달려가는 엄마의 모습, 밥의 하루 작업이 끝나면 테라스에 앉아 아이스티를 마시며 웃던 그들의 목소리, 밥과 나누는 모든 이야기가 아름다운 시라도 되는 듯 몸을 기울이고 열중하는 엄마의 얼굴.

엄마는 그 남자를 사랑했다. 엄마는 자신이 가진 약점들에도 불구하고, 자신이 한 아이의 엄마이자 친구라는 사실에도 불구하고, 엄마는 온 마음과 영혼을 다해 밥을 사랑했다.

내 눈을 가린 분노가 사실 조각보와 같다는 사실을 지금은 안다.

그 조각 중 하나는 두려움이다. 엄마가 다른 남자와 사랑에 빠진 것을 목격해야 하는 건 엄청난 두려움이다. 나는 어린 마음에 엄마가 밥과 사랑에 빠졌다는 건 나를 덜 사랑한다는 의미로 받아들였다.

나는 콘크리트 층계참에 멈춰 서서 엄마와 나를 갈라놓은 차가운 회색의 광대한 미시건 호 물줄기를 바라보았다. 차가운 바람이 뺨을 스쳤다. 콧물이 흘렀다. 디트로이트 근교, 거대한 미시건 호 근처 어딘가에 엄마가 숨 쉬며 살고 있다.

나는 두 손으로 머리를 감싸며 주저앉았다. 정말로 엄마가 나에게 연락하려 했다면 어떡하지? 엄마를 용서할 수 있을까?

잭의 비난이 다시 떠올랐다. '강철봉, 흑 아니면 백, 비판적.' 나는 몸을 일으켰다. 강렬한 희망에 가슴이 요동쳤다.

나는 방향을 돌려 왔던 쪽으로 달렸다.

호텔 방에 도착했을 때쯤에는 흥분으로 거의 미치광이가 된 것 같았다. 허겁지겁 노트북을 켜고 자판을 두드렸다. 5분도 지나지 않아 엄마의 주소와 전화번호를 찾을 수 있었다. 엄마는 수전 데이비슨이라는 이름으로 등재돼 있었다. 엄마의 처녀 적 이름이다. 내가 엄마를 찾아낼 수 있기를 기대해서일까? 엄마는 더 이상 블룸필드 힐스에 살고 있지 않았다. 사는 곳은 하버코브였다. 주소를 확인하는 순간 전율이 일어났다. 도체스터? 구글맵에서 주소를 눌렀다. 그들은 밤의 낡은 오두막에서 살고 있었다. 내가 열네 살 여름을 보낸

곳. 온몸의 털이 곤두섰다. 아빠가 나더러 다시는 발을 들여놓지 말라고 선포했던 장소.

휴대폰 대신 호텔 전화기를 들고 떨리는 손으로 번호를 눌렀다. 이렇게 하면 엄마는 전화를 건 사람이 나란 걸 눈치채지 못할 것이다. 나는 책상 옆 의자에 무너지듯 주저앉았다. 신호음이 울리자 심장이 방망이질했다. 한 번, 두 번…….

엄마를 떠난 후 열여섯 살 생일이 될 때까지 3년 동안 우리가 주고받았던 전화 통화를 떠올렸다. 엄마의 끝없는 질문세례와 한 단어로 이루어진 나의 단호한 대답. 애틀랜타에서의 내 생활에 관해 알고 싶어한다는 이유로 나는 엄마를 참견쟁이라고 비난했다. '엄마가 내 삶에 개입하도록 놔둔다면 난 멍청이나 진배없어. 내 삶의 일부가 되길 원한다면 엄마는 그 집에서 나와야 해'란 게 당시의 내 생각이었다.

벨이 세 번 울렸을 때 엄마가 전화를 받았다. "여보세요."

나는 숨을 멈추고 손으로 입을 막았다.

"여보세요? 누구세요?"

펜실베이니아 억양이 섞인 부드러운 목소리. 나는 16년 동안 듣지 못했던 엄마의 목소리를 조금이라도 더 들으려고 필사적이 되었다.

"여보세요." 기어들어가는 목소리로 내가 말했다.

내 말이 계속되길 기다리던 엄마가 마침내 입을 열었다. "미안하지만, 누구시죠?"

마음이 갈기갈기 찢어졌다. 엄마는 자신의 딸을 알아차리지 못

한다. 하지만 엄마가 알아차려야 할 이유가 뭐야? 그러리라 기대
하지도 않았잖아……. 아니, 기대했던가?

이치에 맞지 않지만 가슴이 아팠다. 엄마 딸이에요. 엄마의 외동
딸이라고요. 소리치고 싶었지만 나는 손가락을 입에 대고 마른침만
삼켰다. "잘못 걸었어요."

나는 전화기를 내려놓고 책상 위에 머리를 묻었다. 처음엔 작았
던 슬픔이 점점 커지기 시작했다. 엄마였어. 내가 진심으로 사랑한
유일한 사람.

의자에서 일어나 가방을 열고 휴대폰을 찾았다. 이번에는 도로
시의 번호를 눌렀다.

"바쁘세요?" 두근거리는 마음을 누르며 내가 말했다.

"네 목소리 듣는 것보다 바쁜 일은 없단다. 무슨 일이니, 얘야?"

"엄마가 편지를 보냈다고 아빠가 말했다고 하셨죠? 그게 사실이
라 생각하세요? 그 말을 믿나요, 도로시?"

전화기를 꼭 쥐고 도로시의 대답을 기다렸다. 너무나 많은 것이
그 대답에 달려 있었다.

"얘야, 그건 내가 네 아빠를 믿었던 많지 않은 순간 중 하나였단
다." 도로시가 부드럽게 말했다.

9

내가 오헤어 공항에 도착한 것은 10시였다. 집으로 일찍 돌아가는 대신, 미시건 그랜드래피즈행 비행기 표를 새로 샀다.

"11시 4분에 출발하는 비행기가 있어요. 시간 변경선을 지나기 때문에 도착시간은 12시 57분입니다. 뉴올리언스로 돌아가는 비행기는 내일 저녁 10시 51분입니다."

델타항공 카운터에 앉은 여성이 말했다. 나는 그녀에게 신용카드를 건넸다.

출발 전 10분의 여유를 두고 게이트에 도착했다. 인조가죽으로 된 등받이 의자에 앉아 휴대폰을 찾아 토트백을 뒤적였다. 하지만 휴대폰 대신 벨벳 주머니가 만져졌다.

나는 주머니에서 돌을 꺼내 손바닥에 올려놓았다. 부드러운 아이보리 돌 위에 박힌 점들을 찬찬히 들여다보며 피오나 놀스를 떠올렸다. 2년 전 피오나는 나를 위해 바로 이 돌을 골랐다. 피오나가 이 기획을 진행하게 한 것이나 다름없다. '용서의 돌'이 아니었다면 나는 이 여행을 생각조차 안 했을 것이다. 엄마에 대한 기억은 모두 안전하게 치워졌을 것이다.

내 행동이 틀리지 않기를 바라며 돌을 꼭 쥐었다. 부디 이 돌이 벽이 아니라 다리가 되어주기를.

맞은편 의자에서 젊은 엄마가 딸의 머리를 땋아주고 있었다. 딸이 뭐라고 종알대자 그녀는 미소를 지었다. 부러웠지만 이 여행에 대한 바보 같은 기대 따위는 접어두는 게 현명하리란 생각이 들었다. 감격스런 상봉 따위는 아닐 것이다.

돌을 다시 가방 속에 넣고 휴대폰을 꺼냈다. 심장박동이 빨라졌다. 미시건에 간다고 하면 마이클이 뭐라고 할까? 엄마와 남자친구에 대해 내가 했던 이야기를 기억할까?

나는 번호를 눌렀다. 마이클이 바쁜 사람이라 다행이다. 메시지로 남기면 말하기가 더 쉬울 것이다.

"한나, 안녕, 자기."

제기랄. 하필 오늘은⋯⋯.

"안녕. 통화가 되다니 믿을 수 없는걸." 즐거운 목소리로 애써 꾸미며 말했다.

"지금 회의장으로 들어가려는 참이야. 무슨 일이야?"

"헤이, 당신은 지금 내가 뭘 하려는지 상상도 못 할 거야. 난 미시건에 가서 하룻밤 묵을 작정이야. 여기까지 왔으니 엄마를 한번 찾아가볼까 해."

117

나는 숨도 쉬지 않고 말하고는 대답을 기다렸다.

마침내 마이클이 입을 열었다. "필요한 일이라고 생각해?"

"응. 엄마를 용서하도록 시도해볼 생각이야. 과거와 화해하지 않고서는 미래를 찾을 수 없겠지."

도로시의 그 말이 현명하게 느껴졌다.

"당신 생각이 그렇다면, 충고 한마디만 할게. 그 일은 혼자만의 비밀로 해. 다른 사람들이 당신 사정을 알 필요는 없어."

"물론이지."

내가 말했다. 그러고는 불현듯 깨달았다. 마이클은 나 때문에 자신의 평판이 손상될까 봐 걱정한다는 걸.

비행기는 1시 반에 착륙했고, 나는 차를 빌렸다.

"내일까지면 되나요?" 렌트카 사무실의 젊은 남자가 물었다.

"네, 6시에는 돌아올 거예요."

"여유 있게 움직이세요. 오후에 폭풍이 온다고 합니다."

'폭풍'이란 단어를 들었을 때 나는 허리케인을 연상했다. 하지만 그에게서 플라스틱 긁개를 건네받자 그가 말하는 게 비가 아닌 눈과 얼음이라는 사실을 알아차렸다.

"고마워요." 나는 정장과 힐을 신은 그대로 포드 토러스에 올랐다. 창문 긁개는 뒷좌석으로 던지고.

아델(영국의 유명한 싱어송라이터 – 옮긴이)의 노래를 들으며 I-31도로를 타고 북쪽으로 달렸다. 실타래가 풀린 것처럼 엄마 생각이 꼬리를 물었다. 한 시간이 지나자 차창 밖 풍경이 달라졌다. 주 경계를 따라 거대한 가문비나무와 자작나무가 늘어선 산지가 펼쳐졌다. '사슴 횡단 주의' 표지판이 곳곳에 보였다.

위도 45도라고 적힌 표지판이 나타났다. 밥의 올즈모빌 커트라스(미국 제너럴 모터스에서 나온 스포츠카 – 옮긴이) 뒷좌석에 앉아 있기라도 한 듯 그의 목소리가 들렸다.

"저게 보이니, 시스터? 넌 지금 정확히 적도와 북극 중간에 있는 거야."

그 사실에 내가 흥분할 거라 여겼을까? 밥은 돌고래처럼 환한 미소를 띠며 백미러로 내 표정을 살폈다. 하지만 나는 그 위도 표지판을 보지 않았다.

그 생각을 밀쳐내기 위해 풍경에 집중하려고 애썼다. 남쪽과는 사뭇 다르다. 이곳은 내 기억보다 훨씬 아름답다. 이 고립된 북쪽 지역은 언제나 나에게 밀실 공포증을 불러일으켰다. 하지만 흰 눈과 푸른 가문비나무가 어우러진 지금의 풍경에서는 고립감보다는 고결함이 느껴진다. 창문을 열었다. 퀴퀴한 온기가 빠져나가는 동시에 쌀쌀하면서 상쾌한 바람이 얼굴을 훑었다.

하버코브까지는 48킬로미터가 남았다고 GPS에 표시되어 있다. 위장이 옥죄이는 느낌이다. 난 엄마를 만날 준비가 된 걸까? 아니다. 아직은 확신할 수 없다. 어쩌면 앞으로도 영원히 확신하지 못할 수도 있다.

이 순간을 위해 차질이 빚어질 확률이 가장 적은 계획을 세웠다. 오늘 밤은 모텔에서 묵고, 아침 일찍 일어나 9시 전까지 그 집으로 간다. 그 시간이면 밥은 일하러 나가고 엄마는 일어나 샤워를 마쳤을 것이다. 아무리 예전에 나를 버렸더라도 엄마는 지금의 나를 보면 반가워할 것이다. 그래, 그렇게 믿고 싶다. 그러면 나는 엄마에게 엄마를 용서했으니 우리는 둘 다 과거에서 자유로워졌다고 말할 것이다. 적어도 지금 가능한 정도만큼은 자유로워졌다고……

엄마와 함께 마지막으로 주말을 보낸 건 열다섯 살 때였다. 그때 우리가 만났던 곳이 바로 내가 방금 떠나온 도시, 시카고였다는 것은 우연의 일치일 것이다. 나는 애틀랜타에서 비행기를 타고 왔고, 엄마는 미시건에서 기차를 타고 왔다. 우리는 시내가 아닌 허름한 공항 모텔에서 묵었다. 가까운 '데니스'에서 식사를 해결하고 오후에 한 번 시내로 갔다. '아베크롬비'에 마음에 드는 셔츠가 있었다. 엄마는 그걸 사주겠노라고 우겼다. 엄마가 지갑을 열자 낡아빠진 안감이 눈에 들어왔다. 엄마는 낡은 지갑을 뒤적이며 돈을 세고 또 세었다. 결국 엄마는 지갑 속 사진 뒤에 잘 접어 넣어두었던 20달러 지폐까지 꺼냈다.

"비상금이야. 급할 때 쓰려면 비상금으로 20달러 정도는 있어야 한단다."

내가 충격을 받은 건 엄마의 충고 때문이 아니었다. 엄마가 가난하다는 사실을 알게 되었기 때문이다. 한 번도 생각해본 적이 없던 일이었다. 아빠와 쇼핑을 할 때면 언제나 신용카드를 내밀었고 그것으로 끝이었다. 엄마에겐 신용카드가 없는 걸까? 엄마는 분명 이혼하면서 아빠 재산의 절반을 받았을 것이다. 그 돈은 전부 어떻게 된 걸까? 아마 밥에게 들어갔겠지.

초라한 모텔이었지만 엄마의 경제능력으로는 버거웠던 게 틀림없었다. 결국 엄마는 숨겨둔 비상금 20달러마저 나를 위해 썼다. 한편에서는 아빠가 엄마에게 더 넉넉한 재산을 주지 않은 것에 화가 났지만, 다른 한편에서는 혐오감에 가까운 감정이 점점 커지는 것도 부정할 수 없었다.

집에 돌아와서 아빠에게 엄마가 가난한 이유를 물었다.

"선택을 잘못한 거야. 놀라운 일도 아니지." 고개를 저으며 아빠가 말했다.

그 말 속에 숨은 암시가 이미 악화된 관계에 또 다른 독이 되었다. 나는 절제된 아빠의 그 설명을 '아빠 대신 남자친구를 선택했을 때처럼 엄마는 어리석게도 또 다른 잘못된 선택을 했구나'라고 이해했다.

그때 엄마에게 느꼈던 수치와 고마움과 연민이 다시 몰려왔다. 엄마 집에 가까워질수록 내 선택이 옳다는 확신이 점점 강해졌다. 난 엄마를 만나야 한다. 내가 엄마를 용서했다는 말을 엄마는 들어야 한다. 너무 초조해서 아침까지 기다리기가 힘들었다.

노스 미시건에서 만든 포도주를 마시는 사람이 세상에 있을까? 그렇지만 도로 곳곳에 포도원 간판이 붙어 있었다. 올드미션 반도의 날씨가 포도를 재배하기에 완벽하다는 글을 어디선가 본 적이 있다. 그런데 그 사실이 현실화되었으리라고는 한 번도 생각하지 못했다. 하지만 그게 사실이라면 이 사람들이 포도를 재배하지 않고 달리 뭘 하겠는가?

언덕 꼭대기에 도달하자 미시건 호가 보였다. 너무나 광대해 바다처럼 느껴졌다. 나는 속도를 늦추고 눈부시게 푸르른 물을 바라보았다. 내 기억 속의 모래사장은 지금은 눈으로 덮여 있고 거대한 얼음덩이가 방어벽처럼 물가를 둘러싸고 있긴 했지만, 기억 조각들이 내 마음속을 흘러다니는 것을 막지는 못했다. 엄마와 밥은 호수가 나타나자 자동차 앞좌석에서 환호성을 질렀다. 뒷좌석에 앉은 나만 호수를 보려고 하지 않았다.

"호수야, 시스터. 장엄하지 않니?" 내가 싫어하게 된 별명을 부르며 밥이 호수를 가리켰다.

슬쩍 보고 싶었지만 그러지 않았다. 그에게 만족감을 안겨주고 싶지 않았다. 난 이곳을 싫어해야 했다. 이곳이 마음에 들면 나의 다짐이 약해질 수도 있다. 게다가 밥을 좋아하게 될 수도 있다. 그러면 아빠 나를 결코 용서하지 않을 것이다.

"아침에 나랑 낚시하러 갈래, 시스터? 농어 한두 마리는 낚을 수 있을 거야. 송어가 낚일지도 모르고. 미시건 호의 송어는 최고지."

언제나처럼 나는 밥의 말을 무시했다. 저 멍청이는 내가 새벽 5시에 일어나 낚시하러 가는 게 가능하다고 보나 보지? 꿈 깨시지.

그런데 주위에 아무도 없는 망망대해에 밥과 나 단둘만 있었다면 무슨 일이 일어났을지 갑자기 궁금해졌다. 하지만 엄습해오는 전율로 그 생각은 더 이상 진전되지 않았다.

하지만 그 일이 일어났던 순간에 그랬던 것처럼, 또 그 일이 야기한 결과가 그랬던 것처럼 난 더 이상 확신할 수 없었다. 열세 살 생일 무렵부터 밥을 보면 왠지 스멀스멀하고 오싹한 기분이 들었던 건 사실이다. 우리가 처음 만난 여름에는 밥을 정말 좋아했다. 밥이 쇠 지렛대를 들고 우리 집 부엌 선반에 줄무늬를 넣고 있으면 나는 근처에 서서 구경했다. 햇볕에 그을린 그의 구릿빛 팔뚝은 근육으로 울퉁불퉁했다. 언젠가는 밥이 나를 조수로 임명한다며 나에게 보호안경과 안전모를 건네기도 했다. 나는 작업장을 청소하고 그에게 아이스티를 가져다주었다. 하루 일과가 끝날 때면 밥은 나에게 빳빳한 5달러짜리 지폐를 주었다. 그때는 밥이 나를 한나라고 불렀지만, 우리 엄마를 만나면서부터는 나를 '시스터'라고 부르기 시작했다. 하지만 어떤 별명도, 어떤 꼬드김도 내 의지를 꺾지는 못했다. 나는 밥을 내 적으로 규정했다. 어떤 친절도 어떤 칭찬도 하나같이 수상쩍었다.

하버코브의 상점가로 들어서자 나는 충격을 받았다. 한때 조용했던 어촌 마을이 지금은 북적이는 작은 도시로 변해 있었다. 최신

유행의 검은 파카를 입고 한껏 멋을 낸 여자들이 명품 가방과 쇼핑백을 들고 보도를 걸어다니고 있었다. 차양이 쳐진 풍취 있는 가게, 애플 대리점, 미술 갤러리, 오늘의 특별 메뉴가 적힌 칠판을 문 앞에 내놓은 식당들을 지났다.

도시는 그림책에서 빠져나온 것 같았다. 흰색 벤틀리(영국의 자동차 회사 - 옮긴이)가 내 앞에서 좌회전했다. 하버코브가 언제 이렇게 화려하게 변했지? 이곳에서 살 만한 여유가 엄마에게 있을까?

운전대를 잡은 손에 힘이 들어갔다. 갑자기 불안해졌다. 엄마가 더 이상 이곳에 살고 있지 않으면 어떡하지? 인터넷에서 찾은 주소가 옛날 주소라면? 이번에 엄마를 찾지 못하면 어떡해야 하지?

생각이 정리되었다. 3주의 시간 동안, 나는 엄마 생각을 전혀 하지 않던 데서 시작해, 연락하기를 두려워하다가, 엄마를 만나 용서할 수 있기를 간절히 바라는 데까지 왔다. 하지만 아무리 간절해도 아침까지 기다려야 한다. 밥과 맞닥뜨릴 위험을 감수할 수는 없다.

10

안달과 염려를 동시에 느끼며 하버코브를 지나 페닌슐라 도로를 따라 북쪽으로 향했다. 12개의 포도원 간판이 지나간 후 '메를로 드라 미텐느'라는 간판이 보이자 미소가 떠올랐다. 미텐(벙어리장갑이라는 뜻 – 옮긴이)은 미시건의 별명이다. '벙어리장갑의 포도주', 이름이 귀엽다. 적어도 이 포도원은 무게를 잡지는 않았다. 안 될 게 뭐야? 지금은 3시 20분이고, 포도주 한 잔과 깨끗한 화장실만 있으면 더할 나위 없는 조건이다. 화살표를 따라 가파른 비포장 진입로를 올라갔다. 오래된 커다란 농장과 주차장이 있었다.

차에서 나와 스트레칭을 했다. 눈앞에 보이는 풍경에 숨이 턱 막혔다. 연필처럼 가느다란 반도 위로 가파른 산비탈이 펼쳐져 있었다. 나무 울타리와 뒤얽힌 구부러진 포도나무는 눈으로 덮여 있었고, 열매가 맺히려면 몇 달 더 기다려야 할 메마른 체리나무들은 간식을 먹으려고 줄 선 아이들처럼 반듯하게 줄지어 서 있었다. 멀리 미시건 호도 보였다.

배에서 꼬르륵 소리가 나서 그 눈부신 풍경에서 고개를 돌렸다. 식당이 문을 열었을까 궁금해하며 텅 빈 주차장을 가로질러 걸어갔다. 하루 종일 먹은 것이라곤 비행기에서 받은 작은 프레즐 한 봉지뿐이었다. 샌드위치와 포도주 한 잔이 절실했다.

나무문을 열자 삐걱 소리가 났다. 1분쯤 지나자 어둑어둑한 실내에 눈이 적응되었다. 넓은 천장을 받치고 있는 커다란 참나무 서까래를 보니 이곳이 한때는 이국적인 농장이었다는 것을 알 수 있었다. 한쪽에는 포도주가 진열된 선반들이 세워져 있었다. 맛있는 크래커와 치즈 소스, 예쁜 코르크 따개, 그리고 와인 에어레이터 등이 놓인 테이블이 있었고, 캐비닛 뒤에는 구식 금전등록기가 놓여 있었다. 하지만 사람은 아무도 없었다. 이곳 주인이 누구인진 몰라도 도둑맞을 걱정은 안 하는 게 분명했다.

"계세요?" 나는 외치면서 아치 통로를 지나 옆방으로 갔다.

돌로 된 커다란 벽난로가 환히 빛나며 크고 휑한 공간을 데우고 있었다. 널빤지를 깐 마룻바닥과 여기저기 놓인 둥근 테이블들. 나무 포도주 통으로 만든 U자 모양의 바가 눈길을 끌었다. 포도주를 시음하는 장소가 틀림없다. 근사하군! 이제 포도주만 있으면 모든 게 갖춰진 셈이다.

"헤이!"

한 남자가 분홍색 얼룩이 진 앞치마에 손을 닦으며 벽 뒤에서 걸어나왔다.

"안녕하세요. 점심식사 할 수 있나요?"

"그럼요."

키가 크고 빗자루같이 덥수룩한 검은 머리에 나이는 마흔쯤 되어 보이는 남자였다. 그는 내가 와서 아주 기쁘다는 표정으로 나를 향해 미소 지었다. 포도주 제조자인 것 같았다.

"앉으세요." 그가 빈 테이블들을 가리키며 웃었다. "능력껏 자리를 찾아내 비집고 앉으셔야겠군요."

나도 웃음을 터뜨렸다. 이 가여운 사내는 장사는 신통찮지만 적어도 그걸 농담거리로 삼을 줄 아는 유머감각이 있다.

"붐비기 전에 와서 다행이에요."

나는 둥근 테이블과 의자 대신 바의 가죽 스툴에 앉았다.

그가 메뉴판을 건넸다. "비수기에는 영업시간이 달라져요. 1월부터 5월까지는 주말에만 영업하고 평일엔 예약손님만 받아요."

"오, 미안해요. 몰랐어요."

내가 의자를 다시 밀어넣으려 하자 그는 내 어깨에 손을 얹었다.

"걱정 마세요. 방금까지 저 안에서 수프를 만들어보고 있었거든요. 엄청 먹어대는 돼지가 필요한 참이었어요. 한번 도전해볼래요?"

"어, 정말 괜찮다면, 좋아요. 먼저 화장실을 사용해도 될까요?"

그가 뒤쪽을 가리켰다. "첫 번째 문이에요."

얼룩 한 점 없는 화장실에는 레몬향 소독약 냄새가 났다. 세면대 뒤에 테이블이 있었고, 그 위에는 구강청결제와 종이컵, 헤어스프레이, 그리고 포장된 민트초콜릿 한 사발이 올려져 있었다. 오, 저거야. 초콜릿을 한 주먹 집어 토트백 주머니에 쑤셔넣었다. 내일 비행기에서 오물거릴 게 필요해.

세수를 한 후 거울을 본 나는 소스라치게 놀랐다. 아침에 화장도 머리 손질도 하지 않았다. 가방에서 핀을 꺼내 곱슬거리는 머리칼을 하나로 모았다. 립글로스를 꺼냈다. 하지만 그걸 바르려던 순간, 그만두기로 했다. 지금 내가 있는 곳은 시골 한가운데다. 누가 나를 알아볼 것이며, 내가 누구든 누가 신경 쓸 것인가? 민낯으로 다닐 배짱도 없나? 나는 립글로스를 다시 넣고 초콜릿을 한 움큼 더 집어넣고는 문밖으로 나왔다.

자리로 돌아오니, 적포도주 한 잔과 브레드스틱(막대 모양의 속이 거의 비어 있는 빵 ─ 옮긴이) 한 바구니가 놓여 있었다.

"메를로예요. 2010년산이죠. 내가 가장 좋아하는 겁니다."

그가 포도주 잔 손잡이를 잡고 내 코에 댔다. 묵직하고 톡 쏘는 향이었다. 나는 포도주 잔을 빙글빙글 돌리면서 '뭐가 잘못된 거지?'라고 자문하며 머리를 굴렸다. 내 앞에 있는 남자가 연신 싱긋싱긋 웃으며 나를 보고 있었기 때문이다. 날 놀리는 건가?

나는 그를 노려보았다. "절 놀리는 건가요?"

그가 정색을 했다. "아니에요. 미안합니다. 그저……."

나는 웃었다. "물론 내가 아마추어 포도주 감별사들이 하는 행동을 따라 하고 있어서겠죠. 잔을 빙빙 돌리는 것."

"아니에요. 당신 말처럼 반드시 잔을 돌려야 하는 것은 아닙니다. 다들 돌리긴 하지만요. 하지만 내가 웃은 건…… 당신이……."

그가 내 가방을 가리켰다. 주머니가 열려 있었다. 민트초콜릿으로 불룩한 주머니는 할로윈 저녁에 아이들이 들고 다니는 사탕 주머니처럼 보였다.

　얼굴이 달아올랐다. "오, 이런! 미안해요, 난⋯⋯."

남자가 따뜻하게 웃었다.

"염려 마세요. 마음껏 가져가세요. 나도 아직 그걸 못 끊었어요."

　나도 웃었다. 오랜 친구라도 되는 양 격식을 차리지 않는 그의 태도가 마음에 들었다. 나는 보통 이런 사람에게 거의 항상 감동한다. 북부의 작은 도시에서 일 년에 여덟 달을 일하며 잘 살아가는 사람. 그러기 쉽지 않다.

　나는 모든 절차를 생략하고 포도주를 마셨다.

　"와! 너무 맛있어요. 정말이에요." 한 모금 더 마셨다. "오크향이 나고 버터처럼 부드러워요."

　"게다가 사향과 훈제향도 나죠. 내가 가장 좋아하는 거예요. 하지만 '이 쓰레기에선 젖은 아스팔트 맛이 나는군'이라고 말해도 돼요."

　"오, 절대 아니에요! 그렇게 말하는 사람이 있어요?"

　내 웃음소리가 낯설게 느껴졌다. 진심으로 웃어본 지가 얼마 만인가?

　"불행하게도, 그렇게 말하는 사람들이 있어요. 이런 장사를 하려면 무신경해야 해요."

　"음, 이게 젖은 아스팔트라면, 제발 와서 우리 집 진입로를 포장해주세요."

　우리 집 진입로를 포장해달라고? 정말 내 입에서 나온 말 맞아? 이제 입 다물어! 나는 잔 뒤로 얼굴을 감췄다.

"당신 마음에 들었다니 기뻐요. 내 이름은 RJ예요."

나는 바 너머로 내민 커다란 손을 마주 잡았다.

"만나서 반가워요. 한나예요."

RJ는 뒤쪽으로 가더니 김이 모락모락 나는 수프 한 그릇을 가져왔다. "토마토와 바질이에요. 뜨거우니 조심해요." 내 앞에 매트를 깔며 RJ가 말했다.

"고마워요."

본격적으로 대화를 시작하려는 듯 RJ는 바 뒤쪽에 자리를 잡고 나를 바라보았다. 그가 손수 시중을 드니 마치 특별한 사람이라도 된 기분이었다. 내가 지금 이 가게에 있는 유일한 손님이라서 그런 거겠지.

수프가 식기를 기다리며 포도주를 마시는 동안 우리는 기본적인 소개를 했다. 어디서 왔으며 이런 산속에 무슨 일로 오게 되었는지.

"난 언론인이에요. 남쪽에서 자랐어요. 엄마를 만나려고 여기 왔어요."

많은 이야기를 생략한다는 것은 결국 거짓말을 하는 것과 같을지 모른다. 하지만 낯선 이에게 우여곡절 많았던 내 어린 시절 이야기를 몽땅 풀어놓고 싶진 않았다.

"어머니가 이곳에 사시나요?"

"여기서 바로 서쪽에 있는 하버코브에 살아요."

RJ가 눈썹을 치켜떴다. 그가 무슨 생각을 하는지 짐작이 간다. 호숫가에 있는 별장에 와서 여름을 보내며 자랐나 보다고 생각하겠지. 나는 사람들이 나의 성장 배경을 멋대로 추측해도 그냥 내버려둔다. 마이클의 말처럼 나에겐 이미지가 중요하다.

하지만 내 팬들이 있는 곳에서 1,600킬로미터나 떨어진 곳에 와서인지, 아니면 이 사내가 진실하다고 느껴서인지 이유는 알 수 없지만, 이번에는 굳이 내가 나서서 그의 추측을 바로잡아주었다.

"한참 전에 왔어야 했어요. 이곳은 그리 좋은 기억이 있는 곳이 아니에요."

"당신 아버지는요?"

나는 수프를 저었다. "작년에 돌아가셨어요."

"유감입니다."

"아빠가 당신 포도원을 봤으면 기뻐하셨을 거예요. 아빠의 모토는 '마실 수 있는데 왜 과일로 먹겠는가?'였어요. 물론 주스를 말하는 건 아니에요."

이해한다는 듯 RJ가 고개를 끄덕였다.

"우리 아버지도 동의하셨을 겁니다. 과일뿐 아니라 호밀이나 그 밖의 곡식들로 범위를 확대했겠지만."

그렇다면 우리에겐 공통점이 있다. 알코올중독자를 아빠로 둔 아빠 없는 자식들. 나는 수프를 한 술 떴다. 부드러웠고 톡 쏘는 바질향이 났다. "맛있어요."

"바질이 너무 많이 들어가지 않았어요?"

"완벽해요."

아주 짧은 순간 우리의 눈이 마주쳤다. 나는 고개를 돌렸지만 뺨이 달아올랐다. 뜨거운 수프 때문인지, 아니면 멋진 남자 때문인지 알 수 없었다.

RJ는 다양한 포도주병을 열어 시음을 시켜주었다. 그러고는 선반에서 잔을 하나 더 꺼내더니 "뭐 어때요"라며 자신의 잔에도 포도주를 조금 따랐다.

"손님과 친구가 될 수 있는 기회가 날마다 있는 것도 아니니까요. 게다가 6주만 있으면 정신없이 바빠질 거거든요."

나는 미소 지었다. 하지만 RJ가 단지 낙관주의자이기만 한지 궁금했다. "이곳에서 오랫동안 일했어요?"

"4년 전에 이곳을 샀어요. 어릴 때 여름이면 이곳에 왔거든요. 세상에서 내가 제일 좋아하는 곳이죠. 대학에선 식물과학을 전공했어요. 졸업 후에 E&J 갤로사(어니스트와 줄리오 갤로 형제가 1933년 설립한 미국 와인 회사—옮긴이) 양조장에 일자리를 얻어 머데스토로 이사했고요. 그러다 보니 12년이란 세월이 훌쩍 지났더군요." RJ는 잔에 담긴 붉은 술을 가만히 응시했다. "캘리포니아는 멋진 곳이긴 하지만 내가 좋아하는 스타일은 아니었어요. 어느 날 부동산 웹사이트를 훑어보다가 이곳을 발견했죠. 경매로 아주 싸게 낙찰받았어요."

"꿈같은 이야기네요."

그에게 가족이 있는지도 궁금했지만 묻지 않았다.

"나를 위해서였어요. 그 얼마 전에 쓰라린 이혼을 했거든요. 새롭게 출발할 필요가 있었죠. 어느 정도의 거리도 필요했고요."

RJ는 빈 잔을 들어 행주로 닦았다.

"3천 킬로미터 정도면 적당했겠네요."

RJ가 나를 바라보며 웃었다. 하지만 그의 눈빛은 무거웠다. 그는 눈에 보이지도 않는 잔의 얼룩을 분주히 닦았다.

"당신은 어때요? 결혼했나요? 아이는요? 개나 스바루(일본의 자동차 회사 – 옮긴이) 자동차가 있나요?"

나는 웃었다. "말한 것 중 아무것도 없어요."

이제 마이클에 관해 말할 시간이다. 그래야 했다. 하지만 그러지 않았다. '조심해! 물러서!'라는 경고가 이 상황에서는 필요하지 않다고 느꼈기 때문이다. 나는 불빛과 다정하고 정감 어린 농담을 즐기고 있었다. 사업가나 정치가가 아닌 평범한 사람과 어울리는 건 오랜만이다. 내가 토크쇼 진행자 한나 파라는 것을 모르는 사람과 함께 있는 것도 새로운 기분을 느끼게 해주었다.

나는 바구니에서 브레드스틱 하나를 더 집어들었다.

"이것도 직접 만들었어요?"

"물어볼 줄 알았어요. 메뉴판에 나온 것들 중 이곳에서 직접 만들지 않은 유일한 것이 브레드스틱이에요. 코스트코 불랑제리(제빵사, 빵집을 뜻하는 프랑스어 – 옮긴이)에서 샀어요."

RJ는 프랑스어를 과장해서 발음했다. 나는 웃음을 터뜨렸다.

"코스트코요? 정말이에요? 나쁘지 않은데요." 하나를 들어 찬찬히 살펴보며 말했다. "내가 구운 것보단 못하지만 나쁘진 않아요."

RJ가 활짝 웃었다. "오, 그래요? 당신이 더 잘 만든다고요?"

"그래요. 이건 좀 말라 있어요."

"그게 전략이에요, 한나. 그래야 와인을 더 마시죠."

"오, 자기도 모르게 술을 더 마시게 한다? 여기선 그게 법에 저촉되지 않나 보죠?"

"괜찮더라고요. 때로는 빵집 점원인 조이스에게 부서질 정도로 말려서 소금을 듬뿍 뿌려달라고 부탁하기도 하는걸요. 이 브레드스 틱 아니면 난 장사를 접을 수도 있어요."

나는 다시 웃었다. "내가 구운 것을 보내드릴게요. 로즈마리-아 지아고(우유를 가열해 숙성시킨 이탈리아 치즈-옮긴이) 빵은 내가 제일 좋아하는 거예요. 당신 고객들이 빵과 포도주만으로도 이곳에서 한 참 머물 수 있을 거예요."

"오, 지금 사업계획을 짜는 겁니까? 손님들은 공짜로 주는 빵으 로 배를 채우고 30달러짜리 주요리는 건너뛰겠군요. 당신이 사업 가가 아니라 언론인이 된 이유를 이제 알겠어요."

"그리고 디저트는 공짜 초콜릿이고요." 내가 가방을 두드리며 덧 붙였다.

RJ가 고개를 뒤로 젖히고 껄껄 웃었다. 나는 의기양양해졌다. 내 가 엘런 드제너러스(미국의 코미디언이자 영화배우-옮긴이)가 된 기분 이었다.

우리의 대화는 느긋하게 계속되었다. RJ는 포도주의 맛과 향에 영향을 주는 요인들에 대해 설명해주었다.

"보통 많은 요인들이 전부 함께 작용합니다. 그것을 포도주의 '테 루아르'라고 불러요. 포도주가 어디에서, 그리고 어떻게 만들어지 는지에 따라 '테루아르'가 형성되죠. 토양의 성질, 일조량, 포도주 통의 종류까지 온갖 것이 영향을 끼치지요."

나는 나 자신의 '테루아르'에 대해 생각했다. 우리가 어디서 어떻 게 자랐느냐에 따라 우리 자신의 고유한 성질이 나타난다. 나에게 서 비판적이고 완고하고 불안정하고 외로운 분위기가 풍기는지 궁금했다.

내가 그늘에 앉은 강아지처럼 편안하게 있을 때 RJ가 놀라 일어섰다. 내 귀에도 문이 열리고 쿵쿵거리는 발걸음 소리가 들렸다. 제기랄, 손님이 또 왔잖아.

나는 시계를 슬쩍 쳐다보았다. 4시 반이다. 낯선 사람과 농담을 주고받으며 오후를 한참 낭비했다. 이제 그만 일어나야 한다. 숙소도 아직 정하지 못했다. 해가 지기 전에는 정해야 한다.

발걸음 소리가 점점 커졌다. 몸을 돌려 보니, 눈 덮인 외투를 걸친 아이 둘이었다. 열두 살쯤으로 보이는 마르고 키 큰 남자아이는 복사뼈가 드러나는 청바지를 입고 있었다. 이가 빠지고 주근깨가 있는 빨간 머리의 작은 여자아이가 눈을 크게 뜨고 나를 쳐다봤다.

"누구세요?" 여자아이가 물었다.

남자아이가 등에 멘 가방을 테이블에 내려놓으며 말했다. "무례하게 굴면 안 돼, 이지." 생각보다 깊은 목소리였다.

"이지는 그냥 궁금했던 것뿐이야, 자크." RJ가 말했다.

그는 아이들에게 다가가 이지를 안아주고 자크와는 주먹을 마주쳤다. RJ는 그들의 외투를 받아들고 눈을 털어냈다. 바닥에 물웅덩이가 생겼지만 개의치 않는 것 같았다. 내 생각을 눈치챈 듯 그가 나를 바라보았다.

"나중에 할 일을 만드는 거예요."

나는 활짝 웃었다.

"얘들아, 이분은……."

"한나란다. 만나서 반가워."

나는 그 아이들과 악수를 나눴다. 사랑스러운 아이들이었다. 하지만 이지의 옷에 묻은 얼룩과 뜯어져 내려온 단이 눈에 띄었다. 리바이스 청바지와 옥스퍼드 셔츠를 입은 멋진 포도원 주인의 자녀들은 아닌 것 같았다.

"오늘 하루는 어땠니?"

이지의 머리카락을 헝클어뜨리며 RJ가 물었다. 자크에게도 고개를 돌렸다. 그들은 읽기 시험과 싸움을 일으킨 남자애, 그리고 내일 미국 원주민 박물관으로 나들이 가는 것 따위를 놓고 재잘거리며 이야기를 나눴다.

"숙제하고 있으렴. 간식 만들어올게."

"엄마는 언제 와요?" 이지가 물었다.

"5시에 오실 거야."

RJ는 부엌으로 사라졌다. 이 허름한 옷을 입은 아이들이 누군지 궁금했다. 아이들은 테이블 앞에 자리를 잡고 숙제를 꺼냈다. RJ 여자친구의 아이들인가 보다.

5분 후, 치즈와 포도, 신선한 배가 잔뜩 담긴 접시를 들고 RJ가 다시 나타났다. 그는 검정색 냅킨을 한쪽 팔에 올리고 절을 하여 아이들을 즐겁게 했다. 그들은 이런 일련의 절차에 익숙해 보였다. 그가 나를 의식해 이런 행동을 하는 것 같지는 않았다.

"마실 것을 드릴까요, 아가씨?"

이지가 깔깔댔다. "초콜릿 우유를 주시면 영광이에요."

RJ가 웃었다. "아, 내 신분이 상승했군요. 내가 오늘은 귀족인가요?"

"아저씬 왕이에요."

이지의 빛나는 얼굴을 보니 이지가 RJ를 소중하게 대한다는 걸 알 수 있었다. 포도주 잔 두 개에 초코우유를 따른 다음, 그가 다시 정색을 했다.

"엄마가 오기 전까지 숙제를 마쳐야 한다."

"오늘 보너스는 뭐예요?" 이지가 물었다.

"맞아요. 오늘도 10달러 지폐예요? 그러면 너무 좋을 것 같아요!" 수학책을 펼치며 자크가 말했다.

"절대로 못 맞힐 거야. 10달러 지폐일 수도 있고, 배춧잎일 수도 있지. 절대 말 안해줄 거야."

아이들은 금세 숙제에 집중했다. 바로 돌아온 RJ는 바 뒤로 가지 않고 스툴을 꺼내 내 옆에 앉았다. 나는 시계를 보았다.

"가야겠어요. 당신은 너무 바쁜 것 같아요."

그가 양손을 번쩍 들었다. "당신은 방해하고 있지 않아요. 계속 계세요. 물론 내가 당신을 방해하는 게 아니라면요."

"방해하고 있지 않아요."

RJ가 나에게 탄산수를 따라주고 레몬과 라임을 넣어주었다.

"고마워요. 내가 좋아하는 방식으로 만들어주셨네요."

RJ가 미소를 지었다. 포도주 때문인지, 아니면 한가하고 긴 오후 때문인지 몰라도 두 시간 전에 만난 사람이 낯설기는커녕 마치 친구처럼 느껴졌다. 그는 뉴올리언스에서 사는 건 어떤지 알고 싶어 했다. 자신은 이 주州의 남부에서 자랐으며 그의 엄마는 아직도 그곳에 계신다는 이야기도 했다.

"엄만 재혼을 해서 양손자들을 많이 봤어요. 엄마에겐 잘된 일이 죠. 하지만 누나는 약간 질투하는 것 같아요. 엄마가 친손자보다 양손자들을 더 자주 만나거든요."

"어머니가 이곳에 자주 오시나요?"

"아뇨. 당신과 비슷해요. 이곳에 대한 기억이 그리 좋지 않거든요."

그는 아이들을 살펴보았다. 자크는 계산기를 두드리고 있었고, 이지는 그림을 그리고 있었다.

"포도원을 방문해본 적이 있으세요?"

"포도주 시음실만 가봤어요."

"이리 와보세요. 구경시켜드리죠."

RJ가 문을 열었다. 나는 온 세상이 눈으로 덮여 있으리란 생각을 못하고 있었다. 거대한 솜사탕이 하늘에서 떨어져내리고 있었다. 나는 힐을 신고 있다는 사실도 잊고 문밖으로 달려나갔다.

"근사해요."

신발 속이 젖어들었지만 신경이 쓰이지는 않았다. 나는 얼굴을 하늘로 치켜들고 두 팔을 뻗은 채 빙글빙글 돌았다. 눈송이가 얼굴 위로 내려앉았다. 입을 벌려 눈송이를 받아먹었다.

RJ가 웃었다. "남부 토박이답군요. 우린 이 골칫덩이에 질렸어요." 그는 몸을 굽혀 눈을 한 줌 쥐었다. "하지만 좋든 싫든 이곳은 그런 곳이죠."

RJ가 포도나무 줄기가 타고 올라간 격자 울타리를 향해 눈뭉치를 던졌다. 빗나갔다. 눈을 던지는 그의 팔이 튼튼했다. 좋은 팔을 가진 좋은 남자군, 아빠라면 이렇게 말했겠지.

"다시 안으로 들어가죠. 당신 얼겠어요."

RJ의 말이 옳다. 짧은 트렌치코트를 챙겨온 건 실수다. 하지만 아쉽다. 이 아름다운 곳에 있으니 눈의 나라에 온 것 같다.

RJ가 내 등에 손을 얹고 나를 문 쪽으로 안내했다. "다음에 오시면 전부 보여드리죠."

'다음에 오면……', 근사하게 들리네.

입구에 거의 도착했을 때 얼어 있는 바닥에 힐이 미끄러졌다. 오른발이 앞으로 휘청하면서 거의 넘어질 뻔했다. "오! 젠장!" 나는 비명을 내질렀다. 옷이 찢어지는 소리가 들렸다.

완전히 넘어지기 직전에 RJ가 내 팔을 잡았다. "오, 천천히…… 천천히."

RJ가 도와준 덕분에 창피한 꼴은 면할 수 있었다.

"이제 보니 당신이 아까 했던 눈에 대한 멘트는 품위를 지킨 표현이었네요."

내가 다리에서 눈을 털어내며 말했다.

RJ가 내 팔을 더 힘 있게 잡았다.

"괜찮아요? 여기 소금을 뿌려야겠네요. 다치진 않았어요?"

나는 고개를 젓다가 도로 끄덕였다. "그래요. 내 자존심이 다쳤어요."

"또 득점했네요. 9 대 5. 당신 치마가 찢어지는 바람에 1점 더 땄어요."

RJ의 유머 덕분에 기분이 한결 나아졌다. 10센티미터 가까이 찢

139

어진 치마를 살펴보았다. "예술이네요."

"원상회복은 안 되겠죠?"

"예. 게다가 이건 지난주에 새로 산 옷이에요."

"아시겠지만, 그냥 넘어지는 편이 나을 때도 있어요. 넘어지지 않으려고 버티면 다쳐요." 나를 살펴보며 RJ가 말했다.

RJ의 말이 나를 포근하게 감쌌다. 아직 내 팔을 잡고 있는 그의 손에서 보호하려는 마음이 고스란히 전해졌다. 그를 올려다보았다. 진지한 표정, 살짝 얽힌 콧마루, 구릿빛 피부를 뚫고 까슬까슬하게 올라온 수염 자국, 그리고 갈색 눈동자에 드문드문 섞인 금빛 광채까지 또렷이 보였다. 손을 뻗어 그의 턱 왼쪽에 있는 상처를 만지고 싶은 충동이 불쑥 일어났다.

자동차 엔진 소리가 그 마법을 깼다. 우리 둘 다 진입로 쪽을 돌아봤다. 제설소금을 뒤집어쓴 검정색 SUV차량이 눈 덮인 진입로를 올라오는 모습이 시야에 들어왔다. 나는 흩어진 머리칼을 귀 뒤로 넘기고 코트 자락을 단단히 여몄다. 맙소사, 두 번째 굴욕을 초래할지 모르는 위험에서 간신히 벗어났다. 포도주가 내 머리를 마비시킨 게 틀림없다.

자동차가 멈추고 빨간색 재킷을 입고 밝은 분홍색 립스틱을 바른 통통한 여자가 내렸다. RJ는 그녀에게 다가가기 전 내 팔을 살짝 힘주어 잡았다.

"안녕, 매디." RJ가 그녀를 살짝 안았다 놓으며 손으로 나를 가리켰다. "내 친구 한나예요."

나는 매디와 악수를 했다. 매디는 예뻤다. 그녀의 뽀얀 피부에는 잡티 하나 없었고 눈은 밝은 초록색이었다. 그리고 지금 이곳에서 초록색 눈을 가진 사람은 매디 하나가 아니었다. 내가 얼마나 비이성적으로 구는지 나의 뇌세포 전부가 나에게 경고를 보냈다. 질투할 이유가 전혀 없어. 난 이 남자를 잘 알지도 못하잖아? 게다가 나에겐 마이클이라는 애인이 있다고!

"들어와요. 애들은 숙제하고 있어요."

RJ가 매디에게 말했다. 매디는 담뱃갑을 들어올리는 것으로 답을 대신했다.

"알았어요, 그럼. 잠시면 되겠죠? 애들한테 보너스를 줘야 해요."

"당신은 애들을 망치고 있어요. 그런 식으로 계속하면 아이들은 자신이 부잣집 가족의 일원이라도 된 줄 알고 날 무시할 거예요."

RJ를 따라 안으로 들어가야 하는 건지 애매했다. 그래서 그냥 매디와 함께 밖에 서 있었다. 매디가 차에 기대서서 담배에 불을 붙이는 동안, 나는 문 옆에 있는 처마 아래에 몸을 웅크리고 서 있었다. 보아하니 눈은 계속 내릴 것 같았다. 매디는 젊었다. 서른쯤 되어 보였다. 그녀에게 자크만 한 아들이 있다는 게 믿기지 않았다.

"RJ의 친구예요?" 담배 연기를 내뱉으며 매디가 물었다.

"오늘 처음 만났어요."

이곳에서 낯선 여자를 만나는 건 흔한 일이라는 듯한 태도로 그녀가 고개를 끄덕였다. "그는 좋은 사람이에요."

매디에게 당신이 보증해줄 필요는 없다고 말하고 싶었다. 나도 RJ가 좋은 사람이라는 건 이미 알고 있다. 그가 그녀의 아이들에게 하는 행동을 보면 얼마든지 알 수 있다.

11

7시가 다 돼서야 아이들은 다시 책가방을 매고 SUV에 올라 작별인사를 나눴다. 이지와 자크는 멀어져가며 우리를 향해 손을 흔들었다. RJ와 나는 다시 식당으로 들어갔다. 그가 문을 닫았다. 벌써 해가 지고 있었다. 하지만 살을 에는 추위 속에서 떨고 나면 소박한 실내가 우울하기보다 아늑하게 느껴지는 법이다.

"이제 진짜 가야겠어요." 식당 안쪽으로 들어가려다 말고 내가 말했다.

"이런 눈길에서 운전해봤어요?"

"괜찮을 거예요."

"현명한 생각이 아니에요. 내가 당신 어머니 집까지 태워주고 내일 다시 이곳으로 데려와 당신 차를 가지고 가게 해줄게요."

"그건 안 돼요. 게다가 난 지금 엄마 집으로 가려는 게 아니에요.

오늘 밤은 모텔에서 묵을 거예요."

RJ가 의아하다는 듯 나를 바라보았다.

"좀 복잡해요."

"알겠어요."

어떤 판단도 하고 있지 않은 듯한 어조였다. RJ는 정말 이해하는 것 같았다.

"저기, 오늘 밤은 여기 그대로 있는 편이 나을 것 같아요. 맹세코 다른 꿍꿍이가 있는 건 아니에요. 난 2층에서 지내는데, 내가 소파에 잘 테니……."

"그럴 순 없어요."

RJ가 고개를 끄덕였다. "맞아요, 당신 말이 옳아요. 당신은 현명한 여자예요. 하지만 제설작업이 끝날 때까지만이라도 있다 가세요. 스테이크와 샐러드를 대접할게요. 그 후에 마을까지 태워드리죠."

솔깃했다. 하지만 이내 고개를 저었다. "그러면 상황이 더 악화될 거예요. 정말 가야 해요. 그리고 맹세컨대 난 정말 눈길에서도 운전 잘할 수 있어요."

RJ가 이내 포기했다. "난 지금 고집불통을 상대하고 있군요. 당신이 이겼어요. 당신 뜻이 그렇다면 이곳에 잡아둘 수는 없죠."

"걱정해주셔서 고마워요."

정말 그랬다. 누군가가 나를 염려해준 것이 얼마 만인지 생각도 나지 않는다.

RJ가 주머니에 손을 쑤셔넣었다. "음, 당신을 만나서 정말 좋았어요. 함께 이야기 나눌 수 있어 즐거웠고요."

"저도 마찬가지예요." 나는 이제 다시는 볼 수 없을 것처럼 주위를 둘러보았다. "그리고 당신의 포도원과 식당은 정말 아름다워요. 자랑스러워하실 만해요."

"고맙습니다. 다음엔 전부 보여드리지요. 꽃이 피면 포도원이 장관이에요."

"그게 언제죠? 8월에나?" 나는 그를 놀리며 손에 입김을 불었다.

RJ가 활짝 웃으며 고개를 저었다. "남부 사람답군요."

RJ의 부드러운 시선이 나에게 고정되었다. 또다시 그를 만지고 싶은 강한 충동을 억누르느라 팔짱을 꼈다. 한 발짝만 다가가면 그의 품에 안길 수 있을 텐데……. 그의 가슴에 내 뺨을 댈 수 있을 텐데……. 그의 품에 안기는 건 어떤 기분일까?

맙소사, 이건 로맨스 소설이 아니라고! 외로운 성인 둘이 만난 것뿐이다. 이 인적 드문 북쪽에서 RJ가 혼자 온 여자를 만나본 지 여러 달 되었을 것이다.

RJ가 지갑에서 명함을 꺼내 나에게 건넸다.

"내 전화번호에요." 그는 명함 뒤에 번호를 적어 다시 돌려주었다. "휴대폰 번홉니다. 모텔에 들어가면 전화하세요. 당신이 안전하게 도착했는지 확인해야겠어요."

나는 명함을 받았다. 선을 넘고 있는 것처럼 기분이 묘했다. 지금 난 왜 남자친구가 있다는 말을 하지 못할까? 하지만 그건 우스꽝스럽다. 이 상황에서 그 이야기를 할 필요는 없다. 그의 행동은 신사답게 친절을 베푸는 것에 불과하다. 그는 내 안전을 확인하고 싶을 뿐이다. 내가 남자친구가 있다고 고백하면 정신 나간 사람처럼 보일 것이다.

"좋아요. 이제 출발하는 게 좋겠어요."

"하나만 더 말할게요. 잠깐만요."

RJ는 식당 저편으로 서둘러 가 창고처럼 보이는 곳으로 들어갔다. 잠시 후 그는 노란색 장화 한 켤레를 가지고 돌아왔다.

"당신이 떠나겠다고 고집을 부린다면, 난 이걸 신으라고 고집을 부릴 겁니다."

"당신 장화를 가져갈 순 없어요."

"집을 살 때 딸려온 거예요. 자기 거라고 주장하는 사람이 나타나길 기다렸어요. 당신 같은 사람 말이죠."

나는 어깨를 으쓱했다. '이제 난 신데렐라인가요'라고 농담을 하려던 걸 이내 후회했다. 신데렐라는 왕자에게 신발을 받고…… 왕자와 결혼했다. RJ가 오해하면 어쩌지? 오, 맙소사. 난 왜 이리 멍청하담!

힐을 벗고 장화를 신었다. 좀 작았다. 하지만 그의 판단이 옳았다. 힐보다 훨씬 편했다. "고마워요."

새 신을 보여주며 나는 빙빙 돌았다. 화장기 없는 민낯에 고무장화를 신고 찢어진 옷을 걸친, 내 몰골이 어떨지 상상할 수 있었다. 마이클에게는 이런 모습을 꿈에도 보여줄 수 없다.

"이 정도면 복장불량 단속에 걸릴 수도 있겠는데요."

하지만 RJ는 웃지 않았다. 나를 유심히 지켜보던 그가 마침내 입을 열었다. "당신은 멋져요."

나는 시선을 떨어뜨렸다. "당신은 시력이 나쁜 게 분명해요."

"2.0, 2.0인데." 내 눈을 똑바로 보며 RJ가 말했다.

"가야겠어요."

그가 손뼉을 쳤다. "아참! 그래요. 잠깐만 그대로 있어요. 자동차 열쇠 주세요."

RJ가 내 차의 시동을 거는 모습을 창문을 통해 지켜봤다. 그 단순한 행동이 나를 감동시켰다. 음식이나 포도주보다 훨씬 더.

"좋아요. 당신 차는 준비됐어요. 짐 풀자마자 바로 전화해요."

현관으로 걸어오며 RJ가 말했다.

나는 손을 내밀었다. "고마워요. 오늘 온종일 음식과 쉴 곳과 신발을 제공해주고 멋진 친구가 되어주셨어요. 정말로, 진심으로 고마워요."

RJ가 내 손을 잡았다. "천만에요. 다시 만나요."

그의 말 속에 담긴 확신 때문에 나도 그 말이 믿어졌다.

RJ의 말을 들었어야 했다. 이런 날씨에 운전하는 게 이리 힘들 줄 몰랐다. 와이퍼가 밀어내는 속도보다 훨씬 더 빠른 속도로 앞유리에 눈이 쌓였다. 와이퍼가 닿지 않는 곳에는 성에가 켜켜이 쌓였다. 앞을 보려면 황새처럼 목을 쭉 빼야 했다. 30분 후엔 다시 돌아가고 싶은 마음이 굴뚝같았다. 하지만 이를 악물고 계속 나아갔다. 달빛이 눈 위에 비쳐 어렴풋한 푸른 그림자가 드리운 풍경을 만들어냈다. 남쪽으로 이어진 구부러진 길을 기다시피 해서 간신히 페닌술라 도로에 진입했다. 페닌술라에서도 헤드라이트가 비추는 한 쌍의 바퀴자국만 따라갈 수밖에 없었다. 흐릿한 흰색 형체들 외에는 거의 아무것도 보이지 않아서 천천히 엉금엉금 기어갔다. 여기가 길 위인지 허공에 떠 있는 건지도 모를 지경이었다. 손가락 마디마디가 아팠고 목도 뻐근했다. 눈은 빠질 것 같았다. 하지만 계속 웃음이 배어나왔다.

출발하고 2시간이 지나서야 마을에 들어섰다. 가장 먼저 눈에 띈 모텔에 주차하고는 시동을 껐다. 안도의 한숨이 저절로 나왔다.

시설은 빈약했지만 깨끗한 모텔이었다. 숙박비가 생각보다 싸서 잘못 들은 줄 알고 매니저에게 되물었다.

"다른 계절엔 네 배 가격이에요. 하지만 지금은 그냥 영업을 계속하는 데 의미를 두지요."

이유는 알 수 없었지만, 마이클에게 가장 먼저 전화했다. 그리고 이유는 알 수 없었지만, 마이클에게 전화하기 전 세수를 하고 옷을 갈아입었다. 침대 속에 들어가서야 마침내 RJ에게 전화할 결심이 섰다.

나는 명함을 꺼내기 위해 토트백을 열었다. 앞주머니를 살피고 다음으로 안을 샅샅이 살폈다.

"제기랄, 대체 어디로 간 거지?" 나는 정신없이 가방을 뒤집어 내용물을 전부 침대 위에 쏟았다. 하지만 명함은 없었다. 침대에서 뛰어내려 와 코트 주머니를 뒤졌다. "제기랄!" 나는 작은 장화를 꿰신고 잠옷 위에 코트를 걸쳤다.

미친 여자처럼 차 안을 샅샅이 뒤졌다. 그리고 나서야 결국 RJ의 명함을 잃어버렸다는 사실을 인정했다. 현관에서 차까지 걸어가는 동안 어딘가에 떨어뜨린 게 틀림없다.

나는 허둥지둥 방으로 다시 달려가 노트북 컴퓨터를 켰다. 포도원 웹사이트를 검색했다. RJ의 경력은 인상적이었다. 그는 식물학으로 박사학위를 받았고 수많은 수상경력과 특허를 가지고 있었다. 포도원의 전화번호를 찾아냈다. 하지만 휴대폰 번호는 나와 있지 않았다.

번호를 누르는 손이 떨리고 있었다. 제발 받아요. 제발 받아요.

"메를롯 드 라 미텐느'입니다."

빌어먹을! 자동응답기였다.

"영업시간 안내는 1번, 오시는 길 안내는 2번……."

나는 마지막 안내가 나올 때까지 RJ의 깊은 음성을 듣고 있었다. "메시지를 남기시려면 5번을 눌러주세요."

"어, 안녕하세요……, 한나예요. 당신이 준 명함을 잃어버렸어요. 당신이 시킨 대로 마을에 잘 도착했다는 걸 알려드리려고요. 전화하라고 하신 것 기억하시죠? 음……, 고마워요. 다시 한 번 고맙다는 말씀을 드려요."

악! 바보 같잖아! 나는 내 휴대폰 번호를 남기지 않고 전화를 끊었다. 나에겐 남자친구가 있으니 그건 옳지 않은 행동일 것이다.

침대에 올라가 불을 껐다. 나 자신이 오늘은 크리스마스가 아니란 걸 깨달은 어린아이가 된 것 같았다.

12

다음 날 아침, 나는 잠시 포도원에 올라가 RJ에게 일부러 그를 바람맞힌 게 아니라는 변명을 해야 하나, 아니면 엄마에게 바로 가야 하나 갈등했다. 엄마에게 바로 가기로 했다. 엄마를 만나고 시간이 남으면 RJ에게 잠시 들를 수 있다.

지난밤의 폭풍은 사라지고 청명한 하늘이 드러났다. 하지만 일기예보에선 이른 오후부터 눈폭풍이 다시 시작될 거라고 예고했다. 이곳에서의 삶은 만만치 않다. 엄마가 존경스러웠다.

운전대를 잡고는 지난밤 RJ와의 통화에 실패한 실망감을 떠올리지 않으려 애썼다. 멋진 포도원 주인은 이제 잊어야 한다. 잠깐의 설렘 정도야 해롭지 않다. 하지만 그걸 끌고 가서는 안 된다.

도시 서쪽으로 16킬로미터쯤 가니 버치 호가 나왔다. GPS는 아주 작은 방향전환과 곡선도 놓치지 않았다. 길은 도체스터 도로로 이어졌다. 도체스터라, 작은 어촌 호수를 끼고 도는 좁고 지저분한 길이 아니라 런던의 자갈길에 훨씬 더 어울리는 이름이다.

헐벗은 참나무가 마라톤을 응원하는 관중들처럼 길 양쪽에 늘어서 있었다. 제설작업이 되어 있지 않은 도로라 앞차가 낸 바퀴자국을 따라갔다. 천천히 달리며 왼쪽의 얼어붙은 호수를 힐끔힐끔 바라봤다. 오래된 집과 새 집이 어우러져 장기판 같은 풍경을 만들어냈다. 새로 지은 큰 건물들 때문에 오래된 건물들이 작아 보였다. 간혹 내 기억 속의 초라한 여름 오두막 같은 건물들도 보였다.

일곱 난쟁이가 살 거라고 생각했던 아주 작은 집이 있던 곳을 지나자니 혼란스러웠다. 그곳엔 인상적인 현대식 건물이 새로 들어서 있었다. 길을 따라 조금 더 내려가자 트레일러 두 개를 연결한 조립식 건물이 보였다. 내 기억 그대로였다. 천천히 공터를 지나자 조그만 숲이 나타났다. 목 뒤로 땀이 배었다. 가까이 왔다. 난 그걸 느낄 수 있다.

브레이크를 밟자 차가 얼어붙은 길에서 미끄러지더니 휘청대며 멈췄다. 밤의 오두막이 보였다. 갈비뼈 아래에서 심장이 요동쳤다. 할 수 없을 것 같다. 과거를 들추어내는 건 실수가 아닐까?

해야 해. 만약 도로시의 말이 옳다면 이건 내가 평화를 되찾을 유일한 방법이야.

손바닥에서 땀이 배어 나왔다. 청바지에 손을 문지르고 백미러를 봤다. 아침이라 아무도 없었다. 운전대에 손을 올리고 왼편을 바라보았다. 푸른 전나무와 가문비나무가 있는 아름다운 마당으로 둘러싸인 오두막집은 지금 보니 마치 모형 같다. 페인트칠을 다시 해야 할 것 같고, 창문엔 바람을 막아줄 투명 플라스틱 가림막이 있어야 할 것 같다. 기대와 두려움으로 속이 뒤틀렸다.

나는 무슨 말을 할지 연습하며 10분 동안 그대로 앉아 있었다. 안녕하세요, 엄마. 당신을 용서하려고 왔어요. 아니면, 안녕하세요, 엄마. 전 과거를 잊으려고 해요. 아니면, 엄마, 화해하러 왔어요. 전 당신을 용서해요. 전부 정확한 표현이 아니야. 할 수 없이 엄마를 만났을 때 해야 할 말이 제대로 생각나기를 기도했다.

엄마를 다시 대면할 용기를 그러모으려 애쓰며 집을 응시했다. 그때 현관문이 열렸다. 나는 차 안에서 목을 쭉 빼고 바라보았다. 심장박동이 빨라졌다. 내 눈 바로 앞에서 한 여인이 집 밖으로 걸어나왔다. 16년 만에 처음으로 보는 엄마의 모습이었다.

"엄마." 입 밖으로 소리를 냈다. 가슴이 미어졌다. 내 차가 엄마 눈에 띄지는 않을 거라고 믿었지만 그래도 나는 몸을 최대한 웅크렸다. 엄마의 모습은 많이 달라져 있었다. 내 고등학교 졸업식 때 마지막으로 본, 세월의 풍파를 겪으며 시들어가지만 여전히 아름다웠던 서른여덟 살 모습 그대로일 거라고는 기대하지 않았지만 말이다.

엄마는 지금 쉰네 살이다. 산딸기 샤베트색 입술을 가진 눈부신 여인은 사라지고 없었다. 대신 창백한 얼굴에 윤기 없는 검은 머리를 하나로 틀어올린 모습이다. 여전히 비쩍 말랐다. 세발 아직도 담배를 피우고 있지는 않기를. 엄마는 초록색 모직코트를 입고 있었다. 단추를 잠그지 않아 그 밑으로 검정색 바지와 흐릿한 파란색 블라우스가 보였다. 유니폼 같았다.

나는 손으로 입을 틀어막고 깨물었다. 여기 있었네요, 엄마. 바로 여기 있었네요. 내가 왔어요.

기어를 당기고 천천히 앞으로 나아갔다. 눈물이 앞을 가렸다. 엄마는 진입로에 세워둔 갈색 셰보레 쪽으로 걸어갔다. 엄마는 걸음을 멈추고 맨손으로 앞유리에 쌓인 눈을 치웠다. 지나가는 나에게 엄마가 손을 흔들었다. 엄마에게 나는 또 한 명의 지나가는 사람일 뿐이다. 엄마의 미소가 내 심장을 갈가리 찢었다. 나는 손을 들어 답하고는 그대로 지나갔다.

1킬로미터를 더 달린 후에 차를 세웠다. 나는 의자에 머리를 기댔다. 눈물이 뺨을 타고 줄줄 흘러내렸다. 엄마는 괴물이 아니었다. 이제 나는 진실을 안다.

나는 창문을 열고 차가운 공기를 들이마시며, 당장 다시 달려가 엄마의 여윈 몸을 껴안고 싶은 충동을 잠시 자제했다.

하지만 맙소사! 엄마는 지금 여기, 닿을 수 있는 곳에 있잖아? 엄마를 만나려는 충동은 갑작스러웠지만 눌러지지 않았다. 내가 이곳에 있다는 사실도 모르고 오늘, 지금, 엄마가 죽으면 어떡하지? 그 생각을 하니 아찔했다. 손으로 이마를 짚었다.

나는 다시 생각할 시간을 갖기도 전에 가장 가까운 진입로에서 차를 돌려 엄마의 집으로 달려갔다. 엄마를 용서한다는 말을 해야 한다. 적절한 말을 찾을 수 있을 거야.

오두막이 시야에 들어오자 다시 속도를 줄였다. 심장이 어찌나 방망이질을 해대는지 몇 번이고 깊은 심호흡을 해야 했다. 난 할 수 있어! 하지만 진입로까지 다가가 보니 갈색 셰보레는 이미 떠나고 없었고, 집에는 불이 꺼져 있었다.

"안 돼!" 나는 비명에 가까운 소리를 질렀다. 형언할 수 없는 절망이 나를 짓눌렀다. "제가 여기 왔어요, 엄마. 어디 계세요?" 나는 다시 한 번 엄마를 실망시켰다. 하지만 그건 말이 안 돼. 내가 엄마를 실망시킨 게 아니라 엄마가 나를 실망시킨 거잖아.

뒤따라갈 희미한 후미등이나 사라져가는 배기가스라도 찾고 싶어 길을 유심히 살폈다. 하지만 황량한 길은 내 기분처럼 외롭고 적막했다.

나는 맞은편 길가에 차를 세우고 밖으로 걸어나갔다. 휘청대며 길을 건너 숲으로 갔다. 장화를 준 RJ가 새삼 고마웠다. 덤불을 헤치며 걷자니 가시나무와 앙상한 나뭇가지가 자꾸 걸렸다. 수풀을 벗어나자 내가 너무나 싫어하는 오두막 뒤뜰이 나왔다.

하늘은 구름이 짙어지고 눈발이 조금씩 날리기 시작했다. 살짝 경사진 땅에 지어진 오래된 집을 가만히 바라보았다. 어두운 창문에는 어떤 움직임도 보이지 않았다. 밥은 이곳에 없다. 어떤 이유에선지 나는 그것을 확신했다.

호수 쪽으로 거닐다 보니 어느새 부둣가였다. 거위 한 쌍이 수면에 내려앉자 군데군데 녹아 있는 호수 표면에 물보라가 튀어올랐다가 다시 잠잠해졌다. 숨을 깊이 내쉬었다 들이쉬고, 다시 내쉬었다 들이쉬었다. 이 고요한 장소는 시끄러운 내 마음과는 정반대다. 슬픔이, 그 오랜 쓰라림이 조금씩 가벼워지고 있었다. 얼어붙은 툰드라 지대와 흰 얼음으로 뒤덮인 드넓은 평원을 바라보았다. 엄마가 이곳을 사랑한 이유를 처음으로 알 것 같다.

"도와드릴까요?"

주위를 둘러보았다. 심장이 두근거렸다. 부두 끝에 젊은 여자 한 명이 서 있었다. 꾸미지 않은 상냥한 얼굴이었다. 그녀의 밝은 눈이 호기심을 담고 나를 보고 있었다. 그 여자는 모직 모자에 검정색 오리털 파카를 입고 방한복을 껴입은 젖먹이를 아기띠로 안고 있었다. 아기를 보호하려는 듯 한 손은 아기에게 댄 채로. 그 모습이 보기 좋기도 하고 불편한 마음이 들기도 했다. 나를 위험인물로 생각하는 건가?

"미안해요. 제가 무단침입을 했나 봐요. 지금 바로 나갈게요." 부두에서 걸어 나오며 내가 말했다.

나는 부두에서 나왔다. 그녀 곁을 지나칠 때 어색해서 시선을 돌렸다. 엄마가 없는 지금, 몰래 탐색하며 이곳에 있을 권리가 나에겐 없다. 왔던 길로 돌아가려고 서둘러 숲을 향해 걸음을 옮겼다. 울타리 문을 열려는 순간, 그 여자가 부르는 소리가 들렸다.

"한나? 한나 맞니?"

13

우리의 눈이 마주쳤다. 나는 멍하니 그녀를 봤다.

내가 아는 사람인가?

"나야, 이웃집에 살던 트레이시. 트레이시 레이놀스."

"트레이시! 아, 그래, 알지. 잘 있었어?"

나는 손을 내밀었고, 우리는 악수를 나눴다.

1993년도에 트레이시는 열 살이었다. 그 당시는 세 살 차이는 도저히 뛰어넘을 수 없는 엄청난 간극처럼 보였다. 거의 매일 아침, 트레이시는 자전거를 타거나 수영을 하자며 나를 찾아왔다. 내가 열 살짜리 애랑 놀았다는 사실이 내가 얼마나 심심했는지를 단적으로 보여준다. 엄마는 트레이시를 내 친구라고 표현하곤 했다. 하지만 그때마다 나는 엄마의 표현을 고쳐주었다. "트레이시는 내 친구가 아니야. 걔는 그냥 꼬맹이야." 친구가 있었다면 이곳도 견딜 만했을

지 모른다. 하지만 난 '꼬맹이'를 친구로 삼고 싶은 생각이 추호도 없었다.

"오랜만이야. 아직도 여기 사니?"

"우리 남편, 토드와 난 7년 전에 우리 부모님 집을 샀어." 트레이시가 아기를 내려다보았다. "얘는 우리 막내, 키건이야. 제이크는 1학년이고, 테이 앤은 유치원에 다녀."

"와, 멋진 가족이구나. 키건 참 사랑스럽네."

"그런데 여기서 뭐 해, 한나? 네 엄마는 네가 여기 온 걸 아시니?"

나는 어제 RJ와 주고받던 정감 어린 농담을 떠올렸다. 만약 트레이시가 포도주라면, 그녀는 호기심과 경계심, 약간의 적개심이 섞인 향기를 풍기겠지.

"아니, 난…… 난 근처에 왔다가…… 그냥 옛 장소를 한 번 보려고 왔어." 나는 트레이시의 집을 쳐다보았다. 전깃줄 위로 다람쥐가 균형을 잡으며 지나가고 있었다. "우리 엄마는 어때?"

"잘 지내셔. '메리 메이드'에서 청소부로 일하고 계셔. 너도 알다시피 꼼꼼하시잖아." 트레이시가 웃었다.

나도 미소를 지었지만, 가슴이 찢어지는 듯했다. 엄마가 청소부라니. 입 밖으로 말을 뱉기가 힘들었다.

"아직…… 아직 엄마는 밥과 함께 살아?"

"음, 그럼." 트레이시는 당연하다는 듯 말했다. "네가 떠난 후 그분들은 이곳으로 아예 이사를 왔어. 너도 그건 알지?"

내가 알았던가? 엄마가 얘기하지 않았을 리는 없다. 하지만 내가 들은 적이 있었나? 아니면 밥과 함께하는 엄마의 삶을 알고 싶지 않아서 엄마의 말을 무시했나?

"그럼 알지." 이 여자가 나보다 내 엄마에 대해 더 많이 안다는 사실에 약간 짜증이 났다. "엄마와 밥은 블룸필드 힐스의 집을 팔았어. 밥은 목공을 계속 가르치고 있었지 아마?" 내 추측이 맞길 바라며 질문의 어조를 살짝 섞어 말했다.

"맙소사, 아니야. 밥은 지난달에 일흔넷이 됐어. 그는 이곳으로 이사 와서 한 번도 가르친 적이 없어. 솔직히, 몇 년 전까지 난 밥이 선생님이었다는 사실도 몰랐어. 밥은 여기선 늘 건축일만 했어."

북쪽에서 세찬 바람이 불어왔다. 나는 얼굴을 돌렸다.

"엄마와 얘기를 나눈 지 한참 됐어. 엄마는 내가 여기 왔다는 것도 몰라."

"두 사람 사이가 틀어져서 안됐어." 트레이시는 아기를 내려다보며 이마에 입을 맞췄다. "너도 알겠지만, 네가 떠난 후 네 엄마는 달라졌어."

목이 잠겼다. "그건 나도 그래."

트레이시가 벤치를 향해 고갯짓을 했다. "자, 우리 앉자."

트레이시는 나를 난데없이 불쑥 나타나 두 살짜리 아이처럼 눈물을 질질 짜는 미친 사람으로 여기는 게 분명했다. 하지만 그녀는 별로 개의치 않는 것 같았다. 우리는 벤치 위에 덮인 눈을 쓸어내고 호수를 바라보며 앉았다. 구름이 흘러갔다. 나는 물을 바라보았다.

"엄마를 자주 보니?"

"매일 봐. 나에겐 엄마 같은 분이니까."

트레이시가 시선을 아래로 떨어뜨렸다. 그 모습에 난 그녀가 그

고백을 해놓고 당혹스러워한다는 걸 알 수 있었다. 어쨌든, 그녀가 말하고 있는 사람은 그녀의 엄마가 아니라 내 엄마였으니까.

트레이시가 말을 이었다. "그리고 애들이 밥을 좋아해."

나는 입을 앙다물었다. 어린 테이 앤을 그 사람 가까이에 둔다고? 트레이시가 그 사실을 알고 있는지 궁금했다.

"밥은 여전히 농담을 잘해. 우리를 머슴아들이라고 부르며 장난치던 것 기억해?" 트레이시는 목소리를 한 옥타브 낮춰 밥의 흉내를 냈다. "'이 머슴아들이 뭐하고 있을까?' 난 어릴 때 밥에게 홀딱 반했어. 그는 정말 잘생긴 남자였어."

나는 충격을 받아 트레이시 쪽으로 몸을 돌렸다. 내 마음속의 그 사람은 괴물이다. 하지만 틀린 말은 아니었다. 밥이 나를 소름끼치게 만들기 전까지는 나도 그를 잘생긴 사람이라고 생각했으니까.

"네 엄마는 너를 보낸 자신을 절대 용서하지 않았어."

나는 벤치에 두 손을 짚었다. "그래, 그래서 내가 이곳에 온 거야. 나는 엄마를 용서하려고 노력하고 있어."

트레이시가 나를 쏘아보았다. "밥이 널 의도적으로 만진 건 절대 아니었어, 한나. 그는 널 아주 사랑했어."

세상에, 엄마가 이야기한 걸까? 그래, 엄마는 자신의 관점에서 이야기했겠지. 화가 나서 숨을 쉬기조차 힘들었다. 그 여름밤과 똑같은 생생한 분노였다.

"넌 쉽게 말할 수 있겠지, 트레이시. 거기 없었으니까."

"하지만 네 엄마는 거기 있었잖아."

빌어먹을, 이 여잔 대체 자기가 뭐라고 생각하는 걸까? 불현듯 열세 살이던 그 시절로 다시 돌아간 것 같았다. 이 조그만 '뭐든지 아는 계집애'가 내 기분을 상하게 하도록 내버려둔다면 나는 바보일 것이다. 그래, 그냥 가자.

"만나서 반가웠어." 내가 트레이시에게 손을 내밀었다.

"네 아빠가 하는 말을 들었어. 그 다음 날 오후, 네가 떠나던 때 말이야." 내 손은 무시한 채 트레이시가 말했다.

숨이 턱 막혔다. 슬로모션처럼, 나는 벤치에 다시 주저앉았다. "무슨 말을 들었어?"

트레이시는 자고 있는 아기의 등을 어루만졌다. "난 진입로에 서 있었어. 네 아빠는 네 가방을 트렁크에 집어던지고 있었고, 넌 아주 슬퍼 보였지. 네가 떠나고 싶어하지 않는다는 걸 알겠더라고."

나는 기억을 다시 끌어냈다. 그렇다. 트레이시 말이 맞다. 난 엄마를 떠나는 것이 슬펐다. 그때는 내 슬픔이 단단해져 비통과 분노로 바뀌기 전이었다.

"난 결코 잊지 못할 거야. 네 아빠가 하던 말을. '남의 약점을 쥐고 있을 땐, 쥐어짜야지'라고 말했어. 정확하게 그렇게!" 트레이시는 약간 신경질적으로 헛웃음을 지었다. "난 그런 식으로 말하는 어른을 본 적이 없어서 정확히 기억해. 그땐 그 말이 무슨 뜻인지도 몰랐지만 어쨌든 네 아빠의 말투는 충격적이었어."

하지만 트레이시는 이제 그 말이 무슨 뜻인지 안다. 그리고 이제 나도 안다. 아빠 자신에게 유리한 상황을 이용해 얻을 수 있는 걸 전부 쥐어짰다. 어쩌면 결국 쥐어짜진 사람은, 아니 이용당한 사람은 나일지 모른다.

트레이시는 호수를 응시하며 그 적막에 대고 말했다. "우리가 저기 부둣가에서 놀던 때가 어제 일처럼 기억나. 너도 우리가 맨발을 물에 담그고 놀던 거 기억나지? 그러다 밥이 돌아왔어. 낡은 고기잡이배를 부두로 끌어올린 밥은 아주 흥분한 상태였어. 커다란 송어를 잡아왔거든. '이것 보렴, 시스터.' 밥이 널 시스터라고 불렀던 걸 기억해?"

나는 트레이시가 이제 그만 이야기를 멈춰주길 바라며 고개를 작게 끄덕였다.

"밥은 배 안에 있던 양동이에서 커다란 물고기를 꺼내 우리가 볼 수 있게 치켜들었어. 물고기는 아직 살아 있었어. 그렇게 큰 물고기는 처음 봤어. 밥이 100점 맞은 아이처럼 의기양양했던 것도 무리가 아니었지. 밥은 '저녁에 이걸 요리하자'라고 말했지. 기억나니?"

호수에서 풍기는 사향 냄새가 코로 들어왔다. 그러자 밥이 오래된 철제 고기잡이배를 부두로 끌어올릴 때 튀어오르던 물방울이 만져지는 듯했다. 이미 발갛게 달아오른 그의 어깨 위로 쏟아지던 햇빛과 동쪽에서 불어오던 따뜻한 산들바람까지도 생생하게 기억났다. 무엇보다 최악의 기억은 햇빛을 받아 반짝이는 은빛 물고기를 공중으로 치켜들었을 때 기쁨과 환희로 가득했던 밥의 얼굴이었다.

나는 어깨를 으쓱했다. "그런 것 같아."

"집으로 달려가 카메라를 챙긴 밥은 네 엄마 손을 붙잡고 나왔어."

나는 그 영상을 떨쳐내려고 잠자는 아기를 바라보았다. 이야기를 듣고 있기가 힘겨웠다. 그만하라고 말하고 싶었지만 목이 잠겨 말이 나오지 않았다.

"그런데 밥이 집에 다니러 갔을 때 넌 그의 배 안으로 들어갔어."

나는 고개를 돌리고 눈을 감았다. "제발……." 목소리가 잠겨 간신히 말했다. "그만해줘. 난 그 이야기가 어떻게 끝나는지 알고 있어."

밥은 5분쯤 지나 한 손에는 카메라를, 다른 한 손에는 엄마의 팔을 붙잡고 언덕을 달려 내려왔다. 큰 소리로 엄마에게 물고기 이야기를 하면서. 하지만 늦었다. 그 물고기는 사라졌다. 내가 물고기가 든 양동이를 호수에 쏟아버렸기 때문이다.

떨리는 내 입술에 저절로 손이 올라갔다. 지금까지 내 마음 깊은 곳에 똬리를 틀고 있던 내 해석, 내 기억에 쩌적거리며 금이 가기 시작했다.

"난 나쁜 년이었어."

트레이시보다는 나 자신에게 하는 말이었다. 처음으로 그 사실을 깨달았다. 거의 안도에 가까운 기분이었다. 그것이 사실이었기 때문이다.

"밥은 조금도 주저하지 않았어. 네 엄마에겐 뚜껑을 열어놓고 가는 바람에 물고기가 호수로 다시 튀어나갔나 보다고 하면서 자신이 부주의했다고 말했어."

트레이시가 나에게 미소 지었다. 비판적이고 능글맞은 웃음이 아니었다. 내 안에 있는 뭔가를 치유하려는 듯 부드럽고 유머가 섞인 미소였다. "밥은 너를 지켜주려 했어, 한나."

나는 손으로 얼굴을 감싸쥐었다.

"밤이 너를 사랑하려 하면 할수록 너는 더 심하게 저항했어."

난 그 힘겨룸을 안다. 에비와 나의 관계가 그것과 똑같다.

아기가 몸을 뒤척이자 트레이시가 일어섰다.

"알겠어, 아가야. 집에 가자." 트레이시는 내 어깨에 손을 얹었다. "젖 먹일 시간이야. 네 엄마가 돌아오실 때까지 우리 집에 가서 기다리지 않을래? 3시쯤엔 오실 거야."

나는 손등으로 코를 닦고 떨리는 미소를 건넸다. "고맙지만 괜찮아."

트레이시는 나를 두고 떠나는 게 마음이 편치 않은 듯 뒤돌아봤다. "음, 그러면 알겠어. 널 다시 만나서 기뻤어, 한나."

"나도 그래."

나는 트레이시 부모님의 집이었던 작은 집을 향해 넓은 눈길을 가로지르는 트레이시를 바라보았다.

"트레이시?"

트레이시가 고개를 돌렸다.

"내가 여기 왔다는 이야기는 엄마에게 하지 말아줘, 부탁이야."

트레이시는 손으로 짙은 구름 사이로 비쳐 나오는 눈부신 햇살을 가렸다. "다시 올 거니?"

"그럴 것 같아. 하지만 오늘은 아니야."

트레이시는 마음에 걸리는 이야기를 해야 할지 망설이며 잠시 나를 뚫어지게 바라보았다. 마침내 그녀가 입을 열었다.

"너도 알다시피, 한나, '미안해요'라고 말하는 건 아주 힘든 일이야. 하지만 일단 말하고 나면 그건 세상에서 가장 쉬운 일이 돼."

트레이시가 멀어질 때까지 기다렸다가 나는 울음을 터뜨렸다. 그녀는 사과를 해야 할 사람은 나라고 생각한다. 그리고 난 그녀가 틀렸다고 자신할 수 없다.

나는 트레이시가 했던 말과 들려준 이야기, 오래전 내가 했던 행동들을 다시 되돌아보며 30여 분을 더 들판에서 서성였다.

내가 무슨 짓을 했던 걸까?

더불어 미시건을 떠난 며칠 후 아빠가 했던 말, 아직도 귀에 생생한 그 말도 떠올랐다. 그때 난 엄마를 그리워하며 힘겹게 지내고 있었다. "넌 지나치게 생각이 많아. 백미러가 작은 데는 이유가 있어. 뒤를 돌아보지 마."

다시 집에 가까워지자 눈더미 위로 뭔가 튀어나온 것이 보였다. 거기에 시선을 고정한 채 눈 덮인 마당을 가로질렀다. 그럴 리 없어! 한 걸음씩 내디딜 때마다 기억이 생생해졌다.

솟아오른 널빤지에 이르자 나는 팔뚝으로 눈을 치웠다. 눈덩이가 땅에 떨어졌다. 오, 하느님! 난 그것이 아직도 거기에 있다는 걸 믿을 수 없었다. 밥이 만든 평균대!

밥은 파란색 스웨이드 천으로 평균대를 감쌌다. 이제는 천이 해져 그 안의 쪼개진 소나무가 밖으로 드러났다. 내가 텔레비전에서 방영되는 체조경기에 빠진 것을 본 밥은 바로 평균대를 만들어주었다. 밥이 아교칠을 하고 사포로 갈고 페인트칠을 하여 평균대를 완성하기까지는 며칠이 걸렸다. 그는 아교칠을 한 금속과 5센티미터, 10센티미터 너비의 목재로 기둥을 세웠다. "한번 해봐, 시스터. 목이 부러지고 싶지 않으면 조심해야 해." 밥은 선물을 보여주며 말했다.

하지만 내가 그 멍청한 나무토막 위로 올라갔을 리 없다. "1미터 높이가 규정이에요. 60센티미터가 아니라고요."

북쪽에서 차가운 바람이 휙 불어왔다. 눈송이가 내 뺨 위로 날렸다. 나는 얼어붙은 소나무 위에 장화 신은 발을 올렸다. 이 위로 한 번 걸어간다고 죽기야 할까?

속죄라도 하듯 나는 낡은 평균대 위에 올라섰다. 하지만 올라서자마자 오른발이 미끄러지면서 눈밭에 무릎을 꿇고 넘어졌다.

포기하고 하늘을 바라보았다. 머리 위에 펼쳐진 하늘은 잔뜩 일그러지고 흐렸다. 과거로 돌아가 내 삶을 되돌릴 수 있다면 얼마나 좋을까. 지난 21년간 굳게 믿어온 모든 것들이 와르르 무너지고 있었다. 그러자 불현듯 엄마를 용서하려던 내 임무가 전부 엉터리처럼 여겨졌다.

14

　토요일 아침이 되자 나는 바로 '정원의 집'으로 갔다. 도로시를 만나야 했다. 내가 겪고 있는 혼란과 엄마에게 용서가 필요한지 더 이상 자신할 수 없다는 이야기를 해야 했다. 현관에서 제이드와 그녀의 여동생 나탈리가 나오는 것을 보고 나는 깜짝 놀랐다.

　"헤이! 여긴 무슨 일이야?"

　그들의 표정을 헤아리기도 전에 이 말이 내 입에서 불쑥 튀어나왔다. 그들의 아버지 일이구나.

　"우린 아빠가 계실 만한 곳을 찾고 있어." 내 추측을 확인시켜주며 나탈리가 말했다.

　제이드가 어깨를 으쓱했다. "어제 PET-CT(암을 진단하는 최첨단 영상 검사 방법 – 옮긴이) 결과가 나왔어. 화학요법이 더 이상 듣지 않는 것 같아."

"유감이구나." 나는 제이드의 팔에 손을 올렸다. "너희 둘을 위해 내가 할 수 있는 일이 있을까? 아님 네 어머니를 위해서라도."

제이드가 고개를 저었다. "그냥 기도해줘. 너는 병원에서 집으로 돌아가는 길에 아버지가 나한테 '제이드, 네 열여섯 살 생일파티에서 에리카 윌리엄스가 술을 마셨니?'라고 물었다면 믿을 수 있겠어?"

나는 끙 신음 소리를 냈다. "아직도 파티 이야기를 하시는 거니? 그래서 고백했어?"

"그러고 싶었어. 정말이야. 하지만 고백할 수 없었어." 제이드의 목소리가 무거웠다. "나는 아빠 얼굴을 똑바로 보면서 이번에도 '아니요, 아빠'라고 했어." 나를 바라본 제이드가 고개를 돌려 나탈리를 봤다. "딸들을 자랑스러워하시는 아빠를 이제 와서 실망시킬 순 없어."

나탈리가 언니의 어깨를 감싸안았다. 그들의 침묵 속에서 그들이 무슨 말을 하고 싶은지 알 것 같았다. '아빠가 죽어가는 지금에 와서.'

제이드가 내키지 않는 미소를 지으며 나를 돌아보았다. "시카고는 어땠어?"

시카고라니 뭐지? 아주 잠시 생각한 후에야 알 수 있었다. 아, 인터뷰 말이구나. 나는 이제 시카고라고 하면 미시건과 엄마와 밥 생각부터 먼저 난다.

"잘해낸 것 같아. 월요일에 얘기해줄게."

"인터뷰 얘길 클라우디아에게 했니?"

"아니. 너한테만 했어. 다른 사람들은 내가 휴가를 다녀온 줄 알아. 왜?"

"내가 클라우디아에게 화장을 해주는 동안 뉴스에서 시카고에 눈보라가 치고 있다고 하니까 클라우디아가 '한나가 괜찮아야 할 텐데'라고 말하던데?"

"이상하네. 난 분명히 클라우디아한테 말 안 했어."

"조심해, 그 여자는 어떤 것도 놓치지 않아."

도로시는 응접실에서 피아노로 〈대니 보이〉(1913년에 나온 잉글랜드 포크송 – 옮긴이)를 연주하고 있었다. 나는 조용히 서서 연주에 귀를 기울였다. 도로시가 이 노래를 부르는 건 여러 번 들었지만 오늘은 그 노랫말에 특히 목이 메어왔다. 엄마가 아들이 속히 돌아오길 바라며 그와 작별인사를 하는 노래인 것 같았다.

햇살이 화창할 때도 구름이 덮일 때도 난 여기 있을 거야
오 대니 보이, 오 대니 보이, 난 널 정말 사랑한단다.

"브라보!"

내가 손뼉을 치자 도로시가 환한 얼굴로 피아노 의자에 앉은 채 몸을 돌렸다.

"한나, 애야!"

"안녕하세요, 도로시." 어찌 된 일인지 몰라도 목소리가 갈라졌다. 미시건에 다녀온 후로 내 감정은 줄곧 불안정하다.

"양귀비꽃이에요." 나는 도로시의 손에 꽃다발을 안겨주며 몸을 숙여 그녀의 볼에 입 맞췄다. "조지아 복숭아색이에요." 정원에 핀 꽃들을 과일의 색에 비유하곤 했던 엄마를 따라 내가 말했다. 도로시는 부드러운 꽃잎을 어루만졌다.

"아름답구나. 고마워. 이제 앉아서 네 이야기 좀 해보렴."

우리는 함께 소파로 가 나란히 앉았다. 나는 도로시의 머리핀을 빼서 머리를 빗어내렸다.

"먼저, 패트릭 설리번 씨와 어떤 일이 있었는지 들려주세요."

도로시의 얼굴이 환해졌다. "그는 진짜 신사야. 늘 그랬지."

당신의 에세이와 유학 기회를 가로챈 사람이라고요. 도로시에게 일깨워주고 싶었다. 하지만 그만두었다. 그녀는 행복해 보인다.

"두 분은 옛날의 불꽃을 다시 피우셨나요? 두 번째로 주어진 기회는 더 좋으셨어요?"

도로시가 가디건을 여몄다. "어리석은 소리 마. 그동안의 세월이 패트릭을 실망시킬 거야."

도로시는 자신의 유방절제수술을 생각하고 있었다. 우리는 상대를 실망시킬까 두려워 자신을 있는 그대로를 보여주지 않으려 한다. 내가 도로시의 손을 꼭 잡았다.

"말도 안 돼요."

"자, 어머니를 찾아갔던 이야기를 해보렴. 돌은 전했니?"

"그럴 수 없었어요. 그건 잘못된 행동 같았어요."

나는 트레이시를 만난 이야기와 밥 이야기, 그리고 그 여름에 대한 내 기억을 빼놓지 않고 들려주었다.

"그래서 지금은 엄마에게 돌을 줄 수 없어요."

"이유가 뭐야?"

"엄마가 용서받을 필요가 있는지 확신을 못하겠어요."

나를 꿰뚫어보는 듯 도로시가 내 눈을 똑바로 보았다.

"난 네게 엄마를 용서하라고 한 적이 없어. 내가 바라는 건 네가 엄마와 화해하는 거야. 얼렁뚱땅 용서한다는 말을 건네면 다 잘될 거라고 생각한 건 바로 너야."

도로시의 말이 옳았다. 나는 그 돌이 뉘우침을 위한 것이라고 생각해본 적이 없다. 나는 입술을 깨물었다. 지나친 확신, 비판, 흑백논리.

"할 얘기가 더 있어요, 도로시. 아무에게도 하지 않은 이야기예요. 마이클도 몰라요. 이제 전 제 자신을 의심하기 시작했어요. 그 여름에 있었던 일을 더 이상 확신할 수 없게 됐어요."

"확신이란 바보들이나 하는 거야. 불확실성을 붙들고 사는 법을 배우렴, 애야."

나는 눈을 감았다. "제가 할 수 있을지 모르겠어요. 20년이 넘도록 고수해온 이야기가 거짓이라면 어떡하죠?"

도로시가 턱을 치켜들었다. "사람에게는 마음을 바꿀 수 있는 놀라운 능력이 있어. 그리고 그것이 우리에게 얼마나 엄청난 힘을 주는지 몰라."

마음을 바꿔서, 마침내 엄마를 만난다고? 나는 손을 목에 댔다.

입을 열자 목이 메었다. "하지만 제가 저지른 짓, 아니 제가 저질렀을지도 모르는 짓을 안다면 모두 절 싫어할 텐데요."

"말도 안 돼." 도로시가 내 손을 잡으며 말했다. "피오나는 그게 진정한 자신이 되는 길이라고 했어. 그것이 아무리 추할지라도 말이야. 관계에선 유연해지는 것, 진실해지는 것이 가장 중요해."

"전 진실할 수 없어요. '진정한 나'를 발견하고 싶지 않아요. 엄마는 절 용서할 수 있겠지만 전 결코 저 자신을 용서할 수 없을 거예요."

"엄마를 만나보렴, 한나. 있는 모습 그대로 보여줘. 추함까지도 사랑하는 법을 배우렴."

토요일 저녁 리츠칼튼 호텔의 연회장은 잘 차려입은 기부자들로 가득 찼다. 그들은 모두 어린이 연합단체의 연례 봄 행사를 지원하기 위해 모인 사람들이었다. 얼룩 하나 없는 검정색 턱시도를 차려입은 마이클은 신이 나서 내가 입고 있는 빨간색 드레스에 대해 멘트를 하는 중이었다. 하지만 오늘 밤의 나는 평소와 다르다. 마이클과 함께 있을 때면 늘 그랬던 것처럼 자부심으로 가득한 대신, 미소를 억지로 짓고 있는 기분이다. 영혼 없는 행동을 하고 있는 사람마냥.

그건 4년 만에 처음으로 이 행사의 기획위원으로 참여하지 않아서라고 나 스스로에게 말했다. 크리스마스 행사의 위원장을 맡은 이후 나에겐 휴식이 필요했다. 하지만 그것이 진정한 이유가 아니란 걸 나는 알고 있다.

연회장 저편에서 마이클이 수다를 떨고 과장된 제스처를 하면서 최선을 다하고 있는 모습이 보였다. 심지어 상대는 내가 알기로 마이클이 싫어하는 사람인데도. 악수를 나누고, 주먹을 부딪치며 인사하고, 등을 두드리는 그 모든 모습들이 오늘 밤에는 유독 작위적으로 느껴진다. 이런 생각을 아무리 떨쳐내려 애써도 우울한 그림자는 나를 계속 따라다녔다.

맨손으로 자동차 앞유리의 눈을 치우던 엄마 모습이 떠올랐다. 차를 몰고 지나가는 나를 향해 던진 엄마의 상냥한 미소, 낡은 평균대, 아직도 마음을 울리는 트레이시의 말. 이것들 중 어떤 것도 마이클과 함께 나눌 수 없다. 마이클이 원하는 건 빌린 고무장화를 신고 무너져가는 오두막을 다시 찾아가는 여자가 아니라, 연회복을 입고 끈 달린 샌들을 신은 미소 띤 여자였다. 그리고 따지고 보면 나도 여전히 마이클과 같은 기대를 가지고 있다. 멍청하게 끄집어낸 뱀을 어떻게 하면 항아리에 다시 넣고 뚜껑을 닫을 수 있을까, 하는 기대를.

돌연 RJ와 함께 나누었던 정감 어린 농담들이 떠올랐다. 이 낯선 사람이 왜 아직도 불쑥불쑥 생각나는 걸까? 어쩌면 바의 가죽 스툴에 앉아 그와 대화를 나누던 일이 즐거웠기 때문일 것이다. 마이클과 그렇게 즐거운 시간을 보낸 지가 얼마나 되었는지 기억조차 나지 않는다.

나는 다이아몬드-사파이어 목걸이를 만지작거리며 마이클이 지난가을 슈리브포트에서 뽑힌 싱글맘인 신임 교육감과 함께 수다를 떠는 모습을 바라보았다. 그녀는 성경책을 머리 위에 올려놓고도 흔들림 없이 걸을 수 있을 것 같은 자세를 지닌, 호리호리하고 키 큰 여자였다. 그녀는 자부심에 가득 차 큰 소리로 떠들고 있었다. 그녀의 옷장에는 미련이 남아 떠나지 못하는 유령 따위는 없을 것 같았다.

나는 RJ에 대한 헛된 몽상에 잠긴 나 자신을 책망하며 홀을 가로질러 그들에게 다가갔다. 내가 가진 것에 감사해야 해. 내가 만나는 이 남자는 결혼상대로 더할 나위 없는 사람이야.

마이클이 내 등에 손을 올리며 말했다.

"한나, 제니퍼 로슨을 소개할게. 제니퍼, 내 친구 한나예요."

나는 마이클이 나를 친구 이상으로 정의해주길 바라며 제니퍼의 손을 잡았다. 하지만 이것이 마이클의 방식이다. 그는 '여자친구'라는 단어는 어린애들이나 쓰는 말이라고 생각한다. 이 때문에 나도 '아내'라는 단어를 더 좋아한다.

"뉴올리언스에 오신 것을 환영해요, 제니퍼. 당신에 대해 좋은 말을 많이 들었어요."

"음, 감사합니다. 당신 쇼를 본 적이 있어요."

제니퍼는 어떤 논평도 없이 그 말만 했다. 제니퍼 로슨은 내 팬이 아니라는 걸 본능적으로 알 수 있었다.

나는 미소 지으며 고개를 끄덕이고는 그들 두 사람이 새 마그넷 스쿨(뛰어난 설비와 교육과정을 갖춘 특성화 공립학교 – 옮긴이)과 시의 교육 관련 투자계획에 대해 이야기하는 것을 듣고 있었다. 그리고 있노라니 자연스럽게 마이클이 나보다 이 여자와 훨씬 더 어울린다는 생각이 들었다.

"숙녀분들께 마실 것 좀 갖다드려도 될까요?"

바로 그 순간, 내가 포도주와 수프와 브레드스틱을 대접받은 후…… 음식값을 내지 않았다는 사실이 떠올랐다. '메를롯 드 라 미텐느'를 떠날 때 테이블에 음식값을 놔두지 않았던 것이다.

맙소사, RJ가 완벽한 무전 취식자 아니면 그야말로 바보 멍청이인 나를 얼마나 괘씸하게 생각할까? 둘 중 어느 쪽이 더 나쁜 것인지는 알 수 없지만, 그것이 뭘 의미하는지 깨닫자 희한하게도 희망으로 마음이 밝아졌다.

난 이제 그에게 연락할 수 있어. 야호! RJ에게 사과의 말과 함께 수표를 전하기 위해 그의 포도원 주소를 검색할 정당하고도 선량한 이유가 생긴 것이었다. 사실 그것은 꼭 해야 하는 올바른 행동이다. 내가 머릿속으로 편지를 쓰고 있을 때 마이클이 말했다.

"한나, 그 침묵을 허락의 뜻으로 받아들여도 되는 거지?"

그가 눈썹을 치켜들며 물었다.

"그래. 혹시 2010년산 미시건 메를로가 있으면 갖다줘." 손을 입에 갖다 대고 미소를 누르며 내가 말했다.

마이클은 의아하다는 표정으로 나를 보더니 없을 게 틀림없는 포도주를 찾으러 성큼성큼 걸어갔다.

일요일 오후, 내 아파트는 빵 굽는 냄새로 가득했다. 나는 내일 회사에 가져갈 체리-아몬드빵 한 덩이와 RJ에게 보낼 로즈마리-아지아고빵 24개를 구웠다.

마지막 판이 식는 동안 아지아고빵은 비닐로 포장해 종이가방 안에 담았다. 안쪽을 완충포장지로 덧댄 속달우편 상자에 빵을 넣고 내가 쓴 편지를 그 위에 놓자니, 저절로 웃음이 났다. 우편상자를 봉하는 동안에는 설레는 마음에 살짝 어지럽기까지 했다. 나는 행운의 만년필을 들고 조심스레 주소를 적었다.

메를롯 드 라 미텐느
블러프뷰로
하버코브, 미시건

새벽 4시, 침대 옆에 놓인 시계가 요란하게 울렸다. 월요일 아침에 침대에서 일어날 수 있다니 다행이다. 오늘은 '휴가' 이후 첫 출근날이다. 그리고 방송국장 프리실라가 특별 부서회의를 소집한 날이기도 했다. 그녀가 회의에서 어떤 문제를 다룰지 추측하는 건 그리 어렵지 않다. 프리실라와 스튜어트는 내가 WCHI와 인터뷰를 했다는 것을 눈치채고 나를 직접 만나기 위해 회의를 소집한 게 분명하다.

뭘 입고 가는 게 좋을지 궁리하며 옷장을 훑어보았다. 시카고에서 인터뷰를 했다는 사실은 부인할 수 없다. 하지만 내가 아니라 피터스 쪽에서 나를 찾아냈다는 것을 알게 해야 한다.

나는 '마크 제이콥스'의 검정색 정장과 흰색 실크 블라우스, 그리고 7센티미터 힐을 골랐다. 이 복장이면 내가 스튜어트보다 우월하다는 것을 보여줄 수 있다. 무엇보다 오늘은 자신감 넘치게 보여야 해. 머리를 하나로 단단히 묶어 스프레이로 고정했다. 섹시해 보이는 스타일은 다른 날이나 다른 방송시간으로 미뤄도 된다. 진주 귀걸이를 하고 '까르디에' 목걸이를 걸고 향수를 아주 살짝 뿌렸다. 마지막으로 안경을 걸치기로 결심했다. 순식간에 소녀 같은 모습에서 심각한 전문가의 얼굴로 바뀌었다.

방송국에 가장 먼저 도착한 나는 회의장으로 바로 직행해 형광등 스위치를 올렸다. 직사각형 테이블과 바퀴 달린 등받이 의자 12개가 공간 대부분을 차지하고 있었다. 한쪽 벽에는 화이트보드가, 반대편에는 평면 텔레비전이 걸려 있고, 구석에 놓인 책상에는 검정색 전화기와 소독용 물티슈가 담긴 원통형 용기, 일회용 컵 한 줄과 프리실라가 지난가을에 돈을 펑펑 쏟아부은 '큐리그' 커피메이커가 올려져 있다.

테이블을 닦은 후, 내가 구운 체리-아몬드빵을 가운데 놓았다. 야생 체리잼과 꽃무늬 냅킨 한 묶음은 그 옆에 놓았다. 집에서 가져온 크리스털 주전자에 신선한 자몽주스를 가득 담고는 어떤지 보려고 뒤로 물러섰다. 훌륭하다. 하지만 이런 행동이 프리실라에게 나의 능력과 감사한 마음을 보여주는 일이 될지, 아니면 그저 '마지막 아침식사'를 위해 무대를 꾸미는 일이 될지는 알 수 없다.

아직 11분 전이었지만 스튜어트가 도착했다. 두 번째로 도착한 사람이 그라는 건 전혀 놀랍지 않다. 그는 프리실라에게 잘 보일 기회라면 절대 놓치지 않는 사람이다. 하지만 난 그를 나무랄 자격이 없다.

그런데 스튜어트의 뒤를 따라 클라우디아 캠벨이 회의장 안으로 들어오는 게 아닌가. 어? 저 여자가 여기에 왜 온 거지? 갑자기 벼락을 맞은 것처럼 정신이 번쩍 들었다. 이 회의는 내가 WCHI로 가는 것과 관련이 있는 게 아니다. 온전히 이곳 WNO에서 내 입지가 위태롭다는 사실을 확인하는 자리다.

두 달 전 클라우디아가 WNO에 입사한 이후, 스튜어트는 그녀를 내 쇼의 공동 진행자로 만들려고 무척 애를 써왔다. 스튜어트는 엄청난 시청률이 나오는, 상까지 받은 공동 진행자들인 켈리와 마이클, 캐시 리와 호다 등의 예를 들었다. 하지만 프리실라는 그 제안을 전혀 염두에 두지 않고 있었다. 지금까지는.

오늘 회의의 안건이 그것일까? 나와 클라우디아를 공동 진행자로 만드는 것? 데이지꽃이 꽂힌 꽃병을 테이블 위에 놓는 내 손은 떨리고 있었다. 절대 용납할 수 없는 일이다. 공동 진행자를 세운다는 건 속이 빤히 들여다보이는 강등이다. 또 그것은 WCHI에 대항해 붉은 깃발을 올린다는 의미이기도 하다.

내가 왜 지금 WCHI 걱정을 하고 있지? 그들에게 발탁될 수나 있을지 아직 모르는데? 지금 나에겐 더 절박한 문제가 있다. 〈한나 파 쇼〉를 잃을 순 없다……. 아니, 잃지 않을 것이다!

내가 클라우디아를 바라보는 것을 본 스튜어트의 얼굴은 의기양양했다. "안녕, 파."

"안녕하세요, 여러분." 나도 인사했다. 억지로 미소를 지으려 애썼다.

"오, 한나. 이게 다 웬 거야?" 클라우디아가 스튜어트에게 시선을 던지며 말했다. "아침 식사가 준비돼 있다는 말씀은 안 하셨잖아요."

"나도 깜짝 놀랐어." 스튜어트가 말했다.

운이 나빴다. 클라우디아가 나 대신 진행했던 지난주에 시청률이 올라갔던 걸까? 시청자들이 그녀를 좋아한 걸까? 긴장으로 목이 뻣뻣해졌다. 스튜어트와 나의 미래의 '경쟁자'를 위해 부지런히 커피를 내리고 있을 때 프리실라가 도착했다. 굽 없는 구두를 신었는데도 그녀의 키는 180센티미터나 된다. 프리실라도 나와 비슷한 검정색 정장 차림이다. 검은 머리를 하나로 묶어 목 뒤로 넘긴 모습도 나와 흡사하다. 프리실라는 자신감의 화신처럼 보였다. 그녀 옆에 있으니 난 옷 갈아입기 놀이나 하는 어린애처럼 느껴졌다. 내가 쓴 검정테 안경에는 장난스러운 거대한 코가 붙어 있을 것만 같다.

스튜어트가 아첨쟁이 모드로 돌아섰다. "안녕하세요, 프리실라. 커피 한잔 드릴까요?"

프리실라는 손에 든 WNO 머그컵을 들어올렸다. "준비해왔어요."

그녀는 테이블 머리, 자신의 자리로 가 앉았다. 클라우디아와 스튜어트가 잽싸게 움직여 프리실라의 양쪽 옆에 자리를 잡았다. 나는 스튜어트 옆으로 가 앉았다.

"영감을 모으는 데 도움이 될까 해서 클라우디아를 초대했습니다. 클라우디아에겐 신선한 아이디어가 많아요. 가능한 한 많은 아이디어가 필요하니까요."

나는 입이 딱 벌어졌다. "스튜어트, 난 여러 달 동안 당신에게 수많은 아이디어를 제안했어요. 당신은 그걸 전부 거부했고요."

"당신 아이디어는 돈이 안 돼, 파."

나는 프리실라의 반응을 보기 위해 몸을 뒤로 기댔다. 하지만 그녀는 서류 더미에 정신이 팔려 있었다.

"한나, 당신 방송의 시청률은 지난달 브리태니 브리스와의 인터뷰 이후로 약간 올랐을 뿐이에요. 좀 더 많이 반등하기를 바랐지만 그래도 오른 건 오른 거니까 인정할게요. 그렇지만 이런 추세를 유지하기 위해서는 뭔가 강렬한 걸 보여줘야 해요."

프리실라가 회의 시작을 알렸다. 그녀는 팔짱을 끼고 클라우디아를 돌아봤다. "그래, 클라우디아, 당신의 번뜩이는 아이디어를 얘기해봐요."

스튜어트가 끼어들었다. "클라우디아는 피오나 놀스와의 인터뷰를 생각하고 있어요."

잠깐, 피오나를 초대하는 건 내 아이디어라고! 그래, 물론 다른 방송국을 위해서긴 하지만 어쨌든!

프리실라의 얼굴이 뉴욕 메이시 백화점의 추수감사절 퍼레이드를 보는 것처럼 환하게 밝아졌다. "굉장해요! 정말 굉장해요!"

무슨 말인가 해야 한다. 하지만 무슨 말을? 시카고 WCHI에 지원하며 제출한 아이디어라고 말할 수 없는 건 분명하다. 하지만

WNO가 이곳에 피오나를 초대한다면 WCHI가 알게 될 것이고, 내가 쓴 제안서는 더 이상 나의 고유한 이야기가 아닐 것이다. 그들은 클라우디아가 기획했다는 것을 알게 될 것이고, 내가 '그녀의' 아이디어를 훔쳤다고 여길 것이다.

클라우디아가 자세를 바로 했다.

"4월 24일에 옥타비아 서점에서 피오나 놀스를 초대해 독자들과의 만남을 진행해요.《타임스-피카윤》신문에서 읽었어요."

나는 입을 악물었다. 그래, 그랬겠지. 내가 오려둔 기사였으니까! 도둑년!

"서둘러야 할 것 같아서 피오나에게 트위터로 연락했어요. 우린 꽤 친해졌어요."

친해졌다고? 글쎄, 난 피오나와 학창시절을 함께 보낸 사이고, 게다가 피오나가 처음 돌을 보낸 35명 중 한 명이라고. 그러니 이제 어쩔래? 하지만 이 말도 할 수 없었다. 시카고가 내 목을 옥죄고 있었다.

"수천 명의 사람들이 지금 페이스북이나 인스타그램으로 가상의 용서의 돌을 보내고 있다는 걸 아세요? 대유행이에요!"

클라우디아는 '대, 유, 행,'이라는 세 음절을 '대에, 유우, 해앵,'이라고 발음했다. 듣기에 민망했다.

프리실라는 펜으로 자신의 머그잔을 두드렸다. "하지만 이걸 아침 뉴스의 3분짜리 코너로 쓰기엔 아까워요. 이 아이디어가 어디에 더 적합한지는 알고 있을 거라 생각해요. 클라우디아." 프리실라의 두뇌는 다른 사람들보다 열 걸음은 앞서 있다.

클라우디아가 고개를 끄덕이며 말했다. "국장님 생각이 옳아요. 이 인터뷰는 한나의 한 시간짜리 방송에 더 적합해요."

프리실라가 펜을 들어 클라우디아를 가리켰다. "좋은 생각이에요."

"어, 감사합니다." 클라우디아가 초조한 미소를 지으며 스튜어트를 돌아보았다.

"사실 전 이 에피소드를 클라우디아가 대신 진행할 것을 제안합니다." 스튜어트가 말했다.

대체 진행자? 그녀 혼자? 적대적 인수합병처럼? 내가 걱정하고 있었던 건 우리 둘의 공동 진행이었는데! 나는 클라우디아를 바라보았다. 하지만 그녀의 시선은 나와 마주치는 걸 거부하고 프리실라에게만 고정돼 있었다.

"물론 이번 한 번만요." 클라우디아가 말했다.

"전······ 전 이 아이디어가 괜찮은지 확신하지 못하겠어요." 내가 말했다.

당연히 난 그것이 싫다. 제정신을 가진 사람이라면 누가 자신의 우물에 남이 손을 집어넣길 원하겠는가? 게다가 그녀는 내 아이디어를 훔쳤다! 나는 지원을 바라며 프리실라를 보았다. 하지만 그녀의 얼굴은 흥분으로 거의 상기되어 있었다.

오, 맙소사. 난 이 대형사고를 막아야 해!

"피오나와 접촉하고서야 미리 알리지 않았다는 게 생각났어요. 주제넘었던 거라면 용서하세요. 피오나와 나는 둘 다 인터뷰에 대해 흥분하고 있었어요." 클라우디아가 말했다.

짧은 시간 동안 이리저리 따져보았다. 나는 무슨 수를 써서라도 이곳 뉴올리언스에서 내 자리를 지켜야 한다. 클라우디아가 족제비처럼 교묘하게 내 쇼에 비집고 들어오도록 용납할 수는 없다.

그 순간 내 머릿속으로 영감이 퍼뜩 지나갔다. 피터스에게 전화해 무슨 일이 있었는지 이야기하고, 그가 나를 신뢰했으면 좋겠다고 말하자. 엄마 이야기를 다루지 않을 거란 것도 이야기하자. 내가 약속했던 것처럼 그 이야기는 그 방송국만 이용할 수 있다. 그렇다면 이곳에서 다룰 다른 이야기가 필요하다. 그래! 내 손엔 비장의 카드가 있다.

"내 친구 도로시 루소는 며칠 전에 용서의 돌을 받았어요."

내 입에서 이런 말이 불쑥 튀어나왔다. 이제 주워담을 수 없다. 나는 밀어붙였다. 나는 패트릭 설리번이 도로시의 에세이를 베꼈던 이야기를 전부 들려주었다.

"우린 그 순환을 계속되게 만드는 사람들로부터 사실적인 증언을 들을 수 있어요. 설리번 씨와 도로시, 두 사람 모두 쇼에 초대할 수 있을 거예요."

"멋진 생각이에요. 피오나가 오기 전 날을 정해, 별개의 쇼로 진행할 수 있을 겁니다. 말하자면 활기를 돋우기 위한 사전 공연이라고 할까요? 패트릭은 죄책감을 안고 살아온 그 긴 시간들에 대해 얘기할 수 있을 거고, 도로시는 용서할 수 있는 능력에 대해 우리에게 말해줄 수 있을 거예요. 사람들은 속죄의 이야기라면 열광하죠."

프리실라의 말에 스튜어트가 틱을 문질렀다.

"두 파트로 진행되는 시리즈라……. 먼저 이 캠페인이 실제로 유효하다는 걸 시청자들에게 보여주면 두 번째 프로그램의 시청자를 더 불러모을 수 있겠네요. 그렇게 되면 피오나가 등장하는 2부는 클라이맥스적인 쇼가 될 거고요."

"바로 그거예요. 마케팅팀을 준비시키죠. 켈시를 시켜 소셜미디어를 들썩이게 해야겠어요. 시간이 얼마 없어요. 다음 주 수요일에 도로시와 패트릭 이야기가 나갈 거예요." 프리실라는 흥분할 때면 늘 그렇듯 재빠르게 말했다.

"괜찮을 겁니다." 스튜어트가 고개를 돌려 나를 보았다. "이 두 사람이 출연할 수 있는 건 확실하지?"

"확실해요. 내가 진행하는 한 말이에요." 확신하지 못하며 내가 말했다.

15

"절대 안 돼!" 전화기 너머로 도로시가 말했다.

심장이 덜컥 내려앉았다. 난 이미 약속했다. 그리고 이것만이 문제의 유일한 해결책인데……. 나는 책상 의자에 털썩 주저앉았다. 곁눈으로 보니 사무실 문이 활짝 열려 있었다. 방송국 사람들이 이통화를 들을 수 있다. 나는 도로시의 승낙을 너무도 확신한 나머지, 저 망할 놈의 문을 닫아둬야 한다는 것도 잊고 있었다. 복도에서 '미스터 귀'라는 별명을 가진 스튜어트가 훔쳐듣지 않기를 바라며 나는 목소리를 낮췄다.

"한번 생각만 해주세요, 제발요. 설리번 씨는 쇼에 출연하는 걸어떻게 생각하는지도 알아봐주시고요."

"자격을 속이고 장학금을 받았다는 걸 생방송에서 인정하라고?"

도로시 말이 옳다. 제정신을 가진 사람이라면 누가 그렇게 하겠

183

는가? 문제는 섭외에 실패하면 클라우디아가 단독으로 내 쇼를 진행할 거라는 사실이다. 그리고 그녀는 대성공을 거둘 것이다. 그리고 나는……. 마음속에서 그 생각을 지우려 애쓰며 이마를 문질렀다.

"잠깐만요, 우리는 설리번 씨를 예의 바르게 대할 거예요. 그리고 사실 그가 당신 에세이를 베낀 목적은 당신과 함께 가고 싶어서였잖아요."

"고려할 가치도 없어. 나는 60년 전에 패트릭이 한 행동을 들춰내지 않을 거야. 그가 지금껏 거둔 성과들이 손상되는 것을 용납할 수 없어. 난 절대 그렇게 되도록 하지 않을 거야. 패트릭은 비난받고 나는 성녀 도로시가 된다고? 그건 부당해."

나는 한숨을 쉬었다. "좋아요. 그 문제를 두고 논쟁할 수는 없겠네요. 당신은 참 좋은 사람이에요. 프리실라와 스튜어트에게 섭외에 실패했다고 말할게요."

"미안해, 한나 마리."

나는 전화를 끊었다. 이 무슨 낭패람! 하지만 이보다 더 곤혹스런 일은 피터스에게 이메일을 보내야 한다는 것이다. 이곳에서의 내 자리가 어느 때보다 위태로운 마당에 WCHI에 들어갈 기회를 이대로 날려버릴 수는 없다. 우리가 피오나 놀스를 초대할 거란 말을 들으면 그는 어떤 반응을 보일까? 나는 키보드에 손가락을 올렸다.

친애하는 피터스 씨,

어쩌면 당신도 들었겠지만, 피오나 놀스는 〈굿모닝 아메리카〉에
서부터 〈투데이 쇼〉, 〈엘렌 드제너러스 쇼〉에 이르기까지 토크쇼 순
회를 하고 있습니다. 피오나는 4월 24일 목요일에 〈한나 파 쇼〉에
도 출연할 계획입니다.

하지만 이 계획이 WCHI에 대한 저의 약속을 위태롭게 하는 것
은 절대 아닙니다. 이곳 WNO에서는 돌을 받았다는 이야기와 어머
니를 용서했다는 저의 개인사는 전혀 들어가지 않을 것입니다. 그
이야기는 WCHI가 독점하고 있습니다.

'전송' 버튼 위에서 손가락이 멈칫했다. 대체 내가 지금 뭘 하는
거지? 그 방송국에 들어가면 피오나와 엄마를 초대할 거라는 사실
을 다시 확인시키며, 나는 지금 판돈을 두 배로 깔고 있는 셈이다.
WCHI가 실제로 그걸 요구하면 어떡하지?

"한나?" 내 사무실 문 앞에 프리실라가 서 있었다. 제기랄! 나는
'전송'을 누르고 재빨리 이메일을 닫았다.

"프리실라, 어쩐 일이에요?"

"패트릭과 도로시 건을 확인하고 싶어서요. 그녀와 얘기해봤어
요?"

심장이 쿵쾅거렸다.

"어, 전……" 나는 고개를 저었다. "죄송해요. 도로시는 출연할 수
없어요."

프리실라의 얼굴이 굳어졌다. "반드시 성사시키겠다고 장담했잖

아요, 한나."

"맞아요. 노력했지만……. 다른 대안을 찾아볼게요. 반드시 대안을 찾을게요."

그때 전화벨이 울렸다. 나는 발신자 이름을 확인했다.

"도로시가 다시 전화했어요!"

"스피커폰으로 돌리세요."

그래서는 안 될 것 같은 기분이 들었지만 프리실라가 말한 대로 했다.

"안녕하세요, 도로시." 나는 스피커 버튼을 누르고 프리실라를 힐끗 보았다. "스피커폰이에요."

"마릴린과 내가 네 쇼에 기꺼이 출연할게."

"마릴린?"

도로시가 마릴린 몫으로 용서의 돌을 챙겨두던 모습이 떠올랐다. 특별한 돌이었다. 도로시는 고백해야 할 비밀이 있다고 했다. 하지만 그 다음 날 내가 방문했을 때, 도로시는 부쳐야 할 돌을 세 쌍만 가지고 있었다. 마릴린에게 보내는 돌은 거기 없었다.

"마릴린에게 돌을 보냈어요?"

"아니, 보내지 못했어. 직접 대면해서 사과해야 하거든. 적당한 기회를 기다리던 중이었어."

나를 노려보고 있는 프리실라의 눈길이 느껴졌다. 나는 숨을 참았다. 도로시가 생방송에서 직접 사과하는 이야기를 듣고 싶은 마음이 절반이고, 그러지 않기를 바라는 마음이 절반이었다.

"방송이라면 용서를 구하기에 적절하지 않을까 생각했어. 네 쇼에서 말이야. 어떻게 생각하니?"

이것이라면 날 살려줄 수 있을 것이다. 멋진 이야기가 될 만하다. 하지만…… 역효과를 낳을 수도 있다.

"저기, 좋은 제안을 해주셔서 고마워요. 하지만 생방송으로 하는 사과는 너무 위험……."

프리실라가 내 앞으로 걸어왔다. "난 찬성이에요." 그녀가 스피커에 대고 말했다. "도로시? 전 프리실라 노튼이에요. 당신 친구가 쇼에 나오도록 설득하실 수 있나요?"

"그럴 수 있을 거로 생각해요."

"완벽하군요. 친구분에게 우정에 관한 주제로 이야기하기 위해 쇼에 출연한다고 말해주세요. 어때요? 그런 다음, 일단 두 분이 무대 위에 서게 되면 당신은 용서를 구하세요."

하느님 맙소사! 프리실라는 이 에피소드를 리얼리티쇼로 만들어 내 소중한 친구의 위신이 땅에 처박히게 만들 심산인가?

"적절한 설정인 것 같아요. 마릴린은 대중 앞에서 사과를 받을 만한 자격이 있어요."

"더할 나위 없군요. 서둘러야겠어요, 도로시. 23일 방송에서 뵙죠. 이제 한나와 대화를 나누세요."

프리실라는 문을 빠져나가며 나를 향해 엄지손가락을 치켜세웠다. 나는 스피커를 끄고 수화기를 집어들었다.

"오, 도로시, 이건 끔찍한 계획이에요. 우린 당신을 무대에 세우게 될 거예요. 마릴린도 마찬가지고요. 전 용납할 수 없어요."

"한나, 애야. 나는 사과할 기회를 찾기 위해 거의 60년을 기다려왔어. 나에게 기회를 주렴."

나는 의자 안으로 더 깊숙이 앉았다.

"대체 무엇에 대해서 사과하려는 거예요?"

"쇼에서 알게 될 거야. 마릴린이 그걸 아는 것과 동시에 말이야. 그리고 사과에 대해서 말인데, 네 과제는 어떻게 돼가니?"

"과제라니요?"

"엄마에게 연락했니?"

도로시는 시간감각을 잃은 것이 틀림없다. 그녀와 이야기를 나눈 건 겨우 저번 토요일이다. 속이 뒤틀렸다. 어젯밤 침대 위에서 뒤척이며 나는 이제껏 잘살아왔다는 것을 다시 한 번 되새겼다. 사과할 필요가 없다. 나는 나쁜 짓을 하지 않았다. 나는 다시 한 번 희생자가 되었다. 어떤 태도를 지녀야 하며 어떤 함축적인 몸짓을 해야 할지 잘 알고 있는, 익숙한 역할. 하지만 도로시가 비추고 있는 밝고 선명한 조명 아래 선 지금, 난 스스로에게 다시 질문하고 있다. 그날 밤 정확히 무슨 일이 있었던 거지? 그리고 나에겐 그걸 밝힐 배짱이 있는 걸까?

"음, 그래요. 전…… 전 노력하고 있어요."

"그래서 네 계획은 뭐니? 엄마는 언제 만날 거야?"

나는 안경 다리를 만지작거렸다. 복잡한 문제다……. 도로시가 알고 있는 것보다 훨씬 복잡하다.

"조만간요." 애매한 대답으로 충분하길 바라며 내가 말했다.

"처음부터 내 출연을 조건부로 만들려고 했던 건 아니야, 한나. 하지만 네가 주저하는 것이 걱정스럽구나. 나는 네 상관에게 마릴린과 내가 네 쇼에 출연하겠다고 분명히 이야기했어. 이제 나에게도 엄마를 만나겠다고 분명히 말해줘야겠구나."

뭐라고? 도로시는 지금 나에게 최후통첩을 하는 거야. 이 일이 그녀에게 왜 그리 중요한 걸까?

도로시는 전화기 저편에서 조용히 기다렸다. 마치 링 위에 선 권투선수 같았다. 그녀는 나를 코너에 밀어넣고 시간을 재고 있었다. 방송 날짜는 10일 후로 잡혔다. 내가 주저하고 있는 지금도 프리실라는 도로시를 믿고 있을 것이고, 결국 내 이력은 도로시에게 달려 있을 것이다. 나는 이 거래를 마무리해야 한다. 지금 당장.

"그날 밤에 무슨 일이 있었는지 마이클에게 정확히 이야기해야 할 때인 것 같아요." 도로시에게라기보다 스스로를 향해 말했다.

"훌륭하구나, 얘야! 마이클에게 하는 고백이 좋은 첫걸음이 될 거야. 그런 다음에 네 엄마에게 얘기하렴."

나는 깊이 숨을 들이쉬었다.

"네."

나는 일단 약속을 하면 지키려고 최선을 다한다. 그것이 내가 20년 전 엄마를 두고 조지아로 돌아갔을 때 아빠를 실망시킨 이유가 되었을지도 모르겠다. "최선을 다해 노력해라." 아빠는 내게 말씀하셨다. 그리고 나는 그렇게 했다. 진심으로 그렇게 했다. 하지만 나는 엄마를 집으로 돌아오게 하지 못했다.

어른이 된 지금도 나는 내가 하는 모든 약속을 계약처럼 여긴다. 어린 시절 이행하지 못했던 맹세를 만회하기라도 하려는 듯⋯⋯. 엄마와 화해하겠다는 도로시와의 약속을 무시하지 못하는 이유도 여기에 있었다.

수요일 저녁, 마이클과 나는 컨트리 가수의 노래를 들으며 칼럼 호텔 응접실에 앉아 있었다. 가수는 마지막 곡을 기타로 연주하고 있었다.

"감사합니다. 잠시 쉬었다 나오겠습니다."

곧 웨이터들이 응접실로 들어오고, 테이블들은 대화를 나누는 활기찬 웅성거림으로 가득 찼다. 나는 마이클에게 용서의 돌과 도로시의 부탁, 그날 밤의 진실, 아니 내가 진실일지 모른다고 의심하는 것에 대해 얘기할 수 있는 용기를 그러모으려고 맥주를 마셨다.

나는 몸을 앞으로 숙이며 마이클의 손을 잡았다.

"도로시는 내가 나의 과거와 화해해야 한다고 생각해."

나는 용서의 돌에 대해, 그리고 내가 용서의 순환을 계속되게 해야 한다는 도로시의 주장에 대해 마이클에게 들려주었다.

"도로시가 아니라 당신 결심인 것 같은데." 마이클은 웨이터를 불러 맥주 한 잔을 더 주문했다. "내가 맞혀볼게. 도로시 생각은 당신이 잭을 용서해야 한다는 거 아니야?"

"아니야. 나는 이미 그를 용서했어." 잭의 이름이 들리자 생생한 아픔이 느껴졌다.

"그렇다면 누구를 말하는 거야?"

나는 맥주잔을 손가락으로 문질렀다. 컵에 맺힌 물방울이 응결

돼 작은 길을 만들며 떨어져내렸다.

"우리 엄마."

나는 고개를 들어 마이클의 눈에서 승인의 빛이 나타나길 기다렸다. 그래, 마이클은 그 이야기를 기억하고 있어. 난 확신할 수 있었다.

그는 깊은 한숨을 내쉬더니 의자 뒤로 기대앉았다.

"그래서 도로시에게 뭐라고 했어?"

"주저했지만 그러마고 했어. 어쩔 수 없었어. 도로시는 나에게 큰 호의를 베풀어 내 쇼에 출연하기로 했거든. 나는 그녀에게 빚졌어."

"깊게 생각해, 자기. 그건 도로시가 결정할 문제가 아니야."

아빠가 나의 반평생을 위해 그랬던 것처럼, 마이클은 나를 보호하려 했다. 뒤도 돌아보지 않고 내 인생 밖으로 나가버린 여인을 용서한다는 것은 이 두 남자에게 고려할 가치조차 없는 일이었다.

"하지만 하버코브에 다녀온 후로 난 줄곧 엄마 생각에서 벗어날 수가 없어. 아빠를 배신하는 거나 마찬가지인데도 말이야. 내가 과거에 대해 의문을 품는다는 사실을 안다면 아빠 마음이 상할 거야." 나는 마이클의 곁으로 의자를 당겨 앉았다. "하지만 도로시가 심은 씨앗이 자라나는 것을 나로서는 멈추게 할 방도가 없어. 그때 내가 두 사람 중에서 선택하도록 아빠가 나에게 강제력을 행사한 거라면 어떡하지? 물론 아빠가 의식하면서 그렇게 하지는 않았겠지만 말이야."

"그게 무슨 어린애 같은 말이야."

어린애 같은 건 아빠였어. 그 말이 목구멍까지 올라왔지만 수치스러워 입을 닫고 말았다. 난 어쩌면 이렇게 배은망덕할 수 있지?

"아빠는 내가 필요했어, 마이클. 난 그 당시 십대에 불과했지만 아빠를 돌보는 사람이었어. 아침마다 아빠가 제때 일어나 일하러 가는지 확인했고, 아빠의 훈련 스케줄과 시합 날짜를 전부 파악하고 있었어. 내가 아빠의 생활을 관리해줬어."

"아내 대신이었군."

"맞아. 그래서 아빤 나를 잃고 싶어하지 않았어. 내가 대학에 들어가고 아빠가 줄리아를 만난 후엔 상황이 한결 나아졌지. 아빠가 틀렸다면, 그리고……." 내 목소리가 잦아들었다. '조작'이라는 단어를 차마 입 밖에 낼 수는 없었다. "……엄마가 옳았고 엄마가 나를 진심으로 사랑한 거라면 어떡하지? 그날 밤 내가 비약해서 결론을 내린 거라면, 그리고 엄마는 그걸 알고 있었다면 어떡하지?"

"비약해서 결론을 내렸다고?"

나는 시선을 돌리고픈 충동을 억눌렀다. 마이클의 반응을 지켜봐야 한다. 그가 고개를 천천히 끄덕였다. 잘됐어. 생각이 났구나. 그날 밤 있었던 일을 다시 이야기해야 할 필요가 없어.

"당신 엄만 남자친구를 선택했어. 내 눈에 그건 변함이 없는 걸로 보이는데."

"난 더 이상 확신할 수 없어. 내 이야기에 의심이 들기 시작했어."

마이클의 시선이 방의 이곳저곳을 스쳐갔다. "밖으로 나갈까?"

개구쟁이 아이를 데리고 가는 아빠처럼 그는 내 손을 붙잡고 응접실 밖으로 이끌었다.

바닥에 나무를 깐 넓은 베란다는 응접실보다 덜 붐비는 유일한 장소였다. 이곳의 희미한 가스등 아래에 내 모습이 숨겨지니 안도감이 들었다. 우리는 베란다의 나무 난간에 걸터앉았다. 나는 아름다운 잔디밭과 그 뒤로 보이는 세인트 찰스 거리를 바라보았다. 나는 애써 마른침을 삼켰다.

"열세 살 때 내가 엄마 남자친구에게 제기한 혐의 말이야. 어쩌면 내가 결론을 비약한 거라면…… 잘못된 결론을 내린 거라면……."

"워, 워!" 마이클이 한 손을 들었다. "그만!" 누가 듣고 있지나 않은지 그가 주위를 살폈다. "제발 부탁이야. 난 그걸 알 필요가 없어."

"당신은 알아야 해."

"아냐. 그렇지 않아." 마이클은 거의 속삭이듯 말하며 몸을 바짝 붙였다. "다른 사람들도 마찬가지야. 그 이야긴 공개할 생각은 하지 마, 한나."

뺨이라도 맞은 것처럼 몸이 휘청거렸다. 어둑어둑한 저녁 하늘이 내 모습을 감춰줘서 다행이었다. 마이클은 나를 괴물로 생각하는구나. 그래, 다른 사람들도 내가 한 짓을 알게 되면 나를 괴물로 여길 거야. 장난치며 보도 위를 걷고 있는 젊은 연인에게 내 시선이 머물렀다. 여자가 킬킬 웃으며 다부진 남자의 귀에 대고 뭐라고 속삭인다. 태평스럽다고 말할 수밖에 없는 분위기다. 갑자기 격렬한 질투가 솟구쳤다. 누군가에게, 아니 자기 자신에게만이라도 솔직하다는 건 어떤 기분일까? 엄청난 실수를 저질렀을지 모른다는 불안을 느끼지 않고 살 수 있는 건 어떤 기분일까?

"내가 잘못을 저질렀는지 확실히 모르겠어. 더 이상 아무것도 확신할 수 없어. 당신 의견을 알고 싶어. 아니면 적어도 당신이 내 편이 되어주면 좋겠어. 도로시는 내가 화해하기를 원하는 것 같아."

나는 눈을 감았다. 마이클이 내 등에 손을 얹었다.

"당신은 너무 순진해." 그는 내 등을 팔로 감싸며 자신의 턱이 내 머리에 닿도록 나를 끌어안았다. "당신 엄마와의 관계는 회복할지 모르지. 하지만 그 이야기가 새어나간다면 시청자들을 전부 잃고 말 거야. 사람들은 유명인의 위신이 나락으로 떨어지는 걸 보고 싶어하니까."

나는 마이클 쪽으로 몸을 돌렸다. 마이클은 부드러운 목소리로 말했지만 표정은 단호했다. "지금 시점에선 당신 혼자만 관련된 일이 아니야, 한나. 그걸 잘 생각해."

고개를 다시 돌렸다. 무슨 말인지 생각할 필요가 없다. 마이클의 말이 무슨 뜻인지는 잘 안다. 이 사실이 새어나간다면 우리 둘 다 파멸할 것이다. 갑작스런 한기에 나는 팔을 문질렀다.

"자신이 내렸던 결정을 곱씹는 일은 이제 그만둬. 이미 다 끝난 일이야. 추악한 가족사의 비밀은 그냥 묻어둬. 동의하지?"

그런가? 아니야, 난……, 난 모르겠어! 나는 소리 지르며 내 입장을 마이클에게 말하고 싶었다. 하지만 그의 눈빛은 질문이 아니라 경고를 나타내고 있었다. 그리고 진짜로 까놓고 말하면 내 안에 있는 겁쟁이는 마이클의 이런 경고에 안도감을 느꼈다. 과거를 굳이 들추어낼 필요는 없다.

"그래. 동의해."

하지만 난 고개를 젓고 있었다.

16

어떤 사람들은 마치 흉터라도 되는 양 자신의 수치를 감춘다. 수치가 노출되면 다른 사람들에게 괴물 취급을 당할까 봐 두려운 것이다. 반면에 마릴린 암스트롱 같은 부류는 자신의 수치를 경고의 깃발처럼 전면에 드러내 상대방에게 관계를 지속할지 말지 선택하도록 한다.

대다수 남부 사람들처럼 마릴린도 이야기꾼이다. 그녀는 자신의 실제 경험, 그녀 스스로 길을 가로막는 장애물이라고 여겼던 삶의 한 조각을 사람들에게 자주 들려준다. 하지만 나는 마릴린이 과연 그 장애물을 넘어간 적이 있기나 한지 의심스럽다. 마릴린은 자기 얘기를 여러 번 했고 그것이 카타르시스라고 주장했지만, 내 견해는 달랐다.

마릴린 암스트롱을 만난 것은 내가 미시건에서 돌아와 도로시를 처음 만나고 일주일 후였다. 우리 세 사람은 '커맨더스 플레이스'의 '작은 방'에 앉아 바다거북 수프를 먹고 그 식당의 자랑거리인 25센트짜리 마티니를 마셨다.

"이게 25센트라니 믿어지지 않아요. 뉴올리언스에서 여섯 달이나 살았는데 어떻게 아무도 나한테 이 이야기는 해주지 않았을까요?" 술잔에서 올리브를 집어 올리며 내가 말했다.

"예전엔 마음껏 마실 수 있었지만 이제는 두 잔으로 제한되었어. 그건 아마 우리 때문일 거야, 도로시!"

두 여자는 웃음을 터뜨렸다. 어린 시절 친구들에게서만 볼 수 있는 거리낌 없는 웃음이었다. 두 사람 다 뉴올리언스 토박이다. 그들은 과거 이상의 것을 공유했고, 현재와 미래도 함께 나누는 사이다. 도로시는 마릴린의 남편이 죽었을 때 곁에 있어주었고, 마릴린은 도로시의 외아들 잭의 대모가 되어주었다.

1957년 고등학교 졸업반이던 당시, 마릴린은 슬라이델 출신의 스무 살 먹은 주유소 직원 거스 라이더와 만났다. 마릴린은 함께 자란 사내아이들과는 다른, 더 나이 든 젊은 남자에게 온통 마음을 뺏겼다. 하지만 NOPD(뉴올리언스 경찰국 - 옮긴이) 형사였던 마릴린의 아버지는 그를 미심쩍어하면서 딸에게 거스를 만나지 말라고 했다. 하지만 고집 센 마릴린은 아빠에게 들키지만 않으면 아무 문제 없다고 생각했다. 이 대목에 이르면 마릴린은 아이러니에 고개를 젓곤 한다.

사실 마릴린의 아버지는 아침나절 잠깐을 제외하면 가족들이 얼굴을 보기도 힘들었다. 다섯 아이들에게 치여 지쳐 떨어진 그녀의 엄마도 마릴린의 세계에 거의 영향을 끼치지 못했다.

엄마 아빠 모두 마릴린이 날마다 거스를 만난다는 사실을 눈치 채지 못했다. 거스가 학교로 찾아오면 마릴린은 점심을 거르고 그를 만났다. 그들은 학교 주차장, 거스의 차 뒷좌석에서 사랑을 나누며 점심시간 40분을 보냈다.

하지만 거짓말은 업보를 남기기 마련이다. 세 달 후 'K&B'에서 함께 콜라를 마시며 마릴린은 가장 친한 친구 도로시에게 걱정거리를 털어놓았다. 어느 날 거스는 선을 넘었고, 그 뒤로 6주 동안 생리가 없다는 것이었다.

"내가 바보지. 콘돔을 끼지 않았는데도 그 사람을 말리지 않았거든."

이야기를 들은 도로시는 겁에 질렸다. 마릴린이 지금 아기를 갖게 된다면 그녀의 세상은 이제 영원히 달라질 것이다. 1950년대 여학생들로서는 드문 일이었지만 도로시와 마릴린에게는 꿈이 있었다. 그들은 여행을 하고 대학에 진학해 유명한 작가와 과학자가 될 생각이었다.

"거스는 화가 났어. 그는 내가……. 거스는 우리를 도와줄 의사를 알고 있어." 마릴린은 손으로 얼굴을 감쌌다.

도로시는 무너져내리는 마릴린을 다독였다. "천천히. 아직 임신인지 아닌지 모르잖아. 한 걸음씩 차분히 가자."

하지만 며칠 후, 그 악몽은 사실로 밝혀졌다. 마릴린은 의심한 대로 임신이었다.

부모님께 털어놓는 것이 가장 어려운 일이었다. 마릴린은 엄마가 이 상황을 감당하지 못할까 봐 두려웠다. 게다가 엄마는 낮잠을 오래 자거나 하루 종일 방에서 나오지 않는 날도 있어서 이야기할 기회를 잡기가 힘들었다.

그런데 그날 오후, 하필이면 아빠가 응원단 연습이 끝난 마릴린을 데리러 왔다. 마릴린은 낡은 초록색 픽업트럭에 앉아 학교 반지를 초조하게 만지면서 아빠에게 털어놓기로 결심했다. 아빠는 마릴린이 가장 의지하는 사람이었다. 아빠라면 어떻게 해야 할지 알고 있을 것이다.

"아빠, 아빠 도움이 필요해요."

"뭔데?"

"저 임신했어요."

마릴린의 아버지가 미간을 찌푸리며 그녀 쪽으로 몸을 돌렸다.

"뭐라고?"

"……거스의 아기를 가졌어요."

그런데 전혀 예상치 못했던 일이 벌어졌다. 항상 지시하고 해결책을 제시하던 강철 같은 아빠가 마릴린의 고백 한마디에 주저앉는 모습을 보인 것이다. 아빠는 입술을 떨며 말을 잇지 못했다.

"괜찮아요, 아빠? 울지 마세요." 머뭇머뭇 아빠의 팔에 손을 얹으며 마릴린이 말했다.

마릴린의 아빠는 갓길에 차를 세우고 시동을 껐다. 그는 손으로 입을 막고 운전석 창밖을 응시했다. 간간이 손수건으로 눈을 닦았다. 마릴린은 아빠를 위로하기 위해 뭐라도, 무슨 말이라도 해야만 했다.

"거스와 저에겐 계획이 있어요. 그 사람에게 아는 사람이 있어요. 우리가 처리할 수 있어요. 아무도 모를 거예요."

그날 밤, 새벽 2시에서 4시 사이, 마릴린의 아빠에게 심장마비가 왔다. 구급차가 왔지만 소용이 없었다. 그전에 이미 세상을 떠난 것이다. 이 모두가 마릴린의 탓이었다.

이건 아름답지 않은, 가슴 아픈 기억이었지만 마릴린은 숨김 없이 이야기했다. 자기 경험을 들으면 다른 소녀들이 같은 실수를 하지 않을 거라고 마릴린은 주장했다.

"난 딸이 셋 있어. 내 이야기를 듣고도 피임에 신경 쓰지 않는다면, 더 이상 다른 방법은 없을 거야."

하지만 나는 마릴린이 비밀을 공공연하게 털어놓는 게 남에게 교훈을 주기 위해서뿐 아니라, 스스로에게 고해성사하는 것일지도 모른다는 의구심이 들곤 했다. 자신의 수치스러운 이야기를 여러 사람들에게 자주 고백함으로써 스스로 용서받기를 바라는 것일지 모른다는 의구심. 그런데 내가 무엇보다 궁금했던 건, '그녀가 스스로를 용서할 수 있을까?'였다.

책상에 앉아 사과를 먹으며 피오나 놀스의 책을 훑어보고 있었다. '용서의 돌'. 이제 일주일 후면 피오나가 쇼에 출연할 것이다. 그것은 6일 후면 도로시와 마릴린이 출연한다는 것을 의미한다. 관자놀이가 지끈지끈 쑤셔왔다.

나는 직감을 무시할 정도로 어리석지 않다. 그런데 내 직감은 경고하고 있었다. '도로시가 생방송에서 용서를 구하게 해서는 안 돼!' 계획을 취소해야 한다. 그 계획은 위험부담이 너무 크다. 하지만 내 어깨 위에 걸터앉은 악마의 속삭임에서 벗어날 수는 없었다. '도로시와 마릴린은 멋진 게스트가 될 거야.' 두 사람은 모두 타고난 이야기꾼인 데다 평생을 함께한 친구 사이다. 마릴린의 수치스러운 과거에 도로시의 숨겨진 비밀이 더해지면 토크쇼는 대성공을 거둘 것이다.

이렇게 불안한 이유가 뭘까? 도로시가 마지못해 게스트로 나오도록 강제해서? 아니면 도로시의 출연이 조건부라서? 그것도 시의회의 분별없는 안건처럼 마이클이 즉각적으로 기각한 조건부라서?

내가 마이클의 거부를 명분으로 삼는 건 아닌지 다시 한 번 의문이 들었다. 여하튼, 사람들 앞에서 공개적으로 도로시에게 망신을 줄 수는 없다. 속이 뒤틀렸다. 나는 먹던 사과를 쓰레기통에 집어던졌다. 그 비밀이 뭔지 방송 전에 알려달라고 도로시에게 여러 번 부탁했지만 그때마다 그녀는 거절했다.

"그 이야길 듣는 최초의 사람은 마릴린이어야 해."

도로시도 임신했을까 봐 두려웠던 적이 있었지만 친구에게 털어놓지 않은 걸까? 아니면 아이를 잃었거나 낙태한 적이 있었나? 마릴린에게 한 번도 고백하지 못했을 정도로 수치스런 비밀이란 대체 뭘까?

어두운 상상력을 발휘해, 도로시가 마릴린의 남편인 토머스와

200

바람을 피웠을 가능성을 떠올렸다. 상상하기조차 어려운 일이지만, 정말 그랬다면? 도로시는 토머스 암스트롱을 늘 높이 평가했고, 그의 임종까지 지켜보았다. 그래서 잭과 관련된 얘기라면? 그가 사생아라면?

몸이 떨려왔다. 생각할수록 도로시가 텔레비전 생방송에 출연해 용서를 구하는 일이 벌어져서는 안 될 것 같았다.

우리는 마릴린 또한 기만하고 있었다. 프리실라와 스튜어트는 마릴린에게는 비밀로 하기로 이야기가 되었다. 마릴린은 오랜 우정의 중요성에 관한 이야기를 하기 위해 출연하는 것으로 알고 있다. 하지만 잠깐 동안의 토론이 있은 후, 도로시는 이제껏 자신을 짓누르던 마음의 짐을 고백하며 용서를 구할 것이다. 도로시는 마릴린에게 '용서의 돌'을 건넬 것이다.

스튜어트와 프리실라는 기분 좋은 광경이 펼쳐지리라 기대하고 있다. 하지만 도로시의 사과가 받아들여지지 않으면? 아니면 그 이야기가 사람들의 마음을 끌지 않으면?

지나친 완벽주의야. 나는 자신을 다독였다. 다 잘될 것이다. 하지만 마음속 깊은 곳에서는 내가 나 자신을 속이고 있다는 것도 알고 있다. 어떻게든 이 에피소드를 중단시켜야 한다.

비용 청구서 결재 서류를 가지고 스튜어트가 분장실로 왔을 때 내가 말했다. "좋은 계획이 아니에요. 도로시의 어떤 행동이 마릴린에게 상처를 입혔는지 전 몰라요. 하지만 텔레비전은 비밀을 털어놓기에 적합한 매체가 아니에요."

"자네 미쳤나? 그만큼 좋은 곳이 어디 있다고 그래? 사람들은 이런 일이라면 집어삼킬 듯이 본다고."

스튜어트는 일언지하에 내 말을 잘랐다.

나는 서랍에서 행운의 만년필을 꺼내며 스튜어트에게서 청구서를 받아들었다.

"시청자들이 어떻게 받아들일지는 관심 없어요. 나에겐 마릴린이 그 고백을 어떻게 받아들일지가 더 중요해요. 이 우스꽝스런 제안을 도로시에게 말한 지 일주일도 채 안 됐다고요."

스튜어트는 나를 향해 손가락을 흔들었다.

"그런 생각 하지도 마, 파. 당신 쇼의 시청률이 약간 오르기는 했지만 여전히 존폐위기에 있어. 이 에피소드는 당신이 소생할 수 있는 유일한 희망이야."

스튜어트가 나가자마자 나는 책상 앞에서 풀썩 주저앉았다. 망했다! 내가 일자리를 잃거나, 아니면 도로시가 자신의 가장 친한 친구를 잃는 위험을 감수해야 해. 열린 문에서 노크 소리가 들렸다. 나는 일어나 의자에 앉았다.

"한나, 들어가도 돼?" 부드러운 목소리로 클라우디아가 말했다.

제기랄. 월요일 회의 이후로 나는 그녀를 피해왔다.

"물론이지. 이제 막 나가려던 중이야."

만년필을 다시 서랍 속에 넣으며 '용서의 돌' 한 쌍이 든 벨벳 주머니를 흘낏 보았다. 조그만 주머니가 책상 서랍이라는 감옥 안에서 내보내달라고 애걸하는 듯했다. 그것을 구석으로 밀어넣고 서랍을 쾅 닫고는 클라우디아를 지나쳐 사물함에서 토트백을 꺼냈다.

"피오나 놀스 쇼는 네가 진행했으면 좋겠어, 한나. 너 혼자 단독으로."

나는 몸을 돌렸다. "뭐라고?"

"네가 해. 너 혼자. 내가 네 기분을 상하게 한 것 같아. 미안해. 뉴욕에서는 서로 협력하는 분위기에서 일했거든."

"그래? 세계에서 가장 경쟁이 치열한 도시, 뉴욕이 더 협력적인 분위기라고? 네 사과는 모욕처럼 들려."

"아니야. 방금 말한 것처럼, 난 이곳에서 일하는 방식에 익숙하지 않아. 내가 분위기 파악을 못한 게 분명해."

"내 아이디어를 훔쳤지, 클라우디아? 내 파일을 열어봤니?"

클라우디아는 손으로 입을 막았다.

"뭐라고? 아니야! 한나, 맙소사, 아니야! 절대 그런 짓은 안 했어."

"왜냐하면 내가 이미 피오나를 초대한다는 기획서를 써놨었거든."

클라우디아는 천장을 올려다보며 신음 소리를 냈다.

"오, 빌어먹을! 정말 미안해, 한나. 분명히 말하지만 아니야. 전혀 몰랐어. 알다시피 몇 주 전《타임스-피카윤》신문에 피오나에 관한 기사가 실렸어. 맹세해. 원한다면 보여줄게."

클라우디아는 당장이라도 자신의 사무실로 나를 데려가려는 듯 엄지손가락을 들어 복도를 가리켰다.

나는 기가 꺾여 머리를 빗어내리며 말했다. "됐어. 믿을게."

"그 기사를 보고 피오나에 관해 알게 됐어. 난 아침 뉴스에서 잠깐 다루고 싶었어. 네 쇼에 가지고 오자는 건 스튜어트 아이디어야."

"널 임시 진행자로 삼아서……." 클라우디아가 고개를 숙였다.

"그것도 스튜어트 생각이었어. 네가 화내는 이유를 난 전혀 모르겠어. 혹, 내가 네 자리를 뺏으려 한다고 생각하니?"

나는 어깨를 으쓱했다. "그런 생각이 들긴 했어, 그래."

"맹세코 난 그렇지 않아." 클라우디아는 내 쪽으로 몸을 기울이고는 목소리를 낮췄다. "아무한테도 말하지 마. 브라이언이 다음 시즌에 이적될 거라는 사실이 확실해졌어. 마이애미로. 3개월, 길어야 6개월 후면 우린 여길 떠날 거야."

클라우디아는 지쳐 보였다. 프로 운동선수를 사랑한다는 이유로 삶의 터전과 통제력을 박탈당했던 엄마의 모습이 떠올랐다.

"유감이구나."

진심이었다. 부끄러웠다. 다른 새 동료들을 따뜻하게 환영한 것과 달리 클라우디아가 입사했을 때부터 지금까지 나는 그녀를 위협거리로 취급했다.

"피오나 에피소드는 함께 진행하자."

"정말 아니야. 네가 진행해. 넌 나보다 훨씬 뛰어난 진행자야."

"그러지 않을 거야. 계획대로 우리 함께 진행해."

클라우디아가 입술을 깨물었다. "진심이니?"

나는 그녀의 어깨를 감쌌다. "그래. 그리고 하나 더. 도로시와 마릴린 분량을 찍을 때도 함께 있었으면 좋겠어."

"정말?"

"정말."

"오, 고마워, 한나. 떠날 때가 되서야 내가 이곳에 속해 있는 사람처럼 느껴져."

클라우디아가 나를 끌어안았다.

금요일 오후, '에반젤린'으로 들어서기 전, 나는 우산을 흔들어 빗물을 털어냈다. 젖은 힐을 신고 미끄러지지 않도록 조심하며 대리석이 깔린 로비를 천천히 가로질러, 늘 하던 대로 내 우편함에 든 우편물들을 수거했다. 엘리베이터로 걸어가며 봉투들을 휙휙 넘겨보았다. 청구서, 광고물, 은행 명세서……. 넘겨보던 손이 멈칫했다. 왼쪽 위 가장자리에 더블엠 로고가 찍힌 흰 봉투가 보였다. '메를롯 드 라 미텐느'. 나는 계단으로 가 여섯 층을 번개같이 달려 올라갔다. 힐이 젖어 있다는 건 생각도 나지 않았다.

코트도 벗지 않고 손가락을 넣어 봉투를 뜯었다. 내 얼굴에 환한 미소가 걸려 있다는 것도 의식하지 못하고.

친애하는 한나,

음, 빵 굽는 여자라. 당신의 로즈마리-아지아고빵은 엄청난 히트를 쳤어요. 손님들은 게걸스레 먹어치우고도 더 달라고 성화더군요. 그리고 내 예상처럼, 한때 브레드스틱이라고 칭했던 바싹 마른 밀가루 막대기를 제공했을 때보다 와인은 덜 팔렸고요. 하지만 아무렴 어때요. 인생이란 이런저런 일들이 균형을 이루는 거니까요, 안 그런가요?

슬프게도, 난 빵을 원하는 손님들에게 신비에 싸인 제빵사가 절대 비법을 알려주지 않는다는 사실을 이야기해야 했죠.

하지만 그녀가 전화번호도, 이메일 주소도, 심지어 자신의 이름도 알려주지 않았다는 말은 안 했어요. 좌절하는 건 노스미시건의 포도원 주인 한 사람만으로 족하니까요.

나는 긍정적인 사람이에요. 그걸 감안해, 당신 편지를 받고 내가 얼마나 기뻤는지 말해볼게요. 사실 편지를 집어 올릴 수조차 없었어요. 기뻐 날뛰다, 멍하다, 황홀하다, 정신 못 차린다, 미친 듯하다, 흥분하다…… 이 형용사들 전부가 내 상태였어요. (아, 이 형용사들을 찾느라 유의어 사전을 들춰본 건 아니에요.)

나는 소리 내어 웃으며 편지에서 눈을 떼지 않은 채 내가 가장 아끼는 의자로 갔다.

당신이 떠난 다음 날 아침, 난 당신이 장화를 신느라 앉아 있던 벤치 아래에 내 명함이 떨어져 있는 것을 발견했어요. 진작 알았더라면 난 밤새 가게 전화기 옆에 앉아 당신 소식을 기다렸을 텐데 말이에요. 하지만 그것도 모르고 고장난 건 아닌지 3분마다 한 번씩 휴대폰을 들여다보며 내 멍청함을 탓하고 나를 쥐어박았어요. 당신에게 우리 집에서 자고 가라는 말은 하지 말았어야 했어요. 다시 한번 말하지만 순수한 마음이었다는 걸 믿어주세요. 음, 대체로 말이에요. 무엇보다도 나는 당신이 안전하기를 바랐어요. 그 폭풍을 뚫고 당신이 운전해 가야 한다는 사실이 너무 싫었거든요.

그리고 알겠지만, 난 한 번도 당신이 염치없다고 생각한 적 없어요. 당신이 돈을 내밀었어도 난 받지 않았을 거예요. 당신이 보낸 20달러는 다음번 점심값으로 맡아둘게요. 혹, 저녁식사라면 더 좋고요. 판돈도 올릴 겸 당신의 결심도 부추길 겸 기꺼이 20달러를 더 보낼 수도 있지만 당신이 부담스러워할까 봐 그건 참을게요.

공식적으로 여름 시즌은 메모리얼데이(미국의 기념일 중 하나로 우리나라의 현충일과 비슷하다-옮긴이) 주말에 시작됩니다. 금요일에는 재즈 트리오가, 그리고 토요일 저녁에는 근사한 블루스 밴드가 와서 시즌을 열 겁니다. 아주 멋진 시간이 될 거예요. 혹시 근처에 오시면 꼭 들러주세요. 아니, 낮이든 밤이든, 비가 오든 해가 나든, 진눈깨비가 내리든 눈이 내리든, 언제라도 꼭 들러주세요. 답장이 없더라도 당신을 다시 만나길 기대할게요.

휴대폰 번호와 이메일 주소가 적힌 명함을 동봉합니다. 이건 잃어버리지 마세요.

다시 만날 때까지,
RJ

추신: 주방에서 일할 제빵사를 구한다는 이야길 했던가요? 한번 생각해보세요. 어마어마한 특전이 있어요.

나는 세 번을 되풀이해서 읽고 나서야 봉투에 다시 넣어 서랍 속에 넣었다. 그런 다음, 달력 앞으로 가서 얼마나 지나서 답장을 보내야 할지 헤아려보았다.

17

아까 마신 커피가 위장으로 흡수되고 있었다. 무대 입구로 들어서기 전, 언제나처럼 짧은 기도를 했다. 하지만 오늘 기도는 특별했다. 이 쇼가 별 탈 없이 진행되게 해주소서. 도로시가 적절한 말로 참회를 하게 하시고, 마릴린은 기꺼이 용서하게 하소서. 내일 있을 피오나의 등장을 위한 무대를 준비하는 시간이 되도록 도우소서.

나는 십자가를 그었다. 하지만 전혀 반대되는 결과를 준비하는 시간이 될 수도 있다. 그들의 우정이 끝장나면? 마릴린이 결코 용서할 수 없는 끔찍한 진실이 도로시의 입에서 나오면 어쩌지? 오, 주님, 절 용서해주세요. 나는 미리 기도했다.

집중해야 한다. 어쩌면 마이클이 옳을지도 모른다. 도로시가 말한 '특별한 것'이라는 말은 옛날에는 '약간 가혹함'에서 조금 더 나간 의미로 쓰였다. 그렇다면 클라우디아와 난 나머지 시간을 대체 어떻게 메워야 할까? 프리실라 말에 따르면, 나에겐 '죽여주는 쇼' 가 필요하다. 내가 왜 이걸 승낙했던가 후회하며 뻐근한 어깨를 문질렀다.

입구에 쳐진 커튼 너머로 밖을 엿보았다. 오늘은 모든 장비를 가동시켰다. 100명이 넘는 사람들이(텔레비전 시청자들을 제외하고) 〈한나 파 쇼〉를 위해 자신들의 아침시간을 온전히 바쳤다. 쇼를 직접 보기 위해 수십 킬로미터를 달려온 사람들이다. 나는 자세를 바로 하고 치마의 주름을 폈다. 나는 전달자가 될 것이다. 내가 품고 있는 의심이나 직감 따위는 신경 쓰지 말자.

활짝 웃으며 입구를 지나 무대 위로 걸어간 나는 "감사합니다" 하면서 관중들에게 손짓했다. "감사합니다." 스튜디오는 조용해지고 나는 언제나처럼 본격적인 쇼에 앞서 가벼운 이야기로 시작했다. 그날 가장 좋았던 부분이었다.

"오늘 여러분을 만나서 흥분되는군요. 이제 곧 멋진 시간을 함께 하게 될 겁니다."

나는 관중석으로 내려가 가까이 있는 사람들과 악수와 포옹을 나눴다. 나는 관중석 사이를 오르내리며 이야기를 했다. 관중들과 소통할 수 있는 첫 기회였다.

"와, 다들 멋지세요. 이크, 오늘은 거의 대다수가 여성분들이에요. 흔치 않은 일이에요."

사실 통계상 내 시청자들의 96퍼센트가 여성이었지만, 나는 놀란 척했다. 하지만 오늘은 농담이 평소처럼 먹히지 않았다. 걱정 때문에 내 상태도 별로 좋지 않았다. 하지만 곧 그 생각을 떨쳐버리고 다시 시작했다.

"여성 관중들 사이에서 남성 한 분……."

나는 객석을 둘러보았다.

"두 분…… 세 분이 보이네요. 환영합니다."

박수 조금을 겨우 얻을 수 있었다. 격자무늬 셔츠를 입고 머리가 벗겨지기 시작한 남자 쪽으로 어깨를 숙이며 마이크를 건넸다.

"아내분께 끌려오신 게 틀림없을 것 같은데…… 제 말이 맞나요?"

그는 얼굴을 붉히며 고개를 끄덕였다. 관중들이 웃음을 터뜨렸다. 좋아. 이제 조금씩 달아오르고 있어. 이제 진정하자.

스튜어트가 그 정도로 끝내라는 신호를 보냈다.

"오, 이런, 이제 일터로 복귀해야겠어요."

관중들은 웃음을 담아 '우우' 야유를 보냈다. 나는 무대 위로 올라갔다. 카메라맨 벤이 손가락을 접으며 카운트다운을 시작했다.

"쇼에 참여할 준비가 되셨나요?" 내가 관중들에게 물었다.

그들은 박수를 쳤다.

나는 귀 뒤에 손을 갖다 댔다. "안 들려요!"

더 큰 박수가 쏟아졌다. 벤의 손가락이 접히고 있었다. 둘, 하나, 그가 나에게 손짓했다. 쇼가 시작됐다.

"〈한나 파 쇼〉에 오신 것을 환영합니다."

우레와 같은 박수갈채에 나는 미소를 지었다.

"오늘 이곳에 특별한 손님 세 분을 모시게 돼서 벌써 흥분됩니다. 첫 번째 손님은 최근에 뉴욕에서 이곳으로 이적한 분입니다. 아마 아침 뉴스나 《타임스-피카윤》 기사에서 본 적이 있을 거예요. WNO의 아름다운 새 가족은 고맙게도 오늘 쇼의 공동 진행을 수락했답니다. 클라우디아 캠벨을 소개합니다."

클라우디아가 무대 위로 올라왔다. 짧은 분홍색 드레스와 끈 달린 샌들을 신으니 그녀의 다리는 마치 대나무처럼 곧아 보였다. 관중들은 환호했다. 시청률이 마구 치솟고 있는 것이 눈에 보이는 듯했다. 나는 진한 청색 재킷의 주름을 폈다. 도대체 난 왜 이렇게 유행 지난 정장을 골라 입은 거지? 나는 은색 블라우스에 커피 얼룩이 있지는 않은지 아래를 슬쩍 내려다보았다. 오, 역시 기대에 어긋나지 않게 흘린 자국이 있다.

클라우디아는 나에게 감사를 표한 후, '용서의 돌'에 관해 설명했다.

"내일 우리는 '용서의 돌'의 창시자, 피오나 놀스 씨를 만나게 될 것입니다. 그리고 오늘, 한나와 저는 우리의 사랑스러운 친구 두 분을 모시려 합니다."

한나와 나? 정말? 도로시와 마릴린이 클라우디아의 친구라는 건 처음 알았다. 제이드가 이 이야길 들으면 아주 좋아할 거다. 하지만 나는 험담을 늘어놓고 싶은 깊숙한 본능을 꾹 눌렀다. 클라우디아는 신입사원이고 소속감을 가지려 애쓰는 중이다. 내가 이해해야 한다. 그녀가 나에게 고개를 끄덕였다. 나는 클라우디아의 말을 받아 계속했다.

"용서에 관해 제가 아는 모든 것은 제 친구 도로시 루소에게서 배웠어요. 그녀의 연민이 절 아주 놀라게 했어요."

나는 '정원의 집'에 '용서의 돌'의 돌풍을 일으킨 장본인이 도로시라는 사실을 설명했다. "그건 전부 도로시 덕분이에요. 그녀는 한 사람에게 한 쌍의 돌만 보내고 순환 따위는 신경 쓰지 않을 수도 있었어요. 하지만 도로시는 사랑과 용서의 순환을 만들며 멀리, 그리고 두루두루 돌을 보냈어요."

나는 분위기를 고조시키기 위해 잠시 멈췄다 말을 이었다.

"도로시 루소는 자비로운 여성이에요. 그리고 그녀의 평생에 걸친 친구, 마릴린 암스트롱도 마찬가지죠. 마릴린은 우정의 힘에 관해 이야기하려고 이 자리에 함께했습니다. 자 여러분, 뉴올리언스 토박이 도로시 루소와 마릴린 암스트롱을 소개합니다."

관중들이 손뼉을 치며 환영하는 가운데 두 사람이 팔짱을 끼고 걸어 나왔다. 마릴린은 환하게 웃으며 관중들을 향해 손을 흔들었다. 마릴린은 이 순간을 기대한 게 분명했다. 나는 도로시를 바라보았다. 연어색 센존(미국의 유명 의류 브랜드 – 옮긴이) 정장을 입은 도로시는 침착하고 품위 있어 보였다. 하지만 얼굴은 헬쑥했고 입술은 굳게 닫혀 있었다. 지난 2주 동안 내가 보았던 평온함은 사라지고 없었다. 위장이 다시 뒤틀렸다. 난 왜 이 계획을 멈추지 않았을까?

두 여성은 클라우디아와 나의 맞은편 소파에 앉았다. 우리는 그들의 우정이 이어져온 역사와 두 사람에게 그들의 우정이 무엇을 의미하는지 물었다. 나는 좋은 시간들과 행복한 기억들의 이야기를 계속하고 싶었다. 하지만 조정실에서 스튜어트가 집게손가락을 빙빙 돌리는 것이 보였다. 화제를 바꾸라는 신호였다.

나는 마릴린의 금속 안경테 너머로 마릴린의 연푸른 눈을 응시했다. 그녀가 늘 저렇게 신뢰가 가득하고 천진해 보였던가? 아니면 오늘만 그런 것인가? 심장이 조여왔다. 하고 싶지 않았다. 이 일을 멈춰야 했다. 바로 지금! 하지만 난 대신 깊은 심호흡을 했다.

"마릴린, 도로시가 당신에게 하고 싶은 이야기가 있어요. 나는 도로시가 이렇게 하는 게 내키지 않았지만, 그녀는 생방송에서 이야기하고 싶어했어요."

"용서를 구하는 일이야." 도로시가 내 말을 받았다.

그녀의 목소리에 담긴 떨림이 내 마음의 현을 울렸다. 우리 두 여자만의 연주였다. '하지 마세요. 하지 마세요.' 나는 무언의 만류를 보냈다. 이 순간만큼은 오늘의 쇼가, 어쩌면 내 일자리가 도로시의 이야기에 달려 있다는 것도 상관없다고 느꼈다.

도로시가 잠시 고개를 흔들더니 마침내 입을 열었다. "지금도, 그리고 앞으로도 영원히 너에게 미안한 짓을 저질렀어." 그녀는 더듬거리며 마릴린의 손을 찾았다. "난 60년 동안 내가 저지른 짓을 후회했어. 하지만 네게 고백할 용기를 내지 못했어."

마릴린이 손을 내저었다. "아유, 그게 무슨 우스운 소리니? 넌 너무나 멋진 친구야. 정말이지 친자매보다도 나에겐 더 큰 의미야."

"그랬으면 좋겠구나, 마릴린 암스트롱."

도로시는 마릴린을 풀네임으로 불렀다. 아주 심각한 이야기를 하려는 것이다. 마릴린 역시 그걸 감지한 것이 분명했다. 마릴린은 얼굴은 웃고 있었지만 발은 위아래로 까닥거렸다.

"도대체 무슨 말을 하려는 거야, 도로시? 우리는 폭풍도, 실패도,

나고 죽는 일들까지도 함께 겪어냈어. 네가 무슨 말을 하든 그걸 달라지게 할 수는 없어."

"지금 하려는 말을 들으면 충분히 그럴 수 있어."

도로시는 마릴린 쪽을 멍하니 응시했다. 시력을 잃은 그녀의 눈은 약간 초점을 벗어나 있었다. 도로시의 멍한 눈길 속에 외로움과 무너지는 가슴과 회한이 담겨 있었다. 나는 목이 메어왔다.

도로시가 말을 이었다. "있잖아, 나는 실수를 했어. 처참한 실수를 말이야. 네가 열일곱 살이었을 때, 넌 임신했을까 봐 겁에 질려 있었어. 나는 널 돕겠다고 했지."

도로시는 관중들을 바라보았다.

"난 마릴린이 잘못 알고 공연한 걱정을 하고 있을지 모른다고 생각했어요. 그래서 나는 '천천히 순서를 밟자. 임신이 확실한지조차 모르잖아. 한 번에 한 걸음씩 진행하자. 내일 소변을 받아줘. 내가 아빠한테 임신 테스트를 해달라고 부탁할게. 잘못 알았을 수도 있잖아'라고 말했죠."

내 팔의 털이 곤두섰다. 더 이상 듣고 싶지 않았다. "도로시, 나머지 이야기는 나중에 따로 하는 게 어떨까요?"

"아니야. 고마워, 한나."

마릴린이 관중들에게 말했다. "도로시의 아버지는 산부인과 의사셨어요. 지역에서 최고였죠."

도로시는 마릴린의 손을 꼭 잡고 이야기를 계속했다.

"마릴린은 다음 날 거버 이유식병에 소변을 받아왔어요. 약속한 대로 나는 그걸 아빠에게 드렸죠. 이틀 후, 나는 마릴린의 사물함 앞에서 그녀에게 나쁜 소식을 전했어요. '넌 임신했어'라고요."

마릴린이 고개를 끄덕였다.

"난 너와 네 아버지에게 늘 감사하게 생각해왔어." 마릴린이 나를 바라보았다. "난 미성년자였기 때문에 보호자 없이는 주치의를 찾아갈 수 없었어요. 그리고 당시에는 집에서 하는 임신 테스트가 믿을 만하지 못했어요. 내가 듣고 싶은 말은 아니었지만 막연한 예감이 아닌 사실로 받아들이니 한결 나았어요."

도로시의 몸이 경직되었다. "하지만 내가 전한 이야기는 사실이 아니었어. 넌 임신하지 않았어, 마릴린."

나는 목을 꽉 움켜잡았다. 마릴린이 헉 하고 숨을 들이키는 소리가 들렸다. 관중석이 웅성거리기 시작했다.

"아니야, 난 임신했어. 분명 임신했어. 장례식 사흘 뒤에 난 유산했어." 마릴린이 주장했다.

"그건 생리가 시작된 거였어. 아빠는 간단히 물에 식초를 타서 씻어보라고 하셨어. 수술은 필요 없다고 하셨고. 이게 내가 너에게 하는 고백이야."

관중들이 수군거렸다. 어떤 사람들은 입을 막고 옆 사람을 보고 고개를 흔들었다.

마릴린은 떨리는 턱에 손을 가져갔다.

"아니야. 그럴 수 없어. 난 아빠에게 내가 임신했다는 사실을 말했고, 그것 때문에 아빠는 돌아가셨어. 너도 알잖아."

관중들이 일제히 숨을 들이켰다.

주름진 뺨에 눈물이 흘러 내리는 도로시는 여전히 침착한 태도로 의자에 곧게 앉아 있었다. 나는 벌떡 일어나 벤에게 카메라를 끄고 광고를 내보내라는 신호를 보냈다. 벤은 손가락으로 조정실을 가리켰다. 스튜어트가 손가락을 돌리며 계속하라는 신호를 보내고 있었다. 나는 스튜어트를 노려보았지만 그는 무시했다.

"네가 임신하지 않았다는 아빠의 이야기를 듣고 나서, 난 하루 이틀 정도 더 널 당혹스럽게 만들어야겠다고 생각했어. 난 정말 그게 너를 위한 일이라고 생각했어. 너를 위한 교훈이 되기를 바랐던 거야. 난 네가 주말까지는 가족들에게 이야기하지 않을 거라고 생각했어."

"우리 아빠가 돌아가셨어. 아빠가 돌아가셨다고! 넌―"

마릴린은 격렬하게 손가락을 들이대며 말했다. 틀림없이 도로시도 느꼈을 것이다.

"넌 내가 62년이란 세월을 끔찍한 죄책감에 눌려 살도록 내버려두었다고? 난 도저히…… 난 믿을 수……."

마릴린이 고개를 흔들며 말을 잇지 못했다.

마침내 다시 마릴린이 입을 열었을 때, 그녀의 목소리는 너무 작아 거의 들리지도 않았다.

"다른 사람도 아닌 네가 어쩌면 그렇게 잔인할 수 있었니?"

관중석에서 고함과 야유가 쏟아져나왔다. 마치 〈제리 스프링거 쇼〉(외도나 불륜 등의 소재를 주로 다루는, 욕설과 치고받기가 난무하는 선정적인 미국 TV 프로그램 ―옮긴이) 같았다.

도로시가 얼굴을 감쌌다. "내가 잘못했어. 정말 미안해. 그런 끔찍한 비극을 낳을 거라고는 생각지도 못했어."

"당신은 그 긴 세월 동안 계속 거짓말을 했나요?"

클라우디아가 부드럽게 질문했다.

도로시가 고개를 끄덕였다. 관중석에서 쏟아지는 야유에 그녀의 목소리가 파묻혔다.

"너에게 이야기할 생각이었어, 마릴린. 정말 그랬어. 네 아버지의 장례식이 끝나기를 기다리는 편이 나을 거라 생각했어."

이제 마릴린은 흐느끼고 있었다. 클라우디아가 그녀에게 휴지 상자를 건넸다.

"그런데 장례식이 끝나고 나니…… 너무 늦은 듯이 느껴졌어. 시간이 갈수록 난 두려워졌어. 너와의 우정을 잃으면 견딜 수 없을 것만 같아서……"

"거짓 위에 쌓인 우정이었지." 마릴린이 조용히 말했다. 그녀는 일어서서 멍하니 주위를 두리번거렸다. "나가게 해주세요."

몇 명이 박수를 치자, 곧 온 스튜디오가 마릴린에게 보내는 박수소리로 가득 찼다. 그건 바꿔 말하면 도로시를 공격하는 소리였다.

도로시가 두리번거리며 말했다.

"마릴린, 제발. 떠나지 마. 우리 얘기해."

"난 할 얘기 없어."

마릴린은 구두를 또각거리며 무대를 떠났다.

도로시는 손으로 입을 막고 날카로운 신음을 토해냈다. 그녀는 더듬더듬 출구를 찾으며 걸어갔다. 도로시는 친구 목소리가 들려온 방향을 향해 움직였다. 친구를 찾아 용서받기를 원하는 것 같았다.

하지만 마릴린은 가버렸다. 그리고 평생에 걸친 그들의 우정도 떠났다. 그 모두가 소박하고 진심 어린 사과로 말미암아 생긴 일이었다.

마이클이 옳았다. 어떤 비밀들은 묻힌 채로 있는 편이 낫다.

18

나는 쇼가 끝나기를 기다리지 않았다. 광고가 나갈 때까지 기다리지도 않았다. 나는 도로시에게 달려가 그녀의 손을 잡고 무대 밖으로 안내했다. 소란을 진정시키려는 클라우디아의 목소리가 뒤에서 들렸다. 클라우디아가 임기응변으로 남은 10분을 채워야 할 것이다. 하지만 지금 나에게 내 쇼 따위는 중요하지 않았다.

"괜찮아요. 괜찮을 거예요."

나는 그녀를 분장실로 데려가 소파에 앉혔다.

"여기 앉아 계세요. 금방 돌아올게요. 마릴린을 찾아야 해요."

나는 홀을 지나 로비로 달려갔다. 때마침 마릴린이 출입문을 열고 있었다.

"마릴린! 기다려요."

마릴린은 나를 무시하고 대기 중인 택시 쪽으로 곧바로 걸어갔다.

"오늘 일은 죄송해요. 전부 몰랐던 일이에요." 마릴린 뒤를 쫓아가며 내가 말했다.

택시 앞에서 마릴린이 나를 돌아보았다. 속눈썹에는 눈물이 맺혀 있었고, 찌푸린 그녀의 눈에는 한 번도 본 적이 없던 사나움이 드리워져 있었다. "어떻게 그럴 수 있었어?"

나는 뒤로 주춤 물러섰다. 마릴린 입에서 나온 바로 그 말이, 그 비난이 나를 휘청이게 했다.

택시기사가 문을 열자 마릴린은 택시 안으로 들어갔다. 나는 택시가 떠나는 모습을 그저 지켜볼 수밖에 없었다. 수치로 몸이 움츠러들었다. 아주 다양한 측면에서, 아주 많은 이유로, 내가 궁금한 것이 바로 그것이었다. 내가 어떻게 그럴 수 있었지?

나는 눈물을 흘리며 분장실로 다시 돌아갔다. 문을 닫았다. 도로시는 내가 떠날 때의 모습 그대로 벽을 응시하며 앉아 있었다. 놀랍게도 그녀는 울고 있지 않다. 나는 도로시 옆에 앉아 손을 잡았다.

도로시의 부드러운 손을 문지르며 내가 말했다. "괜찮으세요? 방송에는 나오지 않는 게 옳았어요. 위험부담이 크다는 걸 알았는데. 제 잘못이에요."

"말도 안 되는 소리!" 도로시가 생기 없고 조용한 목소리로 말했다. "그게 공정해. 마릴린이 나에게 화내는 건 당연해. 청중들의 비난도 당연하고. 소식이 전해지면 내 친구들이 보낼 온갖 질책도 모두 당연해. 그것이 바로 나에게 필요한 거야. 이보다 가볍다면 공정하지 않아."

"어떻게 그런 말씀을 하세요? 당신은 좋은 사람이에요, 도로시. 세상에서 가장 훌륭한 사람이에요. 그때 당신은 잔인하게 행동한 것이 아니었어요. 그저 실수였어요. 커다란 실수. 하지만 좋은 의도로 한 행동이잖아요. 마릴린도 곧 그걸 알게 될 거예요."

도로시는 어린아이에게 하듯 내 손을 두드렸다.

"오, 애야, 모르겠니? 우리를 파멸시키는 건 거짓말이 아니야. 절대 거짓말이 아니야. 그건 은폐야."

내 관자놀이에서 피가 흘러내리는 것 같았다. 도로시가 옳다. 완벽히 옳다. 진실의 은폐가 초래한 결과를 알고 싶다면, 바로 나를 보면 된다.

'정원의 집'에 도착했을 때, 도로시는 이상하리만치 평온해 보였다. 나는 그녀를 '일광욕실'로 데려가 오디오북을 안겨주었다.

"전화기를 가져다드릴까요? 마릴린에게 전화하고 싶으실 것 같은데."

도로시는 고개를 저었다. "너무 일러."

지혜와 인내에 관한 이 얼마나 훌륭한 교훈인가! 나라면 마릴린을 졸졸 따라다니며 용서해달라고 애걸할 텐데. 하지만 도로시는 친구에게 치유의 시간이 필요하리란 걸 알고 있다. 어쩌면 자초한 상처로부터 회복할 시간이 필요한 건 도로시 자신일지도 모른다. 내가 그녀를 만류했더라면…….

막 떠나려는데, 패트릭 설리번이 도로시 곁으로 다가왔다.

"쇼를 봤어." 설리번이 도로시에게 말했다.

도로시가 몸을 돌렸다.

"오, 패트릭. 당신이 날 떠난 후, 내가 당신을 찾지 않은 이유를 이제 알았겠네. 난 당신을 가질 만한 자격이 있다고 느낀 적이 한 번도 없어."

설리번은 도로시의 의자 가장자리에 걸터앉아 그녀의 손을 잡았다. "태어날 때부터 파렴치한 사람은 아무도 없어. 살면서 파렴치해지는 거지."

일광욕실 밖, 내가 서 있는 곳에서 설리번이 몸을 숙이고 도로시의 이마에 입 맞추는 모습이 보였다.

"당신은 파렴치한 여자야, 도로시. 그게 내가 당신을 사랑하는 이유야!"

도로시가 발끈했다. "내가 한 짓을 알고도 그렇게 말할 수 있어? 난 당신이 나의 그런 면을 모르길 바랐어."

"사과가 우리의 어리석은 실수를 지우개처럼 지워주지는 못해. 사과는 줄을 그어 지우는 것과 비슷해. 우리는 실수가 거기에, 그 검은 줄 아래에 있다는 걸 알아. 찾으면 언제든 볼 수 있어. 하지만 시간이 흐르면, 우리 눈엔 실수를 지나쳐 새로운 메시지만 보이지. 더 분명하고 더 사려 깊게 쓴 글만."

❖

한 시간 후, 나는 WNO 앞 보도를 서둘러 걷고 있었다. 2층 창문에서 나를 내려다보는 스튜어트의 모습이 보였다. 내가 어디 갔다오는지 궁금해하는 게 틀림없다. 스튜어트는 내가 그런 일을 겪은 도로시더러 혼자 알아서 하라고, 동쪽을 가리키며 혼자 집으로 찾아가라고 놔둬야 한다고 생각하는 걸까? 분노로 속이 부글부글 끓었다.

하지만 나의 분노는 방향을 잘못 잡았다. 오늘 일이 엉망이 된 건 스튜어트의 탓이 아니다. 도로시와 마릴린의 한평생 우정을 망가뜨린 건 바로 나다. 나는 쇼를 취소해야 한다고 우겼어야 한다. 왜 내 직감을 믿지 않았을까? 직감을 무시하면 곤란을 겪곤 했는데…….

그렇다면? 1993년 여름에는 직감을 믿은 것이 옳았을까?

나는 엄마에 관한 생각과 이런저런 잡생각을 대기실 구석으로 치워놓았다. '만약 그랬다면'이라는 가정 속에서 뒹굴며 사치 부릴 여유가 지금은 없다. 내일 우리는 피오나 놀스를 초대할 것이다.

나는 분장실에 앉아 제이드가 내 왼쪽 눈에서 길고 검은 속눈썹을 떼어내도록 몸을 맡겼다. 내 속눈썹이 얇다는 걸 알자 제이드는 한 달 전부터 인조 눈썹을 붙이기 시작했다. 꾸며진 모습이 진실한 내 모습과 다르다는 생각이 다시 한 번 들었다. 나는 원목이 아니라 플라스틱 바닥에 불과하다.

클라우디아는 맞은편에 앉아 펜과 공책을 들고 내가 내일 쇼의 구성에 대해 이야기하는 대로 받아 적고 있었다.

"나는 '용서의 돌' 에피소드에 관해 짧은 광고를 할 거야. 그런 다음 바로 잠시 휴식에 들어갈 거야. 다시 카메라가 돌아가면 난 피오나를 소개할 거고, 우린 그녀를 마주 보며 앉아 있을 거야. 그리고 바로 인터뷰를 시작하는 거지. 오늘 한 형식과 반대라고 할 수 있어."

거울 너머에서 제이드가 경고의 눈빛을 던졌다.

"그래도 될까? 나는 그냥 가만히 앉아 이런저런 가벼운 이야기만 할게." 클라우디아가 물었다.

"괜찮아 보이네." 크림병에 손가락을 집어넣으며 제이드가 말했다.

제이드는 여전히 클라우디아가 내 자리를 노리고 있다고 확신한다. 하지만 난 믿지 않는다. 지난주 마음을 터놓고 이야기를 나눈 후로 클라우디아는 피칸 파이보다 더 달콤하게 군다. 그녀는 확실히 내가 '용서의 돌' 에피소드를 앞장서서 이끄는 걸 원하는 듯이 보인다. 하지만 사실 난 돌에 대해 말하지 않아도 되어서 마음이 놓인다. 피오나의 순환을 아직 완성하지 못한 수령자가 나라는 사실을 고려하면 특히 더.

나는 거울 안에서 제이드와 눈을 마주치며 말했다. "아니. 피오나와 친분이 있는 사람은 너야. 인터뷰를 진행하는 사람은 네가 될 거야."

"똑, 똑." 스튜어트가 사무실 안으로 들어서며 말했다. 그는 클립보드를 들고 있었다. "멋진 쇼였어, 파. 숙녀분들이 제대로 한 방 쳤어."

나는 스튜어트가 비꼬는 게 틀림없다고 생각했다. 그러나 스튜어트의 진지한 표정을 보고는 어리벙벙했다.

"스튜어트, 오늘 쇼는 재앙이었어요. 한평생의 우정이 무너졌다고요."

스튜어트가 어깨를 으쓱했다. "중요한 건 그게 아니야. 켈시 말로는 소셜미디어가 들썩이고 있대. 트위터와 페이스북에서 '좋아요'가 줄을 잇고 있어."

나는 스튜어트의 손에서 클립보드를 휙 낚아챘다. 양심이라곤 한 톨도 없는 남자다. 그는 도로시나 마릴린, 심지어 나에게도 전혀 관심이 없다.

스튜어트가 서명란을 가리키며 말했다. "여기 서명해줘야 해."

그가 셔츠 주머니를 두드렸다. "제기랄, 펜 있어?"

책상을 가리키며 내가 말했다. "윗 서랍에 있어요. 카렌다시(스위스 필기류 브랜드 - 옮긴이)요."

"망할 놈의 펜." 스튜어트는 내 책상을 샅샅이 뒤졌다. "그냥 볼펜 쓰면 안 돼?" 그는 챕스틱(미국의 입술보호제 브랜드 - 옮긴이)을 책상 위로 휙 던졌다. "어디 있다는 거야, 파?"

고맙게도 클라우디아가 스튜어트를 도우러 갔다. 나는 제이드가 다른 쪽 속눈썹을 떼는 동안 눈을 감고 있었다.

"나도 펜에 돈을 쓰는 성격이 아니라서 마이클이 그걸 선물했을 때 정말 놀랐……, 이런!"

눈을 떠 보니 클라우디아와 스튜어트가 열린 책상 서랍 앞으로 몸을 숙인 모습이 거울에 비쳤다. 클라우디아의 손에는 벨벳 주머

니가 들려 있었다. '용서의 돌.'

"제기랄." 나는 손으로 입을 막고 내뱉었다.

"맙소사! 파, 너도 돌을 받았구나!"

나는 의자에서 튀어나갔지만 작은 주머니는 스튜어트가 이미 낚아챈 뒤였다.

"내일 쇼에 쓰면 딱 좋겠어!" 스튜어트가 그것을 높이 치켜들고 말했다.

"돌려줘요, 스튜어트."

"어쩌려고, 파? 공개돼선 안 되는 부끄러운 비밀이라도 있는 거야? 살인에는 못 미치는 또 다른 극적인 에피소드가 준비돼 있어?"

"난 아무 짓도 안 했어요. 그래서 그걸 보낼 만한 사람이 없었던 거예요. 난 용서를 구할 만한 짓을 한 적이 없어요."

그 말을 하는 내 볼이 붉어지는 것이 느껴졌다. 하지만 스튜어트에게 내 비밀을 털어놓을 생각은 추호도 없다. 만에 하나 그러고 싶다 해도, 그건 마이클이 금지한 행동이다.

"스스로를 극복해, 파. 그냥 털어놔."

"잊어요. 그건 내 돌이 아니에요."

"마이클을 놔두고 바람피웠어?"

"아니에요! 맙소사, 절대 아니에요!"

"프리실라의 BMW를 열쇠로 긁은 게 너구나."

나는 스튜어트를 쏘아봤다. "그래요."

"가족에 얽힌 비밀이지, 그렇지?"

반박하려고 했으나 아무 말도 나오지 않았다.

스튜어트는 승리의 눈빛을 빛냈다. "빙고!"

나는 스튜어트의 손에서 주머니를 낚아챘다.

"여러 해 전에 엄마와 사이가 틀어졌어요. 너무 복잡한 이야기라 말하지 않으려 한 거예요."

"마이클도 알고 있나?"

스튜어트의 직감에 소스라치게 놀라며 내가 말했다. "물론이죠. 방송에서 말하지는 않을 거예요, 스튜어트. 시청률을 위해 내 사생활을 희생할 생각은 없어요. 내 과거가 대중들 앞에 공개돼서 가십거리가 되는 일은 더욱더 없을 거고요. 이걸로 이야기는 끝났어요."

스튜어트가 다시 내 손에서 주머니를 잡아챘다.

"한번 보자고."

19

나는 거의 뛰다시피 스튜어트를 쫓아가며 제발 돌려달라고 애걸
했다. 스튜어트는 나를 무시하고 프리실라의 사무실로 들어갔다.

프리실라는 호두나무 책상 뒤에 앉아 전화 통화를 하면서 동시
에 이메일을 작성하고 있었다. 나는 머리가 텅 빈 것 같았다. 오, 맙
소사. 기절할 것 같아.

"내 말이 안 믿어질 거예요." 프리실라 앞에서 주머니를 흔들며
스튜어트가 말했다.

"미안해요, 토머스. 나중에 다시 전화해주실래요?" 그녀는 전화
를 끊고 스튜어트를 노려보았다. "무슨 일이죠?"

"한나가 돌을 받았어요. 가족사에 얽힌 이야기인지, 아니면 엄마
와 관련된 이야기인지 몰라도 뭔가가 있어요. 완벽한 타이밍 아닌
가요?"

프리실라의 얼굴에 미소가 번졌다. "설마 그럴 리가요."

"이거야말로 우리가 꿈꿔왔던, 바로 가까이에 있는 친밀한 이야기예요." 스튜어트가 말했다.

"그만하세요. 당신은 내 말은 듣지도 않는군요. 난 방송에서 말할 생각이 추호도 없어요. 이건 사생활이라고요. 내 친구들에게 무슨 일이 생겼는지 못 봤어요?"

스튜어트는 내 말을 무시했다. "시청률이 엄청나게 올라갈 거예요. 국장님도 한나의 가장 큰 결점이 방어적인 태도라고 말씀하셨잖아요."

내 입이 얼어붙었다. 프리실라가 정말 그런 말을 했을까? 내가 속을 터놓지 않는 편이긴 하지만 사람들과 거리를 두는 정도는 아니다.

"당신에겐 거리감이 느껴져요, 한나. 그걸 직시하세요. 당신은 잠긴 상자 같고, 꽃을 피우지 못하는 움 같아요." 프리실라가 말했다.

"수녀들보다 더 무릎을 꽉 죄고 있지." 스튜어트가 말했다.

나는 더럽다는 듯 그를 노려보았지만, 프리실라는 눈치채지 못했다. 그녀는 책상 뒤편에서 평소의 태도를 회복하며, 손가락으로 펜을 튕기고 있었다.

"오프라가 육중한 몸을 이끌고 무대 위로 걸어나간 것 기억하죠? 케이티 쿠릭은 생방송에서 대장내시경을 했고요. 자신의 약점을 드러내는 유명인은 사람들을 매혹시켜요. 왜 그럴까요? 대중들은 그들의 용기와 상처 입기 쉬운 취약성을 높이 사는 거예요." 프리실라가 말을 멈추고 내 쪽으로 몸을 돌렸다. "그리고 상처 입기 쉬운 취약성은 좋아하는 사람과 사랑하는 사람들을 구별해주는 마법 같은 요소예요."

스튜어트가 고개를 끄덕였다. "정말 맞는 얘기예요. 그게 뭐든, 어머니와의 사이가 틀어진 이야기를 털어놓지그래. 시청자들 앞에서 당신이 얼마나 상처받았는지 말하고, 눈물을 흘려. 마침내 어머니를 용서했을 때 어떤 느낌이 들었는지도 사람들에게 보여주고."

하지만 나는 엄마를 용서하지 않았다. 사실 엄마가 용서받을 필요가 있는지조차 이제는 확신할 수 없다. 나는 뉴올리언스 시청자들을 위해서도, WCHI를 위해서도, 혹은 다른 어떤 방송국을 위해서도 내 과거를 후벼파 진실을 밝힐 생각은 없다. 마이클이 옳다. 내 가족의 비밀은 그대로 묻어두자. 그 편이 옳다는 것은 도로시의 고백으로 어느 때보다도 명백해졌다.

프리실라가 서류 뭉치를 쥐었다. "나머지 돌로 당신이 뭘 할 건지 사람들은 알고 싶어할 거예요. 멋진 이야기가 있겠죠?"

나는 곧 두들겨맞고 떨어질, 천장에 매달린 피냐타(사탕이나 선물을 넣어 천장에 매단 단지로, 멕시코에서는 이것을 크리스마스를 즐기면서 깬다 – 옮긴이)가 된 기분이었다. 내 안에 있는 온갖 것들이 쏟아져내릴 것이다. 사탕이 아니라 지금까지 숨겨온 역겹고도 추한 사실이.

나는 손으로 이마를 짚었다. "제발! 난 할 수 없어요!" 나는 스튜어트와 프리실라를 번갈아 보았다. "하고 싶지 않아요. 난 방어적인 사람이에요. 당신 말이 옳아요, 프리실라. 모두가 보고 있는 데다 속옷 빨래를 널지는 않을 거라고요. 그건 내 스타일이 아니에요. 아니, 무엇보다 나는 시장과 사귀는 사람이라고요."

스튜어트는 내가 팀을 위해 용기를 내야 할 온갖 이유를 3분 동안 되풀이해서 말했다. 마침내 프리실라가 스튜어트의 어깨에 손을 얹고 말했다.

"그냥 둬요, 스튜어트. 우린 한나에게 자신이 아닌 다른 사람처럼 굴라고 강요할 순 없어요."

그녀의 목소리는 부드러웠고 불안할 정도로 조용했다. 프리실라는 책상 뒤 의자로 돌아가 컴퓨터 자판을 두드리며 회의는 끝났다는 것을 알렸다.

나는 프리실라에게 과거를 폭로하는 것만 아니라면 무슨 일이든 기꺼이 하겠다고 말하고 싶었다. '무슨 일이든.' 하지만 내가 이유를 말하지 않는다면 프리실라는 이해하지 못할 게 분명했다.

스튜어트가 주머니를 돌려주었다. 내가 돌아섰을 때, 프리실라가 치명타를 날렸다.

"클라우디아가 내일 공동 진행하죠, 그렇죠?"

나는 분장실 문을 쾅 닫았다.

"그건 협박이었어!"

제이드가 화장 붓을 씻으며 서 있는 세면대 쪽으로 걸어갔다.

"프리실라와 스튜어트는 내 사생활 따위엔 관심도 없어. 시청률만 중요하지."

제이드는 우리 두 사람만 있는 것이 아니라는 걸 상기시키며 구석을 향해 머리를 까닥했다. 몸을 돌리니 클라우디아가 보였다. 클라우디아는 내일 쇼와 관련된 이야기를 마무리하려고 소파에 앉아 기다리고 있었다. 나는 너무 화가 나 그녀가 내 불평을 들건 말건 관심이 없었다.

"내가 거리감이 있는 사람이래. 믿어져?"

제이드가 수도꼭지를 잠그고 수건을 들었다. "한나벨, 시청자들이 개인적인 질문을 했을 때 대답해준 지가 오래된 건 알아? 화장하지 않은 민낯으로 사람을 만나본 지는?"

나는 뺨에 손을 올렸다. "그래? 난 흉하게 보이고 싶지 않아. 그게 잘못이야?"

"뭐 네가 화장 뒤에 숨어 있다고 보는 사람도 있겠지. 사사로운 영역을 드러내지 않는 걸 소극적이라고 보는 사람도 있을 거고. 내가 하고 싶은 말은 그뿐이야." 내 어깨를 두드린 제이드가 지갑에 손을 뻗었다. "난 점심 먹으러 가야겠어. 뭐 좀 사다줄까?"

그래! 굴튀김이 든 대형 샌드위치와 프랄린 피칸 파이!

"아니야, 고마워."

"골치 썩어."

제이드가 문을 닫고 나갔다. 나는 머리칼을 쥐어뜯으며 신음했다.

"어떡해야 하지? 이 일을 그만둘 순 없어."

누군가가 내 어깨에 손을 올렸다. 움찔 하고 놀라 머리를 들어보니 클라우디아였다.

"오, 너구나." 나는 몸을 세우고 머리카락을 뒤로 넘겼다.

"미안해, 한나. 뭐라고 해야 할지 모르겠어. 피오나를 초대하자고

232

제안한 것부터가 전부 내 잘못인 것 같아. 아, 난 왜 이렇게 멍청하지! 네 책상 서랍에서 주머니를 꺼냈을 때, 그 안에 조약돌이 들었을 거라고 생각도 못했어."

나는 클라우디아의 표정을 살폈다. 순진함이 가득 담긴 분홍빛 뺨과 푸른 눈. 두꺼운 파운데이션 아래에서 작은 흉터가 눈에 띄었다. 어린 시절 사고를 당한 걸까? 자전거를 타다 넘어지거나 나무에서 떨어진 걸까? 그녀는 매니큐어를 바른 손톱 끝으로 그 상처를 만졌다. 나는 뚫어지게 보고 있는 나 자신을 깨닫고 당황스러워 황급히 시선을 돌렸다.

"보기 흉하지, 나도 알아. 교정 장치 때문에 생긴 흉터야. 치아교정 전문의가 내 얼굴에 철사와 고무밴드로 만든 장치를 끼게 했어. 한 달 후 의사는 그게 너무 꽉 조인다는 걸 알았지. 하지만 그땐 이미 흉터가 생긴 뒤였어. 영구적으로. 우리 엄마는 불같이 화를 냈어. 그리고 그때부터 엄마는 나를 미인대회에 내보내지 않았어." 클라우디아는 살짝 미소를 지었다. "사실, 다행이었어."

어린이 미인대회 출신이었구나. 그리고 그건 네 엄마의 꿈이었지, 너의 꿈은 아니었구나.

"거의 눈에 띄지 않아. 넌 아주 아름다워."

클라우디아는 여전히 손가락으로 흉터를 만지작거리고 있었다. 그녀에게 호감이 생겼다. 완벽하게 손질한 머리와 틈 하나 없이 파운데이션을 바른 황갈색 살갗에도 불구하고, 지금 클라우디아의 모습에서는 진정성이 느껴졌다. 흉터와 불안을 지닌 사람, 내가 공감할 수 있는 사람. 프리실라가 말한 상처 입기 쉬운 취약성이란 바로

233

이런 것일까?

나는 클라우디아의 팔짱을 끼고 소파로 갔다.

"그건 네 잘못이 아냐, 클라우디아. 이 한심한 돌 때문이지. 어쩌면 제이드의 말이 옳을지도 몰라." 나는 한숨을 쉬었다. "난 두려워. 돌에 대해 말할 수 없어. 사람들이 실제 내 모습을 알고 나면 몸서리칠지도 모르니까." 나는 주머니를 철제 쓰레기통 속에 던져넣었다. "피오나는 망할 저 돌이 자신의 추악함을 받아들일 수 있을 거라 여겼지만 사실 난 전보다 더 껍데기 속으로 숨게 됐어."

클라우디아가 흉터를 다시 만지작거렸다. 그녀가 내 말을 비유가 아니라 문자 그대로 이해하지는 말아야 할 텐데…….

다행히 클라우디아는 "용서가 쉽다면, 우린 모두 어린애들처럼 잠들 수 있겠지"라고 말했다.

"맞아, 게다가 만에 하나 용서를 구하고 싶다 해도 난 그렇게 할 수 없어. 내 이야기는 너무 충격적이라 내 남자친구는 입 밖에 내는 순간 옳고 그름을 떠나 파멸을 불러올지 모른다고 우려해. 그리고 그 여파가 그 사람에게도 미칠 수 있고."

"그렇지 않아. 난 이해해. 나는 내 가장 친한 친구에게 정말 비열한 짓을 저질렀어. 지금까지 아무에게도 말한 적이 없어. 그 친구에게도 말이야. 그러니까 기분 상해하지 마. 나도 내 비밀을 방송에서 털어놓을 생각은 없으니까."

안도하는 마음에 나는 한 걸음 더 나아갔다. "고마워. 정말이야. 가끔 내가 세상에서 가장 사악한 사람인 것같이 느껴질 때가 있어. 어느 누구도 나처럼 끔찍한 잘못을 저지르지는 않았을 거야."

"아니야. 난 네 편이 될 거야." 고통스런 기억을 떠올리는 듯 클라우디아가 깊은 숨을 내뱉으며 눈을 감았다. "3년 전이었어. 가장 친한 친구 레이시가 결혼을 앞두고 있었지. 그래서 친구들 네 명이 함께 멕시코로 마지막 싱글 여행을 떠났어. 그리고 그곳에 도착한 첫날, 수영장에서 레이시는 델라웨어에서 온 헨리를 만났어. 우리는 그를 델라웨어에서 온 헨리라고 불렀어. 그는 정말 매력적인 남자였어. 간단히 얘기하면 레이시는 헨리에게 빠지고 말았어."

"하지만 그녀에겐 약혼자가 있었잖아."

클라우디아는 나를 마주 보며 자세를 고쳐 앉았다.

"맞아. 나는 그저 스쳐가는 만남이라고 생각했어. 알다시피 여행 중에 만나는 사람과 특별한 감정에 휩싸이기도 하잖아. 우리는 칸쿤에 4일간 머물렀어. 레이시는 그중 이틀을 헨리와 함께 보냈어. 난 너무 화가 났어. 레이시는 그 결혼을 오래전부터 꿈꿔왔거든. 게다가 레이시의 약혼자 마크는 믿음직한 사람이었고, 레이시를 사랑했어. 그런데 거기서 잘 알지도 못하는 남자와 불장난을 하며 그간 쌓아온 것을 무너뜨리다니. 난 내가 레이시를 지키려는 거라고 생각하고 싶었어. 하지만 누가 알겠어? 내가 질투로 그랬는지도. 떠나기 전날 밤 레이시는 마크와의 결혼을 다시 생각하는 중이라고 말했어."

클라우디아가 몸을 숙였다.

"한나, 변명 같겠지만 레이시는 종종 판단을 잘못해서 나중에 후회하는 그런 유형의 사람이었어. 난 그녀를 도와야 했어."

그런 다음 이야기를 끝내려면 용기가 필요한 듯, 잠시 말을 멈췄다. 나는 클라우디아가 입을 열기를 바라며 숨을 멈췄다.

"더운 밤이었어. 우리는 '예스터데이'라는 북적이는 바를 비집고 들어갔어. 레이시와 다른 두 친구들은 무대 위로 올라가 춤을 췄어. 헨리와 나만 바에 서 있게 된 거야. 그는 매력적이었어. 레이시가 왜 헨리에게 반했는지 이해할 수 있었지. 헨리는 나에게 레이시에 관해 몇 가지 질문을 했어. 그는 정말로 레이시에게 관심이 있었던 거야. 그리고 난 레이시도 헨리를 위해 지금까지의 삶을 내던지려 할 만큼 그를 좋아한다는 사실을 물론 잘 알고 있었지. 그건 엄청난 불행이었어. 난 레이시와 마크의 관계가 망가지는 것을 두고 볼 수 없었어. 그 재난을 멈추려면 뭐라도 해야 했어. 그렇지 않아?"

"넌 그렇게 했구나?"

내가 말했다. 내 말의 일부는 진술이고 일부는 질문이라는 걸 그녀가 눈치챘을지 궁금했다.

"그래서 난 헨리에게 진실을 말했어. 레이시가 약혼했다고. 레이시가 하지 말라고 신신당부한 이야기였지. 난 마크가 훌륭한 남자라는 것과 레이시도 그를 무척 사랑하며, 그들은 결혼식에 400명이 넘는 하객들을 초대했다는 이야기까지 전부 했어. 심지어 휴대폰을 꺼내 웨딩드레스를 입은 레이시의 사진까지 보여줬어. 헨리는 엄청난 충격을 받았어. 그런데 문제는 내가 한 발짝 더 나아갔다는 거야. 나는 레이시가 우리와 내기를 걸고 멕시코로 왔다고 거짓말을 했어. 결혼 전 마지막으로 누군가를 자기와 사랑에 빠지게 만드는 내기. 그래서 레이시에게 당신은 자존심을 세워주는 상대이자 꾐에 넘어간 연애 상대에 불과하다고 말했어."

나는 손으로 입을 막았다.

"나도 알아, 엄청나지? 헨리의 얼굴을…… 난 죽을 때까지 못 잊을 거야. 심장이 찢어지는 얼굴 그 자체였어."

"그래서 어떻게 됐어?"

"헨리는 레이시를 만나고 싶어했어. 하지만 난 그를 설득해서 막았어. 레이시는 그 모든 걸 부인할 테고, 가장 최선의 복수는 아무이유도 말하지 않고 그냥 떠나는 거라면서."

"그래서 헨리는 그렇게 했어?"

"응. 그는 바에 20달러 지폐를 내려놓고는 떠났어."

"두 사람은 작별인사도 못 나눴어?"

"그래. 우린 해외에 있었기 때문에 아무도 휴대폰을 사용하지 않았어. 레이시가 무대에서 내려왔을 때 난 헨리가 바에 있던 어떤 여자에게 수작을 거는 모습을 봤다고 했지. 레이시는 좌절했어. 그때는 정말 내가 옳은 일을 하는 거라고 생각했어. 레이시가 낙담한 건틀림없지만 하루 이틀만 지나면 극복하리라 여겼어. 그녀에겐 마크가 있잖아, 그렇지 않아? 나는 그것이 최선의 결말이라고 레이시와나 스스로를 설득했어. 나는 레이시를 구하려던 거였어. 하지만 집으로 돌아오는 내내 그녀는 울었어. 그제야 난 레이시가 헨리를 진심으로 사랑한다는 걸 알았지."

"그래서 넌 어떻게 했어?"

"그땐 너무 늦었어. 설사 되돌리려 해도 헨리에게 연락할 수 있는방법이 없었어. 그래서 난 그걸 비밀로 간직했어. 이게 지금까지 누구에게도 말하지 못한 이야기야."

클라우디아는 무거운 눈빛으로 나를 바라보며 미소 지었다. 나는 마음이 아파서 그녀의 어깨를 안았다.

"레이시는 마크와 결혼했어?"

"그래. 16개월 됐어. 하지만 지금도 레이시가 헨리를 그리워한다는 걸 알아."

가여운 클라우디아. 얼마나 마음이 무거웠을까? 나는 그녀를 꼭 껴안았다.

"이봐, 네 의도는 순수했어. 우린 누구나 실수를 저질러."

클라우디아는 손으로 얼굴을 감싸고 고개를 저었다.

"나 같은 실수는 아니야. 난 인생을 파멸시키는 실수를 저질렀어."

우리를 파멸시키는 건 은폐지, 거짓말이 아니야. 나는 허리를 펴고 앉았다.

"그렇다면 헨리를 찾아. 그 헨리를 말이야! 내가 도와줄게."

나는 소파에서 일어나 책상 쪽으로 달려갔다. "우리가 바로 기자들 아니니. 델라웨어의 20대 헨리라는 사람을 찾아보자."

나는 노트북 컴퓨터와 펜을 그러쥐었다.

"페이스북과 인스타그램에 올리자. 사진 가지고 있지? 우린 헨리를 찾아낼 거야. 그리고 레이시와 델라웨어에서 온 헨리는 오래오래 행복하게······."

클라우디아는 손톱만 들여다보고 있었다. 지루한 건지, 초조한 건지, 아니면 겁에 질린 건지 알 수 없었다. 난 이 지점에서 멈춰야 했다. 하지만 계속했다. "걱정 마, 클라우디아. 너무 늦지는 않았어.

네 비밀을 털어놓고 나면 얼마나 편안해질지만 생각해."

이 말을 하면서 이것이 그녀에게 하는 말인지 아니면 나 자신에게 하는 말인지 알 수 없었다.

마침내 클라우디아가 고개를 끄덕였다. "좋아. 하지만 생각할 시간을 좀 줘, 그래줄 거지?"

그런 면에서 클라우디아 캠벨은 나와 닮았다. 그녀 역시 지하실 문 아래에 내면의 악마가 도사리고 있다. 그리고 그녀 역시 나처럼 그 문이 열렸을 때 벌어질 일을 두려워한다.

클라우디아의 눈물 때문이었을까, 아니면 그녀의 흉터 때문이었을까, 그것도 아니면 나에게서 거리감이 느껴진다는 프리실라의 말 때문이었을까? 아니, 그냥 잠시 마음이 약해져서일지도 모르겠다. 분명한 건, 무슨 이유에선가 내가 바로 그 순간 곁에 있던 클라우디아에게 내 지하실의 문을 열어 보이기로 마음먹었다는 사실이다.

"나는 무슨 짓을 저질렀는지 들어볼래?"

20

7월이었어. 악의나 고의가 있어서가 아니라 그냥 충동적으로 벌어진 일이었어. 적어도 내 생각엔 그래.

우리는 북쪽으로 올라갔어. 장갑 모양인 미시건 주의 손가락 끝에 해당하는 부분을 그곳 사람들은 '북쪽'이라 불렀어. 밥은 미시건 호 근처에 자리한 조용하고 오래된 작은 어촌마을인 하버코브에 조그만 오두막을 가지고 있었어. 마을에서 몇 킬로미터 떨어진 곳에 위치한 소박한 통나무 오두막은 수영보다는 낚시에 적합한 탁한 호숫가에 있었지. 그 인적 없는 곳에서 열세 살짜리 소녀 혼자 여름을 나고 싶어한다고 생각했다니 밥은 정신이 나간 게 분명했어. 또래라고는 이웃집에 사는 열 살짜리 트레이시라는 여자아이밖에 없었어.

사흘 동안은 습도가 너무 높아 숨이 막히는 것 같았어. 에어컨으로도 어찌할 수 없는 기록적인 무더위였지. 밥과 엄마는 〈시애틀의 잠 못 이루는 밤〉을 보려고 극장에 가자고 했어. 밥은 함께 가자고 거의 애원하다시피 했지.

"이봐 시스터, 팝콘 사줄게. 에라 모르겠다, 주니어 민트 초콜릿도 사줄게."

"난 주니어 민트 싫어해요."

보고 있던 잡지에서 눈도 떼지 않고 내가 말했어.

밥은 내가 따라가지 않아서 실망한 듯 행동하려 했지만, 나는 그가 오히려 안도하고 있다고 느꼈어. 그는 위선자니까. 나는 '어쩌면 내가 죽어버리기를 바라는지도 모르지. 아니면 최소한 애틀랜타로 떠나버리기를 바라겠지'라고 생각했어.

난 그날 밤 아빠에게 전화했어. 예정보다 한 시간 일렀지만, 아빠는 막 골프를 마치고 돌아온 참이었어.

"헤이, 내 딸! 어떻게 지내?"

난 콧소리를 내며 말했어.

"보고 싶어요, 아빠. 애틀랜타로 언제 갈 수 있어요?"

"네가 원한다면 언제든지. 네 엄마에게 결정권이 있어. 너도 알지? 나는 너도 네 엄마도 이곳에 왔으면 좋겠어. 두 사람 다 사랑해. 엄마를 설득해봐. 그럴 거지?"

나는 얼마나 끔찍한 여름을 보내고 있는지 말하기 시작했어. 그런데 아빠가 내 말을 끊었어. "잠깐만."

아빠는 전화기를 손으로 막고 누군가와 이야기를 나눴어. 아빠는 웃음을 터뜨리더니 다시 나에게 말했어.

"우리 내일 통화하자. 그래도 괜찮지? 그때 얘기해."

결국 나는 전화를 끊었어. 전보다 더 외로운 기분이 들었어. 아빠를 잃은 것 같았거든. 아빠는 전처럼 엄마와 내가 돌아오기만 간절히 원하는 것 같지 않았어. 소원해진 느낌이랄까. 나는 아빠가 우리를 완전히 잊어버리기 전에 뭔가 해야 한다고 생각했지.

소파에서 내려와 텔레비전을 켰어. 텔레비전에서 흘러나오는 '결혼한', '애 딸린'…… 같은 낱말을 흘려들으며 멍하게 천장만 보고 있었어. 눈물이 흘러 관자놀이를 적시고 귀까지 적셨어.

그러다 깜빡 잠이 들었어. 진입로에 차가 들어오는 소리에 놀라 잠에서 깼어. 나는 일어나 앉아 몸을 폈어. 수그러들지 않는 무더위와 낮잠으로 온몸이 끈적끈적했어. 텔레비전이 아직도 켜져 있기에 나는 〈토요일 밤 라이브〉로 채널을 돌렸어. 소파 팔걸이에 아까 벗어던진 브래지어가 있는 것이 눈에 띄었어. 그걸 얼른 집어 쿠션 아래에 쑤셔넣었지.

엄마와 밥이 웃으며 현관으로 걸어오는 소리가 들렸어. 침실로 달려가기엔 시간이 부족해서 나는 다시 누워 눈을 꼭 감았어. 그들이 바보 같은 영화 이야기를 하는 소리를 듣고 싶지 않았거든.

"팝콘을 먹고 싶은 사람이 있을 텐데."

어릿광대 밥이었어. 소파 가까이로 오는 발걸음 소리가 들렸지만 자는 척했어. 밥과 엄마가 내 위로 몸을 굽히는 게 느껴졌어. 팝콘 냄새와 면도 크림 냄새와 함께 어떤 냄새가 났는데, 아빠에게서 나곤 하던 냄새였어. 위스키? 하지만 그럴 리 없었어. 밥은 술을 마시지 않으니까.

난 그대로 누워 있었어. 그런데 생각해보니 내가 거의 반쯤 벗다시피 한 상태인 거야. 달라붙는 탱크탑 아래로 부풀기 시작한 젖가슴과 소파에 걸쳐놓은 맨다리.

"그냥 여기서 자도록 둘까?"

밥이 낮은 소리로 말했어. 그의 짙은 눈동자가 나를 내려다보고 있는 모습이 선명하게 그려졌어. 순간 온몸이 오싹해지면서, 어디에라도 숨고 싶었어. 아니면 그를 쫓아 보내거나.

"안 돼요. 침대로 데려가요." 엄마가 말했어.

그러자 굳은살이 박인 뜨거운 손 하나가 내 맨다리 아래로, 다른 한 손은 내 어깨 아래로 예고 없이 비집고 들어왔어. 둘 다 엄마 손이 아니었어! 눈을 뜨자 바로 코앞에서 밥의 얼굴이 나를 압도했어. 나는 한 번도 내본 적 없는 날카로운 비명을 질렀지. 나 스스로도 놀랄 정도로 앙칼진 비명을! 그간에 억제되어 있던 분노와 혐오와 당혹감이 허파 아래에서 비명으로 변해 밖으로 나온 거야. 사실 지난 8개월 동안 부글부글 끓던 적대감과 질투와 광기의 원자들이 최고조로 달아올라 목구멍을 통해 쏟아져나온 거라고 해도 틀리지 않아.

밥은 당혹스러운 얼굴이었어. 그는 상황 파악을 못하고 내가 왜 비명을 지르는지 몰라 당황했어. 밥이 곧바로 나에게서 손을 떼고 물러섰다면 모든 것이 달라졌겠지. 하지만 그는 악몽을 꾸다 잠을 깬 어린아이 달래듯 나를 더 단단히 감싸안았어.

"내려줘!"

포획된 야생동물처럼 밥의 손아귀에서 빠져나가려고 몸부림치며 나는 비명을 질렀어. 하지만 밥은 날 그대로 안고 있었어. 짧은 반바지가 말려 내려가 반쯤 노출된 내 엉덩이가 그의 안쪽 팔꿈치에 닿은 상태로. 내 맨살에 그의 맨살이 닿았다는 사실이 역겨웠지.

"나한테서 물러나요!"

내가 소리지르자 밥은 깜짝 놀랐어. 겁에 질린 듯 크게 뜬 눈이 지금도 기억나. 몸부림치는 나를 소파 위에 내려놓으며 그는 더듬거렸어.

바로 그때 사건이 터졌어. 내 몸 아래에서 손을 빼다가 밥의 손이 내 사타구니를 스친 거야. 대체 뭐지? 이게 뭐야!

아주 짧은 순간, 나는 결심했어. 드디어 아빠와의 약속을 지킬 수 있는 기회가 왔다고 생각한 거지.

"내게서 손 떼요, 변태 같으니!"

나는 밥에게서 시선을 돌렸어. 그의 얼굴을 보고 싶지 않았거든. 밥이 의도적으로 접촉했는지, 아니면 실수였는지를 밝혀내고 싶은 마음은 추호도 없었으니까. 나는 소파에서 뛰쳐나오다 슬리퍼에 발이 걸려 마룻바닥으로 넘어지며 무릎이 까졌어.

얼굴을 들자 충격과 상처가 가득 담긴 밥의 눈이 보였어. 내가 잘못하고 있다는 걸 알 수 있었어. 마음이 아팠지만 그 마음을 속이고 난 내친걸음을 거두지 않았어.

"개새끼! 나쁜 자식!"

엄마가 숨을 헉 하고 들이쉬는 소리가 들렸어. 나는 생각할 시간도 갖지 않은 채 엄마 쪽으로 몸을 돌렸어.

"저 남자를 여기서 내보내요!"

눈물이 쏟아져내렸어. 나는 몸을 가리려고 소파 등받이에 걸려 있던 모포를 홱 잡아당겼어.

엄마는 흔들리는 눈으로 나와 애인을 번갈아 바라봤어. 입이 크게 벌어지고 눈을 똥그랗게 뜬 엄마는 그야말로 덫에 걸려 어쩔 줄 모르는 동물 같았지. 엄마는 스스로에게 묻고 있었을 거야. 이제야 그걸 알겠더라고. 엄마의 애인과 엄마가 믿고 있던 모든 것이 흔들리는 느낌이었을 거야. 엄마는 내가 왜 그러는지도 몰랐을 거고.

하지만 나는 '좋아, 진실의 순간이군. 이제 엄마가 우리 두 사람 중에서 선택하도록 하자'라고 생각했지.

엄마는 얼어붙은 채 움직이지도, 심지어 상황을 이해하지도 못하는 것 같았어. 그 모습에 잠시 내 마음도 누그러졌지만 다시 마음을 다잡았어. 추진력을 잃을 수는 없었거든. 물고 늘어져야 했어. 여덟 달을 기다린 끝에 간신히 얻은 기회를 잃을 수는 없었어.

"엄마!"

나는 소리 질렀어. 어떻게 반응해야 할지 생각하는 듯, 엄마는 여전히 미동도 없이 그대로 있었고.

나는 이상할 정도로 차분해졌어. 그리고 심호흡을 했어.

"경찰에 전화하겠어요." 좀 전의 히스테리는 찾아볼 수 없는, 조용하지만 단호한 어조로 말했어.

나는 전화기를 찾기 시작했어. 무대 아래에서 감독이 지켜보는 가운데 연극이라도 하는 것처럼, 유체이탈이라도 된 느낌을 느끼면서. 하지만 다음 대사도, 장면도, 그리고 결말도 알지 못한 채 즉흥적으로.

정신이 돌아온 엄마가 내 팔을 잡았어. "안 돼!" 엄마가 밥 쪽으로 몸을 돌렸어. "무슨 일이에요? 무슨 짓을 한 거예요?"

아, 그래. 마침내 내가 이긴 거야. 내 안에서 희열이 점점 부풀어 올랐어. 우리는 곧 이 황량한 곳을 떠나 조지아로, 아빠에게로 돌아 가겠지. 우리 가족은 다시 하나가 될 거야. 하지만 그 희열은 쉽게 부풀어오른 것만큼 순식간에 사그라지고 말았어. 애원하는 밥의 두 눈을 본 순간 천천히 의심이 피어오르기 시작했어.

"아무 짓도 안 했어. 수전, 당신이 날 보고 있었잖아. 하느님 맙소 사, 난 아무 짓도 안 했다고!" 절망으로 가득 찬 목소리였어. 밥이 나 를 바라봤어. "시스터, 미안해. 난……."

밥이 말을 계속하게 둘 수 없었어. 내 결심을 무너뜨리도록 내버 려둘 수 없었어.

"닥쳐요, 아동 성추행범!"

나는 엄마의 손을 뿌리치고 전화기 쪽으로 달려갔어.

나는 경찰에 전화하는 대신 아빠에게 전화했지. 아빠는 다음 날 도착했어. 내 삶이 해체되는 것을 무력하게 지켜보며 몇 달을 보낸 후에야 드디어 난 상황을 지휘하고 있었어. '부모님이 다시 같은 도 시, 같은 방에 있게 되었어!' 권력은 사람을 도취시켰지.

아빠는 다시 강해졌어. 아빠는 '부적격', '소아성애자' 같은 단어 들을 입에 올렸어. 하지만 이번에는 엄마도 역시 강경했어. 어찌 됐 든, 엄마는 사건의 목격자였으니까. 엄마는 무슨 일이 있었는지 알 고 있었지만, 아빠는 몰랐지. 엄마는 '농간', '괴롭힘' 같은 단어를 쓰 며 반박했어.

6시간 후, 나는 아빠와 함께 새로운 생활을 시작하기 위해 애틀랜타로 향했어. 그들은 합의를 봤어. 엄마는 내가 아빠와 함께 가도록 허락하고, 아빠는 고소하지 않기로 말이야. 엄마는 날 포기한 거야.

비행기 창문 너머 구름 아래로 미시건과 엄마가 사라져가는 것을 지켜보던 소녀의 모습이 아직도 생생해. 엄마가 나 대신 밥을 선택했다는 충격에서 벗어나지 못한 채…….

"그리고 지금 이렇게 된 거야. 이야기 하나가 상황을 끌고 갔고, 보잉 757기의 창문을 응시하던 열세 살짜리 소녀로서는 그 일을 멈추게 할 방도가 없었지. 그 이야기의 일부는 진실이고 일부는 지어낸 거야. 하지만 어디까지가 진실인지 난 완전히 확신할 수 없어. 계속해서 생각하다 보면 내가 미치고 말 거라는 것만 알아. 그래서 난 그 이야기가 진실이라고 주장하면서, 쓰나미가 몰려오는 순간 나무를 붙잡고 있는 것처럼 그걸 고수하는 거야."

21

클라우디아와 내가 무대로 나가자 관중들이 환호했다. 미스 아
메리카에 선발된 참가자들처럼 우리는 미소 띤 얼굴로 함께 손을
흔들었다. 지금은 내가 일자리를 얻기 위해 면접을 보거나, 클라우
디아가 불쑥 공격하기 위해 이빨을 드러낸 채 소파에 쭈그리고 앉
아 있던 때와는 확연히 다른 기분이다. 오늘 클라우디아가 공동 진
행자로 내 곁에 있는 것은 위협이기는커녕 위안이 되었다. 우리는
비밀을 함께 나눈 사이이기 때문이다.

우리는 평소와 비슷하게 쇼를 시작했다. 그런 다음 피오나를 소
개했다. 나는 뒤로 물러서서 2년 동안 나를 괴롭히던 소녀의 나이
든 모습을 눈에 담았다. 나를 쏘아보곤 했던 날카로운 초록색 눈과
검은 머리를 지닌 피오나는 자그마했다. 이제 그녀의 눈빛은 부드
러워져 있었다. 피오나는 나를 보며 미소를 지었다.

피오나는 무대를 가로질러와 내 손을 잡았다. 그녀는 네이비색 원피스에 웨지샌들을 신고 있었다.

"미안해, 한나." 피오나가 내 귀에 대고 속삭였다.

전혀 계획에 없었지만, 난 그녀를 끌어안았다. 목구멍에서 응어리가 솟구치는 듯한 느낌에 깜짝 놀랐다.

어젯밤 내가 피오나가 머물고 있는 호텔로 전화했을 때, 피오나는 상냥하게 내 말에 동의했다. 오늘 쇼에서 우리의 과거 이야기를 하지 않게 돼서 나만큼이나 피오나도 안도하는 것 같았다. 통화는 금세 끝났다. 우리는 '블룸필드 힐스 아카데미'에서의 옛 시절 추억을 늘어놓지 않았다. 피오나의 심경 변화를 고려해보자면, 그 기억들은 나만큼이나 그녀에게도 고통스러운 것 같았다. 어쩌면 나보다 더 고통스러울지도.

클라우디아와 나는 피오나와 마주 보는 의자에 앉았다. 20분 동안 클라우디아는 멋진 질문들을 던졌고, 피오나는 재치와 통찰력이 담긴 대답으로 화답해주었다. 나는 그저 지켜보았다. 내 쇼에서 내가 소외된 기분이었다. 내가 고집했던 대로.

"내 삶에서 그 돌들은 엄청난 축복이에요. 저의 작은 조각을 우주로 되돌려 보내는 느낌이랄까요." 피오나가 말했다.

"'용서의 돌'은 어떻게 생각해낸 건가요?"

"친구 결혼식에 갔다 온 후 그 생각을 하게 됐어요. 전 결혼식 축사를 녹화했는데 깜빡 잊고 카메라를 끄지 않았어요. 계속 녹화되고 있다는 사실을 모른 채 그걸 테이블 위에 올려놓고 있었어요. 그 다음 날 그걸 돌려봤죠. 막 끄려던 참에 친구들의 목소리가 흘러나왔어요……. 그리 듣기 좋은 말이 아니었죠. 내 말은, 친구 하나가 자리를 떴을 때 남은 여자들이 그 친구의 뒷담화를 할 수도 있다는 걸 누가 알았겠어요?"

관중석에서 웃음이 터져나왔다. 나는 미소를 지었다. 피오나는 프로였다. 그건 의심의 여지가 없었다.

"처음 이틀 동안 전 화도 나고 소심해지기도 했어요. 그런 다음 그냥 슬펐어요. 뼛속까지 깊이 슬펐어요. 진실은 고통스러웠죠. 전 고상한 체하는 속물이었어요. 보잘것없는 평범한 여자라고 볼 수도 있겠죠. 하지만 무엇보다 전 사기꾼이었어요. 살아오는 내내 그랬죠. 그 결혼식에서 전 사람들에게 제가 성공한 변호사로 보이게 꾸몄어요. 심지어 메르세데스까지 빌렸어요. 단지 옛 친구들에게 깊은 인상을 주기 위해서 말이에요. 하지만 사실 제가 모는 차는 12년 된 기아였죠. 전 제 직업이 싫었어요. 전 앰뷸런스 꽁무니를 쫓아다니고, 간신히 로스쿨 학자금 대출을 갚을 만큼의 보수를 버는 사람일 뿐이었어요. 낡아빠진 원룸에 살고 거의 매일 밤 샌드위치를 먹으면서 브라보 채널이나 보는 사람이기도 했고요."

관중들에게서 더 큰 웃음이 터졌다.

"하지만 그런 제 모습을 들키는 게 너무 두려웠어요. 만족스러운 삶이 아니잖아요. 그건 아이러니예요, 그렇게 생각하지 않으세요? 우리는 애써서 우리의 약점을 감춰요. 우리에겐 약점을 드러낼 용기가 없어요. 하지만 바로 그것이, 취약성이라는 사랑스러운 부분이, 사랑을 자라나게 하죠."

그때 우리의 눈이 잠시 마주쳤다. 나는 피오나 곁으로 다가가 그녀의 어깨를 껴안고 싶은 강한 충동을 느꼈다. 하지만 감정을 지긋이 눌렀다.

"저는 속죄할 방법을 찾고 싶었어요."

피오나가 말했다. 나는 도로시와 도로시가 베푼 은혜와 그녀의 용기를 생각했다. 나도 도로시처럼 확고하다면 얼마나 좋을까.

"물론 사람들이 저를 용서할지 어쩔지는 몰랐어요. 제 책장 위에는 조약돌이 가득 든 꽃병이 있었어요. 지금도 있지만요. 어찌 된 일인지 그 돌들이 저에게 말을 걸었어요. 그들은 닻의 역할을 하는 동시에 무게를 상징하기도 했어요. 마법 같은 일이 벌어진 거였죠. 결혼식에서 만났던 친구들 몇 명에게 돌을 보낸 후, 저에겐 용서를 구해야 할 일이 더 있다는 것을 깨달았어요. 그래서 돌을 보내는 일을 계속했어요. 일주일쯤 지나자 우편함에는 제가 용서받았다는 편지와 함께 돌들이 모습을 드러내기 시작했어요. 여러 해 동안 제가 지고 있던 자기혐오의 엄청난 무게가 점점 가벼워지기 시작했어요. 수치심에서 벗어나는 것은 강력한 은총을 받은 느낌을 가져다줘요. 용서한 사람들의 기분도 더 좋아졌죠. 전 그 선물을 다른 사람들과 나눠야 한다는 걸 깨달았어요."

"그래서 당신은 이번 여름에 행사를 열려고 하는 거군요." 클라우디아가 말했다.

그것이 큰 중압감으로 다가오는 듯, 피오나는 한숨을 쉬었다. "맞아요. 첫 번째 '용서의 돌' 연례행사는 시카고의 밀레니엄 공원에서 하기로 결정했어요. 말하자면, 돌을 받은 사람들이 마음의 짐을 던 것을 자축하기 위해 8월 9일에 모이는 거죠."

피오나가 윙크를 하자 관중들이 웃음을 터뜨렸다.

"하지만 그건 아주 힘든 프로젝트예요. 우리는 벌써 자원봉사자들을 구하고 있어요. 제 웹사이트에 들어가서 지원하실 수 있어요." 피오나가 관중석을 바라보았다. "지원하실 분?"

사람들은 고개를 끄덕이며 손뼉을 쳤다. 피오나는 나이 지긋한 숙녀 한 사람을 가리켰다.

"멋지군요. 선발되셨어요."

클라우디아는 두 손을 가슴 위로 가져갔다.

"세상에 당신이 있다는 게 얼마나 축복인지요. 행사가 끝나면 이곳에 다시 초대할 테니 뒷이야기를 들려주세요. 이제 제가 가장 좋아하는 순서를 진행할 때가 된 것 같군요. 질의응답 시간을 시작합니다!"

목덜미가 곤두섰다. 지금은 클라우디아의 쇼가 아니지 않은가. 하지만 이것은 내가 원한 바다. 그리고 아직까지는 효과가 있다. 덕분에 난 돌에 관해서도 피오나 놀스에 관해서도 얘기하지 않을 수 있었다. 이제 15분 남았다. WCHI에 제출한 계획서와 겹치는 내용은 아직 없다. 제임스 피터스는 문제 삼지 않을 것이다.

계획대로라면 클라우디아와 피오나는 무대 위에 그대로 있고, 나는 마이크를 들고 관중석으로 내려가야 한다.

오늘 관중들은 스스럼없었다. 여기저기서 손을 들고 피오나에게 질문을 던졌다.

"용서를 구하지 않고 비밀로 간직하는 게 좋은 경우도 있을까요?"

"아마도요. 누군가에게 상처를 입힐 게 틀림없는 경우나, 오로지 죄책감을 덜기 위한 사과인 경우가 그렇죠. 그럴 때는 자기 자신을 용서하는 법을 배워야 해요." 피오나가 말했다.

나는 도로시의 사과에 대해 생각했다. 죄책감을 덜기 위한 잘못된 시도? 하지만 도로시는 결코 그런 목적이 아니었다. 도로시는 마릴린의 죄책감을 가볍게 해주고 싶었던 것이다.

나는 키가 큰 갈색머리 남자에게 마이크를 건넸다.

"당신이 들은 속죄의 이야기 중 가장 인상 깊은 것은 어떤 겁니까?"

피오나가 클라우디아를 힐끗 봤다. "해도 괜찮아요?"

클라우디아가 눈을 감고 고개를 끄덕였다. "하세요."

피오나는 클라우디아가 들려준 이야기, 칸쿤으로의 여행, 그리고 레이시와 헨리의 관계를 훼방 놓은 이야기를 들려주었다. 나는 입을 딱 벌린 채 멍하니 쳐다보았다. 피오나가 클라우디아의 이야기를 공개하다니 믿을 수 없었다. 그것도 생방송에서! 나는 클라우디아를 훔쳐보았다. 수치심에 얼굴이 붉어져 있을 거라 예상했다. 하지만 그녀는 고개를 꼿꼿이 들고 그대로 앉아 있었다. 나보다 훨씬 강한 사람임에 틀림없다.

피오나가 관중들에게 말했다. "레이시와 마크의 결혼은 16개월 만에 끝이 났어요. 클라우디아는 자신이 레이시와 헨리에게 한 짓을 용서할 수 없었어요. 그래서 그녀는 유능한 탐정 노릇을 했어요. 헨리를 수소문한 거죠."

잠깐…… 뭐라고?

관중석에서 일제히 클라우디아를 지지하는 탄성이 쏟아졌다.

피오나는 클라우디아에게 고개를 끄덕였다. "나머지 이야기를 해주세요."

클라우디아는 미소를 지으며 일어섰다. "전 헨리를 찾는 것을 일생일대의 숙제로 생각했어요."

그녀는 '헨리'라는 이름을 말할 때, 손가락을 까닥하며 강조했다.

"전 지금 그들의 사생활 보호를 위해 가명을 사용하고 있어요."

그녀는 브로드웨이의 배우처럼 눈을 감으며 손을 들었다. 관중들은 꼼짝도 하지 않고 이야기의 클라이맥스를 기다렸다. "7개월 전, 전 마침내 해냈어요. 지난 9월에 헨리와 레이시는 결혼했어요!" 모든 관중이 번쩍이는 스포츠카를 획득했다고 말하는 오프라처럼, 클라우디아의 목소리는 흥분으로 높이 떨리고 있었다.

관중들은 자동차 열쇠를 건네받은 것처럼 환호성을 질렀다. 나는 생각을 정리하며 마이크를 들고 옆에 서 있었다. 내가 놓친 이야기가 있었나? 그럴 리 없다. 헨리를 찾으라고 말한 사람이 바로 나였기 때문이다. 그것도 바로 어제! 분명 어제까지만 해도 클라우디아는 헨리를 못 찾았다.

통로에서 세 좌석 떨어진 곳에 앉아 있던 중년 여성이 손을 들었다. 나는 몸을 굽혀 그녀에게 마이크를 건넸다.

"제 질문은 당신에 대한 거예요, 한나. 당신 자신의 속죄 이야기를 해주실래요?"

"제…… 제 이야기라고요?"

"그래요. 당신은 용서의 돌이 든 주머니를 받았죠?"

심장이 쿵쾅거렸다. 내 시선이 스튜디오 저편에 있는 클라우디아와 마주쳤다. 그녀는 약간 입을 벌리고 가슴에 손을 얹었다. 그녀도 나만큼이나 놀란 것 같았다.

나는 피오나를 바라봤다. 아니다, 우린 과거의 비밀을 지키기로 합의했다.

나는 조정실에 있는 스튜어트를 올려다봤다. 그는 얼굴 가득 승리의 미소를 띠고 있었다. 어떻게 이럴 수가!

"음, 글쎄, 그래요. 받았어요. 아주 놀랐죠."

나는 웃으려 애썼지만 공허하게 들렸다.

나는 재빨리 통로로 나와 긴 검정치마를 입고 있는 젊은 여성에게 물었다. "질문이 있나요?"

"그래서 당신은 다른 누군가에게 그 돌을 다시 보냈나요?"

제기랄, 또 나에 대한 질문이잖아! 그 여자는 어딘지 낯익어 보였다. 그래…… 방송국의 IT부서의 신입사원, 대니얼이었다. 망할 놈의 스튜어트! 나를 공격할 사람들을 관중들 속에 심어놓은 것이다. 아니면 클라우디아였을까?

제정신이 아닌 웃음소리가 다시 목구멍을 비집고 나왔다.

"하, 어, 그래요…… 어, 아니에요. 아직 못했어요. 하지만 할 거예요."

대니얼 옆에 있던 여성이 양해도 구하지 않고 마이크를 잡았다.

"당신은 누구에게 용서를 구할 건가요?"

나는 분노를 담은 눈길로 조정실의 스튜어트를 쏘아보았다. 그는 무력한 어린애라도 되는 듯 어깨를 으쓱했다.

"글쎄요, 음, 저희 엄마와 전······ 오래전 우리는 사이가 틀어졌어요······."

지금 무슨 일이 벌어지고 있는 거지? 나는 깊은 수렁으로 빨려 들어가고 있었다. 내 과거를 털어놓으면 마이클이 크게 화를 낼 게 틀림없다. 그 이야긴 너무나 끔찍해서 마이클은 자신에게조차 이야기하지 못하게 막았다. 게다가 나에겐 그 이야기를 할 권리가 없다. 그건 WCHI가 소유한 이야기였다. 머릿속이 하얘졌다. 몸을 돌리자 내 옆에 클라우디아가 와 있었다. 그녀는 나를 감싸안더니 내 손에서 마이크를 가지고 갔다.

"한나는 제가 아는 가장 용감한 여성이에요." 클라우디아는 수많은 얼굴들의 바다를 가만히 응시했다. "우리는 바로 어제 이 이야기를 나눴어요."

"제발, 클라우디아. 하지 마."

하지만 그녀는 내 말을 막으려고 한 손을 위로 들었다.

"한나와 그녀의 어머니와의 관계는 돈독하지 못해요. 대부분 모녀관계가 그렇듯이요. 한나의 어머니는 한나가 어릴 때 그녀를 떠났어요."

관중들에게서 동정의 신음이 새어나왔다. 나는 민망했다. 엄마가 이 쇼를 볼 일이 없다는 사실이 다행이었다.

"상상하시는 것처럼 너무나 고통스러웠어요. 한나는 결코 회복되지 못할 수도 있는 깊은 마음의 상처를 입었어요."

나는 믿을 수 없었다. 클라우디아는 이야기를 살짝 틀어서 내가 동정의 대상이 되도록 만들고 있다. 아니면 자기 자신인가? 내가 관

중들 앞에서 이리저리 던져지는 원숭이가 된 기분이다. 클라우디아
는 지금 나를 구하려는 걸까, 아니면 침몰시키는 걸까?

"한나의 어머니가 자신의 딸보다 더 소중히 여겨 선택했던 건 남
자였어요, 야비한 남자였죠."

"클라우디아, 아니야."

내가 말했지만 그녀는 멈추지 않았다. 벤의 카메라는 오직 그녀
만 따라 잡고 있었다.

"한나가 '인투 더 라이트'라는 사회단체에 그렇게 열심인 이유가
바로 그거예요. 한나 파가 아동 성폭력피해자들을 지원하는 그 단
체의 든든한 스폰서라는 사실은 여러분 모두 아실 거예요. 한나는
연례 기부자들을 초대해 크리스마스 행사를 개최하죠. 이사회에 이
름도 올라 있답니다. 그런데 한나가 그런 일을 겪고도 자신의 어머
니를 용서하겠다고 하자 난 너무 놀랐어요. 하지만 놀랍게도 한나
는 바로 그 일을 하려고 하고 있어요."

나는 너무 놀라 클라우디아를 노려보았다. 어떻게 이럴 수 있
지? 하지만 관중들은 만족스러운 고양이 새끼들처럼 가르랑거리
고 있었다. 클라우디아는 관중들의 입맛에 맞는 이야기를 들려주고
있었다. 그녀의 입에서 나오는 한나 파는 좋은 여자, 관대한 마음을
지닌 사람, 그리고 너무나 도량이 넓어 기꺼이 다른 쪽 뺨을 내주어
나쁜 엄마를 용서하는 여자였다.

클라우디아는 젊은 라틴계 여성에게 마이크를 건넸다.

"한나, 당신은 언제 어머니에게 돌을 전할 건가요?"

그 여자가 물었다.

나는 머리를 자욱하게 덮은 안개로부터 스스로를 추슬렀다.

"곧 해야죠, 곧." 나는 목덜미에 흥건하게 밴 땀을 문질렀다. "하지만 그건…… 그건 복잡한 일이예요. 뜬금없이 엄마에게 돌을 보낸다는 건 상상할 수 없어요. 게다가 시간이 없어요. 엄마는 미시건에 살고 있고……."

"그러면 미시건으로 여행 가는 건 어때요?"

고개를 젖히고 눈썹을 치켜올리며 클라우디아가 물었다.

클라우디아의 어깨 너머로 스튜어트가 보였다. 그는 팔을 치켜들며 관중들에게 박수를 유도했다. 시키는 대로 모든 관중이 손뼉을 치고 휘파람을 불며 환호성을 질렀다. 맙소사, 모두 공모한 건가?

위장이 딱딱해지는 것을 느끼며 내가 말했다.

"좋아요, 그럼. 그럴게요. 엄마에게 돌을 전할게요."

22

"당신은 내게 올가미를 놓았어요." 스튜어트의 사무실을 왔다 갔다 하며 내가 말했다. 나는 분명 통제력을 잃고 있었다. 하지만 자제할 수 없었다. "내 일에 상관하지 말라고 분명히 말했을 텐데요! 당신이 무슨 자격으로 내 사생활에 참견하냐고요!"

"진정해, 파. 당신 경력에서 가장 좋은 일이었어. 내 말 새겨들어. 우리 웹사이트엔 벌써 천 개도 넘는 댓글이 달렸어. 지금 우리가 이야기하는 동안에도 사람들은 한나 파의 달콤한 용서에 관한 글을 트위터에 올리고 있어."

달콤한 용서라고? 냄새나는 날조가 아니라? 마이클이 뭐라고 할까? 이 일을 알게 된다면 제임스 피터스 씨는 어떻게 할까? 나는 몸을 움츠렸다. 그들 중 누구도 좋아할 리 없다. 절대!

"일주일 휴가를 줄게. 어머니를 찾아가 용서의 말을 건네고, 키스

259

한 다음 화해해. 방송국에서 경비는 지급하지. 벤과 함께 가."

"절대 안 돼요! 내가 꺼낸 말은 아니지만, '만약' 내가 엄마를 만난다 해도 나 혼자 갈 거예요. 카메라는 안 돼요. 사진 한 장도 용납 못해요. 이건 내 사생활이지, 리얼리티쇼가 아니라고요, 스튜어트, 알겠어요?"

스튜어트가 눈썹을 치켜들었다. "그래서 가기는 간다는 거지?"

그래, 엄마에게 가긴 가야 한다. 지금이 그때다. 나는 엄마와 밤에게 갚아야 할 빚이 있다. 스튜어트가 나를 조종해서 여기까지 이르긴 했지만, 이제야 드디어 하버코브로 가야 할 이유가 생겼다. 천하의 마이클도 막을 수 없다. 이제 이야기는 공개되었다.

'한나 파가 기꺼이 엄마를 용서하려고 한다.'

마이클의 사생활과 엄마의 존엄성, 그리고 나 자신의 평판을 보호하기 위해, 그 누구에게도 자세한 이야기는 공개하지 않을 것이다. 이것이 용서를 하기 위한 여행이 아니라 용서를 구하기 위한 여행이라는 사실을 아는 사람은 나뿐이어야 한다.

나는 숨을 내쉬었다. "그래요, 갈 거예요."

스튜어트가 미소를 지었다. "훌륭해. 자네가 돌아오면, 자네 어머닐 쇼에 초대하지. 그리고 두 사람이 함께 이야길……"

"안 돼요. 도로시의 출연이 가져온 결과를 보고서도 배우는 게 없었어요? 난 쇼에서 모녀관계에 관한 이야기를 다룰게요. 거기서 시간 일부를 할애해 엄마와 재회한 이야기를 하지요. 하지만 온 뉴올리언스 시민들의 심판을 받도록 엄마를 무대 위에 올릴 생각은 추호도 없어요. 이제 이야긴 끝났어요."

"꽤 공정하군."

나는 걸어나갔다. 불현듯 내가 보호하려는 사람이 누군지 궁금해졌다. 엄마일까, 아니면 나 자신일까?

쿵쾅대며 대기실로 가는 길에 점심 먹으러 나가는 제이드를 만났다. 제이드가 고개를 흔들었다.

"그래, 이제야 날 믿겠지? 클라우디아는 뒤에서 음모를 꾸미는 나쁜 년이라고 내가 경고했지. 걔는 처음부터 네 자리를 노렸어."

"그건 클라우디아가 아니라 스튜어트가 꾸민 짓이야." 나는 잠시 뜸을 들인 후 비밀을 말했다. "아무에게도 말하지 마, 제이드." 나는 그녀에게 가까이 다가가 목소리를 낮춰 말했다. "클라우디아의 약혼자가 마이애미로 이적할 거래. 클라우디아는 내 자리를 노리는 게 아냐. 한 번도 그런 적이 없어."

제이드가 못 믿겠다는 표정으로 나를 보았다.

"브라이언 조던이 돌핀스(미국 프로 미식축구팀 – 옮긴이)로 이적한다고?" 제이드의 얼굴이 찌푸려졌다. "좋아. 클라우디아는 그냥 나쁜 년이라고 해두지. '음모를 꾸미는' 나쁜 년이 아니라."

"불안정한 사람이야. 방송언론계에선 그게 위험 요인이란 건 나도 알아."

내 사무실 문을 열자마자 클라우디아와 부딪힐 뻔했다.

"오, 미안해. 너에게 메모를 남기려던 참이었어." 클라우디아가 이렇게 말하더니 팔짱을 꼈다. "괜찮아?"

"아니. 너도 봤잖아. 다 스튜어트가 꾸민 짓이야."

클라우디아가 내 팔을 문질렀다.

"괜찮아질 거야. 넌 정말 네 엄마를 만나야 해, 한나. 너도 알지?"

화가 치밀어올랐다. 네가 뭔데 나에게 지시를 하지? 나는 클라우디아의 계란형 얼굴과 푸른색 눈, 완벽한 활 모양의 눈썹을 바라보았다. 하지만 이번에도 그녀의 작은 상처에 시선이 머물렀다. 화장으로 감추어진 그 상처를 보자 마음이 누그러졌다.

"그래, 음, 하지만 나는 WNO가 아닌 내 방식으로 하고 싶었어."

"언제 떠나?"

"나도 몰라. 1, 2주쯤 뒤에. 먼저 계획을 세워야지. 넌 기분이 어때? 피오나가 그런 식으로 네 이야길 공개할 줄 몰랐어. 하지만 재빨리 대처할 수 있어서 다행이었어, 그렇지? 하지만 레이시가 방송을 본다면 어떨지……."

클라우디아가 놀리는 듯 능글맞은 미소를 지으며 나를 보았다.

"한나, 넌 레이시가 실제로 존재한다고 생각했니?"

클라우디아는 나에게 윙크를 하고는 사무실 밖으로 성큼성큼 걸어나갔다.

나는 입을 딱 벌리고 열린 문을 멍하니 바라보았다. 대체. 이게. 뭐지? 나는 비틀거리며 책상 앞으로 가 의자에 주저앉았다. 맙소사! 전부 클라우디아가 꾸며낸 이야기였다고? 내 마음을 털어놓을 걸 노리고? 하지만 나에게 비밀이 있다는 걸 어떻게 알았지?

나는 멍하니 노트북 컴퓨터를 보았다. 내 컴퓨터……. 그래, 분명 클라우디아가 모기퇴치제를 가지고 온 날 열려 있었어! 난 그때 제이드에게 제안서를 보여주고 있었으니까. 내가 눈을 못 뜨고 있는 사이에 그걸 본 게 틀림없어. 나는 손에 얼굴을 묻었다. 어쩌면 그렇게 부주의했을까?

내 책상 위에 메모가 놓여 있었다.

한나,

네가 미시건에 가 있는 동안 내가 널 대신할 수 있어서 기쁘다는 이야기를 하고 싶었어. 걱정 마, 귀여운 아가씨. 쇼는 잘 진행될 테니!

포옹과 미소를 보내며,
클라우디아

어떻게 포장해도 감출 수 없는 추악함이 있다. 나는 문서 파쇄기에 메모지를 집어넣고 그것이 조각으로 변해가는 모습을 가만히 바라보았다.

23

집으로 돌아와 문을 쾅 하고 닫는 순간까지도 나는 여전히 쇼의 충격에서 헤어나오지 못하고 있었다. 부엌 조리대 위로 우편물들을 던졌다. 우편물 하나가 타일 바닥으로 떨어졌다. 그것을 주우려고 쪼그리고 앉자 포도원 로고가 눈에 들어왔다. 나는 눈을 감고 그것을 마음에 새겼다. 오늘 주어진 유일한 기쁨의 징표를 마음으로 음미하며, 한참 동안 편지를 품에 안고 있다 봉투를 뜯었다.

친애하는 한나,

사춘기 남자애처럼 보일까 봐 말하기 싫지만, 난 당신의 편지를 (혹은 빵을) 기다리며 매일같이 우편함으로 달려갔어요. 분홍색 편지지 위에 적힌 당신의 손글씨를 보는 순간 하늘을 나는 기분이었어요.

입사 지원한 시카고 회사에서 무슨 소식 없나요? 아주 훌륭한 기회가 될 것 같아요. 하지만 솔직하게 말하면 난 개인적인 욕심에서 당신이 합격하길 바라는 거예요. 그렇게만 되면 우린 고작 5시간 거리에서 지내게 된다는 의미잖아요. 혹시 당신도 눈치챘나요?

언제든 당신이 이곳을 다시 방문해주기를 학수고대하고 있어요. 이곳은 하루하루 따뜻해져, 제설차가 만들어놓은 거대한 눈산이 조금씩 녹고 있어요. 얼음에 미끄러져 옷이 찢어질 가능성이 지금은 비교적 낮아졌어요.

나는 웃음을 터뜨리며 스툴 위에 앉았다.

태양이 고개를 내밀기 시작하고 희뿌연 안개가 포도원을 덮는 새벽이면, 나는 늘 농장을 한 바퀴 돌아요. 혼자 있는 이런 이른 시간이 당신이 가장 많이 생각나는 시간이에요. 내가 가끔 쓰는 자크과 이지가 준 '덕 다이너스티'(미국의 시골에서 수공에 오리사냥용 피리를 만드는 회사를 운영하는 백만장자 가족의 리얼리티쇼 – 옮긴이) 모자나, 쌀쌀한 날이면 걸치는 아버지에게서 물려받은 너무 작은 플란넬 재킷 같은 소박한 물건을 당신이 나에게 주는 장면을 상상해요. 혹은 거의 실현 불가능하겠지만 어느 좋은 시절엔 우리 레스토랑에서 일하는 당신 모습을 상상해요. 날 바보라 불러도 좋아요. 하지만 난 이런 상상을 하는 것이 좋아요. 내 식대로 사는 것이 좋고요. 상사도, 통근도, 마감도 없는. 음…… 그래요, 어쩌면 마감은 있을지도 모르겠군요. 그래도 난 대체로 내가 꿈꾸는 삶을 살고 있어요.

이렇게 말할 수 있는 사람들이 얼마나 될까요?

나의 유일한, 그리고 가장 큰 불만은 동반자가 없다는 거예요. 물론 가끔은 데이트를 해요. 하지만 그녀의 미소를 그려보려고 애쓰고, 지금 이 시간 그녀는 뭘 하고 있을까 상상하며 밤을 지새우게 만드는 사람은 지금까지 당신이 유일해요. 내가 다시 떠올리려 애쓰는 미소는 당신의 미소가 처음이고, 내가 빠져 허우적댄 눈은 당신의 눈이 처음이었어요.

혹시 내가 너무 바쁘지 않을까 생각한다면, 난 일 년 중 네 달은 완벽하게 일정 조정이 가능하다는 것을 알려드립니다. 작년엔 한 달 동안 이탈리아에 다녀왔어요. 내년 겨울엔 에스파냐에 갈 예정이에요. 시카고가 유력한 경쟁지예요. 그냥 그렇다고요.

언제쯤 이 골짜기를 다시 방문할 수 있을지 알려주세요. 당신 덕분에 행복해할 포도주 제조자가 있답니다.

그럼 안녕히.   RJ

추신: 혹시라도 기자를 그만두게 된다면, 제빵사 자리는 언제나 비어 있다는 걸 기억해주세요.

땅거미가 질 무렵, 제이드와 나는 '옥타비아 서점'에서 도로시와 다른 입주자들과 함께 피오나 놀스의 강연을 듣기 위해 제퍼슨 거리를 걷고 있었다. 피오나의 '용서의 돌' 옹호자인 척하는 내가 위선

266

자로 느껴졌다. 하지만 지금 나에게 다른 선택지가 있을까? 나는 꼬리표가 붙여져 공개되었다.

"오늘 RJ한테 편지를 받았어."

제이드가 나를 돌아보았다. "그래? 포도원 주인? 뭐라고 썼어?"

"별 것 아니야…… RJ는 정말 멋진 사람이야. 내가 남자친구 없이 미시건에 살고 있다면 더 알고 싶어질 만큼."

"시카고에서 장대높이뛰기를 해. 호수를 넘기만 하면 미시건이잖아, 안 그래? 시장이 더 이상 진도를 나가지 않으면 선택의 여지를 남겨둬."

"아니야. 그저 기분 좋은 펜팔 친구일 뿐이야. 그에게 이메일 주소도 알려주지 않은걸. 어쩐지 선을 넘는 것 같아서 말이야."

"어쩌면 넘을 만한 가치가 있는 선인지도 몰라."

"그만해. 넌 내가 마이클에게 어떤 감정을 가지고 있는지 알잖아."

우리는 로렐 거리로 접어들었다.

"마릴린이 오늘 여기 올까?" 제이드가 물었다.

"아니. 혹시 잊었을까 봐 오늘 오후에 전화했는데, 마릴린은 전혀 관심이 없어. 그녀를 비난하는 건 아니야. 어제 있었던 낭패스러운 일에 대해 거듭 사과했지만 마릴린은 내 말을 끊었어. 도로시라는 이름은 입에 담지도 않았고."

"가여운 도로시. 하지만 적어도 이제야 네가 드디어 엄마와 화해하게 됐잖아. 도로시가 듣고 기뻐했겠네, 그렇지?"

나는 미소를 지었다. "맞아. 도로시는 이제야 내 일에서 마음을 놓게 됐어."

"도로시는 단지 네가 네 엄마 편에서 이야기를 듣기를 원했던 거잖아. 너무 늦기 전에."

"제이드, 지금 하는 이야기는 나에게 하는 거니, 아니면 너 자신에게 하는 거니?"

제이드가 주머니에 손을 찔러 넣었다. "네 말이 맞아. 난 생일파티 때 있었던 일을 아빠에게 말해야 해. 나도 알아."

하지만 제이드가 말할까? 아빠에게 진실을 말하라고 그녀를 설득하면서도 마음 한구석이 개운치 않았다. 깨끗한 양심이란 어쩌면 지나친 요구일지도 모른다. 특히 흰 카펫에 대한 제이드의 거짓말처럼 사소한 잘못일 경우에는 말이다.

"어쩌면 그냥 그대로 내버려두는 게 옳을지도 몰라, 제이드. 아빠가 자신의 딸이 완벽하다고 생각하도록 두는 게 뭐 그리 나쁜 일이겠어?"

서점을 가득 메운 사람들은 거의 여성들이었다. 내 상상인 걸까? 아니면 실제로 사람들이 나를 가리키며 웃고 있는 걸까? 서점 저편에 있는 한 여성이 나를 보고 엄지손가락을 들어 보였다. 그 모습을 보자 나는 분명히 깨닫게 되었다. 방송을 본 사람들은 나를 끔찍한 엄마를 기꺼이 용서하려는, 도량이 넓은 딸로 여기고 있었다.

제이드와 나는 도로시와 패트릭 설리반 뒤에 자리를 잡고 앉았다. 조용히 무릎에 손을 얹고 앉아 있는 도로시 곁에서 설리반이 이야기하고 있었다. 나는 도로시의 어깨에 손을 얹고 몸을 기울였다.

"이곳에 오셔서 기뻐요. 어제 그런 일이 있었으니 피오나나 '용서의 돌' 따위는 신경 쓰지 않는다 해도 제가 뭐라고 할 수는 없었을 텐데요."

도로시가 고개를 돌리자 그녀의 옆모습이 눈에 들어왔다. 그녀의 눈 아래로 어두운 다크서클이 내려와 있었다.

"용서는 아름다운 유행이야. 나는 아직 그걸 믿어. 그리고 네가 마침내 엄마를 만나러 가기로 했다는 소식을 들어서 정말 기뻐." 도로시가 목소리를 낮췄다. "그런데 그건 네가 WCHI와 약속했던 계획 아니니?"

두려움이 나를 덮쳤다.

"오늘 오후에 피터스 씨에게서 이메일을 받았어요."

"'용서의 돌' 기획을 써버렸다고 그가 화를 냈니?"

"기분 좋진 않았겠지만 이해해줬어요. 정말 너그러운 사람이에요. 그는 나에게 다른 제안서를 요구했어요. 석유 시추 작업에 얼마나 많은 물이 필요한지에 관해 쓰고 있어요. 북미 5대 호에 영향을 끼칠 가능성이 있어요."

"어머나. 끔찍하구나."

"맞아요."

말은 이렇게 했지만 나는 도로시가 석유 시추 작업을 말하는 건지, 아니면 내가 제안서를 새로 작성해야 한다는 사실을 말하는 건지 헷갈렸다. 사실 둘 다 끔찍한 일이긴 하다. 나는 시카고에서 일할 기회를 잃을까 봐 걱정이었다. WNO에서의 고맙기 그지없는 일은 상승세를 타고 있는 듯했다.

"마릴린한테서는 연락이 왔어요?"

"아직."

"제발, 제가 미시건으로 떠나기 전, 이번 주말이나 다음 주에 우리 마릴린을 만나러 가요. 가서 다시 한 번 설명해요."

도로시는 입을 굳게 다물고 고개를 저었다.

열두 번도 넘게 나눈 이야기다. 도로시는 마릴린에게 시간을 주고 싶어한다. 그녀가 노력을 멈추자 나는 좌절감을 느꼈다.

결국, 당신은 당신이 사랑하는 사람들을 포기하는 거군요.

나는 고개를 숙였다. 나는 그런 말을 할 자격이 없는 사람이다. 내가 코너로 몰리지 않았다면, 난 엄마를 포기했을 것이다.

"네가 미시건에서 돌아올 때쯤이면, 마릴린이 연락을 해올 거야."

"그러길 바라요."

도로시가 고개를 홱 돌려 나를 쏘아보았다. "바란다고? 난 희망이 필요한 게 아냐, 한나. 희망은 마릴린이 돌아오길 바라는 거야. 하지만 내가 그녀가 돌아오리라는 사실을 아는 건 믿음이야."

피오나가 걸어나오자 나는 피오나에게 주의를 돌렸다. 피오나는 연단으로 가지 않고 청중들 앞에 그대로 섰다. 그리고 이어지는 40분간, 현명한 이야기들과 명철한 통찰로 우리를 기쁘게 만들었다.

"우리가 무언가를 수치스러워한다면, 우리는 자기혐오에 빠진 채 수렁에 갇혀 있는 편을 선택할 수도, 속죄하는 편을 선택할 수도 있어요. 사실 그 선택은 간단해요. 그건 우리가 비밀을 간직한 채 살아가길 원하는지, 아니면 진정한 삶을 원하는지의 문제예요."

나는 손을 뻗어 도로시의 어깨를 힘 있게 잡았다. 도로시가 내 손을 가볍게 두드렸다.

책에 사인을 받기 위해 제이드와 내가 줄을 서 있는 동안, 열두어 명의 여성들이 나에게 다가와 축하한다는 말과 미시건에 잘 다녀오라는 인사를 했다.

눈에 띄는 갈색머리 여자가 내 손을 잡으며 말했다. "당신에게 감명받았어요. 그렇게 오랜 세월이 지났는데도 어머니를 용서하다니, 당신이 자랑스러워요, 한나."

"고마워요." 볼이 붉어지는 것을 느끼며 내가 말했다.

피오나는 비밀을 지켜야 할 두 가지 이유를 말했다. 우리 자신을 지키기 위해, 아니면 다른 이들을 지키기 위해. 내가 지금 지키고 있는 것은 나 자신임이 분명하다.

나는 한밤중까지 책상에 앉아 친절하지만 추파를 던지는 것처럼은 보이지 않는 편지를 쓰느라 끙끙댔다.

친애하는 RJ

내 친구, 당신의 편지를 받아서 얼마나 기뻤는지 몰라요. 5월 11일 월요일부터 며칠 간 미시건에 간다는 얘기를 하고 싶어요. 당신이 약속한 포도원 투어를 기대하며 그곳에 잠시 들를 계획이에요.

혹시 나를 기억하지 못할까 봐 덧붙이자면, 난 브레드스틱을 들고 있을 거예요.

그럼 안녕히.

책상 위에 만년필을 올려놓고 내가 쓴 편지를 읽어보았다. 내 친구? 아니야, 이건 없애자. 하지만 어조까지 바꿀 수는 없었다. 나는 의자에 기대앉아 멍하니 천장을 응시했다. 맙소사, 내가 왜 이러지? 왜 여기서 불장난을 하고 있지? 나에겐 마이클이 있다. 나는 포도원을 다시 방문할 자격이 없다. 그건 잘못된 일이다.

나는 몸을 세우고 앉아 편지를 다시 한 번 읽어보았다. 이번에는 그리 나빠 보이지 않는다. 그냥 순수하다. 안면이 있는 여자친구에게도 쉽게 쓸 수 있는 내용이다.

내 마음속 천사가 반박하기 전에 서둘러 펜을 집어들고 서명했다. 그걸 봉투에 집어넣고 아래층으로 달려 내려가 우편함 속으로 밀어넣었다.

오, 하느님! 예수님! 내가 무슨 짓을 한 거지? 더러운 게 묻기라도 한 듯, 손바닥을 바지에 문질러 닦았다.

하느님, 도와주세요. 저는 전 약혼자 잭 루소와 다를 게 전혀 없어요.

음, 완전히는 아니다. 적어도 아직은……

24

나는 부츠를 신고, 레깅스와 노스페이스 플리스 재킷을 입고, 여행가방을 끌며 공항으로 갔다. 지난달의 살을 에는 칼바람 대신, 오늘의 미시건 날씨는 거의 열대기후에 가깝다. 나는 플리스 재킷을 벗고 토트백에서 선글라스를 꺼내 쓴 다음 렌트카 사무실로 갔다.

3시쯤이면 하버코브에 도착할 것이다. 해가 지기 전에 숙소를 찾을 수 있을 만큼 시간은 충분했다. 지난번처럼 아침까지 기다렸다가 엄마를 만날 작정이었다. 엄마가 혼자 있을 때 만나고 싶었다.

내 상상대로라면 엄마는 이해할 것이다. 엄마도 나처럼 그날 밤 있었던 일에 대해 확신할 수 없었다고 말할지도 모른다. 그러면 나는 죄책감을 완전히 내려놓을 수 있을 텐데……. 하지만 최악의 상상 속에서도, 밥이 나에게 용서를 비는 장면은 상상할 수 없었다.

공항 주차장에서 렌트한 포드 타우루스 운전석에 앉아 마이클에게 전화했다.

"헤이, 좋은 아침이야." 마이클이 전화를 제때 받을 때마다 나는 놀란다.

"안녕."

그가 그저 피곤한 건지, 아니면 아직도 화가 나 있는 건지는 알 수 없다. 그냥 피곤한 거라고 생각하기로 했다.

"이제 막 도착했어. 날씨가 정말 좋아, 구름 한 점 없고 따뜻해." 나는 안전벨트를 매고 룸미러를 조정했다. "오늘 일정이 어떻게 돼?"

"끝도 없는 회의들의 연속."

"선거 회의를 또 해?"

상원의원에 출마하겠다고 공식적으로 밝히지는 않았지만, 마이클은 선거전략가들과 정치자문가들, 후원자들을 만나는 데 많은 시간을 보냈다.

"아니야. 나에겐 도시와 시민들을 보살필 의무가 있어." 어림없다는 듯 마이클이 말했다.

"당연한 말씀. 특별한 일은?" 마이클의 가시 돋친 말투는 애써 무시하기로 했다.

"맥 드포리오 경찰서장과 신임 교육감과 함께 저녁식사를 할 거야."

경찰서장과 완벽한 태도를 지닌, 기금 모임에서 만났던 여자, '제니퍼 로슨'. 그녀의 이름을 기억하는 나 자신이 놀라웠다.

"음, 좋은 결실을 거두길 바라."

침묵이 뒤따랐다. 그것을 어떻게 깰지 알 수 없다. 마이클은 나에게 오늘 무슨 일을 할지 묻지 않는다. 이미 알고 있기 때문이다. 그는 화가 난 상태였다. 마이클은 방송에서 고백한 것과 여행까지 가게 된 사정이 내가 의도한 것이 아니라는 말을 믿지 않았다. 그리고 지금 이 부자연스러운 대화를 이어가면서 나는 마이클이 나를 다시 신뢰할 수 있을지 의문이 들었다.

"마이클, 당신이 화난 거 알아. 내가 꼭 제대로 돌려놓을게. 자세한 이야기는 아무도 알 수 없을 거야."

"당신 말은 뉴올리언스 시장의 여자친구가 성추행당했다고 거짓말했다는 사실을 아무도 알아내지 못할 거란 거야?" 마이클은 한숨을 쉬었다. 그가 고개를 흔들고 있는 모습이 그려졌다. "맙소사, 한나. 지금 무슨 생각을 하는 거야? 당신은 '인투 더 라이트'의 이름이자 얼굴이야. 그리고 당신과 교제하는 나도 마찬가지야. 사람들은 그런 행동을 용서하지 않을 거야. 피해자들이 당신에게 품고 있는 신뢰를 모조리 잃을지 몰라. 시청자들의 신뢰도 마찬가지고."

섭씨 21도의 기온에 한기가 느껴졌다. 그리고 사람들은 '마이클도' 신뢰하지 않을 것이다. 그가 말하려는 바는 이것이다. 나를 가장 슬프게 하는 것은 마이클에게는 자신의 야망보다 중요한 건 없다는 사실이다. 마이클에게는 나와 엄마의 관계가 아니라, 내가 과거와 화해할 가능성이 아니라, 정치적인 경력이 무엇보다 가장 중요하다.

"말했듯이 아무도 모를 거야." 하지만 곧바로 덧붙여 말했다. "마치 당신은 진실이 아닌 것은 한 번도 말해본 적이 없는 것 같네."

수화기 저편에서 무거운 침묵이 흘렀다. 내가 너무 나간 것이다.

"이제 나가야겠어." 그가 말했다.

"좋은 하루."

마이클은 인사도 없이 전화를 끊었다.

'메를롯 드 라 미텐느' 간판이 보이자 심장이 두근거렸다. 맙소사, 난 열두 살 먹은 소녀처럼 굴고 있어.

여자들은 열병 같은 사랑을 멈추지 않는다는 글을 읽은 적이 있다. 심지어 나이 든 여성들이나 기혼 여성들도 때때로 가벼운 연애를 한다고 했다. 그 글은 가벼운 연애는 유혹의 기술에 뒤떨어지지 않도록 전략을 연마하는, 해가 되지 않는 방법이라고 주장했다. 그렇게 해야 현재의 관계를 개선하는 데도 도움이 된다면서.

그래서 내가 만약 속임수의 달인이라면, 마이클과 우리 두 사람의 관계가 내가 오늘 오후 포도원을 방문하는 이유라고 우길 수 있을 것이다. 하지만 나는 속임수 전문가가 아니다. 그리고 그렇게 되고 싶지도 않다.

도로시는 늘 나의 시금석이 되어주었다. 내가 도로시에게 RJ와의 가벼운 펜팔에 대해 말했을 때 그녀는 비욘세의 일흔 살 버전으로 대답했다. "네가 원했다면, 반지를 끼워줬을 텐데?(미국의 유명가수 비욘세의 〈싱글레이디〉 가사 – 옮긴이) 그 펜팔 친구를 만나지 말아야 할 이유는 전혀 없어. 헌신적인 관계로 들어가기 전까지는 넌 네가 원하는 누구와도 이야기를 나눌 자유가 있어."

하지만 문제는, 난 내가 헌신적인 관계를 맺고 있다고 생각하는 것이다. 마이클도 같은 생각인지는 자신하지 못하지만.

나는 창문을 내리고 미시건의 공기를 들이마셨다. 이곳의 공기가 더 신선한 것인지, 아니면 그냥 내 상상일 뿐인지는 알 수 없다.

입구를 알리는 화살표가 왼쪽으로 나 있었다. 나는 길게 구부러진 길을 따라 갔다. 몇 년 동안 느껴보지 못한 기대감이 밀려왔다. RJ가 이미 내 편지를 받았는지, 아니면 아직 모르는 상황에서 내가 깜짝 방문을 하는 건지 궁금했다. 나를 보는 순간, RJ는 어떤 반응을 보일까? 그것만 봐도 RJ가 나에게 호감이 있는지, 아님 무심한지 알 수 있을 텐데. 나는 속도를 올렸다.

주차장은 열두어 대의 자동차로 가득 차 있었다. 젊은 커플이 기념품 가게에서 나왔다. 그들의 손엔 더블엠이 그려진 포도원 로고가 박힌 종이 가방이 들려져 있었다.

나는 머리를 매만진 후 안으로 들어갔다. 계산대 뒤에 중년 여성이 서 있었다. 하지만 그녀는 계산에 바빠 나를 보지도 않았다.

아치 형태의 복도 뒤에서 웅성거리는 대화 소리와 웃음소리가 부드러운 배경음악에 섞여 흘러나왔다. 바를 들여다보았다. 지난번과 달리 15명 정도의 사람들이 U 자 모양의 바를 둘러싸고 앉아 포도주를 마시며 웃고 이야기하고 있었다.

나는 깊이 심호흡을 했다. 하는 데까지 해보자.

한 손에는 브레드스틱이 담긴 가방을, 다른 한 손에는 노란색 장화를 들고 복도를 걸어갔다. RJ는 바 뒤에 서서 세 명의 젊은 여성들에게 포도주를 따라주며 이야기를 나누고 있었다. 나는 걸음을 늦췄다.

난 지금 실수하고 있어. 엄청난 실수를. RJ는 지금 일하고 있다고. 이 바보 같은 브레드스틱과 이 장화가 그를, 그리고 나를 얼마나 곤란하게 만들까? 왜 난 장화를 손에 들고 들어왔을까?

한 여자가 무어라 말하자 RJ가 웃었다. 속이 울렁거렸다. 그는 선수였다. 내가 RJ에게 특별한 사람이라 생각했다니 얼마나 멍청한가. 어제는 RJ가 자신의 스포트라이트를 내 위에 비춰주었을지 모르지만, 오늘 그는 이 아름다운 여성들에게 추파를 던지고 있다. 그리고 내일은? 누가 알겠는가.

나는 입구와 바 중간쯤에 서서, 잽싸게 도망을 쳐야 할지, 아니면 슬그머니 나가야 할지 고민했다. RJ가 고개를 들었다. 우리는 눈이 마주쳤다.

갑자기 모든 것이 흐리게 보였다. 누군가가 내 이름을 불렀다. 놀란 RJ가 잔 위로 넘어질 뻔한 병을 세우고 있다. 의아해하는 세 여성의 시선이 나와 마주쳤다. 그리고 RJ가 바에서 나와 내 쪽으로 다가왔다. 그의 시선은 나에게 고정되어 있었다. 고개를 젓고 있지만 나를 꾸짖는 것은 아님을 알 수 있었다. 그의 눈은 환하게 빛났고, 뺨에는 홍조가 떠올라 있었다.

나는 와락 RJ의 품에 안겼다. 장화가 내 손에서 떨어졌다. 그가 입은 부드러운 셔츠의 감촉이 내 뺨에 느껴졌다. 나는 셔츠에서 풍겨 나오는 그의 깨끗한 향기를 들이마셨다.

"남부 아가씨." RJ가 내 귀에 속삭였다.

나는 아무 말도 할 수 없었다. 아마도 이 환영인사는 내 평생 잊지 못할 것이다.

❖

'메를롯 드 라 미텐느'는 내 앞에 놓인 과제를 깨끗하게 잊게 해주었다. 나는 내일 엄마를 만날 중압감에서 벗어나 활기차고 홀가분한 이곳의 분위기에 집중했다.

RJ의 식당은 학생들과 폭주족들이 어깨를 마주 대고 앉는, 다양한 사람들이 모이는 한마디로 용광로 같은 곳이었다. 포도주 때문인지, 아니면 RJ의 느긋한 성격 때문인지, 손님들도 긴장을 늦추고 가식을 한 꺼풀씩 내려놓았다. 포도주를 마시며 다른 손님들과 얘기를 나누다 보니 2시간이 훌쩍 지나갔다. RJ는 내 브레드스틱을 극찬하며 바에 있는 손님들에게 나눠주었다. RJ는 재방문하는 손님들에게는 이름을 부르며 인사하고, 처음 온 손님들에게는 어디서 왔는지, 무슨 일로 왔는지 물었다. 그 모습을 바라보자니 토크쇼를 진행해야 할 사람은 그라는 생각이 들었다. 그렇다. RJ는 매력적이다. 의도적으로가 아니라 진심으로 사람들을 대했다. '나는 순수하게 당신을 좋아해요'라는 호소력이 있었다. 또 캐나다에서 온 두 명의 수녀들과 대화를 나눌 때는, 얼핏 예의 없어 보일 수도 있는 태도를 삼가는 것으로 그들의 정서를 존중했다.

지난번처럼 가방을 맨 자크와 이지가 도착한 4시 30분이 되어서야 RJ는 휴식을 취했다. 안으로 들어오는 아이들을 향해 그가 손을

279

흔들었다. 직원 돈에게 신호를 보내자 그가 RJ를 대신해 바 뒤에 자리를 잡았다.

RJ와 아이들이 포옹하고 주먹을 부딪쳐 인사하는 모습을 바라보며 나는 미소를 지었다. 그는 아이들을 테이블에 앉히고 간식을 가지러 들어갔다.

이 남자가 실제 인물이 맞는 걸까? 이 아이들과 매디는 이 남자와 어떤 관계일까? 이렇게 친절한 사람은 처음 봤어. 내가 차가운 사람인가?

6시쯤 되자 손님들이 하나 둘씩 빠져나갔다. 지금은 돈이 바 뒤에서 여섯 명의 손님들과 대화를 나누고 있다. 나는 테이블에 앉아 이지의 수학숙제를 도와주었다.

이지가 새된 소리를 내질렀다. "엄마!"

몸을 돌리자 매디가 우리 쪽으로 걸어오는 모습이 보였다. 그녀는 머리끝에서 발끝까지 검은색으로 차려입고 있었다. 직장에서 그런 차림을 해야 하는 것이라 추측했다. 매디는 나를 보자 걸음을 늦췄다. 잠시 난 그녀가 화가 났다고 생각했다. 그건 매디와 RJ가 모종의 관계가 있다는 걸 의미할지 모른다. 하지만 곧 매디의 얼굴이 부드러워지더니 환하게 웃었다.

"헤이! 당신을 기억해요." 매디가 보라색 손톱으로 나를 가리켰다. "돌아오셔서 기뻐요. 안 그래도 당신 두 사람, 느낌이 있었어요."

물론 매디가 말한 '느낌'은 무모한 억측에 지나지 않는다. 하지만 난 내가 좋아하는 남자애도 나를 좋아한다는 친구의 이야기를 들은 십대 소녀가 된 기분이었다.

❖

RJ와 나는 바깥에 서서 아이들에게 손을 흔들어 작별인사를 했다. 오늘의 풍경은 4주 전의 눈 덮인 풍경과는 사뭇 다르다. 체리나무의 앙상한 가지에는 이제 움이 돌아났고 연녹색 잔디가 담요처럼 과수원을 덮고 있었다.

"이곳은 정말 아름다워요." 정말 그랬다. 잔디의 녹색과 체리나무의 붉은 가지, 그 너머의 푸른 물이 아름다운 조화를 이루고 있다.

"이곳이 체리나무 원산지예요." RJ가 말했다.

"정말이에요?"

"이 반도는 호수의 영향을 받아요. 그리고 저곳이⋯⋯." RJ는 내 곁으로 다가와 만 너머로 보이는 또 다른 손가락 모양의 땅을 가리켰다. "체리나무를 키우기에 최적인 국지기후를 만들어내요. 포도주를 만드는 품종인 비니페라 포도를 키우기에도 적합하죠."

나는 과수원에 있는 서랍 달린 상자처럼 보이는 것을 가리켰다. 서랍들은 모두 예쁜 파스텔색으로 칠해져 있었다.

"저건 뭐예요?"

"벌집이에요. 체리나무 4천 제곱미터당 14만 마리의 벌이 필요해요. 몇 주만 더 있으면 벌들이 꽃 주위를 날아다니며 마법을 부릴 거예요."

RJ가 나무들을 가리켰다. "당신이 보고 있는 저 움들은 곧 크고 하얀 꽃으로 바뀔 거고요. 붉은 가지와 초록색 이파리가 색을 입으면, 분홍색과 초록색이 어우러진 과수원들이 반도를 따라 끝없이

281

이어진 모습을 볼 수 있어요. 푸른 호수를 배경으로 펼쳐지는 그 장면은 그야말로 장관이죠. 당신도 그걸 꼭 봐야 해요."

"언젠가는 그러지요." 나는 시계를 보았다. "하지만 지금은 가는 게 좋겠어요."

"절대 안 돼요. 난 당신에게 저녁식사를 대접할 거예요. 벌써 예약해뒀어요."

25

내가 좀 더 훌륭한 여자였다면 거절했을 것이다. 평범한 여자였대도 죄책감을 느꼈을 것이다. 하지만 RJ가 자신이 가장 좋아하는 식당에서 저녁식사를 하자고 청했을 때, 나는 단지 마이클에게 간단한 메시지를 남길 정도의 시간 동안만 망설였다.

"헤이, 나야." 화장실에 서서 민트 초콜릿을 입안에 던져넣으며 내가 말했다. "지금쯤 제니퍼와 드포리오 씨 만나고 있겠네. 나 저녁식사하러 간다는 이야기 하려고. 이곳 포도원에 들렀다가 주인과 간단히 먹으러 나가려고. 나중에 전화할게."

내가 변명을 하고 있다는 걸 알았다. 난 지옥에 떨어질지도 모른다. 하지만 아직은 도덕의 경계에서 벗어나지 않았다고 스스로를 납득시키고 싶었다. 그래, 난 지금 선을 살짝 밟고 있는지도 모른다. 하지만 아직 넘은 건 아니다.

우리는 그랜드트래버스 만이 내려다보이는 창가에 앉아 찐 홍합과 살짝 구운 참치와 위스키 소스에 흠뻑 적신 가리비를 먹었다. 하지만 패스트푸드 햄버거를 먹었더라도 이 식사가 내 생애 가장 멋진 데이트임에는 변함이 없었을 것이다. 그게 실제로 데이트였다면 말이다.

RJ가 내 잔에 포도주를 따랐다. "화이트 버건디는 샤르도네(화이트 와인을 만드는 대표적인 포도 품종 – 옮긴이)로 만들어요. 이 버터 소스를 곁들인 홍합과 완벽하게 어울리죠." RJ가 고개를 저었다. "미안해요. 멍청이처럼 알은체를 했군요. 당신은 뉴올리언스에서 왔으니 포도주나 요리에 관해서라면 나보다 한 수 위일 텐데."

"맞아요, 거의 그래요."

RJ가 나를 바라봤다. "정말이에요? 미식가예요?"

"아니요. 난 알은체하는 멍청이라는 데 동의한 거예요." 고개를 빳빳이 든 채 내가 말했다.

RJ가 고개를 떨궜다. 하지만 내가 웃음을 터뜨리자 바로 농담이라는 것을 알아차리고는 그도 따라 웃음을 터뜨렸다.

"아, 당신이 이겼어요. 난 정말 멍청이처럼 굴었어요. 미안해요."

"아니에요. 내가 얼마나 화이트 버건디 설명서를 간절히 원했는지 당신은 모를 거예요."

RJ가 함박웃음을 띠며 잔을 들었다. "화이트 버건디와 겸연쩍어하는 얼굴들을 위하여. 그리고 불시의 방문객들을 위하여."

포도주를 마시며 나는 허름한 옷을 입고 날마다 가게에 들르는 자크와 이지에 관해 물었다.

"아이들이 나에게 와서 얻는 것만큼이나 나도 아이들에게서 많은 것을 얻어요. 서로에게 이득이 되는 만남이죠."

"정말이에요?"

하지만 그의 말을 액면 그대로 믿지는 않았다. 이 남자는 따뜻한 마음을 지닌 남자다. 그것은 의심의 여지가 없다.

"여름 동안 아이들은 아주 큰 도움이 돼요. 자크는 타고난 양봉가예요. 자기가 벌을 매혹시킨다고 주장하죠. 난 그 말에 동의하지 않을 수 없어요. 나는 꿀을 발효시켜서 '미드'라고 불리는 고대 음료를 한번 재현해볼까 해요. 그게 팔리면 이익금을 자크의 대학 학자금으로 쓰려고요."

"그러면 이지는 무슨 일을 해요?"

"이지는……" RJ는 무언가를 생각하는 듯 잠시 말을 멈췄다. "이지는 부엌일을 도와요."

내가 깔깔 웃었다. "오, 그래요. 다섯 살짜리 꼬맹이가 부엌일을 퍽이나 돕겠네요. 날 속일 생각 말아요, RJ. 이지는 도움이 되기보다는 성가실 때가 더 많을 거예요. 당신은 그냥 그 아이들을 좋아하는 거예요. 인정하세요."

RJ가 웃으며 고개를 흔들었다. "그 아이들은 아주 특별해요. 매디는 혼자 힘으로 아이들을 기르느라 눈코 뜰 새 없이 바빠요. 매디가 늘 믿음직스러운 건 아니지만, 어린데도 정말 최선을 다하고 있어요."

"당신이 그들의 삶에 중요한 부분이라는 건 확실히 알겠네요. 애들 아빠는 어디 있어요?"

RJ의 얼굴이 어두워졌다. "죽었어요. 거의 2년 다 됐어요."

"아팠나요?"

RJ가 숨을 들이마셨다. "맞아요. 그랬어요. 슬픈 이야기죠."

나는 더 묻고 싶었지만 RJ의 눈에 드리운 그림자가 그 주제를 꺼내서는 안 된다고 말하고 있었다.

우리는 서로의 야망에 대해(그의 포도주 제조와 요리, 그리고 나의 제빵) 이야기를 나누며 시간을 보냈다. 우리는 가장 크게 성공했던 경우와 가장 크게 실패한 경우를 놓고 이야기했다. 자세한 내용까지 깊이 들어가지는 않았지만, 나는 엄마 이야기도 했다.

"십대 시절 이후로 우리 관계는 삐걱거렸어요. 그리고 결국 난 내 잘못이 컸다는 걸 깨달았죠. 지금은 엄마와 내가 일종의 평화조약을 맺을 수 있기를 바라고 있어요."

"행운을 빌어요. 개인적인 관점에서 말하자면, 난 두 사람이 떨어질 수 없는 관계가 되었으면 좋겠어요."

심장박동이 빨라졌다. 나는 무릎 위에 놓인 냅킨을 꽉 쥐었다.

"당신이 가장 크게 실패한 이야기를 해주세요."

RJ는 자신의 결혼생활에서 좋았던 점과 나빴던 점에 관해 이야기했다.

"문제는 우리가 같은 꿈을 나눌 수 없다는 거였어요. E&J를 그만두고 싶다고 말하자 스테이시는 격분했어요. 내가 늘 포도원을 가지고 싶어했다는 걸 그녀가 끝내 몰라주어 나는 망연자실했고요.

솔직히 말해 스테이시가 이사로 자신의 삶이 뿌리 뽑히기 원하지 않는다는 게 이유의 전부였다면 난 그녀를 비난하지 않았겠죠. 하지만 다른 이유가 있었어요. 사실 스테이시의 직장 상사, 알렌이 아니었더라면 난 이혼하지 않고 아직도 회사에 매여 있을 거예요. 지난 11월에 그들은 결혼했어요."

"오, 그럴 수가! 유감이네요."

RJ가 두 손을 들어올렸다. "스테이시는 행복해요. 알렌도 행복하고요. 우리는 그리 잘 어울리지 않았어요. 이제 그걸 알겠어요."

"무슨 말인지 알아요."

나는 시카고에서 잭이 결혼한다고 말했을 때 어떤 기분이 들었는지 말하고 있는 나 자신이 놀라웠다.

"충격이었어요. 잭은 자신이 나에게 어울리는 사람이 아니라고 했지만, 그 순간에는 그가 아이가 생겼고 결혼도 할 거라는 말에 충격을 받았어요. '내가 실수한 거라면 어떡하지?' '만약 내가 그에게 기회를 한 번 더 주었더라면?' 하는 생각이 들더라고요. 하지만 너무 늦었죠. 문은 닫혔고 빗장까지 걸렸어요."

"그래, 당신 생각은 어때요? 잭이 당신이 찾는 바로 그 사람이었나요?"

"아니요. 그는 아니었어요. 잭은 멋진 남자였어요. 하지만 잭은 내가 결코 잊지 못할 이야기를 했어요. '네가 누군가를 사랑한다면, 넌 절대 그 사람을 버리지 않을 거야'라고요."

RJ는 그 말을 곰곰이 생각하는 것 같았다.

"그의 말이 맞다고 생각해요. 당신 스스로 그 관계를 계속하길 원했다면 당신은 그걸 알아차렸을 거예요. 하지만 당신은 그 사람이 아닌 다른 누군가가 있을지 모른다고 생각했나 보군요."

얼굴이 달아올랐다. 그래, 난 다른 누군가가 있을지 모른다고 생각하고 있어. 그 누군가가 과연 마이클 페인이 맞는지 의심하면서. 그리고 당신과의 만남도 이렇게 즐거워해서는 안 되는 게 아닌지 불안해하고.

RJ가 테이블에 팔을 올리고 몸을 기울였다. "좋아요, 첫 데이트의 상투적인 주제로 이건 어때요? 인생에서 꼭 갖고 싶거나 하고 싶은 것 말하기."

나는 미소를 지으며 프랑스빵 한 조각을 크게 떼서 와인 소스에 담갔다. "단순해요. 나무 위의 집을 갖고 싶어요."

RJ가 웃었다. "나무 위의 집이라고요? 이봐요, 그런 꿈은 일곱 살만 넘어도 꾸지 않는 꿈 아닌가요?"

놀리면서 심각한 화제에서 가벼운 이야기로 자연스레 넘어가는 RJ의 대화 방식, 마음에 들어.

"난 안 그래요. 사다리와 밧줄이 있는 나만의 나무 집을 갖고 싶어요. 강을 조망할 수 있는 자리에 의자와 책장과 커피 테이블을 놓을 만큼 큰 집이요. 나를 행복하게 해주는 것들이거든요. 나머지 물건들은 세상에서 사라져도 괜찮아요."

"정말 멋진데요. 혼자만의 나무 집이라……. 내 생각엔 당신은 문에다 '남자 금지'라는 팻말을 달아놓을 것 같은데요."

"그럴지도 몰라요. 비밀번호를 모른다면요." 나는 내숭을 떨며 말했다.

나를 바라보는 RJ의 눈길이 너무나 강렬해서 난 시선을 돌려야 했다. RJ는 목소리를 낮추고 몸을 더 깊숙이 숙였다. 그래서 우리 두 사람의 얼굴이 거의 맞닿다시피 했다.

"비밀번호가 뭐죠?"

심장이 두근거렸다. 잔을 들었지만 손이 너무 떨려 다시 내려놓고 말았다. 나는 테이블 너머에 있는, 내가 이렇게 좋아할 권리가 없는 사람의 눈을 응시했다.

"난 남자친구가 있어요, RJ."

26

RJ가 눈썹을 치켜떴다. 날카롭게 들이쉬는 그의 숨 소리가 들렸다. 하지만 그는 재빨리 평정을 되찾았다.

"재밌는 비밀번호군요. 좀 더 상상해보자면, 두 번 노크를 하고 가볍게 세 번 두드린 다음 말해요. '난 남자친구가 있어요, RJ.' 절대 못 잊겠는데요."

나는 끙 소리를 냈다. "저기, 미안해요. 이 정도는 괜찮으리라 생각했어요. 당신은 좋은 남자이자 좋은 친구예요. 남자든 여자든 함께 즐겁게 식사할 수 있는 사람이고요." 나는 냅킨으로 시선을 떨구었다. "하지만 사실 난 지나치게 즐거워해요. 그건 잘못이에요. 두려워요." 나는 힘겹게 RJ를 바라보았다.

RJ가 손을 뻗어 내 팔을 잡았다. "헤이, 괜찮아요. 집에 돌아가 그

놈에게 당신이 다른 사람을 만났다고 얘기해요. 당신은 아직은 잘 모르는 어떤 사내를 위해 그를 버리고 있는 거예요. 미시건 산골짜기에 사는 매력남을 위해서 말이죠. 장거리 연애를 계속할 거라고 그에게 말해요. 왜냐하면, 음, 1,900킬로미터 정도는 얼마든지 극복할 수 있는 거리니까요." 그가 고개를 갸우뚱했다. "그래요, 그게 당신 집에서 내 집까지의 정확한 거리예요. 맞아요, 그 말은 내가 장거리 연애의 가능성도 충분히 생각했다는 거죠."

RJ의 눈길이 어찌나 간절한지 그를 안아주고 싶었다. 하지만 그렇게 위로해도 될지 확신이 서지 않았다. 여름캠프에서 사랑에 빠진 어린애들 같은 기분이었다. 가족들과 학교와 사는 지역이 다르다는 이유로 헤어져야 하는. 나는 벌써부터 마음이 아팠다.

한밤중에야 포도원으로 다시 돌아왔다. 난 아직 숙소 예약도 못하고 있었다.

"운전해도 되겠어요?" RJ가 물었다.

"네. 모든 게 고마워요." 나는 두 시간 전 포도주 반 잔밖에 마시지 않았다.

서로 눈이 마주쳤다. 나도 모르는 사이 나는 RJ의 품에 안겨 있었다. 나는 그에게 기대 그의 체온과 내 머리를 쓰다듬는 부드러운 손길을 느끼고 있었다. 이 순간을 기억에 새겨두고 싶었다. 내 머리에 닿은 묵직한 그의 뺨과 내 귀에 스치는 그의 따뜻한 숨결을. 나는 세상이 이대로 사라져버리길 바라며 눈을 감았다.

RJ가 내 머리에 입을 맞추고는 뒤로 물러섰다. 우리는 서로를 응시하며 서 있었다. 나는 힘겹게 몸을 돌렸다.

"가야겠어요. 내일은 바쁠 거예요."

가슴이 두근거리다 못해 산산이 부서지는 느낌이다.

"미안해요. 많이 흥분했던 것 같아요." 주머니에 손을 집어넣으며 그가 말했다.

나는 RJ에게 괜찮다고, 나도 역시 그랬다고 말하고 싶었다. 그의 품속으로 다시 돌아가 나를 감싸는 그의 팔을 느끼며 밤을 지새우고 싶었다. 하지만 그건 잘못된 일이다. 그랬다간 나 자신을 결코 용서할 수 없을 것이다.

"다시 볼 수 있겠죠?"

나를 둘러싼 희망 없는 상황에 나는 어깨를 으쓱하는 거로 대꾸했다. "모르겠어요."

"내 생각엔 분명히 제가 당신에게 전화할 것 같아요."

"정말요? 그러면 정말 기쁠 거예요. 하지만 난 그러지 않을 거예요. 난 마이클에게 완벽하게 매여 있으니까요."

처음으로 마이클의 이름을 입에 올렸다. RJ의 표정이 굳어졌다.

"마이클도 그걸 알았으면 좋겠군요."

나는 목에 손을 올리고 고개를 끄덕였다. 나도 그렇다. 하지만 지난달 이곳 RJ의 작은 포도원을 우연히 방문한 후, 나는 마이클에 대한 확신이 사라졌다.

RJ가 나를 내려다보며 미소 지었다. 하지만 그의 눈빛은 무거웠다. "당신이 그를 걷어차게 되면 꼭 나를 첫 번째 우선순위에 놓아주세요, 그럴 거죠?"

나는 미소를 지으려 애썼다. "약속할게요."

우리 두 사람 모두 꿈을 꾸고 있었다. 내가 혼자가 되더라도, 우리가 스쳐 지나가는 관계 이상이 될 방법은 없다. 우리의 직업 때문에 관계를 끝까지 지속할 수 없다. 하지만 나야말로 영속적인 관계를 간절히 원한다.

다음 날 아침, 숙소에서 잠이 깼다. 만이 내려다보이는 통유리에 가장 먼저 시선이 닿았다. 하늘을 분홍과 오렌지 빛으로 물들이며 수평선 위로 해가 올라오고 있었다. 나는 안개가 덮인 만을 바라보며 내 앞에 펼쳐질 오늘 하루를 위해 조용히 기도했다.

돌로 된 벽난로와 마룻바닥, 그리고 붙박이장이 있는 거실로 갔다. 내 취향에 맞는 집이다.

RJ에게 이곳을 보여주고 싶다. 어쩌면 저녁식사에 초대할 수 있을지도 몰라. 하지만 물론 난 그럴 수 없다. 갑자기 슬픔이 솟구쳤다. 잘 알지도 못하는 누군가에게 이런 친밀감을 느끼는 게 어떻게 가능하지? 최근 마이클과의 관계가 소원해서 그런 걸까? 내가 대체용 남자를 필요로 하는 여자라고 생각하고 싶지는 않지만, 어쩌면 그럴지도 모르겠다. 마이클에게서 느껴지는 거리감이 나를 약하게 만들고 있었다.

커피를 내려, 노트북 컴퓨터와 함께 데크로 가지고 나갔다. 생각보다 추웠지만 매력적으로 아름다운 풍경에 안으로 다시 들어갈 수가 없었다. 옷을 단단히 여미고 맨발을 웅크렸다. 나는 RJ, 그리고 그와 함께 있을 때 드는 감정을 떠올리며 장엄한 풍경을 바라보았다.

나도 모르게 끙 하고 신음이 나왔다. 이건 미친 짓이야! 노트북 컴퓨터를 열고 인터넷에 접속했다. 제임스 피터스 씨에게서 메일이 와 있었다. 나는 숨을 멈추고 메일이 뜨기를 기다렸다.

한나,

석유 시추와 5대 호에 관한 제안서를 보내줘서 고마워요. 안심하세요, 당신은 아직 지원하신 자리의 후보로 남아 있습니다. 하루 이틀 뒤에는 결정할 계획입니다.

안녕히 계세요,

제임스

나는 숨을 뱉었다. 다행이다. 아직 기회가 있다. 일자리를 얻게 되면, 난 염려할 필요가 없다. 뉴올리언스보다 먼저 시카고에서 엄마를 초대해 방송으로 내보낼 수 있을 것이다.

제이드에게서 온 메일을 읽고 있는데 휴대폰이 울렸다. 힐끗 보니 마이클이었다. 나는 미소 대신 한숨을 쉬며 또다시 어색한 대화가 펼쳐질 것에 대비했다. 며칠만 있으면 다시 평소처럼 회복될 것이다. 적어도 내 생각은 그랬다.

"안녕." 짐짓 활기찬 말투로 내가 말했다.

"미시건은 어때?"

"좋아. 난 그랜드트래버스 만이 내려다보이는 데크에 앉아 있어. 엽서에나 나올 법한 풍경이야."

"그래?"

"응. 정말 이상해. 내 기억과는 달라."

"어머니는 만났나?"

마이클의 목소리가 단호했다. 그는 내 기억 얘기는 듣고 싶어하지 않았다. 단지 내가 엄마와 화해했는지, 그리고 내가 돌아오는 중인지만 알고 싶은 것이다.

"곧 갈 거야. 밥이 일하러 나가고 엄마 혼자 집에 있는 시간에 가고 싶어서."

"어젯밤에는 뭐 했어? 전화하려고 했는데."

심장박동이 빨라졌다. "근사한 프랑스 식당에 갔어."

"오, 그래. 메시지 받았어. 포도원 주인과 함께. 맙소사, 나라면 허락하지 않았을 거야."

마이클은 RJ를 비웃고 있었다. 나는 치밀어오르는 화를 삼켰다.

"그 사람이 만드는 와인은 정말 훌륭해. 당신도 놀랄걸. 포도원은 또 얼마나 멋진데. 진짜 아름다워."

"음, 그곳에 반하지는 마. 당신이 이번 주말까지는 돌아왔으면 좋겠어. 시립공원 기금 모금 행사가 금요일 밤에 있다는 건 기억하지?"

또 다른 기금 모금 행사. 허튼소리와 공약이 난무하고 수많은 악수와 어깨를 치며 하는 인사들이 오가는. 난 예전에도 그걸 즐기기가 힘들었다.

"그래, 갈게. 당연히 가야지." 잠시 멈춘 다음 덧붙였다. "가끔은 당신이 나를 위해 있어주면 좋을 텐데 말이야."

미처 삼키지 못한 말이 흘러나왔다. 나는 기다렸다. 수화기 저편에서는 10초 남짓 침묵이 흘렀다.

"그게 무슨 뜻인지 내가 알아야 해?" 냉담한 목소리로 마이클이 말했다.

심장이 쿵 하고 무너져내렸다. "오늘 난 심난한 일을 앞두고 있어, 마이클. 당신은 나에게 행운을 빌어주지도 않았잖아."

"과거를 파헤치는 건 실수라고 난 분명히 말했어. 하지만 당신은 내 말을 듣지 않고 오히려 그쪽으로 전력 질주하고 있잖아. 당신이 말하는 '나를 위해 있어주면'의 의미는 내가 생각하는 의미와 다른지도 모르겠어."

마이클이 나를 조종하게 내버려둘 생각은 없다.

"내가 하는 일을 당신이 지지하지 않는다는 건 알아. 하지만 당신이 날 믿어주면 좋겠어. 난 우리를, '우리'라는 게 있다면 말이지, 망치려는 게 아니야." 1,600킬로미터나 떨어져 있어서인지, 아니면 매력적인 남자와 어제 저녁을 함께해서인지, 나는 오늘 힘의 균형이라도 달라진 것처럼 대담하게 굴고 있다. "가끔 난 우리가 결혼할수 있을지 의심스러워. 난 서른네 살이야, 마이클. 나에겐 시간이 그리 많지 않아."

심장이 요동쳤다. 난 기다렸다. 오 하느님, 제가 대체 무슨 짓을 한 거죠?

중대한 정치적 발언을 하기에 앞서 그러는 것처럼 마이클은 목소리를 가다듬었다. "당신이 지금 예민하다는 건 알겠어. 그래도 당신 물음에 답을 하자면, '우리'란 것이 있냐고? 그래, 있어. 적어도 내 생각은 그래. 처음부터 분명히 말했듯이, 난 에비가 졸업할 때까지는 재혼 문제는 미뤄두고 싶어."

"내년 봄이면 졸업해. 지금 계획을 세운다고 엄청나게 서두르는 건 아닌 것 같은데. 이제는 그 문제를 얘기할 수 있지 않을까?"

"맙소사, 한나. 당신 대체 어떻게 된 거야? 그래, 당신이 돌아오면 얘기해."

마이클은 껄껄 웃었다. 하지만 그 웃음은 토론 도중 상대편에게 보이던 억지웃음과 똑같았다.

"이제 나가봐야겠어. 오늘 조심해서 다녀와." 마이클이 잠시 말을 멈췄다. "그리고 분명히 말하는데, 행운을 빌어."

27

오늘 아침엔 장신구부터 머리 모양까지 모든 결정이 어렵게 느껴졌다. 바지를 입을까, 아니면 치마를 입을까? 머리에는 웨이브를 줄까, 아니면 반듯하게 펼까? 립스틱을 바를까, 아니면 챕스틱을 바를까? 목걸이를 할까, 하지 말까?

"제기랄."

블러셔 콤팩트가 손에서 미끄러지는 순간, 저절로 욕설이 나왔다. 콤팩트는 타일 바닥에 떨어졌다. 거울은 산산조각 났고 분홍빛 파우더 조각들은 바닥에 흩뿌려졌다. 깨진 조각을 들어올리는 내 손은 떨리고 있었다.

너무 늦지 않았을까? 시간이 너무 많이 지나 모녀 사이를 묶고 있던 사랑의 감정이 엄마에게 더 이상 남아 있지 않을 수도 있다.

엄마는 밥을 두둔하느라 나를 잊었는지도 모른다. 밥이 엄마를 세뇌했을지도 모른다.

밥은 나를 미워하고 있을 게 틀림없다. 정신을 번쩍 들게 하는 깊은 두려움이 나를 휘감았다. 나는 가능한 시나리오를 열두 가지도 넘게 상상했지만 그런 건 전부 소용없다. 밥이 나에게 고함을 치면? 나를 때리려 하면? 아니다, 내가 기억하는 밥은 폭력적인 사람이 아니다. 사실 내가 기억하는 밥은 언성을 높인 적도 없었다. 내가 밥을 변태라고 불렀을 때 그가 어떤 얼굴을 했는지 지금도 생생하다. 믿을 수 없다는 듯 일그러진 얼굴. 나는 그 얼굴을 결코 잊지 못할 것이다.

8시 반이 되자, 상황을 살피기 위해 나는 다시 한 번 엄마 집 근처로 차를 몰았다. 운전대를 꽉 잡은 손에 땀이 찼다. 오늘도 엄마가 혼자 밖으로 나와주길 바랐다. 그러면 엄마에게 다가가 미안하다고 말할 수 있을 것이고, 그로써 내 숙제는 끝날 것이다. 하지만 진입로에는 갈색 셰보레만 홀로 서 있었다. 오늘 아침에는 아무도 나와 있지 않았다.

속도를 줄였다. 창 너머로 움직임이 보이는 것 같았다. 엄마가 안에 있을까? 초인종을 눌렀는데 밥이 나오면 어떡하지? 밥은 나를 알아볼까? 집을 잘못 찾았다고 말하고 그냥 되돌아올까? 오후에 엄마가 돌아올 때까지 그냥 기다릴까?

아니다. 행동해야 한다. 벌써 화요일이다. 시간이 많지 않다.

갓길에 차를 세웠다. 하지만 이번에는 숲에 숨어 지켜보는 대신 진입로를 걸어 올라갔다. 진입로는 포장이 돼 있지 않았다. 낮은 구두 굽 아래로 자갈이 굴러다녔다. 엄마는 어떻게 이 자갈길을 다니는지 궁금했다.

불현듯 바로 이 진입로에서 아빠 차를 타고 떠나던 마지막 광경이 떠올랐다. 아빠는 후진기어를 넣고 차를 움직였다. 우리는 조금씩 멀어져갔다. 주인을 쫓아오는 강아지처럼, 엄마는 차 뒤를 따라 달렸다. 진입로가 끝나가는 지점에서 엄마가 자갈길에 넘어지는 모습이 보였다. 엄마는 땅에 쓰러져 흐느꼈다. 아빠도 그 모습을 봤다. 도로에 이르자 아빠는 속도를 냈다. 나는 의자에서 몸을 돌려, 자동차 바퀴에서 튀어나간 작은 돌들이 엄마에게 부딪치는 모습을 겁에 질린 채 바라보았다. 하지만 나는 다시 앞으로 몸을 돌렸다. 더 이상 볼 수가 없었다. 대신 난 마음에 또 한 겹의 철벽을 둘렀다.

나는 손으로 머리를 짚었다. 제발, 이런 기억은 더 이상 떠올리지 말자!

현관 위로 첫발을 내디디자 몸이 휘청거렸다. 쇠로 된 난간을 잡았다. 나무로 지어진 그 집은 길에서 볼 때보다 가까이서 보니 훨씬 더 낡아 보였다. 회색 페인트가 벗겨지고, 현관 방충문의 경첩은 떨어져나갔다. 대체 밥은 왜 이걸 고치지 않는 거야? 그리고 난 왜 하필 이 오래된 목걸이를 하고 왔을까? 이 목걸이값이 이 오두막보다 훨씬 비쌀 것이다. 그렇게 오랜 세월 원망을 해왔는데도 엄마를 보호하고픈 마음이 드는 게 이상했다.

닫힌 문 뒤에서 말소리와 웃음소리가 조그맣게 새어나왔다. 〈투데이 쇼〉의 알 로커 목소리였다. 엄마가 몸을 숙이고 있는 것이 화장실 거울에 비쳤다. 화장을 하는 동안 〈투데이 쇼〉를 들으려고 거실 텔레비전을 켜놓았나 보다.

문득, 엄마가 아침마다 텔레비전을 즐겨 본다는 사실이 내가 직업을 선택하는 데 영향을 끼친 건 아닐까 하는 생각이 들었다. 언젠가 엄마가 텔레비전에서 나를 봤으면 하고 바랐을까? 아니면 이따금 들었던 생각처럼, 대답이 아니라 질문을 하는 직업이라 그 일을 택했을까?

나는 깊게 심호흡을 했다. 그리고 다시 한 번 더 목소리를 가다듬고 스카프를 고쳐 매 다이아몬드-사파이어 목걸이를 숨긴 다음, 초인종을 눌렀다.

엄마는 검정색 바지와 푸른색 셔츠 작업복을 입고 있었다. 엄마는 야위었다. 아주 말랐다. 한때 엄마의 가장 큰 특징이었던 풍성한 머리는 이제 흐릿한 갈색으로 변해 생기를 잃었다. 입가에는 주름이 져 있었고, 눈 아래로는 다크서클이 내려와 있었다. 험한 인생을 살아온 쉰네 살 여인의 망가진 얼굴이 거기 있었다. 나는 손으로 입을 가렸다.

"누구세요?" 현관 방충문을 열며 엄마가 말했다.

모르는 사람에게 문을 열어줘서는 안 된다며 엄마의 순진함을 꾸짖고 싶었다. 엄마는 나를 보고 미소를 지었다. 한때 아름다웠던 치아는 얼룩져 있었다. 눈에 익은 부분을 찾으며 엄마의 얼굴을 들여다보았다. 연푸른 눈동자는 그대로였다. 그 안에는 여전히 부드러움이 깃들어 있었다. 하지만 또 다른 것, 슬픔도 깃들어 있었다.

입은 열었지만 아무 말도 나오지 않았다. 엄마의 눈과 마음이 나를 알아차리는 동안 나는 그저 가만히 엄마를 바라보았다.

동물의 울음 같은 본능적인 외침이 엄마의 목에서 터져나왔다. 엄마가 현관으로 나오자마자 문이 쾅 닫혔다. 엄마는 내 몸이 휘청할 정도로 온 힘을 다해 나를 껴안았다.

"내 딸! 내 예쁜 딸!" 엄마가 울부짖었다.

우리가 만난 바로 그 순간, 20년이란 세월이 녹아 없어지기라도 한 듯, 우리는 그저 엄마와 딸이었다. 가장 근본적이고 본능적인 사랑으로 이어진.

엄마는 나를 꽉 끌어안고 흔들었다. 엄마에게서 파출리유 냄새가 났다. "한나. 한나, 내 소중한 한나!"

풍향계처럼 우리는 앞뒤로 흔들렸다.

이윽고 엄마는 뒤로 물러나 내 볼과 이마와 코끝에 입을 맞추었다. 학교 가기 전 아침마다 하던 대로. 엄마는 꿈을 꾸고 있는 건 아닌지 두려워하는 눈으로 흐느끼며 나를 바라보았다. 엄마가 이제는 나를 사랑하지 않을지 모른다는 의구심은 감쪽같이 사라졌다.

"엄마." 목소리가 갈라져 나왔다.

엄마는 손으로 입을 막았다. "네가 여기 있구나! 네가 정말 여기 있어. 믿어지지 않아! 믿어지지 않아."

엄마가 내 손을 잡고 문 앞으로 데려가려 했지만 나는 움직이지 않았다. 안에서 텔레비전 소리가 시끄럽게 흘러나왔다. 머리만 바쁘게 움직였다. 내 다리는 뿌리라도 내린 듯 그 자리에서 움직이지 않았다.

나는 몸을 돌려 내 자동차를 보았다. 난 지금이라도 떠날 수 있다. '죄송해요, 가야겠어요.'라고 말할 수 있다. 난 이 집 안으로 다시 들어갈 필요가 없다. 내가 다시는 발을 들이지 않으리라 맹세했던 장소, 아빠가 다시는 가지 못하도록 금지한 장소 아닌가.

"그냥 갈게요. 엄마는 일하러 가야 하잖아요. 나중에 다시 올게요."

"아니야, 제발. 다른 사람으로 대체하라고 전화하면 돼."

엄마가 내 손을 잡아당겼지만 나는 손을 뺐다.

"그가…… 그가 여기 있나요?"

불안한 목소리로 내가 물었다. 엄마는 입술을 깨물었다.

"아니. 3시에 돌아올 거야. 지금은 우리 둘뿐이야."

우리 둘뿐. 엄마와 딸. 밥의 부재. 내가 원했던 상황이다. 그때도, 그리고 지금도.

엄마에게 손을 잡힌 채 안으로 들어갔다. 나무 연기와 레몬오일의 향기를 맡으니 1993년의 여름으로 다시 돌아간 느낌이었다. 나는 미친 듯이 뛰는 가슴이 진정되기를 바라며, 깊게 심호흡을 했다.

거실은 좁았지만 얼룩 하나 없이 깨끗했다. 한쪽 구석에 나무를 때는 낡은 난로가 놓여 있었다. 그 오래된 갈색 소파가 사라지고 없는 걸 보니 안도감이 들었다. 그 자리엔 커다란 조립식 베이지색 벨벳 소파가 좁은 거실 부분을 차지하고 있었다.

거실을 지나 좁은 부엌으로 가는 동안 엄마는 달라진 것들에 대해 쉬지 않고 이야기했다.

"밥은 10년쯤 전에 이 새 찬장을 만들었어."

나는 예쁜 오크 가구를 손으로 쓸었다. 도자기 타일처럼 보이는 사각형 조각들로 이루어진 비닐장판 바닥과 흰색 포마이커(내열성을 가지는 플라스틱 판 - 옮긴이) 조리대는 그대로였다.

엄마는 오크 식탁 밑에서 의자를 꺼내 나를 앉혔다. 엄마는 내 손을 꼭 잡고 맞은편에 앉았다.

"차를 좀 내올게. 아니면 커피. 넌 커피를 더 좋아할 것 같은데."

"둘 다 좋아요."

"그래. 그렇지만 우선 네 얼굴을 좀 봐야겠다." 엄마는 넋을 잃고 나를 바라보았다. "정말 예쁘구나."

엄마의 눈이 빛났다. 엄마는 손을 뻗어 내 머리를 쓰다듬었다. 그러자 불현듯 내가 엄마에게서 너무나 많은 것을, 너무나 많은 모녀 간의 순간들을 빼앗았다는 생각이 들었다. 머리와 손톱 손질, 화장하기를 좋아하던 이 여인은 자신의 딸에게도 그 기술을 가르쳐주고 싶었을 것이다. 졸업파티, 동창회, 졸업식. 그 모든 것이 엄마의 손이 닿지 않는 곳으로 사라졌을 것이다. 마치 내가 죽은 것처럼 말이다. 사고나 병으로 떠난 것이 아니라, 나 스스로 엄마를 떠나기로 선택했다는 것이 엄마에게 더 가슴 아픈 일이었을지 모른다.

"미안해요, 엄마. 이 말을 하려고 이렇게 왔어요."

말이 떨리며 흘러나왔다.

엄마는 망설이며 한 단어 한 단어를 신중하게 골랐다. 한마디라도 잘못했다가는 그 모든 고백들이 그대로 무너질지 몰라 두려운 것 같았다.

"넌…… 넌 밥에게 한 일에 대해 사과하는 거니?"

"전……" 여러 주 동안 연습했던 말이 목에 걸려 나오지 않았다. "확실히 모르겠어요……."

계속하라는 듯 엄마가 고개를 끄덕였다. 엄마의 시선은 나에게 고정되어 있었다. 그토록 애타게 듣고 싶었던 말이 내 입에서 나오기를 바라는 듯 강렬한 눈빛을 하고서.

"그날 밤에 실제로 무슨 일이 벌어졌는지 이제 확신이 서지 않아요."

헉 하고 숨을 들이키는 소리가 들렸다. 엄마는 손으로 입을 막고 고개를 끄덕였다.

"고맙다. 고마워." 숨이 가쁜 듯 가느다란 목소리였다.

우리는 차를 마신 후 정원을 산책했다. 처음이었다. 내가 꽃을 좋아하는 건 엄마를 닮았다. 엄마는 나무와 꽃을 하나하나 가리키며 그들의 특별한 용도를 내 기억에 새겨주었다.

"이건 네가 떠났던 해에 심은 수양버들이야. 얼마나 크게 자랐는지 보렴."

엄마는 라푼젤의 머리처럼 가지를 호수로 드리운 나무를 바라보았다. 딸의 빈자리를 대신하기를 바라며 구덩이를 파고 가느다란 나무를 심었을 엄마의 모습이 충분히 상상이 되었다.

"이 라일락을 보면 네가 처음으로 발레 발표회에 나가던 때가 생각나. 난 그날 글로리아 로즈 스튜디오에서 너에게 라일락 꽃다발을 사줬어. 넌 솜사탕 향기가 난다고 했지."

"기억나요." 혹시 엄마 아빠가 안 오면 어쩌나 걱정하며 무대 뒤에서 밖을 내다보던 작은 소녀가 떠올랐다. "난 엄마가 안 왔을까 봐 겁이 났어요. 엄마 아빠가 크게 다퉜잖아요."

긴 세월이 지난 뒤에야 그 기억이 이상하다는 것을 알게 되었다. 그 발표회를 마치고도 한참 뒤에야 우리는 디트로이트로 이사했다. 하지만 난 지금까지 밥이 나타나기 전에는 엄마 아빠가 한 번도 싸우지 않았다고 생각해왔다.

"그래, 맞아."

"괜찮다면 두 분이 왜 싸웠는지 말해주실래요?"

"별것 아니야, 애야."

어떤 의미에서 그건 중요했다.

"말해주세요, 엄마. 부탁이에요. 난 이제 다 컸잖아요."

엄마는 웃었다. "그렇구나. 네가 떠나던 때의 엄마 나이가 지금 네 나이와 같다는 걸 알고 있니?"

'네가 떠나던 때.' 엄마는 비난하는 어투로 그 말을 하지 않았지만, 그 말은 내 영혼을 찢어놓았다. 내가 떠날 때 엄마는 아주 젊었다. 그리고 내가 살아온 삶과 엄마의 삶은 엄청나게 다르다. 그때도, 그리고 지금도.

"엄마는 아빠와 아주 젊어서 결혼했어요. 그저 기다릴 수 없어서 그랬다고 하셨던 것 같은데."

"난 너무나 절실하게 스퀼킬 카운티를 떠나고 싶었어." 엄마는 스페니시 블루벨(키가 작은 백합과에 속하는 식물로, 꽃이 푸르고 종 모양이다-옮긴이)의 잎을 뜯어 손가락에 끼우고는 향기를 맡았다. "네 아빠는 세인트루이스로 이적할 예정이어서 누군가와 함께 가기를 원했어."

내가 고개를 들었다. "필요에 의해 결혼했다는 말로 들리네요."

"그 당시 그는 낯선 곳을 그다지 좋아하는 사람이 아니었어. 우리 둘 다 그랬어. 피츠버그를 떠난다는 건 두려운 일이었지. 그는 나를 데려가고 싶어했던 것 같아."

"하지만 두 분은 서로 사랑했잖아요."

엄마가 어깨를 으쓱했다. "우리가 서로에게 열정적이고 행복했던 시절에조차 난 그에게 결코 어울리는 사람이 아니라는 걸 알고 있었어."

나는 팔을 뻗어 엄마의 작업복에 붙은 머리카락을 떼어냈다.

"엄마가요? 엄마는 아주 예뻤잖아요. 아니, 지금도 예뻐요. 당연히 엄마는 아빠와 어울려요."

엄마의 눈에 그늘이 드리워졌다. "아니야, 애야. 그리고 그래도 괜찮아."

"왜 그런 말을 하세요? 아빠는 엄마를 사랑했어요."

엄마가 호수를 바라보았다. "난 특별한 사람이 아니었어. 난 학업에 어려움을 겪어서 이해할 수 없는 게 너무 많았지."

마음이 아팠다. 아빠는 올바른 어법에 관한 책을 사와 엄마의 문법을 바로잡아주려고 했다. "당신은 광부 딸처럼 말해." 아빠가 말했다. 당연히 엄마는 광부의 딸이었다. "넌 저런 잘못된 말 습관은 따라 하지 마." 아빠는 나에게 말하곤 했다. "교양 있는 사람들은 그런 식으로 말하지 않아." 아빠는 엄마의 말 습관을 흉내 내며 예로 들었다. 엄마는 웃으며 아빠를 물리쳤다. 하지만 난 엄마가 얼굴을 돌리기 전 입술이 떨리는 걸 보았다. 나는 엄마 뒤로 다가가 작은 팔로 엄마의 허리를 끌어안고 "엄마는 세상에서 가장 똑똑한 사람이야"라고 위로했다.

"네 외할머니가 청소부 일을 나갈 때마다 외할아버지는 나에게 집에서 아이들을 돌보라고 했어." 엄마는 입고 있는 작업복을 내려다보았다. "믿어지니? 나도 지금 청소부야."

엄마가 당황하고 있다는 걸 이제야 알 수 있었다. 디자이너의 옷을 걸친, 많이 배운 딸 앞에서 엄마는 부끄러움을 느끼고 있었다. 깊은 사랑의 감정이 북받쳐 올라 난 아무 말도 할 수 없었다. 괜찮다고 말하고 싶었다. 난 단지 엄마가 필요한 소녀에 불과하다고 말하고 싶었다. 하지만 그러면 너무 어색해질 것 같아 분위기를 가볍게 바꾸었다.

"엄마가 제일 유능한 직원일 거라는 데 내기할 수 있어요. 엄마는 늘 청소광이었잖아요."

엄마가 웃었다. 나는 엄마를 마주 봤다.

"사실 엄마가 더 능력 있었다고 할 수 있죠. 다른 사람을 찾은 건 아빠가 아니라 결국 엄마였잖아요. 아빠는 무너져내렸어요."

엄마가 시선을 돌렸다.

"그렇지 않아요?" 맥박이 빨라지는 것을 느끼며 내가 말했다.

엄마의 눈이 나와 마주쳤다. 엄마는 아무 말도 하지 않았다. 답은 이미 알 것 같았지만 그래도 확인해야 했다.

"아빠는 엄마에게 충실하셨죠, 그렇죠?"

"오, 얘야, 그건 네 아빠 탓만은 아니었어."

나는 손으로 머리를 짚었다. "안 돼! 왜 나에게 말하지 않았어요?"

"프로 운동선수들에게는 흔한 일이었어. 아마 지금도 그럴걸. 네 아빠와 결혼할 때부터 알고 있었어. 내 생각은 그저……." 엄마는 약간 슬프게 웃었다. "난 그를 달라지게 할 수 있으리라 생각했어. 난 어렸고 어리석었지. 아름다움만 있으면 그를 지킬 수 있으리라 생각했으니까. 하지만 그를 더 즐겁게 해주는 더 젊고 더 예쁜 여자들이 늘 있었어."

클라우디아가 떠올랐다. 엄마가 어떤 심정이었을지 충분히 이해가 됐다.

"완벽을 유지하기는 정말 쉽지 않죠."

엄마는 귀 뒤로 머리카락을 넘겼다.

"운동선수들은 원하는 여자는 누구라도 차지할 수 있었어."

분노가 솟구쳤다. "얼마나 많았어요?"

엄마는 아직 봉우리를 터트리지 않은 장미 울타리를 가리켰다.

"넌 항상 장미를 좋아했지. 하지만 난 장미를 그리 좋아하지는 않아. 난 이게 더 좋아." 엄마가 수선화를 가리켰다.

"여자가 얼마나 많았어요, 엄마?"

다그치듯 물었지만, 엄마는 고개를 저었다.

"한나. 그만해. 부탁이야. 그건 중요하지 않아. 네 아빠를 비난해

309

선 안 돼. 운동선수들 대부분이 그랬어. 원한다면 언제든지 여자들을 가질 수 있었어."

늘 자신이 부족하다고 여겨 필사적으로 젊음과 미모를 지키려고 애쓰며, 자주 꽉 끼는 청바지를 입곤 하던 젊은 시절의 엄마. 한 해 한 해가 지날 때마다 엄마는 시간을 저주했을 것이다.

"엄마는 행복하지 않았던 게 틀림없어요. 왜 그런 이야기를 안 했어요? 난 이해했을 텐데."

"네 아버지를 공경하라." 엄마가 성경을 인용하며 조용히 말했다. "그때 나에겐 너에게 그런 말을 할 권리가 없었어. 지금도 마찬가지고."

비명을 지르고 싶었다! 그 말을 했더라면 너무나 많은 것이 명백해졌을 것이다. 엄마를 악마로 만들었던 그 세월, 내가 그러도록 아빠가 내버려둔 그 세월을 엄마가 홀로 견뎌야 했던 것을 진작에 알았더라면, 난 엄마를 이해했을 것이다.

"언젠가 너 스스로 알게 되리라고 생각했어. 네가 더 나이가 들어 우리가 모녀관계를 넘어 가장 친한 친구 사이가 되면 말이야."

엄마가 나를 보고 미소를 지었다. 난 엄마의 푸른 눈 속에서 엄마의 잃어버린 꿈 전부를 볼 수 있었다.

엄마는 쪼그리고 앉아 화단에서 민들레 한 송이를 꺾었다.

"네 아빠는 사랑을 갈망했어. 물이 필요한 것처럼 사랑이 필요한 사람이었지. 단지 내가 사랑을 줄 수 없었을 뿐이야."

난 엄마가 틀렸다고 말하고 싶었다. 아빠는 사랑을 베푸는 사람이었다고 말하고 싶었다. 하지만 그건 겉모습일 뿐이다. 그 아래에

흐르는 진실은 다르다. 난 엄마 말이 옳다는 것을 알고 있다.

엄마가 잡초에서 흙을 털어내는 모습을 바라보았다. 나를 덮고 있던 '흙'이 나에게서 떨어져나가는 느낌이 들었다. 내가 고수하던 모든 것이, 모든 진실이 무너져내리고 있었다. 정말로 아빠는 나를 교묘하게 조종했을지 모른다. 아빠가 의도적으로 내 느낌에 독을 주입해 엄마와 나 사이를 이간질했을지 모른다. 도로시가 말했듯, 어쩌면 '아빠의 진실'은 진실이 아닐지도 모른다.

엄마는 덤불 뒤로 잡초를 던졌다.

"넌 예외였어. 난 그 사람이 널 사랑했다고 믿어, 한나 마리."

"아빤 할 수 있는 최선을 다했어요." 하지만 아빠가 준 건 이기적인 사랑이었다. 문득 도로시가 한 말이 떠올랐다. "저에게 편지를 보냈어요, 엄마?"

엄마가 눈을 휘둥그레 뜨고 바라봤다. "매달 1일이면 보냈어. 어김없이 보냈지. 네 아빠가 죽었다는 메모와 함께 편지가 되돌아왔을 때 그만두었어. 그 여자가 나에게 그만 쓰라고 하더구나."

그 여자? 몸이 휘청거렸다. "누가 그랬다고요?"

"줄리아라는 이름이었는데."

나는 두 손으로 머리를 감쌌다. "맙소사, 줄리아라니!"

부인하고 싶지만 그 또한 사실이라는 걸 안다. 줄리아도 나처럼 아빠의 조력자였다. 줄리아는 아빠를 보호하는 것으로 자신의 사랑을 드러냈다. 나도 다르지 않은데 내가 어떻게 화를 내겠는가?

"나에게 직접 편지를 보냈더라면 좋았을 텐데요."

무슨 우스운 소리냐는 듯 엄마가 바라보았다.

"넌 주소를 알려주지 않았을 거야. 네가 애틀랜타를 떠난 후, 몇 번을 부탁하고서야 네 아빠가 편지를 보낼 거면 자기한테 보내라고 하더구나. 너에게 전해주겠다고."

엄마는 아빠 말을 따랐다. 내가 그랬던 것처럼.

"어떻게 날 떠나보낼 수 있었어요?"

계획에 없던 말이 불쑥 내 입에서 튀어나왔다.

엄마는 뒤로 물러서서 자신의 손을 내려다보았다.

"네 아빠의 변호사가 그게 모두를 위해 가장 좋은 길이라고 설득했어. 너를 포함해서 말이야. 넌 증인으로 서야 할 거고, 밥은 감옥에서 여러 해를 보내야 할 거라고 했어."

그래서 여기까지 왔다. 엄마의 《소피의 선택》(1979년 출간된 미국 소설로 2차 세계대전 중 아들과 딸 중 한 명만 살려주겠다는 독일군의 말에 선택할 수밖에 없었던 소피라는 여자의 이야기 – 옮긴이)! 아마 엄마 몫의 이혼 재산 분할 역시 포기해야 했을 것이다.

엄마가 내 어깨를 잡았다. "날 믿으렴, 한나. 난 널 사랑한단다. 난 옳은 일을 하고 있다고 생각했어. 정말 그랬단다."

엄마는 몸을 돌려 운동화 끝으로 땅을 찼다. "내가 너무 어리석었어. 네가 열여섯이 되어 너 스스로 결정할 수 있게 되면 돌아오리라고 생각했어. 네가 다시는 나를 보고 싶어 하지 않는다고 네 아빠가 말했을 때, 난 거의 제정신이 아니었어."

나는 머리가 핑 돌았다. 아빠의, 그리고 나의 이기적인 행동을 이해하려 애썼다. 아빠가 엄마와 나를 떼어놓은 이유가 뭘까? 그게 날 돕는 길이라고 생각했을까? 아니면 승부욕이 강한 아빠가 복수를 원했던 걸까? 엄마를 벌하고 싶다는 강렬한 복수심이 나 역시 벌하고 있다는 사실을 몰랐을까? 엄마에게 품어왔던 분노의 덩어리가 흘러나와 아빠를 향해 새롭게 쌓였다. 그리고 나는 다시 한 번 비통과 분노에 휩싸였다.

하늘을 쳐다봤다. 안 돼! 지금껏 지녀왔던 분노를 스스로 지우기에는 너무 멀리 와버렸다. 나에겐 두 가지 선택지가 있다. 다시금 분노가 나를 짓누르도록 둘 수도 있고, 그저 지나가게 내버려둘 수도 있다.

피오나의 말이 바위처럼 무겁게 내 머리를 때렸다. "우린 두 가지 이유에서 비밀을 간직해요. 우리 스스로를 보호하기 위해서, 아니면 다른 이들을 보호하기 위해서."

아빠는 나를 보호하고 있었다. 적어도 아빠는 그렇게 생각했다. 그래, 그렇게 믿자. 아빠가 자기 자신을 보호하려던 것이었다면, 내가 견디기에 너무 힘겨우니까.

나는 엄마의 등을 어루만졌다. "울지 마세요, 엄마. 이제 전부 괜찮아질 거예요. 엄만 최선이라고 여기는 일을 했던 거예요. 나도 그랬고요." 나는 힘겹게 침을 삼켰다. "그리고 아빠도 그랬어요."

눈물을 훔친 엄마는 고개를 쭉 빼서 먼지가 이는 도로 쪽을 바라보았다. 나에게도 들렸다. 멀리서 덜컹거리며 달려오는 차 소리가.

"밥이 오는구나."

28

척추를 타고 한 줄기 전율이 흘렀다. 사춘기 이후로 필사적으로 피해 다녔던 바로 그 순간이 코앞에 닥쳤다.

"난 가야겠어요."

"안 돼. 가지 마."

"차 안에 있을게요. 내가 이곳에 온 이유를 엄마가 대신 설명해주세요. 밥이 나더러 가라고 하면 그렇게 할게요."

엄마는 머리를 매만지고는 주머니를 뒤적여 메이블린 립스틱을 꺼냈다. 엄마의 입술은 이제 황갈색 장밋빛으로 반짝였다.

"아니야. 밥은 널 기억 못할 거야." 립스틱을 다시 주머니에 집어넣으며 엄마가 말했다.

엄마는 돌려 말하려 하지 않았다. 맙소사! 밥이 나를 기억 못한다고? 밥에게 나는 이 세상에 없는 사람이라고?

밴 정도 크기의 마을버스가 집 앞에서 멈췄다. 그래, 엄마는 청소부고 밥은 버스 운전기사인가 보다. 아내의 딸 따위는 까맣게 잊은 버스 운전기사.

초록색과 흰색으로 칠한 버스가 진입로에 멈추자 엄마는 문이 열리기를 기다리며 버스 옆에 가까이 섰다. 문이 열리고 운전기사가 모습을 드러냈다. 팔뚝에 문신을 새긴 20대로 보이는 늘씬한 청년이다.

나는 잠시 혼란스러웠다. 저 남자는 누구지? 분명 밥은 아니다. 운전사 옆에 있는 사람이 눈에 들어왔다. 문신이 새겨진 사내의 팔꿈치를 잡고 선, 허리가 구부러지고 쇠약한 남자였다.

엄마가 가까이 다가가 나이 든 남자의 볼에 입을 맞췄다.

"어서 와요, 여보."

난 입을 틀어막고 숨을 들이켰다.

밥이라고? 아니야, 그럴 리가 없어.

엄마는 운전기사에게 고맙다고 인사하고 밥에게 손을 내밀었다. 밥은 손을 마주 잡고 미소 지었다. 허리가 굽은 탓인지, 아니면 골다공증 때문인지, 밥의 키는 40센티미터는 줄어들어 보였다. 나는 그에게서 예전 모습, 껄껄 웃는 어깨가 넓은 건장한 목수를 찾으려 애썼다. 하지만 눈앞에 있는 사람은 보라색 얼룩이 진 연초록색 셔츠를 걸치고 다섯 살 먹은 소년처럼 엄마의 손을 꼭 쥔, 기력이 다 빠진 사내다.

별의별 생각이 다 들었다. 밥이 사고를 당했나? 아니면 병에 걸린 건가?

"저 예쁜 사람이 당신이오?" 밥은 엄마를 처음 보는 사람처럼 물었다. 그는 나를 바라보며 활짝 웃었다. "안녕하세요?" 밥이 노래 부르듯 인사했다.

"밥, 당신 한나 기억해요? 내 딸 말이에요."

밥은 껄껄 웃었다. "예쁜 사람이 당신이오?"

나는 천천히 밥 쪽으로 몸을 돌렸다. 이제 그는 작고 부드러운 얼굴과 미스터 포테이토처럼 머리 양쪽에 거대한 귀를 달고 있는 장난꾸러기 요정 같아 보였다. 밥은 흰 운동화에 면바지를 입고, 풍선처럼 부푼 배를 강조하는 갈색 벨트를 매고 있었다.

나를 짓누르던 두려움은 어느새 흔적도 없이 사라졌다. 하지만 그 자리에는 대신 크나큰 연민과 슬픔, 수치심이 들어섰다.

나는 손을 내밀었다.

"안녕하세요, 밥."

밥은 엄마를 바라보던 시선을 나에게로 돌려 빙그레 미소 지으며 말했다. "안녕하세요."

엄마가 내 어깨를 안았다. "밥, 내 딸이에요." 엄마는 부드러우면서도 찬찬히 말했다. 마치 어린애에게 이야기하는 것 같았다. "내 딸이에요. 우리 집에 놀러 왔어요."

"예쁜 사람이 당신이오?"

그 순간 난 밥이 앓고 있는 병이 뭔지 알아차렸다. 알츠하이머!

엄마와 내가 저녁을 준비하는 동안, 밥은 식탁에 앉아 어린이용 퍼즐을 맞추었다. 나는 그가 나무 소방차를 5개의 구멍 여기저기에 끼워보는 모습을 바라보았다.

"잘되고 있어요, 여보?" 엄마가 물었다.

엄마는 냉동실에서 비닐봉지를 꺼냈다. "마늘 토스트예요. 당신이 좋아하는 거죠, 여보?"

엄마의 쾌활함, 그리고 남편을 존중하는 모습은 경외심이 느껴질 정도였다. 어떤 냉소도 조급함도 분노도 찾아볼 수 없었다. 나와 함께하는 기쁨까지 더해져 엄마는 들뜬 것처럼 보였다. 그 두 가지가 나를 기쁘게도 고통스럽게도 했다. 난 20년 전에 돌아왔어야 했다.

엄마는 내가 진짜 여기에 있다는 걸 확인이라도 하려는 듯 수시로 나를 만졌다. 엄마의 기억에 있는, 내가 가장 좋아하는 음식인 스파게티를 만들었다. 엄마는 간 소고기와 양파가 들어간 프레고 스파게티 소스를 섞었다. 치즈는 바로 갈아서 쓰지 않고, 초록색 용기에 든 갈아진 파마산 치즈를 사용했다. 그러고 보면 우리가 공유하는 음식 취향은 홈메이드 빵을 사랑하는 것뿐이다.

내 삶과 엄마의 삶이 얼마나 달랐는지 새삼 깨달았다. 내가 엄마와 함께 살았다면, 내 삶은 어떻게 달라졌을까? 이곳 노스미시건에서, 가족들을 위해 인스턴트 음식을 준비하며 살고 있을까? 그리고 더 심각한 질문. 나는 떠난 덕분에 더 나은 삶을 살게 된 걸까, 아니면 더 나쁜 삶을 살게 된 걸까?

저녁식사는 패스트푸드 레스토랑에서 외식하는 느낌이었다. 엄마와 내가 나누는 대화에 밥이 이따금 끼어들어 똑같은 질문을 반복해서 던졌다. "저 여자는 누구요?" "예쁜 사람이 당신이오?" "아침에 낚시하러 가요."

"저이는 벌써 여러 해 동안 낚시를 하지 않았어. 해마다 토드가 낡은 보트를 물에 넣어주지만 그냥 그대로 정박되어 있어. 이제 정말 그걸 팔아야 해."

우리는 여러 해 동안의 일들을 이야기했다. 엄마는 밥이 목공선생을 그만둔 후 북쪽으로 이사를 왔다고 했다.

"그건 우리 앞에 놓인 또 하나의 장애물이었어. 더 이상 가르치지 않는다는 것만으로도 충분히 힘들었는데, 좋아하던 야구팀 활동까지 그만둬야 했으니 상처가 컸어."

나는 마음속에서 솟구치는 질문을 던지고 싶지 않았다. 하지만 해야 했다.

"밥이 직업을 잃게 된 게…… 나와…… 관련이 있나요?"

엄마는 냅킨으로 입을 닦고는 밥의 입에 스파게티를 넣어줬다.

"제이콥 여사 기억나니? 이웃 목장에 살던 사람."

"네."

엄마를 '요란하다'고 말하던 노파다.

"그녀가 먹잇감의 냄새를 맡은 거지."

먹잇감. 엄마는 지금 그 사고 얘기를 하고 있다. 혐의, 내가 밥에게 씌운 혐의.

"누가 그 여자에게 말했죠? 그…… 사고는…… 블룸필드에서 400킬로미터나 떨어진 이곳에서 있었잖아요. 어떻게 안 거죠?"

엄마는 밥의 입을 닦은 다음, 그의 입술에 우유잔을 갖다 댔다. 엄마는 내 질문에 대답하지 않았다.

"아빠였군요!" 내가 소리 질렀다.

아빠가 제이콥 여사에게 그 이야기를 한 것이 틀림없다. 아빠는 뒷담화 영역에서 제이콥 여사의 평판이 어떤지 익히 알고 있었다. 그러니 제이콥 여사의 귀에 이야기가 들어가는 순간, 어떤 일이 벌어질지 아빠는 꿰뚫고 있었던 것이다. 복수를 위한 또 하나의 일격이었던 셈이다.

"오, 안돼요. 그래서 제이콥 여사가 학교에 알렸나요?"

내가 일으킨 파문 앞에서, 내 치욕의 무게가 나를 더욱 짓눌렀다.

엄마가 몸을 숙여 내 어깨를 어루만졌다.

"어떤 의미에서, 그로 인해 우린 자유로워졌단다, 얘야. 우린 디트로이트를 떠나 이곳으로 왔어. 새 출발을 한 거야."

"밥은 왜 이곳에서는 목공을 가르치지 않았어요?"

"그때 이곳에는 건설 붐이 일었어. 지금도 그렇지만."

"하지만 밥은 가르치는 걸 좋아했잖아요."

엄마는 내 시선을 외면했다.

"삶은 변하는 거란다, 얘야. 위험부담이 너무 컸어. 만약 누군가가 그에게 불만을 제기하면, 속수무책으로 당하고 말았을 거야."

여진. 이차 피해. 뭐라 부르건, 그건 파멸이었다. 내가 제기한 혐의가 불러온 결과다. 더 이상 음식을 넘길 수 없어 접시를 밀어냈다.

319

그날 저녁, 우리는 집 뒤 데크에 앉았다. 나는 공장에서 찍어낸 플라스틱 의자에 앉고, 밥은 엄마 손에 이끌려 그네의자에 앉았다. 봄 공기가 찼기에 엄마는 우리 모두를 위해 스웨터를 가지고 나왔다. 엄마는 밥의 어깨에 담요를 둘러주었다.

"여보, 따뜻해요?"

"응, 그래요."

"이 베란다는 당신이 가장 좋아하는 장소예요. 안 그래요, 여보?"

"맞아요."

난 엄마가 남편이라고 부르는, 껍데기만 남은 사내를 위해 쏟아붓는 애정 어린 보살핌에 감동하며, 그 모습을 바라보았다. 그 때문에 엄마의 건강이 무너지는 걸 알 수 있었다. 나는 54세 때의 아빠 모습을 떠올렸다. 아빠에게는 건강과 돈, 줄리아가 있었다. 공평하지 않다. 지금 나이의 엄마도 여행을 하며 인생을 즐기고 있어야 한다. 하지만 엄마는 자신을 알아보기도 하고 못 알아보기도 하는 사내에게 꼭 매여 있다.

"저 여자는 누구요?"

몇 번째인지 모르겠지만 밥이 나를 가리키며 물었다.

설명하려는 엄마를 내가 말렸다. "제가 할게요, 엄마."

나는 일어서서 깊은 심호흡을 했다. "전 용서를 구하기 위해 1,600킬로미터를 달려왔어요. 이런 식으로 하게 되리라고는 예상치 못했지만, 그래도 해야겠어요."

"애야, 그럴 필요 없단다."

나는 엄마의 말을 무시한 채 그네의자 앞으로 걸어갔다. 밥이 옆으로 옮겨 앉으며 자신의 옆을 두드렸다. 나는 앉았다.

밥의 손을 잡아야 한다. 그의 등을 두드리거나 팔을 문지르며 내가 적이 아니라는 것을 알려야 한다. 하지만 그럴 수가 없었다. 그리고 그렇게 할 수 없는 나 자신이 미웠다. 병이 든 지금도 밥의 몸에 내 몸이 닿는 게 불안하다.

본능적인 반응인가? 나는 눈을 감았다. 안 돼! 그날 밤의 일을 억측해서는 안 돼. 밥이 나를 만진 건, 그 느낌이 어땠든지 간에, 우연인 건 분명하지 않은가? 그러면 된다. 그거면. 엄마와 나의 관계는 오로지 그날의 진실에 달려 있다. 그러니 나는 그걸 믿어야 한다. 그래, 난 할 수 있어.

"저 여자가 누구요?"

나는 깊은 심호흡을 했다. "저 한나예요, 밥. 수전의 딸이요. 기억 나세요?"

밥은 고개를 끄덕이며 미소 지었다. "오, 그래."

그가 기억하지 못한다는 걸 안다. 마침내 나는 용기를 그러모아 밥의 손을 잡았다. 검버섯 아래로 지렁이처럼 구불구불한 정맥이 뼈를 휘감은 손. 차가웠다. 하지만 부드러웠다. 밥이 내 손을 쥐자 가슴이 쓰라렸다.

"제가 당신에게 해를 입혔어요." 수치로 코가 달아오르는 것을 느끼며 내가 말했다.

"예쁜 여자가 당신이오?"

"아뇨. 전 예쁘지 않아요. 전 어떤 일로 당신을 비난했어요. 아주 안 좋은 일로 말이에요."

밥은 숲 쪽으로 시선을 던졌다. 하지만 내 손에서 손을 빼지는 않았다.

"제 말을 들어주세요." 이를 꽉 물고 내가 말했다. 어찌 된 이유에선지 분노가 치밀어올랐다.

밥은 꾸중을 듣는 어린애 같은 얼굴로 나를 보았다. 내 눈에서 눈물이 흘렀다. 나는 애써 눈물을 떨치려 했다. 그는 지친 표정으로 나를 봤다.

"죄송하다는 말씀을 드리고 싶어요."

잠긴 내 목소리는 떨리고 있었다. 엄마가 내 곁으로 다가와 내 등을 두드렸다.

"쉿, 그럴 필요 없단다, 애야."

"전 당신이 저를 만졌다며 비난했어요." 이제 내 뺨은 온통 눈물로 젖어 있었다. 나는 더 이상 눈물을 참지 않았다. "제가 잘못했어요. 아무런 증거도 없었는데 말이에요. 당신은 그럴 의도가……."

밥이 다른 손을 들어 내 얼굴을 만졌다. 그는 손가락으로 눈물 자국을 따라갔다. 난 그대로 두었다.

엄마를 보며 밥이 말했다. "울고 있네요. 누구예요?"

나는 힘겹게 침을 삼키며 눈물을 닦았다. "제가 시스터예요."

나는 부드럽게 말했다. 일어서려고 했지만, 밥이 내 손을 꼭 쥐고 있었다.

"예쁜 여자가 당신이오?"

나는 순진무구한 그 남자를 바라보았다.

"절 용서해주실래요?"

공평하지 않다는 걸 알고 있다. 밥은 용서할 능력이 없는 사람이다. 하지만 난 물어야 했다. 듣고 싶었다. 들어야 했다. 밥을 향해 몸을 돌렸다.

"밥, 제발 용서해주세요. 그래 주실래요? 부탁합니다."

밥이 미소를 지었다. "오, 그래."

나는 입을 틀어막고 고개를 끄덕였다. 말을 할 수가 없었다. 나는 천천히 팔을 벌려 밥의 노쇠한 몸을 끌어안았다. 그도 나를 마주 안았다. 마치 사람과 사람이 접촉하는 건 지극히 본능적인 일이며, 우리 인간성의 마지막 남은 흔적이라는 듯이.

엄마가 내 등에 손을 얹는 것이 느껴졌다.

"우린 널 용서한단다, 얘야."

나는 눈을 감고 그 말이 나를 감싸도록 했다. 그 네 단어가 가진 치유의 힘은 위대했다.

29

엄마는 하룻밤 묵어가라고 했지만 난 그러지 않았다. 나는 죄책감을 느끼며 내가 빌린 아름다운 숙소를 향해 차를 몰았다. 운 좋은 딸은 무너져가는 오두막과 치매를 앓고 있는 사내를 두고 걸어나오지만, 엄마는 도망 나올 수 없다.

하루 동안의 일이 내 머리를 맴돌았다. 내가 한 걸음 내딛기는 한 걸까? 만약 그렇다면, 기분이 이리 엿 같은 이유는 뭐지? 20년 전에 제기한 한 번의 혐의가 연쇄적인 결과를 일으켰다. 내 행동 때문에 엄마와 밥의 삶은 영원히 달라졌다. 밥의 평판은 다시는 회복될 수 없다.

심장이 쿵쾅거리고 호흡이 거칠어졌다. 나는 갓길에 차를 세웠다. 다이아몬드-사파이어 목걸이가 목을 조여왔다. 더듬거리며 목걸이를 풀어 가방 속에 넣었다. 마이클과 이야기를 나눠야 했다. 그

때 난 고작 열세 살짜리 소녀였을 뿐이라고, 그들의 삶을 파괴하려는 의도는 결코 없었다고 말해줄 누군가가 필요했다.

나는 급하게 마이클의 번호를 눌렀다. 음성 사서함이 연결되었다. 나는 메시지를 남기지 않고 그냥 끊었다. 내가 누굴 속이려 하는 거지? 마이클은 내 이야기를 듣고 싶어하지 않을 것이다. 눈을 감고 애써 심호흡을 하고서야 비로소 다시 운전을 할 수 있었다.

3킬로미터를 더 달리자, '메를롯 드 라 미텐느' 간판이 나왔다. 생각해보지도 않고, 나는 자갈이 깔린 길을 달려 주차장으로 들어섰다. 긴장이 풀렸다. 목덜미를 문질렀다. 주차장에는 자동차 여섯 대가 세워져 있었고, 식당에는 불이 환하게 밝혀져 있었다. 갑자기 RJ가 보고 싶었다. 그에게 오늘 있었던 일을 이야기하고 싶었다. 나를 안고 괜찮다며 위로해주는 RJ의 품을 느끼고 싶었다. 그게 아니라도 나에겐 한 잔의 포도주가 필요했다.

나는 차 문을 잠그고 입구를 향해 허둥지둥 걸어갔다. 문으로 손을 뻗으려다 멈췄다. 내가 지금 뭐하는 거지? 공정하지 않다. 난 RJ에게 남자친구가 있다고 말했다. 그런데 지금 위로가 필요하다는 이유로 불쑥 그 사람 앞에 나타나려고? 한심하군. 난 아빠와 똑같다. 사랑을 갈망하지만 줄 수는 없는 사람. 내 목적을 위해 사람들을 이용하는 사람.

나는 몸을 돌려 서둘러 차로 되돌아갔다. 행여 RJ가 볼까 봐 속도를 높여 그곳을 떠났다.

❖

다음 날 아침, 나는 다시 엄마를 찾아갔다. 엄마는 나를 기다리며 팬케이크와 소시지로(내가 벌써 여러 해 동안 입에 대지 않던) 아침을 차리고 있었다. 밥은 오래된 백화점 카탈로그를 뒤적이며 거실에 앉아 있었다. 엄마는 부엌 조리대 뒤편에 서서 내가 밥을 먹는 모습을 바라보았다.

"주스 더 줄까?"

"괜찮아요, 고마워요. 팬케이크가 참 맛있어요."

엄마가 접시에 한 조각 더 놓아주도록, 내가 말했다.

우리가 식사를 마쳤을 때는 10시가 넘어 있었다. 비행기 시간은 6시였다. 공항에 일찍 가서 마이클에게 전화도 하고 이메일도 확인해볼 계획이었다.

하지만 눈부시게 아름다운 날씨였다. 낚시하기에 딱 좋은 날씨.

거실로 들어가보니, 밥이 무릎 위에 낡은 카탈로그를 올려놓고 안락의자에 앉아 졸고 있었다. 그것을 들어 테이블 위에 놓으려다 여성 속옷이 나오는 페이지가 펼쳐져 있는 것을 보았다. 소름이 끼쳤다.

맙소사, 혹시 그가……? 나는 입을 벌린 채 자고 있는, 피부가 축 처진 밥을 내려다보았다. 저 사람은 어린애야. 애기나 다름없다고. 그것이 사실이길 나는 신께 기도했다.

내가 밥의 팔꿈치를 잡자, 그는 잔디밭에서 호수 쪽으로 건너뛰

326

었다. 밥은 빨간색 낡은 낚시도구 상자를 손에 들고 있었다. 어릴 때 기억 속에 있던 것과 똑같다. 언제나처럼 그건 잠겨 있었다.

"낚시하러 가자." 밥이 말했다.

"오늘은 낚시 안 해요. 대신 보트 탈 거예요." 내가 말했다.

내가 보트 안에 있는 쇠로 된 벤치에 밥을 앉히자 엄마가 오렌지색 구명조끼를 입혔다. 밥은 마치 장난감 상자라도 되는 듯, 낚시도구 상자를 무릎에 올려놓고 있었다. 이제 경첩과 낡은 자물쇠는 녹이 슬었다.

나는 밥이 상자를 잠가놓는 이유를 알 수 없어 미간을 찡그렸다. 내용물이라고 해봤자 기껏해야 50달러어치도 안 될 텐데. 보트에는 열쇠 두 개가 달려 있었다. 그중 작은 것이 낚시도구 상자에 맞을 것 같았다.

"상자 안에 뭐가 들었어요, 밥? 미끼? 찌?" 금속 상자를 두드리며 내가 물었다.

"오, 그래." 하지만 밥의 시선은 먼 곳을 향해 있었다.

머리 위에서는 커다란 구름이 물결치면서 해와 숨바꼭질을 하고 있었다. 물결은 셀로판 종이처럼 반짝였다. 낚시보트 열두 대가량이 옆으로 지나갔다.

"낚시하기 좋은 날이에요. 옛 친구들이 모두 보이나요?"

"오, 그래."

나는 연료를 채운 후, 펌프에 마중물을 부었다. 이게 다시 기억나다니 신기하다. 밥이 보트에 시동 거는 법을 가르쳐주던 날에는 제대로 듣지도 않았는데 말이다.

출발 끈을 잡아당길 때마다 보트는 물을 쿨럭쿨럭 쏟아내며 숨 막히는 소리를 냈지만, 시동은 걸리지 않았다. 팔이 아팠지만 포기하지 않았다. 난 밥에게 보트를 태워줘야 할 빚이 있다. 펌프를 한번 더 채우고서야 비로소 엔진에 시동이 걸렸다.

배는 앞으로 나갔다. 엔진이 캑캑대며 연기를 뿜어냈다. 익숙한 기름 냄새가 호수에서 나는 곰팡내와 어우러졌다. 핸들을 조정하면서 배를 호수 가운데로 몰고 갔다. 엄마는 밥 옆에 앉아 엔진 소리를 뚫고 그에게 앉으라고 외쳤다. 그는 서 있고 싶어했다. 밥은 흥분해서 어쩔 줄 모르는, 축제에 온 소년 같았다.

밥은 웃으며 태양을 향해 머리를 들고 호수의 퀴퀴한 공기를 가득 들이마셨다. 엄마도 웃었다. 그들의 행복한 모습에 내 입가에도 미소가 피어났다. 핸들을 돌려 서쪽으로 향했다. 보트 머리에 파도가 부딪치며 물보라를 일으켰다. 차가운 물방울이 우리들 위로 비처럼 쏟아져내렸다. 밥은 환호성을 지르며 손뼉을 쳤다.

"낚시하러 가자." 밥이 다시 말했다.

45분 남짓 신나게 즐기고 있을 때, 엄마가 보트 바닥에 물이 이미 5센티미터가량 찼다는 사실을 알아차렸다. 나는 해안 쪽으로 보트를 돌렸다. 보트를 다시 부두에 묶어두었다. 엄마는 밥의 손을 꼭 잡았다. 우리 세 사람은 풀로 뒤덮인 언덕길을 걸어서 집으로 갔다.

낡은 평균대 옆을 지나자니 울컥하는 감정이 다시 솟구쳤다.

"당신이 저에게 만들어준 거예요, 밥. 고마워요. 예전에 말했어야 했는데. 제 마음에 꼭 들어요."

평균대 위에 올라서서 양팔을 뻗어 균형을 잡으며 좁은 널빤지

위를 조심조심 걸어보았다. 밥이 나에게 손을 내밀었고, 나는 비틀거리다 그의 손을 잡으며 뛰어내렸다.

"고마워요, 밥."

밥이 부드럽게 미소 지으며 고개를 끄덕였다.

"시스터의 평균대."

우리의 작별은 씁쓸하면서도 달콤했다. 이번에는 한시적인 작별이다. 엄마와 난 둘 다 얼마나 많은 것을 잃었는지, 헤어져 있던 시간을 채워넣으려면 앞으로 얼마나 많이 함께해야 하는지 알고 있었다.

"다음 달에 보자. 사랑한다." 엄마가 나를 끌어안고 속삭였다.

포옹을 풀고 엄마의 푸른 눈을 들여다보았다. 눈물이 맺혀 있다.

"사랑해요, 엄마."

나는 복잡한 심경으로 하버코브를 떠났다. 하지만 엄마를 다시 얻다니 얼마나 멋진 일인가! 그런데 엄마를 그토록 불행에 빠뜨린 나 자신을 용서할 수 있을까? 그리고 밥을 불행에 빠뜨린 것도. 내가 잘못된 억측을 하지 않았다면, 그들의 삶은 어땠을까?

몇 킬로미터 가서, 휴식을 위해 잠시 차를 세우고 마이클에게 전화했다.

"안녕, 자기."

"헤이. 어디야?"

"이제 막 하버코브를 벗어났어. 공항 가는 길이야."

"괜찮아?"

"그래, 이곳에 오길 정말 잘했어. 한두 달 후에 다시 엄마를 만나러 오기로 약속했어. 엄마를 되찾다니 꼭 꿈만 같아."

"그래서 전부 만족스러워?"

마이클이 알고 싶은 건 '내가 방송에서 비밀을 누설할 것인가'다. 스튜어트가 적극 권했지만, 나는 엄마에게 쇼 이야기를 하지 않았다. 아마도 부탁만 했으면 엄마는 흔쾌히 방송에 출연하겠다고 했을 것이다. 하지만 엄마가 나의 날조된 이야기를 보증하도록 만들 순 없다. 스튜어트와 프리실라를 포함해서, 시청자들은 모두 용서를 구하기 위해서가 아니라 용서하기 위해서 내가 하버코브를 방문했다고 알고 있었다. 그리고 난 그들 앞에서 정확히 그렇게 말해야 한다.

"그래. 걱정하지 마. 난 추악한 비밀을 누설하지 않을 거야."

정체를 알 수 없는 내 속의 괴물이 말하는 느낌이 들었다. 그리고 마이클 역시 그 괴물을 알고 있다는 느낌이 잠깐 스쳐갔다.

30

비행기는 화요일 한밤중이 다 되어서야 착륙했다. 수하물을 찾는 곳에서 휴대폰을 켰다. 부재중 전화가 두 통 있었다. 둘 다 302로 시작되는 지역번호였다. 시카고. 너무 흥분하지 말라고 스스로에게 경고하며 떨리는 손으로 이메일을 확인했다.

친애하는 한나,

축하합니다. 당신은 〈굿모닝 시카고〉의 진행자 최종 후보가 되었습니다. 방송국 소유주인 조셉 윈슬로와의 면담만 남아 있습니다.

급여에 관한 세부사항은 따로 첨부했습니다. 통화 가능한 시간을 알려주세요.

안녕히 계세요

제임스 피터스

나는 첨부 문서를 열고 그 페이지 아래에 적힌 숫자를 멍하니 보았다. 0이 엄청나게 길었다. 세상에! 부자가 되겠군! 엄마 가까이 갈 수 있을 거고, 그리고…….

RJ가 생각났지만 애써 접었다. 그는 그저 좋은 사람이다. 내가 힘들 때 내 앞에 나타난. 게다가 RJ에 관해 내가 아는 건 거의 없지 않은가.

나는 그 메일을 연거푸 세 번을 읽고서야 휴대폰을 넣었다. 문득 내가 시카고의 인터뷰에 응한 이유가 마이클이 워싱턴 DC에 자리 잡을 경우 그와 주말을 함께 보내기 위해서였다는 사실이 떠올랐다. 얼마나 아이러니인가! 방송국의 메일을 받고서 오로지 엄마와 RJ 가까이 가게 됐다는 것만 생각났으니 말이다.

금요일 아침, 제이드가 분장실로 성큼성큼 걸어 들어왔다. 5분 이른 시간이었다.

"돌아온 걸 환영해."

'커뮤니티 커피'에서 사온 스콘을 건네주며 제이드가 인사했다.

"고마워."

나는 이메일을 닫으며 책상에서 일어섰다. "오늘 기분 좋아 보이네. 어젯밤에 무슨 좋은 일 있었어? 마르쿠스랑?"

제이드가 나를 쏘아보았다. "그 녀석과는 아무 상관 없어. 만약 화끈한 밤을 보냈다면, 블루베리 스콘이 아니라 샴페인을 쐈겠지.

네게 할 얘기가 있어."

제이드는 사물함으로 가 가방을 넣었다.

"우선 여행 이야기 좀 해줘. 엄마는 어떠셨어?"

나는 고개를 흔들며 미소 지었다. "좋았어……. 그리고 끔찍했
고."

나는 엄마와 밥, 그리고 우리가 이틀 동안 함께 보낸 이야기를 들
려주었다. "난 너무 수치스러워. 내가 엄마의 인생을 망쳐놓았어."

제이드가 내 어깨에 팔을 둘렀다. "어이, 이제 한 걸음 나아간 거
야. 넌 용서를 구했어. 지금 너에게 필요한 건 두 번째 걸음을 내딛
는 일이야. 너 자신을 용서해, 한나벨."

"노력하고 있어. 하지만 단순히 말만 하는 건 지나치게 쉬운 것처
럼 보여. 난 더 힘든 무언가를 해야 해. 내가 저지른 잘못을 보상할
수 있을 만한 속죄 말이야."

"오, 넌 이미 속죄했다고 생각해. 오랜 세월을 엄마 없이 살았잖
아."

나는 고개를 끄덕였지만 속으로는 그것으로는 부족하다는 생각
이 들었다.

제이드가 화장대 의자를 손짓으로 가리켰다. "앉아."

나는 의자 쪽으로 서둘러 가며 아름다운 포도원을 묘사했다. RJ
와 함께 저녁식사를 한 이야기를 하자 제이드의 눈썹이 치켜 올라
갔다.

"넌 그 남자를 좋아하고 있어."

"그래. 하지만 난 마이클을 사랑해." 나는 몸을 돌려 책상 위에 있

는 우편물을 낚아챘다. "내 이야긴 이걸로 충분해. 내가 없는 동안 무슨 일 있었어? 아버지는 어때서?"

제이드가 검정색 앞치마를 펼치며 거울을 통해 내 눈을 바라보았다. "나 드디어 아빠에게 고백했어."

나는 몸을 홱 돌려 제이드를 바로 보았다. "무슨 일이 있었던 거야?"

"우린 소파에 앉아 오래된 사진앨범을 보고 있었어. 아빤 과거 이야기를 하셨지. 미래가 없는 지금은 모든 것이 과거지만 말이야. 라살의 우리 집 진입로에서 아빠와 내가 함께 찍은 사진이 있었어. 나탈리가 찍은 사진이야. 우리는 낡은 뷰익 리비에라(미국 제너럴 모터스 산하의 자동차 브랜드, 뷰익의 스포츠카 – 옮긴이)를 세차하며 물싸움을 하고 있었어." 제이드가 미소를 지었다. "마치 오늘 아침 일처럼 생생해. 우리가 그 꼴로 집에 들어가 난장판을 만들어놓자 엄마가 화를 내셨지. 우린 물에 빠진 생쥐 꼴이었지."

"행복한 기억이구나."

"맞아. 우리는 회상에 잠겼어. 그때 난데없이 아빠가 나를 바라보며 말했어. '제이드, 넌 정말 멋진 딸이었어.' 그제야 아빠가 곧 내 곁을 떠날 거라는 사실을 비로소 확실히 깨달았어. 아빠 역시 그 사실을 알고 계셨어."

제이드는 빗을 내려놓았다. "아빠에게 진실을 고백해야 했어. 나는 곧장 가방이 있는 곳으로 가 작은 주머니를 꺼냈어. 그러고는 다시 아빠 옆에 앉아 아빠 손바닥 위에 '용서의 돌'을 올려놓았지. '전 거짓말을 했어요, 아빠. 그 오랜 세월 동안 저는 줄곧 거짓말을 했어

요. 에리카 윌리엄스는 제 생일파티가 있던 날 밤에 술을 마셨어요.'
아빠는 돌을 나에게 다시 건넸어. 가슴이 찢어지는 것 같았어. 아빠
가 거부하는 거라고 생각했거든. 하지만 곧 아빠는 내 볼을 어루만
지며 미소를 지었어. '예쁜아, 알아. 난 알고 있었어.'"

나는 제이드에게 가까이 다가가 제이드의 손을 잡았다.

"그 긴 시간 동안 아빠는 내가 당신을 신뢰하기를 기다려온 거야.
이제 알겠어. 아빠의 사랑은 내 약점의 무게를 견딜 만큼 충분히 강
하다는 걸, 늘 그랬다는 걸 말이야."

목요일, 스튜디오는 관중들로 가득 찼다. 약속대로 〈한나 파 쇼〉
2부가 시작될 시간이었다. 나는 진행자이자 주요 게스트로 참석했
다. 이번에도 클라우디아가 공동 진행자였고, 재회한 엄마와 딸들
이 패널로 참여해 무대를 채웠다. 하지만 가장 주목받는 건 나였다.
한나 파가 엄마와 재회한 이야기를 모두 들려줄 것이라며 스튜어
트는 지난주 내내 광고를 내보냈다. 물론 나는 그 이야기를 전부 공
개할 계획이 없다. 하지만 스튜어트에게 그 말을 하지는 않았다.

20분가량 쇼가 진행되었다. 사기꾼이 된 기분이었다. 나는 지금
사랑이 넘치는 딸로, 모든 것을 용서한 자식으로 여겨지고 있다. 우
리는 모녀관계의 중요성을 놓고 대화를 나누었다. 클라우디아가 나
에게, 그리고 다른 초대 손님들에게 모녀 간의 재회에 관해 질문했
다. 나는 엄마가 나를 떠났다는 사실을 비난하지 않으려고, 엄마가

나 대신 밥을 선택한 이야기를 최대한 두루뭉술하게 했다. 하지만 관객들이 어떻게 생각하고 있는지는 분명했다.

질문 시간이 시작되자, 나는 안도의 한숨을 내쉬었다. 20분 정도만 더 하면 된다. 이제 거의 끝났다.

중년 여성 한 사람이 내 손을 잡았다.

"한나. 난 정말 당신을 존경해요. 우리 엄마는 우리 자매들을 버렸어요. 나는 결코 엄마를 용서할 수 없었어요. 당신은 어떻게 어머니를 용서하려는 마음을 갖게 됐어요?"

맥박이 빨라졌다. "감사합니다. 제가 존경을 받을 만한 사람인지 모르겠어요. 제가 엄마와 화해해야 한다는 걸 제 친구 도로시가 일깨워줬어요. 그리고 그녀가 옳았죠."

"하지만 한나, 당신 어머니는 당신을 버렸잖아요."

'엄마는 날 버리지 않았어요. 내가 엄마를 버렸어요.'라고 말하고 싶었다.

"지난 16년간 얘기를 나눈 적은 없지만, 엄마가 정말로 절 버렸을 거라는 느낌은 들지 않았어요. 엄마가 절 사랑한다는 걸 언제나 알고 있었으니까요."

"당신을 사랑한다고요?" 그 여성은 고개를 저었다. "사랑을 증명하는 방법이 참 희한하군요. 하지만 그걸 믿는 당신에게 축복이 있기를 바라요."

그 여성이 자리에 앉자 다른 여성이 손을 들었다.

"엄마가 된 우리로서는 당신 어머니를 이해하기가 어려워요. 그녀가 오늘 이 자리에 나왔다면, 우린 그녀를 나무랐을 거예요. 그게 두려워서 오늘 출연하지 않은 건가요?"

"아니에요. 분명 아니에요. 엄마를 출연시키지 않은 건 제 생각이었어요. 제가 부탁했다면, 엄마는 틀림없이 오늘 이 자리에 함께했을 거예요."

"음, 당신은 제 영웅이에요, 한나. 엄마의 손길 없이도 당신은 훌륭하게 성장했어요. 게다가 아주 성공한 인물이 됐죠. 혹시 엄마를 출연시키지 않은 게 당신이 엄마의 의도를 눈치채서 그런 건 아닌가요? 이제 와서 과거를 대충 수습하고 싶어하려는 의도요. 당신은 유명인이 됐잖아요. 말하자면 많은 재산을 가진 여자요."

나는 밝은 표정을 유지하려 진땀을 흘렸다. 우리 엄마가 이기적이고 심장이 차가운 기회주의적인 마녀로 그려지고 있다. 자기들이 무슨 자격으로 감히! 피가 솟구쳤다.

하지만 다음 순간, 나는 이 여자들이 엄마에게 이토록 적대적인 이유가 바로 나 때문이라는 사실을 떠올렸다. 내가 엄마를 가해자로 묘사했다. 하느님 맙소사! 그래서 지금, 나는 관대하게 용서를 베푸는 사랑이 넘치는 희생자가 되어 있다. 지난 두 달 동안 내가 알게 된 사실들에 따르면, 나는 지금까지보다 더 큰 사기꾼이 되고만 게 아닌가!

그 여성이 말을 이었다. "아이를 버렸던 부모들이 숨은 동기가 있어서 자식과 재회한 유명한 사례들도 있으니까요."

엄마가 이런 비난까지 받게 할 수는 없다. 실토해야 한다. 피오나의 말이 마음속에 맴돌았다. "선택은 간단합니다. 당신은 비밀에 가득 찬 삶을 살고 싶나요, 아니면 진정한 삶을 살고 싶나요?"

나는 그 여성 쪽으로 몸을 돌렸다. 나를 대신해 느끼는 고통이 너무나 힘겨운 듯 그녀의 이마에는 주름이 잡혀 있고, 눈꺼풀은 무거웠다. 나는 그녀의 연민 어린 시선을 마주 보았다.

"사실……."

카메라가 내 얼굴을 클로즈업했다. 나는 입술을 깨물었다. 해야만 하는 일일까? 내가 할 수 있을까?

"사실……." 심장이 요동쳤다. 내 속에서 의심의 목소리가 다시 들려왔다. 그날 밤, 밥은 과연 어떤 의도도 없이 나를 만진 건가? 나는 의심의 목소리를 잠재웠다. "사실, 용서를 받아야 할 사람은 저예요, 엄마가 아니라."

관중석이 웅성거리기 시작했다.

"오, 한나. 당신 잘못이 아니에요." 그 여성이 말했다.

"제 잘못이에요."

나는 몸을 돌려 무대 위로 다시 올라갔다. 한 쌍의 모녀가 앉아 있는 소파 옆에 자리를 잡고 앉았다. 나는 카메라를 똑바로 바라보며 말하기 시작했다. 그리고 이번에는 진실을 말했다……. 적어도 내가 생각하는 진실을.

"고백할 게 있어요. 이 이야기 속에서는 제가 아니라 엄마가 희생자예요. 20년 전 저는 한 남자에게 누명을 씌웠어요. 그 사건 이후 그의 삶은 파괴됐지요. 제 엄마의 삶도 더불어 파괴됐고요."

이어지는 15분 동안 내 입에서 내가 살아온 이야기가 흘러나왔다. 무대 위 내가 앉은 자리에서, 그 여성의 표정이 달라지는 모습이 보였다. 어리둥절함에서 경악으로.

"전 제가 생각하는 것이 진실이라고 판단했던 어린 소녀였어요. 이기적이고 비판적인 아이였죠. 그리고 결국 그 한 번의 판단이 어린 저로서는 결코 상상하지 못한 결과를 낳고 말았어요. 더 성숙하게 생각할 수 있는 성인이 되어서도, 전 제 판단이 옳다고 생각하고 있었어요. 그 일을 샅샅이 파헤쳐 진실을 찾아내는 것보다 제 판단을 고수하는 편이 훨씬 더 쉬웠으니까요. ……밥이 제 돌을 받았냐고요? 아니에요. 엄밀하게는 아니에요. 너무 늦었어요. 그는 치매를 앓고 있어요. 밥은 제가 하는 고백을 이해할 수 없어요. 오명에서 벗어난 기쁨조차 느낄 수 없죠."

내 눈이 젖어왔다. 나는 눈을 깜박이며 눈물을 참았다. 동정을 구할 수는 없었다.

"하지만 전 '용서의 돌'이 고마워요. 그 돌이 저를 엄마에게 데려다주었고, 더 중요하게는 진정한 제 자신에게로 데려다주었으니까요."

나는 손등으로 눈을 훔쳤다. 스튜디오에는 죽은 듯한 침묵이 감돌았다. 무대 아래에서 스튜어트가 극도로 흥분하여 양팔을 치켜드는 모습이 보였다. 박수를 유도하려는 걸까? 맙소사, 스튜어트. 난 박수를 받을 자격이 없다고요. 이 이야기 속에서 나는 영웅이 아니라 악당이니까.

"하지만 당신은 거짓말의 대가를 치르지 않았잖아요."

나는 몸을 돌려 클라우디아를 보았다. 그녀가 줄곧 말이 없었기에 클라우디아의 존재를 잊고 있었다. '거짓말'이라는 단어가 내 영혼 속으로 깊이 파고들어왔다. 나는 이제껏 내 판단을 거짓말이라고 칭한 적이 없었다. 지금까지도 확신할 수 없기 때문이다.

클라우디아는 내 답을 기다리며 고개를 갸웃하고 있었다. 나는 '치렀어요'라고 대답하고 싶었다. 제이드의 말처럼, 실제로 치렀다고, 그 긴 세월 동안 엄마 없이 살았다고. 하지만 아직도 자기합리화라는 실을 붙들고 있다면 그건 과거의 나일 것이다.

"당신 말이 맞아요, 클라우디아. 나는 대가를 치르지 않았어요."

31

스튜어트가 무대를 내려가는 내 팔을 잡았다. 하지만 나는 그를 밀쳐냈다. 그와 하이파이브를 하고 싶지 않았다. 팬들 앞에서 고백한 건 현명한 결정이었다는 둥, 시청률이 오를 거라는 둥, 내 경력에 아주 큰 도움이 될 거라는 둥 그런 말을 듣고 싶지 않았다. 이 이야기에서 이득을 취한다는 생각이 나를 역겹게 만들었다. 나는 고백할 생각이 없었다. 더더구나 시청률 때문에 그렇게 한 건 절대 아니었다.

나는 눈물을 닦느라 가다 서다를 반복하며 집으로 향했다. 눈물을 멈출 수 없었다. 방송에서 고백한 것이 댐을 무너뜨린 것 같았다. 나는 가식을 전부 벗어던졌다. 드디어 수치와 죄책감, 슬픔과 회한을 느끼는 것이 나에게 허용되었다. 이제 나는 짊어지고 있던 끔찍한 실수를 인정했다. 그리고 그에 따른 자유가 나에게 고통과 해방

감을 동시에 가져다주었다.

나는 편의점 주차장에 차를 세우고 마이클에게 전화했다. 음성사 서함이었다. 금요일까지 배턴루지에 있을 거라고 한 말이 생각났다.

"나야. 난 진실을 고백했어, 마이클. 그럴 계획이 아니었지만 어쩔 수 없었어. 제발 이해해줘."

❖

그날 저녁, 발코니에서 저녁식사를 하고 있을 때 제이드가 초인종을 눌렀다.

"들어와."

나는 포도주잔을 하나 더 꺼내고 접시에 강낭콩과 밥을 담았다.

"오늘 밤 마이클과 데이트하러 나갔을지 모른다고 생각했어. 수요일이잖아."

"아니야. 마이클은 배턴루지에서 후원자 몇 사람을 만나고 있어. 골프…… 마티니…… 남자들이 하는 거 있잖아. 주말에 만날 거야."

"괴팍양는 어디 있어?"

나는 애써 웃음을 참았다. "할머니 집에 있어."

제이드가 눈썹을 치켜올렸다. "마이클은 자기가 필요할 때만 시간을 내는구나. 우습지도 않아."

전화벨이 울렸다. 302로 시작되는 지역번호였다. 나는 꺅 하고 비명을 내질렀다.

"오, 하느님! 시카고야." 나는 일어섰다. "받아야 하는 전화야."

"심호흡을 깊게 해! 네가 가장 아끼는 보조를 여섯 자리 급여를 주고 데려가지 않으면 너도 안 간다고 말해."

"여보세요."

발코니 문을 나서며 내가 말했다. 제이드를 힐끗 보았다. 그녀가 엄지손가락을 치켜들었다. 나는 검지와 중지를 겹쳐 보이며 성공을 기원했다.

"한나, 제임스에요."

"안녕하세요, 제임스…… 피터스 씨"

"예상했겠지만, 오늘 당신 쇼를 보고 깜짝 놀랐어요."

나는 미소를 지었다. "쇼를 보셨어요?"

"여동생이 알려줬어요. 유튜브를 보내줬거든요."

"친절하시군요. 몇 주 전에 그 아이디어를 보낸 이후로 전 상황을 다르게 인식하게 됐어요. 전 그땐 정말 제가 엄마의 사과를 받으리라 생각했어요. 하지만 전 엄마의 이야기를 듣게 됐어요. 물론 오늘 방송에서 고백한 건 계획에 없던 일이에요. 하지만 엄마가 비난받는 것을 그대로 보고 있을 수가 없었어요."

제임스가 망설였다. "하지만 한나, 당신은 제안서가 당신 생각이라고 했어요."

"맞아요."

"스튜어트 부커에 따르면, 그건 자기와 당신의 공동 진행자의 아이디어라던데요."

방에서 공기가 빠져나가는 기분이었다. 나는 의자 위로 털썩 주저앉았다.

"아니에요, 그건 사실이 아니에요. 그 새 앵커, 클라우디아는 처음부터 제 자리를 노리고 있었어요."

분노와 울화통이 나를 훑고 지나가는 중에 이 상황이 어찌 된 일인지 알 것 같았다. 하지만 지금은 비난할 때가 아니다. 나는 도덕적 우위에 서야 했다.

"죄송합니다, 피터스 씨. 그건 오해예요. 해명할 수 있어요."

"저도 미안합니다. 조셉 윈슬로는 당신과의 인터뷰를 취소했어요. 당신은 최종 후보 자리에서 밀려났습니다. 하지만 스튜어트에게 당신 일을 말하지 않았으니 안심하세요, 한나."

나는 방향감각을 상실한 듯 비틀거리며 발코니로 돌아갔다.

제이드가 포도주잔을 높이 들었다. "<굿모닝 시카고>의 새 진행자를 위해 건배할까?"

나는 무너지듯 의자에 주저앉았다. "그 자리를 잃었어. 그들은 더 이상 나를 원하지 않아. 오늘 쇼를 봤대. 그들은 내가 클라우디아의 아이디어를 훔쳤다고 생각해."

"제기랄. 그 사람한테 뭐라고 했어?" 제이드가 내 등에 손을 올렸다.

나는 고개를 저었다. "변명해도 소용없어. 내가 사기꾼이 된 기분이야. 하지만 적어도 그는 스튜어트에게 인터뷰 이야기는 하지 않았대. 이 자리마저 잃을 수는 없어."

제이드가 얼굴을 찡그렸다.

"무슨 일이야?"

"얘기하고 싶지 않지만, 더 나쁜 소식이 있어."

"뭐야?"

"오후 내내 방송국에 이메일과 트위터와 전화가 빗발쳤어. 사람들이 널 비난하고 있어……. 음……, 위선자라고."

어지러웠다. 마이클이 옳았다. 사람들은 유명인들이(나처럼 별볼일 없는 사람이라도) 추락하는 모습을 보고 싶어한다. 나는 입을 틀어막고 제이드를 보았다.

"스튜어트와 프리실라가 내일 아침 출근하자마자 널 만나고 싶어해. 내가 오늘 밤에 널 만나겠다고 스튜어트에게 말했어. 내가 말해주는 게 나을 거 같아서."

"멋지군! 이 자기폭로 캠페인을 처음 시작한 장본인은 스튜어트와 프리실라인데 말이야."

제이드가 내 손을 두드렸다. "나도 알아, 한나벨. 나도 알아." 그녀는 한숨을 쉬었다. "그리고 말해야 할 게 하나 더 있어. 클라우디아의 약혼자가 브라이언 조던 맞지?"

"그래."

"브라이언은 세인츠와 2년 재계약을 했대. 오늘 오후에 ESPN에서 들었어."

입이 벌어졌다. "그럴 리가. 마이애미로 이적한다고 클라우디아가 말했다고."

"그는 어디로도 안 가. 클라우디아도 마찬가지고."

❖

지시대로 다음 날 아침, 나는 프리실라의 사무실로 갔다.

"안녕하세요." 사무실로 들어가며 프리실라의 뒤통수에 대고 인사했다.

"문을 닫아주세요." 타이핑을 멈추지 않은 채 그녀가 말했다. 스튜어트는 프리실라의 책상 맞은편에 앉아 무뚝뚝하게 목례를 건넸다. 나는 그의 옆에 놓인 의자에 앉았다.

몇 분 더 타이핑을 하고 나서 프리실라가 의자를 돌려 우리를 바라보았다. "곤란한 상황에 처했어요, 한나."

그녀는 책상 위로 《타임스-피카윤》을 던졌다. 브라이언 모스가 쓴 기사가 일면을 차지하고 있었다. 헤드라인은 '한나 파가 한 방 먹인 쇼'.

나는 눈을 감았다. "오, 맙소사. 죄송합니다. 하지만 시청자들에게 해명할게요."

"절대 안 돼요. 우리는 계속해야 해요. 해명도 사과도 안 돼요. 한두 주면 이 사태는 진정될 거예요." 프리실라가 말했다.

"아무에게도 말하지 마. 언론도, 친구들도 안 돼. 우린 피해를 최소화해야 해." 스튜어트가 덧붙였다.

"알겠어요."

❖

프리실라의 사무실을 나서는데 손이 떨렸다. 나는 고개를 숙여 휴대폰을 확인하며 분장실로 걸어갔다. 문자 메시지 두 개와 부재 중 전화 세 통이 와 있었다. 전부 마이클이었다. '전화해 줘, 최대한 빨리.'

제기랄, 신문을 본 게 틀림없다. 나는 사무실 문을 닫고 마이클의 번호를 눌렀다. 이 전화는 분명 받을 것이다.

맞았다.

"오, 마이클. 들었겠지만, 난 지금 팬들에게 시달리고 있어." 나는 떨리는 목소리로 말했다.

"당신, 무슨 짓을 한 거야, 한나? 우리가 쌓아올린 것들이 지금 전부 무너져내리고 있어."

나는 입술을 깨물었다.

"완전히 몰락한 건 아니야. 스튜어트와 프리실라가 나에게 잠시 몸을 낮추고 있으래. 한두 주만 지나면 잠잠해질 거라고!"

"네겐 쉬운 일일지 모르지만, 나는? 난 몸을 낮추고 있을 수가 없다고!"

마이클이 비난을 쏟아내니 마음이 아팠다. 나는 뭘 기대했지? 이 사건이 나보다는 그에게 더 많은 영향을 끼친다는 걸 이미 알고 있었는데.

"정말 미안해, 마이클. 이럴 의도는 아니었어."

"난 이미 경고했어, 한나. 이런 일이 벌어질 거라고 당신에게 말했잖아. 그런데도 당신은 내 말을 듣지 않았어."

마이클의 말이 맞다. 그는 나에게 경고했다. 하지만 마이클과 시청자들이 아무리 분노한대도 내 결정은 옳았다. 그 모든 사태를 일으킨 장본인이 난데, 가만히 앉아 관대하게 용서를 베푸는 딸 행세를 할 수는 없었다.

"주말에 만날까?"

마이클은 한참 뜸을 들였다. 그가 지금 선택지를 재보고 있다는 것을 나는 안다.

"그래. 다음 주에 만나."

"좋아. 금요일."

나는 전화를 끊고 책상에 팔꿈치를 내려놓았다. 20년이 지나고서야 나는 비로소 깨끗해졌다. 그런데 왜 이리 더러워진 기분이지?

오늘 객석은 듬성듬성했다. 기분 탓인지 모르지만 자리에 앉은 사람들에게서 냉랭하고 애매한 적대심이 느껴졌다. 오늘의 게스트는 문신 제거 전문 성형외과 의사였다. 그 의사는 문신을 스스로 찍은 브랜드에 비유했다. '브랜드'라는 말을 듣자 마이클이 떠올랐다. 내가 정말 마이클의 브랜드를 훼손한 걸까? 아니다, 그럴 리 없다. 뉴올리언스 시민들은 마이클을 신뢰한다. 만약 마이클이 내가 십대 시절 범했던 잘못을 용서한다면, 그들은 그를 전보다 더 사랑할 것이다.

쇼가 끝나자 관객들과 이야기를 나누기 위해 관중석으로 내려갔다. 대다수의 관객들이 굳은 얼굴로 짧은 인사조차 하지 않고 자리에서 일어나 열을 지어 스튜디오 밖으로 나갔다.

"존스 박사님을 어떻게 생각하세요?"

짐짓 쾌활한 목소리로 내가 물었다.

가운데 복도에서 한 여성이 나를 돌아봤다. 왠지 낯이 익었다.

그래, 본 적이 있는 사람이야. 어디서 봤을까?

출입구 가까이에서 그 여성이 나에게 소리 질렀다.

"당신은 우리를 잃었어요, 한나 파. 내가 오늘 여기 온 이유는 단지 입장권을 예매해놨기 때문이에요. 당신은 우리를 너무나 실망시켰어요."

나는 손을 목에 갖다 댔다. 숨을 쉴 수가 없었다. 그 여성은 고개를 절레절레 흔들더니 몸을 돌려 문밖으로 사라졌다.

이제야 그녀가 기억났다. 브루사드에서 마이클과 에비와 함께 있던 내 손을 잡았던 여성이었다. "전 열렬한 당신 팬이에요, 한나. 아침마다 당신 덕분에 웃는답니다."

나는 기회를 놓쳤다. 그 성형외과 의사에게 나에게 새로 새겨진 문신을 제거하는 법을 물었어야 했다. 두 얼굴을 가진 여자라는 문신을.

32

나는 그날 내내 '한나 파'에 대한 반발은 곧 잠잠해질 거라고 스스로를 설득하려 애썼다. 더 나은 판단을 하려면, 프리실라와 스튜어트의 충고처럼, 나는 온갖 욕설이 난무하는 댓글이나 이메일에 반응해서는 안 되었다. 하지만 화요일 자정이 되어서야 나는 트위터 댓글 검색을 멈췄다. 욕설이 도를 넘었기 때문이다.

금요일, 활기 없는 쇼가 끝난 후 분장실에서 댓글을 읽고 있는데 휴대폰이 울렸다. 프리실라의 문자였다.

'지금 회의실로 오세요.'

심장이 쿵 하고 내려앉았다. 좋은 일일 리가 없다.

천장 등을 켜자 삭막한 방이 환하게 밝아졌다. 평소 같으면 에너지와 아이디어를 함께 나누며 활기에 넘쳤을 이 공간이 오늘은 불길하게 느껴졌다. 마치 건장한 수사관에게 이끌려 취조실에 들어선 기분이었다. 나는 의자에 앉아 휴대폰을 만지작거렸다. 이윽고 또각또각 소리를 내며 복도를 걸어오는 프리실라의 발소리가 들렸다. 나는 몸을 바로 세우고 앉았다. 스튜어트의 발소리는 왜 안 들리지? 그는 우리가 만날 때면 늘 함께 있었다. 또 다른 두려움의 파도가 나를 엄습했다.

"와줘서 고마워요, 한나."

프리실라가 쌀쌀한 미소를 지으며 문을 닫고 내 옆에 앉았다. 프리실라의 손엔 공책도 노트북 컴퓨터도, 심지어 늘 가지고 다니는 커피잔도 없었다.

나는 떨리는 손을 꽉 붙들고 애써 미소 지으려 했다.

"고맙긴요. 어떠셨어요? 오늘 아침 쇼는 엉망이었어요. 그렇게 생각하지……."

"안 좋은 소식이 있어요."

내 말을 자르며 프리실라가 말했다. 심장이 쿵 하고 내려앉았다. 이 사태는 사라질 기미가 보이지 않는다. 나는 곤경에 빠졌다. 그것도 어마어마한 곤경에.

"죄송해요, 프리실라. 시청자들에게 사과할게요. 무슨 일이 있었는지 좀 더 잘 해명할 수 있어요. 그때 전 어렸어요. 만약 그들이……."

프리실라가 팔짱을 끼며 눈을 감았다. 내 눈에서 눈물이 흘러내렸다. 나는 미친 듯이 눈을 깜박였다.

"부탁이에요. 제발 봐주세요."

"오늘 새벽 6시에 긴급 이사회가 열렸어요. 난 당신을 지키려 애썼지만, 결국 그들의 의견에 동의할 수밖에 없었어요. 당신은 나가야 해요."

초점이 맞지 않아 흐릿한 눈으로 프리실라를 봤다.

"난 그들에게 '무기한 휴직'으로 처리하자고 말했어요. 그래야 당신이 새 일자리를 찾기가 쉬울 거예요. '해고'가 된다면 해명하기 힘들 테니까요."

내 가슴을 칼로 후벼파는 것 같았다.

"안 돼요, 제발 부탁이에요!" 나는 프리실라의 팔을 움켜잡았다. "그동안 잘해왔잖아요. 단 한 번의 실수라고요."

"우리는 그렇게 생각하지 않아요. 당신은 루이지애나 여성들의 얼굴이자 목소리였어요. 당신의 평판은 흠 잡을 데 없었어요. 우린 모두 당신이 '인투 더 라이트'에 소속돼 활동하는 걸 높이 평가했어요. 지금까지 성추행, 소아성애, 강간, 근친상간 등을 주제로 수많은 쇼도 진행했고요. 그런데 당신의 표현을 인용하자면, 이 한 번의 실수가 모든 것을 무효로 만들었어요. 게다가 설상가상으로, 당신 스스로 일을 이 지경으로 만들었어요, 한나. 당신은 야비한 남자와 당신을 버린 엄마를 내세워 자신의 선善을 강조했어요. 자신의 자비와 관대한 용서를 말하며 그 잘난 자기 정의를 내세우지 않았다면, 당신은 지금 훨씬 더 많은 사랑을 받고 있을 게 분명해요."

"아니에요. 그렇게 한 건 클라우디아예요. 제가 버림받았다고 말한 건 그녀였어요. 비열한 남자와 나의 자비와 용서에 관해 말한 사람도 클라우디아였어요. 그녀가 이렇게 만든 장본인이에요!" 나는 일어서서 텔레비전을 가리켰다. "피오나가 나오는 쇼를 돌려보세요. 당신이 직접 보세요!"

표정에도 목소리가 있다면, 프리실라는 이렇게 말하고 있었다. '오, 가엾게도, 당신은 필사적으로 애처롭게 보이려 하는군요.'

나는 다시 의자에 주저앉아 얼굴을 감쌌다. 클라우디아가 이 모든 사건을 조종했다. 어떻게 그럴 수 있었지? 내가 클라우디아를 진저리나게 싫어하지만 않는다면, 가히 존경스러울 정도다.

"여하튼, 당신이 보여준 반전에는 위선의 모습이 있었어요. 그리고 사람들은 위선을 결코 용서하지 못하죠. 적절한 사람을 찾을 때까지 클라우디아가 당신 대신 진행하기로 했어요."

나는 숨을 쉬려 애썼다. 당연히 그랬겠지. 앞이 보이지 않는 안개와 절망의 심연 어딘가에서, 퍼뜩 어떤 생각이 모습을 드러냈다. 어쩌면 이것일지 모른다. 드디어 내가 받아 마땅한 굴욕과 패배를 당한 건지도 모른다. 내가 치러야 할 대가 말이다.

프리실라는 퇴직금과 실직자를 위한 건강보험에 관해 이야기했다. 하지만 아무것도 기록하지는 않았다. 마음이 휘청거렸다. 난 한 번도 해고당해본 적이 없다. 심지어 파파이스에서 단기 아르바이트를 하던 시절, 다이어트 콜라와 일반 콜라를 혼동했을 때도 말이다. 하지만 지금, 내 나이 서른넷에, 나는 해고당하고 쫓겨난다. 나는 지역 저명인사에서 실업자로 전락했다.

나는 머리를 감싸쥐고 고통으로 몸을 구부렸다. 내 등에 프리실라의 손이 닿는 것이 느껴졌다.

"당신은 잘 헤쳐나갈 거예요."

프리실라의 의자가 뒤로 밀리는 소리가 들렸다. 몸을 떨며 간신히 숨을 들이마셨다. 그리고 한 번 더.

"언제…… 제 마지막 방송이 언제죠?"

문이 끼익 하며 열리는 소리가 들렸다.

"오늘이었어요." 프리실라가 문을 닫았다.

나는 내 사무실 문을 쾅 닫고 소파 위로 몸을 던졌다. 문을 두드리는 소리가 들렸지만 무시했다. 누군가가 다가오는 발소리를 들으면서도 고개를 들지 않았다.

"헤이, 한나."

제이드였다. 그녀의 부드러운 목소리가 내 쓰라린 상처를 부드럽게 감쌌다. 제이드는 내 등을 어루만졌다.

마침내 내가 몸을 일으켰다. "나 휴가래, 무기한으로. 실은 해고당한 거야."

"다 잘될 거야. 이제야 넌 엄마와 함께 시간을 보낼 수 있게 됐잖아. 미시건 포도원에서 포도주 감정을 하며 시간을 보낼 수도 있고."

나는 미소조차 지을 수 없었다. "마이클에게는 뭐라고 말하지?"

"너 자신을 믿어." 나를 뚫어질 듯 바라보며 제이드가 말했다. "이젠 네가 최선이라고 생각하는 일을 하렴. 네 아버지가 원하는 일이나 네 남자친구의 경력에 도움 된다고 생각하는 일이 아니라, 한나파를 위해 가장 좋은 일을 해."

제이드의 말은 일리가 있다. 기분이 좀 나아졌다.

"그래, 최근 내가 나 자신을 믿었을 때 일이 제일 잘 풀렸으니까."

사무실을 정리하는 데에는 20분밖에 걸리지 않았다. 중요한 물건들을 모으는 걸 제이드가 도왔다. 남은 건 방송국 사람들이 전부 버리겠지. 나는 벽에 걸린 여섯 개의 상패를 뗐다. 제이드가 마이클과 내 사진, 그리고 아빠의 사진이 든 액자를 신문지로 감쌌다. 책상 서랍 안에 든 얼마 안 되는 물건들을 꺼내고 개인적인 서류를 따로 모았다. 제이드가 상자를 끈으로 단단히 묶었다. 할 일은 끝났다. 더 이상 눈물도, 감상적인 유물도 남지 않았다. 제이드에게 작별인사를 할 때까지는.

우리는 말없이 서로를 바라보았다. 그러다 제이드가 나에게 팔을 벌렸다. 나는 그녀의 품에 안겨 어깨에 머리를 묻었다.

"아침마다 널 만나던 일이 그리울 거야." 제이드가 말했다.

"우리가 친구로 남을 거라고 약속해줘."

제이드가 내 등을 두드리며 속삭였다. "영원히."

"난 끝장났어. 이 업계에서 다시는 아무도 날 고용하지 않을 거야."

"바보 같은 소리 마. 넌 한나 파야."

나는 뒤로 물러나 소맷자락으로 눈을 훔쳤다.

"나는 엄마의 삶을 파괴한 위선자야." 나는 휴지를 뽑아 코를 풀었다. "중요한 건, 제이드, 나는 이런 일을 당해도 싸다는 거야. 이제야 겨우 공평해진 기분이야."

"그래서 그랬구나, 그렇지?"

내가 방송에서 한 말이 사실인지 아리송했다. 도로시의 경우처럼 나도 공개적인 처벌이 필요하다고 느꼈던 걸까? 아니다, 그러기에 나는 지나치게 이기적인 사람이다. 내가 아는 유일한 사실은 그 아픔은 '용서의 돌'만으로 속죄되기엔 너무 크다는 것이다.

나는 화장대 의자를 흘끗 바라보았다.

"클라우디아가 저 의자에 앉아서 내 쇼를, 아니 자신의 쇼를 준비하게 되겠네."

"그래. 클라우디아의 얼굴을 아름답게 만들기는 쉬울 거야. 하지만 시커먼 마음을 감추는 건 어려울 거야." 제이드가 나를 꽉 껴안고 속삭였다. "클라우디아에게 모기퇴치제를 뿌려주고 싶어 못 견디겠어."

제이드가 미소를 지으며 나에게 종이상자를 건넸다. "나중에 찾아갈게." 내 볼에 키스하며 제이드가 말했다. "골치 썩어."

누구의 눈에도 띄지 않기를 바라며 엘리베이터를 향해 천천히 걸었다. 내려가는 버튼을 누른 후, 성가신 어린애라도 되는 듯 종이 상자를 옆구리에 단단히 끼웠다. '제발 날 여기서 내보내줘.'

엘리베이터 문이 열리고 로비로 나갔다. 현관문을 열려는 순간 로비 벽에 걸린 텔레비전 다섯 대에서 소리가 들려왔다. 평소와 다름없이 WNO뉴스에 채널이 맞춰져 있었다. 무심코 걸음을 멈추고는 되돌아섰다.

화면에는 시청 계단을 오르는 마이클의 모습이 비쳤다. 그는 배턴루지에서 돌아오는 길이었다. 내가 가장 좋아하는 회색 정장 차림에 내가 '루벤스타인'에서 사준 연청색 넥타이를 매고 있었다. WNO 기자, 카르멘 매슈가 마이클에게 마이크를 들이밀었다. 마이클의 이마에 잡힌 깊은 주름을 보자 뒷목이 곤두섰다.

"우린 일 년 이상 좋은 친구로 지내고 있어요. 아주 괜찮은 사람이에요."

맥박이 빨라졌다. 저 사람들이 지금 내 이야기를 하는 건가? 그가 지금 말하는 '좋은 친구' '괜찮은 사람'이 나를 가리키는 건가?

"당신은 한나의 과거를 알고 계셨나요? 무고한 사람을 강간범으로 몰았다는 사실을요?"

숨이 턱 막혔다.

마이클이 얼굴을 찌푸렸다. "법적으로 고소했던 건 아니라고 알고 있습니다."

"하지만 한나는 한 남자를 중상모략했어요. 그녀 때문에 그 남자는 일자리를 잃었어요. 그 사실을 아셨나요?"

나는 화면을 쏘아보았다. 어서, 마이클, 기자에게 말해. 당신의 마법을 부려봐. 당신이 말하면 모든 게 달라질 거야. 기자들에게, 아니 뉴올리언스 시민 모두에게 말해. 이 일로 내가 오랫동안 힘들어했다고. 당신이 강력하게 말렸지만 내가 고백하겠다고 고집을 부렸다고. 내가 잘못한 건지 아닌지 확신하지도 못하는 상태에서 말이야! 제발, 그들에게 말해줘. 난 괴물이 아니라고, 단지 어린애에 불과했다고 말이야.

마이클이 기자를 똑바로 보면서 말했다. "한나와 어머니 사이가 소원하다는 건 알고 있었어요. 하지만 누명을 씌웠다는 사실은 몰랐습니다."

거짓말쟁이, 망할 놈의 거짓말쟁이! 그건 누명이 아니었어! 난 그걸 진실이라고 생각했다고. 그리고 너도 그 때문에 내가 괴로워했다는 사실을 알고 있잖아.

"이 일로 인해 앞으로 두 분의 관계는 달라지나요?"

마이클은 언제나처럼 자신감과 확신에 찬 표정이었다. 하지만 난 마이클을 안다. 입을 어떤 식으로 다물며 고개를 어떤 식으로 젖히는지 알고 있다. 마이클은 단어를 선택하기 전 재빨리 자신이 하는 말이 끼칠 여파를 조심스레 계산하고 있었다.

"전 정직에 높은 가치를 둡니다. 우리 사이에 신뢰가 깨어진 것은 분명합니다."

눈앞이 캄캄해졌다. 나쁜 자식! 넌 비겁한 놈이야!

"한나 파는 저의 좋은 친구였습니다. 기금 모집 행사나 사교 파티 같은 곳에서 우리 두 사람이 함께 있는 것을 보셨을 겁니다. 하지만 저도 여러분처럼 지금에서야 한나의 과거를 자세히 알게 됐습니다." 마이클은 손가락을 들고 한 단어 한 단어를 분명히 발음하며 신중하게 말했다. "분명히 하자면, 한나가 과거에 저지른 행동은 모두 그녀에게 책임이 있습니다. 제가 아니라."

종이상자가 손에서 미끄러져 바닥으로 쿵 하고 떨어졌다.

33

이제껏 쌓아온 경력을 전부 두꺼운 종이상자 안에 쑤셔넣고, 비틀거리며 건물을 빠져나왔다. 머리 위에서 구름이 마구 휘돌았다. 세인트 필립 거리 모퉁이를 돌자 갑자기 거센 북동풍이 몰아쳤다. 하지만 나는 몸을 돌리지 않았다. 숨이 뻥 뚫리는 것 같아 온몸으로 바람을 맞았다. 살아 있다는 걸 확인하고 싶다는 이유만으로 절망에 빠진 사람들이 자해를 한다는 이야기가 떠올랐다. 처음으로 그 사람들을 이해할 수 있을 것 같았다. 고통보다 더 참기 힘든 것이 공허함이다.

점심시간이었다. 잘 차려입은 뉴올리언스의 직장인들이 관광객 무리들과 섞여 점심을 먹으러 검은 파라솔 아래로 몰려들었다. 그들은 고객들을 상대하고 정보를 교환하며 이 도시를 즐기고 있다. 바로 어제까지의 나처럼.

동쪽으로 걷고 있는데 비가 내리기 시작했다. 굵은 빗방울이 아까부터 팔을 내리누르던 종이상자 위로 떨어져내렸다. 하필이면 오늘따라 난 왜 전차를 타고 올 생각을 했을까? 해고당하리라는 걸 미리 알았어야 했고, 차를 가지고 왔어야 했다. 내 앞으로 택시가 지나갔지만, 망할 놈의 상자를 놓칠까 봐 손을 들 수가 없었다. 택시는 내 카키색 코트에 진흙 방울을 튀기고 사라졌다.

마이클을 생각했다. 속이 부글부글 끓어올랐다. 개자식! 어떻게 이런 식으로 날 배신할 수 있지? 팔이 아팠다. 얼마나 남았는지를 재빨리 계산했다. 전차 정류장까지 열두 블록, 전차에서 내려 한 블록을 걸어가야 한다. 그리고 그동안 내내 이 망할 놈의 상자를 들고 다녀야 한다. 부랑자처럼.

길 건너편, 루이 암스트롱 공원 안에 설치된 철제 쓰레기통이 얼핏 보였다. 두 번 생각해보지도 않고, 보도에서 내려와 발목까지 빠지는 웅덩이 속으로 발을 내디뎠다. 상자가 갑자기 기울어졌다. 상자를 바로 하려고 더듬거리고 있는데, 모퉁이에서 메르세데스 한 대가 튀어나와 나를 칠 뻔했다.

"제기랄!" 나는 흠뻑 젖은 상자를 추켜올리고는 흐느적흐느적 반쯤 뛰다시피 길을 건넜다.

오늘 공원은 쓸쓸하고 황폐한 느낌이었다. 내 기분과 똑같았다. '개인 쓰레기를 버리는 것은 위법행위'라고 적힌 표지판이 붙어 있었다. 체포라도 된다면 끝내주는 오늘 하루의 마무리가 되겠군!

나는 질척한 상자를 쓰레기통 위에 똑바로 올리고 내용물을 뒤적였다. 빗방울이 머리카락과 눈썹에서 폭포수처럼 떨어져내렸다.

어깨로 빗물을 훔쳤지만 소용없었다. 빗물은 다시 머리칼과 눈썹을 적시며 쏟아져내렸다. 손가락이 서류 더미와 상패와 탁상달력을 지나 단단하고도 부드러운 무언가에 닿았다. 이거다! 나는 상자 안에서 그것을 획 잡아 올려 신문지를 벗겨냈다. 폰처트레인 호수에서 보트를 타고 있는 마이클과 나의 사진이었다. 두 사람이 행복한 커플(난 그렇다고 생각했다)처럼 카메라를 바라보며 환하게 웃는 사진. 밑이 꽤 깊은 쓰레기통 속으로 던져넣었다. 액자가 바닥에 닿으며 쨍그랑 유리 깨지는 소리가 들리자 엄청난 희열이 몰려왔다.

마침내 찾고 있던 사진을 발견했다. 아빠가 돌아가시기 몇 달 전 비평가 선정 수상식에서 함께 찍은 사진이었다. 아빠는 나와 함께 하기 위해 로스앤젤레스에서 비행기를 타고 왔다. 나는 빗물이 맺혀 있는 그 사진을 찬찬히 들여다보았다. 아빠의 코는 불그레하고 눈빛은 흐릿했다. 이미 너무 많이 마셔서 웃음거리가 된 뒤였다. 하지만 우리 아빠다. 나는 아빠를 사랑한다. 내가 아는 가장 강하고 가장 망가진 사람. 문제가 있는 사랑이긴 했지만, 아빠는 자기 나름으로는 최선을 다해 나를 사랑했다.

짠 눈물이 빗물과 섞였다. 나는 사진을 지갑 속에 넣었다. 마지막 물건을 상자에서 꺼냈다. 루이지애나 방송 시상식에서 내 쇼가 2위를 차지했을 때 마이클이 선물한 한정판 카렌다시 만년필이었다. 그 당시는 모두가 나를 전도유망한 젊은 여성으로 생각했다.

나는 코트 주머니에 그 펜을 넣고 남은 물건들은 상자째 쓰레기통 속으로 던지고 뚜껑을 철커덩 닫았다. "후련하군."

가벼워진 몸으로 램파트 거리를 마저 걸었다. 앞에 십대 커플이 보였다. 검은 머리 소년의 한 손은 검정색 우산을 받쳐 들고 나머지 한 손은 여자친구의 달라붙는 청바지 뒷주머니에 들어가 있었다. 어떻게 꺼낼 건지 궁금했다. 통통한 손가락 때문에 주머니가 터져 나갈 듯 보였다. 커다란 손으로 여자의 엉덩이를 움켜쥔 모습이 우스꽝스럽다는 걸 모르는 걸까? 아니면 알아도 개의치 않는 걸까? 아직 어린 그들은 사랑에 빠졌다고 생각한다. 소녀는 뒤늦게 깨달으리라. 소년이 자신을 배신하리라는 것을. 언젠가 소녀는 텔레비전 옆을 지나다 소년이 마치 결함 있는 가전제품처럼 자신을 버리는 장면을 목격하게 될 것이다.

나는 걸음을 빨리해 캐널 거리를 걷는 그들을 뒤따랐다. 고풍스러운 월그린스 약국 앞 젖은 보도 위에 노숙자 한 사람이 비닐로 다리를 덮은 채 앉아 있었다. 그는 내 앞에 있는 커플을 주의해서 보며 더러운 스티로폼 컵을 들어올렸다.

"적선해요." 컵을 내밀며 노숙자가 말했다.

"웬 미친놈이야? 우리 집 개도 이러진 않는데." 그 앞을 지나가며 소년이 말했다.

소녀가 웃으며 소년의 팔을 때렸다. "넌 너무 쩨쩨해."

"적선해요." 내가 지나가자 그 남자는 더러운 컵을 내밀며 같은 말을 반복했다.

나는 그에게 짧게 고개를 끄덕이고는, 길 반대편의 우아한 리츠칼튼 호텔로 눈을 돌렸다. 그리고 걸음을 재촉했다. 내가 걸음을 멈췄을 때는 전차가 도착하기 직전이었다.

그 순간, 나는 다시 몸을 돌렸다. 레게머리를 한 여성과 부딪혔다.

"죄송합니다."

필사적으로 강을 거슬러 가는 송어처럼, 나는 사람들 틈을 이리저리 빠져나갔다. 서두르다 보니 누군가의 운동화를 밟았다. 그 사람이 욕설을 내뱉었지만 개의치 않았다. 머릿속은 한시 바삐 그 노숙자에게 다시 가야 한다는 생각뿐이었다. 반 블록 정도를 남겨두었을 때, 우리는 시선이 마주쳤고, 나는 걸음을 늦추었다.

가까이 다가오는 나를 보는 그의 눈은 두려움으로 커졌다. 내가 자신을 비웃으려고 다시 온다고 생각하나? 그와 마주치는 사람들이 그에게 잔인하게 굴었나?

노숙자 곁으로 다가간 나는 쭈그려앉았다. 그의 눈이 촉촉했다. 가까이서 보니 헝클어진 턱수염에 빵부스러기가 붙어 있었다. 나는 코트 주머니에서 만년필을 꺼내 그의 컵 속에 떨어뜨렸다. "전당포로 가져가세요. 18캐럿짜리 로즈 골드예요. 3천 달러 밑으로는 팔지 마세요."

나는 답을 기다리지 않고 일어서서 익명의 사람들이라는 강물 속으로 다시 미끄러져 들어갔다.

34

7시가 지나자 초인종이 울렸다. 오후 내내 이 순간을 미리 준비했는데도 심장이 쿵쾅거렸다. 나는 마이클에게 문을 열어주고, 양손을 허리에 대고 열린 현관문 옆에 서 있었다. 마이클이 자신의 행동을 정당화하려고 할까? 그럴 수는 없다! 난 그가 나를 조종하도록 내버려두지 않을 것이다. 이런 굴욕을 당하는 내내 그가 헛소리하도록 내버려두지 않을 것이다.

엘리베이터가 도착하는 소리와 함께 문이 열렸다. 마이클이 아니라 제이드였다. 그녀는 요가바지와 분홍색 모자가 달린 점퍼를 입고 있었다.

"헤이!" 오늘 처음으로 내 얼굴에 밝은 미소가 떠오르는 것을 느끼며 내가 말했다.

제이드가 나를 껴안았다. 그녀는 부드러운 카라멜색 피부에 화장이라곤 전혀 하지 않은 모습으로 머리칼을 하나로 묶고 있었다. 제이드의 손에는 '랑엔쉬타인' 식료품 봉지가 들려 있었다.

"데본하고 야구 보러 가려고 마르쿠스가 집에 왔어. 너한테 친구가 필요할 것 같아서." 제이드가 봉지를 들었다. "솔트 카라멜 아이스크림."

"난 네가 정말 좋아."

나는 제이드를 집 안으로 맞아들이며 말했다.

곧 나가야 한다는 말을 하기도 전에, 초인종이 다시 울렸다.

"마이클이야." 나는 제이드에게 그 뉴스에 대해 짧게 들려주었다.

"비열한 놈이야. 난 여덟 달 전에 그걸 알았어. 더 이상 너에게 미래시제로 말하지 않을 때 말이야."

"정말? 왜 그런 얘기를 안 했어?"

"여자라면 그런 일은 스스로 판단해야 해. 마르쿠스에 대해 너와 나의 견해가 다른 것처럼 말이야."

나는 숨을 들이쉬었다. 제이드가 옳다. 내 느낌이 아무리 강하다 해도 제이드에게 어떻게 하라고 말하지는 못했을 것이다. 그저 제이드가 자신과 데본을 위해 올바르게 판단하기만을 기도했을 것이다.

제이드가 냉동실에 아이스크림을 넣었다. "여기 넣어둘게."

"가지 마. 내가 나갔다 오는 동안 여기서 쉬고 있어. 얼마 안 걸릴 거야."

"정말 그래도 돼? 사실 오늘 밤은 마르쿠스를 피하고 싶어. 그 사람은 지금 전면적인 압박공세를 펼치고 있거든."

나는 미소를 지었다. "물론이지. 편하게 있어. 리모컨은 거실 테이블 위에 있고 노트북 컴퓨터는 침실에 있어."

"고마워. 네가 나갈 때까지 침실에 숨어 있을게. 행운을 빌어."

제이드는 침실로 들어가 문을 닫았다. 나는 아까처럼 열린 문 옆에 섰다. 엘리베이터가 열리자 이번에는 마이클이 밖으로 나왔다. 아직 회색 정장에 연청색 넥타이 차림이었다. 망할 놈 같으니. 오늘처럼 대혼란이 벌어지는 상황에서도 저렇게 말쑥하게 보이고 싶을까?

나는 염색해야 할 시기를 2주나 넘겼다는 것을 의식하며 머리를 쓸어넘겼다. 축 처지고 끈적거리는 느낌이었다. 헤어용품과 오늘의 비가 만나서 이루어낸 유감스러운 결과물이었다.

마이클은 나를 보며 미소를 지었지만 나는 차가운 눈길을 유지했다. 내가 몸을 돌리려는 순간 엘리베이터에서 또 한 사람이 내렸다. 대체 저건 누구야? 내가 입을 딱 벌리고 마이클을 쳐다보는데, 마이클은 시선을 피했다. 저 겁쟁이가 열일곱 살짜리 딸을 방패 삼아 데리고 온 것이다.

"집에서 주문하는 편이 나을 것 같아. 바깥 상황이 험악해."

나는 이를 악물고 마이클을 쏘아보았다. 하지만 그는 여전히 나와 시선을 마주치지 않았다.

"오늘 밤엔 나가고 싶어. 물론 당신은 나와 함께 있는 모습을 들키고 싶지 않겠지만." 심장이 튀어나갈 듯 거칠게 뛰는 것을 느끼며 내가 말했다.

마이클은 초조한 미소를 지으며 에비 쪽으로 몸을 돌렸다. 그녀의 존재를 나에게 알리려는 듯한 몸짓이었다.

나는 마이클을 노려보며 에비가 집 안으로 들어오도록 옆으로 비켜섰다. 에비는 휴대폰을 만지작거리며 인사도 없이 안으로 들어갔다.

"헤이, 에비."

하지만 내가 진짜로 하고 싶은 말은 이것이었다. '멍청한 휴대폰은 내려놓고 인사를 해. 그런 다음 내가 네 아빠를 맹렬히 비난하는 동안 로비에 가 있으라고.'

"안녕하세요."

현관을 지나 부엌으로 가며 에비가 웅얼거렸다. 아까 만들어둔 사과 크런치 빵을 보고서야 에비는 휴대폰에서 시선을 뗐다. 내가 만들었을지 모르는 무언가에 마음을 뺏겼다는 걸 눈치채기 전 아주 잠시 동안 에비의 눈이 빛났다. 그러고는 다시 휴대폰을 들여다보았다.

"한 조각 먹을래? 아직 따뜻해." 의도적으로 마이클을 무시하며 내가 말했다. 마이클은 오늘 밤도 여느 때와 다름없다는 듯 포도주 선반을 찬찬히 살피며 포도주를 고르고 있었다.

에비는 빵을 들여다보더니 어깨를 으쓱했다. "안 될 건 없죠."

마치 나에게 호의를 베푸는 듯한 태도다. 에비가 내가 구운 빵을 원하든 말든, 내 우정을 원하든 말든, 난 조금도 마음 쓰지 않을 테니 염려 말라고 말해주고 싶었다. 하지만 그건 사실이 아니다. 그리고 에비도 그걸 안다는 걸 나는 안다.

나는 버터를 찾기 위해 선반 쪽으로 몸을 돌렸다. 뒤에서 서랍이 열리는 소리가 들렸다. 내가 버터를 꺼내 테이블로 돌아가고 있을 때, 에비는 무딘 버터칼로 빵을 헤집고 있었다. 제기랄! 멋있던 내 예술작품이 이제 너덜너덜하게 망가졌다.

에비가 나를 쳐다봤다. 내 반응을 보고 싶은 게 틀림없었다.

"버터 줄까?"

유쾌한 척 물으며 에비 앞에 버터 접시를 내려놓았다. 에비는 버터 조각 한가운데에다 칼을 쑤셔넣었다. 그러고는 버터를 빵에 발라 우물우물하더니 삼켰다. 고맙다는 말 한마디 없이.

나는 애써 호흡을 골랐다. 저 앤 아직 어려. 스스로에게 반복해서 되뇌면서 나는 탄산수 뚜껑을 따서 에비가 좋아하는 소용돌이 모양의 빨대를 꽂아 건넸다. 마이클은 오스트리아 쉬라즈를 따고 있었다. 잠시 RJ가 떠올랐다. 오늘밤 RJ와 함께 포도주를 마실 수 있다면 무슨 일이라도 할 수 있을 것 같았다. 혹시 그 사람도 내 고백을 듣는다면 충격을 받을까?

우리 세 사람은 거실로 자리를 옮겼다. 밖에는 어둠이 내려앉았고 빗방울이 창문을 적시고 있었다.

마이클과 함께 소파에 앉는 대신, 나는 팔짱을 끼고 나지막한 안락의자에 앉았다. 에비는 테이블에 등을 돌리고 양탄자 위에 앉았다. 에비가 몸을 틀어 내 마호가니 테이블 위에 마시던 물병을 턱 내려놓았다. 바로 눈앞에 있는 컵받침은 가볍게 무시하고. 그런 다음 내 카펫에 미끈미끈한 손을 닦은 후 리모컨을 집었다. 채널을 이리저리 돌리다 모델들이 잔뜩 나오는 리얼리티쇼가 나오자 채널을 고정했다.

시간이 흐를수록 분노가 치솟는 것을 느끼며, 나는 텔레비전 화면만 응시하고 있었다. 내 감정을 발산해야 했다. 마이클이 기자들에게 한 대답 때문에 내가 얼마나 상처받았는지, 얼마나 배신감을 느꼈는지 말해야 했다. 마침내 더 이상 참을 수 없었다. 나는 의자를 돌려 마이클과 마주 보았다.

"어떻게 그럴 수 있어?" 목소리를 높이지 않으려 애쓰며 내가 따졌다.

마이클은 이곳에 우리 두 사람만 있는 게 아니라는 걸 나에게 상기시키려는 듯, 에비의 뒤통수를 향해 고개를 까닥거렸다. 저 사람은 내가 정말 잊었다고 생각하는 걸까? 피가 솟구쳐올라 나는 말을 멈추지 않았다.

"왜 그랬어?" 다시 물었다.

마이클이 고개를 저으며 속삭였다. "난 궁지에 몰렸어."

"허튼소리 집어치워!" 내가 소리 질렀다.

에비가 몸을 돌리다 내가 노려보자 다시 TV로 시선을 돌렸다. 나는 너무 화가 나서 욕이 튀어나오는 것도 신경 쓰지 않았다.

마이클이 자신의 허벅지를 찰싹 치며 말했다. "저녁 먹지 않을래? 난 배가 고파 죽겠어."

"아니." 내 말과 동시에 에비의 "좋아"라는 답변이 튀어나왔다.

마이클은 내게 눈살을 찌푸리며 잠시 망설이다 말했다.

"좋아, 그럼. 에비, 가자."

나는 그들이 일어나서 현관 쪽으로 걸어가는 모습을 망연자실하게 바라보았다. 그들이 떠나고 있었다. 안 돼. 마이클을 보낼 수는 없어. 제기랄! 그는 나에게 해명할 의무가 있다고!

"당신은 왜 나를 위해 항변하지 않았어, 마이클?"

부엌으로 따라 나가며 그에게 물었다.

마이클은 식탁 앞에서 몸을 돌렸다. 처음으로 그의 눈에 적개심이 스쳐갔다. "나중에 얘기해, 한나."

아버지 같은 마이클의 말투가 나를 격분시켰다. 그의 어깨 너머로 에비가 보였다. 에비의 의기양양한 미소는 '당신은 졌어'라고 말하고 있었다.

오, 천만에. 이건 준비운동에 지나지 않아, 망할 계집애.

"아니. 지금 얘기해. 난 대답을 들어야겠어. 왜 당신이 나를 벼랑 끝으로 내몰았는지, 왜 내 과거를 모르는 척했는지, 왜 내가 그저 친구일 뿐인 것처럼 굴었는지 난 알아야겠어."

"음, 어쩌면 그게 사실이기 때문일지도 몰라요." 에비가 웅얼거렸다.

아드레날린이 머리 끝까지 솟구쳤다. 나는 몸을 홱 돌렸다. 하지만 내가 입을 열기도 전에 마이클이 에비를 향해 말했다.

"애야, 로비에 내려가 있으렴. 1분만 있다 갈게."

일 분? 내 감정을 폭파시킬 시간으로 빌어먹을 60초를 준다고? 개새끼.

에비가 문을 쾅 닫고 나가자마자, 마이클이 나를 쏘아보았다.

"내 딸 앞에서 그딴 식으로 말하다니!"

나는 이를 악물었다. 예의 없고 비열한 그의 딸에 대해 쏘아붙여주고 싶었지만, 마이클이 쟁점을 벗어나도록 할 수는 없었다. 그가 평소답지 않게 화를 내는 모습에 나는 동요하지 않는 척했다.

"내 질문에 대답해, 마이클. 오늘 아침에 텔레비전 앞을 지나다 당신이 온 시민들에게 말하는 걸 들었어. 나는 당신 친구일 뿐이며, 책임져야 할 사람은 나라는 걸. 소동을 가라앉히기 위한 어떤 시도도 않더군. 아니, 오히려 소동을 부채질하고 있었지!" 요동치는 심장을 진정시키려 애쓰며 내가 말했다.

마이클은 손으로 얼굴을 감싸더니 한숨을 쉬었다.

"이건 까다로운 문제야. 내가 상원의원에 출마한다면……."

"상원의원? 엿이나 먹으라고 해. 빌어먹을, 난 당신 여자친구라고! 당신이 나를 '괜찮은 사람'이라고 칭하는 걸 듣는 게 얼마나 모욕적인지 알아? '좋은 친구'라고?"

마이클이 어깨를 으쓱했다. "자기야, 그건 사적인 발언이 아니었어."

"그래, 그래야만 했겠지! 하지만 당신은 나를 구할 수도 있었다고, 마이클! 당신에겐 힘이 있잖아. 왜 그 힘을 사용하지 않았어?"

마이클은 소매 끝의 단추를 만지작거렸다.

"그건 내가 결정한 일이 아니었어. 빌 패튼이 강력하게 주장한 견해였어."

머리가 뒤로 젖혀졌다. "뭐라고? 선거참모에게 어떻게 대답해야 할지 물어봤다고?"

"자기야." 마이클이 내 팔을 잡으며 말했다.

나는 그의 손에서 거칠게 빠져나왔다. "내 몸에 손대지 마!"

"잘 들어봐, 한나. 방송이 끝나고 한 시간 후에 빌이 전화를 했어. 빌은 우리가 이런 문제에 직면하리라는 사실을 알고 있었어." 마이클은 내 팔을 잡고 내 얼굴을 바라보았다. "과거를 들춰내지 말라고 내가 분명히 말했잖아, 아니야? 난 당신이 곤란한 상황에 처할 거라는 걸 말해줬어. 그런데 지금 당신은 자신을 지켜주지 않았다며 날 비난하고 있어."

나는 시선을 돌렸다. 사실이었다. 마이클의 말이 옳았다. 그는 나에게 경고했지만, 내가 말을 듣지 않았다. 마이클의 예상대로 우리 두 사람의 경력이 위태로워졌다. 나는 숨을 쏟아냈다. 이와 함께 마지막 남은 분노의 흔적도 빠져나갔다.

"이제 난 어떡해야 하지? 일자리를 잃었어. 이 도시의 모든 사람들이 날 미워하고 있어."

마이클은 손아귀의 힘을 풀더니 내 팔을 문질렀다. "하지만 다른 지역에서 당신은 상품가치가 있어. 당신에겐 기회가 쇄도할 거야. 내 말을 새겨들어. 몸을 낮추고 있어. 여섯 달, 혹은 1년 후면 이 도시 사람들은 이 실수에 대해서 전부 잊을 거야. 나도 마찬가지고."

마음이 누그러지기 시작했다. 마이클은 나를 유심히 지켜보고 있었다.

"이리 와." 그가 팔을 벌리며 속삭였다.

나는 5초 남짓 멈칫했다가 마이클에게 다가갔다. 쉽게 굴복해선 안 된다. 하지만 나는 사랑받는다고 느끼고 싶었다. 나는 그의 가슴에 머리를 댔다.

"오, 자기야. 다 괜찮아질 거야." 마이클이 내 뒷목을 어루만졌다. "당신은 잘 될 거야. 분명 난관을 이겨낼 거야. 그리고 이젠 스튜어트와 다투지 않아도 되잖아." 마이클은 몸을 뒤로 빼 내 얼굴을 바라보았다. 그의 입술에 섹시한 미소가 스쳐갔다.

나는 미소를 짓지 않고 뒤로 물러섰다. 마이클이 나를 조종하도록 둘 수는 없었다.

"이제 건강보험도 없어. 실직자들을 위한 건강보험이 제공된대."

"단기간일 뿐이야. 받아들이고 보험료를 내."

"무슨 돈으로? 난 실직했어. 더 이상 봉급이 들어오지 않는다고."

그 말이 완전히 사실은 아니라는 것을 우리 둘 다 알고 있었다. 아빠가 돌아가신 후 난 많은 유산을 받았다. 다행히 마이클은 그 이야기를 꺼내지 않을 정도의 눈치는 있었다.

마이클은 생각에 잠긴 표정으로 고개를 끄덕였다.

"걱정하지 마. 많은 액수는 아니란 걸 알지만 내가 대신 내줄게." 마이클은 내 얼굴을 감싸고 이마에 입을 맞췄다. "그건 내가 당신을 위해 해줄 수 있는 일의 하나야."

심장이 요동치기 시작했다. 아니. '하나'가 아니다. 마이클은 해줄 수 있는 다른 일이 있었다. 더 크고 의미 있는 일이. 머릿속에서 어떤 목소리가 나에게 외쳤다. '지금이야! 지금 말해!'

나는 뒤로 물러서서 마이클의 푸른 눈을 똑바로 보려 애썼다.

"당신이 해줄 수 있는 일은 나와 결혼하는 거야. 그러면 난 당신 보험 아래로 들어갈 수 있어."

마이클은 손을 아래로 늘어뜨리며 웃기 시작했다. 경련하듯, 신경질적인 웃음이었다.

"음, 그 말도 맞아. 내가 만약 충동적으로 행동하는 사람이라면, 당신 제안을 받아들였겠지." 그는 집게손가락을 내 코끝에 갖다 댔다. "운 좋은 줄 알아. 나는 강압적으로 결정을 내리는 사람이 아니야."

"강압적이라고? 우리가 사귄 지 2년이 다 돼가! 지난여름 우리가 산타바바라에 함께 갔던 때 기억해? 당신은 결혼은 시간문제일 뿐이라고 했어. 당신은 언젠가 나와 결혼할 거라고 약속했다고."

울음이 터질 것 같았다. 나는 눈을 깜박이며 애써 눈물을 참았다. 감정적으로 굴고 싶지 않았다. 용기를 잃기 전에 계속해야 했다.

"그게 언제야, 마이클? 당신은 언제 그 약속을 지킬 생각이야?"

우리 두 사람 사이의 공기가 무거워졌다. 마이클은 타일 바닥에 시선을 고정한 채 한쪽 볼을 잘근잘근 씹고 있었다. 그가 숨을 들이쉬었다. 마이클이 막 입을 열려고 한다고 느끼는 순간, 현관문이 열리는 소리가 들렸다.

"어서요, 아빠. 가요."

제기랄! 최악의 타이밍에 에비가 나타났다. 에비가 부엌으로 들어오자 마이클의 얼굴에는 안도의 물결이 번졌다. 그는 그의 딸(구원자)을 향해 미소 지으며 에비의 금발 머리를 쓰다듬었다.

"그래, 가야지, 애야."

내게로 몸을 돌리는 마이클의 얼굴에서는 모든 애정이 빠져나가 있었다.

"나중에 전화할게." 그는 문 쪽으로 걸음을 옮겼다.

내 시선이 흐릿해졌다. 마이클이 지금 나를 두고 나간다고? 아직 대답을 듣지 못했는데?

"아래층으로 내려가, 에비." 내가 말했다.

에비는 고개를 갸웃하며 몸을 돌렸다. "뭐라고요?"

나는 마이클 앞을 가로질러 현관문 쪽으로 갔다.

"가, 부탁이야." 문을 여는 내 심장이 쿵쾅거렸다. "네 아빠와 난 마무리할 이야기가 있어."

에비가 자신을 구해달라는 눈길로 아빠를 쳐다봤다. 마이클은 잠시 멈칫하더니 에비의 어깨에 손을 올렸다.

"지금은 적당한 때가 아니야. 나중에 전화한다고 했잖아."

마이클이 에비에게 고개를 끄덕이자 에비는 현관문 쪽으로 걸어 오기 시작했다.

"지금이 그때야." 내 목소리는 평소와 달리 단호하고 강렬했다. 낯선 사람이 내 몸을 대신 차지하고 있는 것 같았다. 유능하고 단호 하며 확신에 찬 누군가가. "나와 결혼할 거야, 마이클?"

에비가 자존심도 없다는 둥 웅얼거리며 코웃음을 쳤다. 마이클 이 나를 노려보았다. 질렸다는 표정이었다. 마이클이 에비의 어깨 를 두드렸다.

"자, 애야, 가자."

그들은 내 앞을 지나쳐 문밖으로 걸어나갔다. 나는 그들이 나가 도록 놔둬야 한다. 난 할 만큼 했다. 하지만 그럴 수 없었다. 이미 화 살은 시위를 떠났다. 나는 재빨리 그들을 따라가며 소리 질렀다. 아 까보다 더 크고 높은 목소리로.

"뭐가 문제야, 마이클? 당신이 대답을 못하는 이유가 뭐야?"

마이클은 고개를 돌리지 않았다. 내 뒤 어디선가 문 열리는 소리 가 들렸다. 이웃에 사는 피터슨 부인과 안에 있던 제이드일 것이다.

두 가지 다른 반응을 상상할 수 있었다. 나이 든 피터슨 부인은 고개를 저으며 쯧쯧 혀를 찰 것이다. 하지만 제이드는? 기뻐서 춤추며 나를 응원할 것이다. 나는 제이드가 보내는 에너지에 주파수를 맞추고 엘리베이터로 향하는 마이클을 뒤쫓았다.

"예스 아니면 노. 대답은 간단해. 그냥 말해."

에비가 엘리베이터 버튼을 눌렀다.

"누가 저 여자한테 약을 갖다줘야겠어."

"조용히 해, 에비."

에비가 휴대폰을 들었다. 이 소동을 친구들에게 문자메시지로 보내는 게 틀림없었다. 아주 짧은 순간 나는 승부수를 던지기로 결심했다.

"문자 보낼 만할 이야길 원하니? 그럼 그럴 만한 흥미로운 말을 해주지." 나는 그녀 아버지의 코트 소맷자락을 잡았다. "당신은 나와 결혼하길 원해, 마이클? 아니면 그저 섹스 상대를 원해?"

에비가 헉 하고 숨을 들이쉬었다. 마이클은 푸른 강철로 된 차가운 눈빛으로 나를 노려보았다. 마이클의 턱이 움찔거렸지만 아무 말도 하지 못했다. 그럴 필요가 없으니까. 엘리베이터 문이 열리자 에비와 마이클이 안으로 걸어 들어갔다.

나는 숨을 헐떡거리며 엘리베이터 문 앞에 서 있었다. 내가 대체 무슨 짓을 한거지? 그들과 함께 엘리베이터를 타야 하나? 했던 말을 번복해야 하나? 아니면 용서를 빌어야 할까? 장난이었다고 할까?

마이클이 버튼을 눌렀다.

"끝난 거야? 떠나는 거야?"

마이클은 내가 투명인간인 양 나와 시선을 마주치지 않았다. 서서히 문이 닫혔다.

"형편없는 겁쟁이 자식. 없어져서 속이 시원하네!"

문이 닫히려는 찰라, 에비의 얼굴을 보았다. 에비는 이 대결에서 자신이 승리한 듯 히죽히죽 웃고 있었다. 내 분노는 절정으로 치달았다. 나는 강하고 또렷한 고함으로 오페라의 클라이맥스를 마지막으로 장식했다.

"그리고 그건 너도 마찬가지야, 멍청한 년!"

35

"그래, 다 얘기해. 자세히 얘기해줘."

제이드는 부엌 조리대 위에 걸터앉았다. 나는 주먹으로 이마를 치며 부엌을 이리저리 왔다 갔다 했다.

"오, 맙소사! 오, 제기랄! 내가 한 행동을 믿을 수가 없어. 48시간 동안 나는 일자리 두 개와 남자친구를 날려버렸어. 잘 가, 유명인사. 안녕, 엉망진창."

나는 조리대 위에서 포도주병을 들어올리며 찬장에서 잔 하나를 더 꺼냈다. "제어가 되지 않는 거야. 나는 정신없이 계속해서 주먹을 날렸어."

"나도 알아. 다 들었어. 네가 그렇게 하다니 믿을 수 없었어, 한나벨. 내 두 눈으로 확인하고 싶어서 문틈으로 내다봤다니까! 넌 정말 멋졌어!"

분노가 빠져나가는 것이 느껴졌다. 순식간에 수치심과 자기혐오가 그 자리를 차지했다. 나는 손에 머리를 묻었다.

"내가 무슨 짓을 한 거지, 제이드? 난 기회를 날렸어. 마이클은 다시는 나와 얘기하려 하지 않을 거야."

순간, 나는 공포에 휩싸였다. 휴대폰을 들어 미친 듯이 마이클에게 보내는 메시지를 두드리기 시작했다. '전송'을 누르기 전, 제이드가 조리대에서 뛰어 내려와 휴대폰을 낚아챘다.

"그만둬! 넌 네 직감을 따른 거야. 그리고 네 직감은 틀리지 않았어. 지금까지 여러 달 동안 혼란스러워했잖아. 마이클이 널 원한다면, 다시 돌아올 거야. 날 믿어."

"아니야. 난 선을 넘었어. 해명해야 해. 마이클에게 사과해야 해. 에비에게도 마찬가지고. 에비 앞에서 어떻게 그런 식으로 말할 수 있었지?"

나는 욕지기가 밀려오는 걸 느끼며 눈을 감았다. 제이드가 내 어깨를 잡았다.

"나한테 말했던 것처럼, 넌 지금 피해자인 자신을 비난하고 있어. 정신 차려, 한나. 이번이 그 이야기를 마무리할 시간이었어. 너에겐 대답을 요구할 권리가 충분히 있어."

"하지만 이런 방식은 완전히 잘못됐어. 넌 내가 에비에게 어떻게 말했는지 들었잖아."

"오, 물론 들었지. 그년은 이미 오래전에 욕을 먹었어야 해. 그 애의 아빠도 마찬가지고. 그러니 죄책감을 가지지 마."

나는 휴대폰을 집으려고 했다. 하지만 제이드는 자신의 점퍼 속에 휴대폰을 집어넣었다.

"네가 그 진흙탕으로 다시 돌아가게 두지 않을 거야. 그래, 넌 아주 고상하게 표현하지는 못했어. 그건 인정할게. 하지만 중요한 건, 네가 마침내 '인생의 전환을 가져오는' 대화를 했다는 거야. 넌 네가 궁금해 죽겠는 걸 마이클에게 물어보는 배짱을 부렸잖아."

나는 한숨을 쉬었다. "그리고 내가 두려워하던 바로 그 대답을 얻었고."

제이드가 미소를 지으며 속삭였다. "넌 집을 태웠어, 얘."

"내가 뭘 했다고?"

"집을 태웠다고. 넌 전력을 다했어. 자기 자신을 향해 권총을 겨누기 전 집에 불을 지르는 연쇄살인범처럼 말이야. 넌 돌아올 수 없는 지점을 통과한 거야."

"멋지군. 이젠 내가 연쇄살인범에 비유되는 거야?" 나는 냉장고에 기대서 콧잔등을 문질렀다. "하지만 하나는 정확해. 난 돌아올 수 없는 지점을 지난 거야. 맞아."

제이드가 가까이 다가왔다. 그녀의 검푸른 동공이 나를 뚫어질 듯 바라보았다.

"사람들이 집을 태우는 데는 이유가 있어. 그건 계산된 행동이야. 다시 돌아가지 않는다는 것을 확실히 해두려고 그러는 거야."

등이 뻣뻣해졌다. 분명, 나는 우리 관계에 혼란을 느끼고 있었다. 하지만 관계를 끊을 준비가 되어 있다고 생각해본 적은 없었다. 아니, 준비가 되어 있던 걸까?

"내가 마이클과의 관계에서 벗어나길 '원했다고' 생각해?"

제이드의 입꼬리가 올라갔다. "미시건에 다녀온 후로, 넌 달라졌어." 제이드가 내 머리칼을 한 줌 들어올렸다. "내 말은, 완벽한 도시에서 휴가를 보내고 온 것 같았다는 거야."

나는 귀 뒤로 머리칼을 넘겼다. "음, 그래도 지금이 내 꼴이 말이 아니라고 얘기해줄 만한 때는 아니지."

"상황이 나쁘진 않아. 네겐 이제 널 사랑하는 엄마가 있어." 제이드가 미소 지었다. "그리고 그 포도원 사나이가 있잖아……, JR……, RJ……, 이름이 뭔지는 모르겠지만 말이야. 그 사람 얘기를 할 때면 네 눈이 얼마나 행복하게 빛나는지 몰라."

나는 고개를 저었다. "그런 일은 결코 없을 거야. RJ가 좋은 남자인 건 분명하지만, 난 그 사람에 관해 아는 게 거의 없어. 그리고 그 사람도 날 모르고, 내가 얼마나 위선자인지 알게 되면 그 사람도 다른 모두처럼 날 밀어낼 거야."

"위선자'였지.' 그게 중요해. 넌 이제 더 이상 위선자가 아니야. 그리고 네 말처럼 그가 좋은 사람이라면, 열세 살짜리 하나가 한 짓 따위는 전혀 신경 쓰지 않을 거야."

"소용없어. RJ는 1,600킬로미터 떨어진 곳에 있으니까."

제이드가 양손을 번쩍 들어올리며 주위를 두리번거렸다.

"어디에서 1,600킬로미터?"

36

새벽 3시에 나는 침대에서 벌떡 일어났다. 심장이 요동치고 있었다. 발코니 창을 열자 섭씨 26도의 열기와 축축한 습기가 밀고 들어왔다. 나는 발코니로 나가 공기를 들이마셨다. 마치 푸딩을 들이키는 기분이었다. 나는 잠옷 가운을 걸치고 불안정하게 뛰는 심장을 진정시키며 발코니 난간을 손으로 붙잡았다. 심장마비가 올 것 같았다. 숨을 쉴 수 없었다! 오 하느님, 도와주세요.

'이 또한 지나갈 것이다. 언제나 그랬듯이.'

방송을 한 지 6일이 지났다. 그리고 그날 이후 나는 불면의 밤을 보내고 있다. 피오나와 망할 놈의 돌! 나는 갑옷을 벗었다. 하지만 피오나가 약속한 것처럼 난 받아들여진 것이 아니라 거부당했다. 마이클에게, 시청자들에게, 고용주들에게.

일주일 전의 삶으로 되돌아가고 싶었다. 그것이 완벽하지 않았다는 건 안다. 하지만 불확실하고 외로운 이 상태보다는 훨씬 더 견디기 쉬웠다. 난 지금 이 현실을 부정하고 있다는 것을 깨달았다. 내 환상 속에서는 마이클이 나에게 사과하기 위해 전화를 한다. 아니 우리 집에 찾아온다. 마이클이 잘못했다고 말하며 고백하기로 한 내 결정을 존중한다고 말한다. 아니, 내 의식의 깊고 은밀한 곳에서는 마이클도 같은 생각을 해왔다고 말한다. 나를 사랑하며 나와 결혼하고 싶다고.

하지만 곧바로 기억해냈다. 내가 집을 불태웠다는 사실을.

나는 도로시를, 내가 엉망으로 만든 그녀의 삶을 생각했다. 망할 놈의 돌!

나는 무심결에 집 안으로 뛰어들어가 휴대폰을 집어 들었다. 책상 서랍을 뒤져 명함을 찾아냈다. 떨리는 손으로 번호를 눌렀다. 지금이 한밤중이라는 것은 신경 쓰지 않았다. 피오나는 수백만 달러를 벌어들이며 순회강연을 하고 있을 것이다.

'피오나 놀스입니다. 메시지를 남겨주세요.'

억눌려 있던 분노와 슬픔이 한꺼번에 쏟아져내렸다. 내가 다시 '블룸필드 힐스 아카데미'를 다니는 어린 소녀로 돌아간 것 같았다. 한참 지나서야 내 입에서 말이 나왔다. 휴대폰을 하도 꽉 쥐어서 손바닥에 손톱자국이 났다.

"한나 파야. 궁금한 게 있어, 피오나. 넌 이 돌을 믿니? 전부 허튼소리 같아서 그래. 난 직장도, 남자친구도, 팬들도 전부 잃었어. 심지어 내가 사랑하는 친구는 평생에 걸친 친구를 잃었어. 그런데 넌 이 용서의 순환이 마치 우리의 죄와 슬픔을 모두 씻어주는 마법이라도 되는 양 홍보하고 있어. 순 헛소리야. 넌 인정하지 않을지 모르지만 말이야. '미안해'라는 말로는 충분하지 않은 경우도 있어."

나는 휴대폰을 다시 꽉 쥐었다. 내가 또 하나의 집을 태우고 있다는 걸 너무나 잘 알고 있었다. "중학교 다니던 시절, 네가 나에게 무슨 짓을 했는지 아니? 음, 네가 상처 입힌 건 나만이 아니었어." 나는 눈을 감았다. "넌 내 가족을 무너뜨렸어."

피오나는 내가 대체 무슨 말을 하고 있는지 모를 것이다. 하지만 그건 사실이었다. 피오나 놀스는 나의 세상을 뒤집어엎었다. 그것도 두 번이나.

나는 하늘을 올려다보며 긴 연철의자에 누워 있었다. 동쪽 하늘에서 불그스름하게 동이 터오기 시작했다. 나는 휴대폰을 들고 엄마에게 전화를 걸었다.

"좋은 아침이구나, 얘야."

최근 엄마와 대화를 나눌 때면 늘 그렇듯, 잠시 목이 메었다. "안녕하세요, 엄마. 몸은 좀 어떠세요?"

"전에 말한 감기 말이니? 밤은 아직도 완전히 떨쳐내지 못했어. 하지만 기분은 좋아. 어제는 노인보호센터도 잘 다녀왔고 밤에는 핫도그 하나를 다 먹었어."

"몸이 회복되고 있다니 다행이에요." 나는 말없이 나 스스로를 꾸짖었다. 내가 엄마에게 헛된 희망을 주는 역할을 해서는 안 된다.

감기는 나을지 모르지만 밤의 정신은 악화되고 있을 뿐이다.

"넌 어떠니? 상황이 나아지고 있어?"

나는 눈을 감았다. "아니요. 어젯밤 피오나한테 전화를 걸어 음성 사서함에 대고 분통을 터뜨렸어요. 그래서 지금 기분이 엉망이에요."

"마음에 쌓인 게 많구나. 너답지 않아."

"슬픈 건 내가 이제야 나다워졌다고 생각한다는 거예요. 하지만 여전히 실망스러워요."

"오, 얘야. 다시 직장에 복귀하면 기분이 달라질 거야. WNO가 널 다시 부르는 건 시간문제라고 생각해."

그래, 그리고 마이클은 정치를 그만두고 나와 결혼해 우린 아이를 열두 명 낳을 것이다. 엄마는 늘 긍정적인 관점을 지니려고 애썼다는 걸 기억하고는 한숨을 쉬었다.

"고마워요, 엄마. 하지만 그런 일은 일어나지 않을 거예요. 그들이 '휴가'라고 칭하긴 했지만, 사실 난 해고당한 거예요."

"새 직장을 잡을 때까지 돈이 필요하니? 내가……."

"아니에요, 절대 아니에요. 하지만 고마워요."

죄책감으로 가슴이 조여왔다. 청소부인 엄마가 나에게 돈을 주려 하고 있다. 아빠의 유산 덕분에, 그리고 아빠가 전처에게 위자료 한 푼 주지 않은 덕분에, 나에겐 일하지 않고도 10년 이상 버틸 수 있는 돈이 있다는 걸 엄마는 모른다.

"네가 기억했으면 하는 게 있어. 만약 일이 잘 풀리지 않으면, 언제든 집으로 돌아오렴."

집, 엄마의 집. 거절당할지 몰라 두려워하며 데이트 신청을 하는 어린 소녀처럼 엄마는 조심스럽게 제안했다. 코끝이 찡했다. 나는 고개를 끄덕였다.

"고마워요, 엄마."

"네가 온다면 나는 기쁠 거야. 하지만 네가 이곳을 어떻게 느끼는지 알고 있어."

손으로 만든 오크 수납장이 있는, 먼지 한 점 없이 깨끗한 부엌에 있을 엄마의 모습을 그려보았다. 밥은 거실 안락의자에 앉아 퍼즐을 맞추고 있겠지. 나무와 광택제의 레몬향과 커피향이 풍기고 있을 것이다. 엄마는 부엌 창을 통해 호수 위를 헤엄치는 한 쌍의 거위를 바라보고 있을지도 모르겠다. 아니면 옆집 트레이시가 빨랫줄에 이불을 너는 모습을 지켜보고 있을지도 모르지. 손을 흔들며 인사한 후 트레이시는 아기를 데리고 와 수다를 떨 것이다.

나는 그 세상과 나의 작은 세상을 비교해보았다. 가족사진이라고는 돌아가신 아빠의 사진이 전부인, 밤잠을 허락하지 않는 이 사치스런 아파트에서의 삶.

이런 내가 엄마의 삶을 판단하다니, 얼마나 오만했는가!

"제 생각이 틀렸어요. 그곳은 좋은 곳이에요, 엄마. 엄마는 멋진 삶을 살고 계세요."

"나도 그렇게 생각해. 내 행운에 감사한단다. 특히 이제 너까지 돌아왔는데 더 바랄 게 뭐겠니?"

훌륭한 교훈이었다. 나는 목을 문질렀다. "이제 일하러 가셔야죠. 고마워요……."

나는 조언해줘서 고맙다는 말을 하려고 했다. 하지만 아빠와 달리, 엄마는 어떤 조언도 하지 않았다는 사실을 깨달았다. "그곳에 있어 주셔서 고마워요. 진심이에요."

"언제라도 오렴, 애야. 낮이든 밤이든."

통화를 마치고 나는 책상으로 가 달력을 넘겼다. 3주 후의 치과 예약을 제외하면, 어떤 일정도 없다. 제이드가 그날 밤 암시했던 것처럼, 내가 이곳에 있어야 할 이유는 없다.

37

금요일 오후 '파리파커 살롱'은 젊고 예쁜 여자들로 북적였다. 그곳은 '르데뷔 데젠느 피유 드라누벨 오를레앙Le Début des Jeunes Filles de la Nouvelle Orléans' 사교계에 데뷔하는 65명의 젊은 뉴올리언스 아가씨들의 모임 장소였다. 오늘 밤 그녀들은 뉴올리언스 최상류층들의 모임에 초대받았다. 소개를 받고, 하루의 만남이 약속으로 이어지고, 갖은 노력 끝에 결국 결혼에 골인할 것이다. 오래된 부자 가문이 다른 오래된 부자 가문과 결혼하는 것, 이것이 뉴올리언스에 널리 퍼진 문화였다. 나는 《코스모폴리탄》을 읽는 척하며 로비에 앉아 있었다. '10년 더 어려 보이기 위한 스무 가지 방법.' 하지만 나는 잡지를 뚫어져라 보는 내내 마릴린이 도착하기만을 기다리고 있었다.

그 또래의 많은 남부 여성들처럼, 마릴린은 머리를 손질하기 위해 매주 예약을 했다. 하지만 오늘은 예약을 취소했을지 모른다는 의구심이 들기 시작했다.

나는 다시 잡지로 시선을 돌렸다. 어디까지 읽었지? 아, 그래, 아홉 번째 비결. 스카프를 이용해 늘어진 목을 가려라.

문이 열리는 소리에 고개를 들었다. 이번에도 예쁜 아가씨였다. 나는 미용실 바닥으로 시선을 떨어뜨렸다. 거울을 들여다보면서 미소 짓는 젊고 희망찬 아가씨들에겐 꿈과 가능성이 충만했다. 갑자기 나이 든 기분이 들었다. 이제 난 성공할 기회를 잃은 것일까? 해마다 한 무더기의 여자들이 만남의 장에 등장한다. 더 젊고 더 신선하며 더 흥미로운 여자들이 말이다. 30대의 여자가 어떻게 도전장을 내밀 수 있겠는가?

그런데 에비가 내 쪽으로 걸어오는 모습을 보고 나는 흠칫 놀랐다. 제기랄! 좀 전까지 에비는 다른 소녀 두 명과 함께 거울 앞에 앉아 붉은 머리를 틀어 올리고 있었다. 에비의 친구는 사교계에 처음 발을 딛는 것이 틀림없어 보였다. 미용사가 무슨 말을 하자 에비가 웃다가 내가 자기를 보고 있는 걸 알고 있었다는 듯 내 쪽으로 시선을 돌렸다.

마이클과 헤어질 때 보여준 끔찍한 장면이 생각나 나는 몸을 움츠렸다. 난 에비를 멍청한 년이라고 불렀다! 대체 난 무슨 생각으로 그랬을까? 나는 손을 들고 미소를 지으려다 그냥 잡지로 얼굴을 가렸다. 잠시 후, 내 앞에서 에비의 목소리가 들렸다.

"안녕하세요, 한나."

나는 두려움에 휩싸였다. 에비는 지금 한바탕 소란을 피우려는

걸까? 미용실 사람들이 모두 보는 앞에서 나를 비난하려는 걸
까?

나는 보고 있던 잡지에서 고개를 들었다. "안녕, 에비."

"머리 자르려고요?"

내가 에비의 아빠와 교제하는 동안, 에비는 나에게 개인적인 질
문을 던진 적이 한 번도 없었다. 지금 애가 왜 이러는 거지? 나는
잡지를 옆에 내려놓고 에비와 눈높이를 맞추려 일어섰다. 만약 에
비가 나에게 욕설을 퍼붓기라도 한다면 도망칠 수 있을 것이다.

"아니. 친구 기다리고 있어." 나는 미용실 안을 가리켰다. "친구들
과 즐거운 시간을 보내고 있는 것 같구나."

"그래요. 사교계에 진출하는 시기잖아요. 다들 미친 듯이 좋아하
고 있어요. 난 그 단계는 지났지만요."

나는 고개를 끄덕였다. 어색한 침묵이 우리를 감쌌다.

"에비." 가방을 움켜쥐고 내가 말했다. "지난 금요일 밤에 내가 한
말 사과할게. 내가 잘못했어. 네가 날 미워해도 할 말 없어."

에비가 어깨를 으쓱했다. "정말요? 난 처음으로 당신이 진심으로
좋았어요."

나는 당황한 눈빛으로 에비를 보았다. 나를 비아냥거리는 게 틀
림없다고 생각했다.

"당신은 마침내 남에게 휘둘리지 않았어요. 당신이 똑똑하다는
걸 알아요……. 그래서 당신이 왜 모르는지 이해가 되질 않았어요."

나는 기다렸다. 여전히 이해하지 못한 채.

에비는 내 눈을 똑바로 바라보았다. "한나, 아빠는 당신과 절대

결혼하지 않을 거예요."

나는 그녀 입에서 나온 진실에 충격을 받아 고개를 뒤로 젖혔다.

"사실이에요. 기혼남이 아니라 혼자 힘으로 아이를 키우는 홀아비일 때 아빠는 표를 더 얻을 수 있으니까요."

그 말을 깊이 되새겼다. 그러자 언론에서 마이클을 어떤 식으로 언급하는지가 생각났다. 페인 시장 : 홀로 된 남자, 싱글 대디. 그것이 사실상 마이클의 타이틀에 내장되어 있었다.

"유권자들은 그런 걸 좋아해요. 얼마나 여러 번 내가 당신의 목을 조르고 싶었는지 아세요? '브루사드'에서 저녁식사를 하던 날, 프로포즈하는 커플을 보며 눈물짓는 당신을 볼 때도 그랬어요. 난 당신의 어리석음을 믿을 수 없었어요."

에비는 비열하게 굴고 있지 않았다. 처음으로 나를 진심으로 대하고 있었다. 그리고 에비의 이야기는 말이 되는 소리였다. 비극적인 사고로 아내를 잃고 아이에게 헌신적인 싱글 대디. 그것이 마이클의 브랜드였다. 그리고 그한테 브랜드란 모든 것을 의미한다는 것을 알았어야 했다. 나는 눈썹을 문질렀다.

"바보가 된 것 같구나. 내가 그걸 깨닫지 못했다니 믿어지지 않아." 일말의 희망도, 가식도 없이 내가 말했다.

"이봐요, 당신은 지난주에 그동안 했던 바보짓을 만회했어요. 그런 강편치를 날리다니, 정말 멋졌어요. 물론 아빠는 미친 듯이 화를 냈죠. 하지만 난 속으로 생각했어요. '와, 저 여자한테도 근성이 있었구나.'"

에비의 휴대폰이 울렸다. "어쨌든, 음, 종종 만나게 될 것 같네요."

"또 봐, 에비. 그리고 고마워."

에비는 걸어가다 나를 돌아봤다. "그리고 당신이 만든 빵, 특히 크런치를 뿌린 사과빵 말이에요. 빵집 해도 될 것 같아요, 정말이에요."

❖

마릴린이 미용실 안으로 걸어 들어오는 모습을 보고 빙그레 미소를 지었다. 그녀는 분홍색 면치마와 블라우스를 입고 연노랑색 스웨터를 어깨에 걸치고 있었다. 마릴린이 안내 데스크 앞에 멈추자 빨간 머리 직원이 그녀에게 미소를 던졌다.

"안녕하세요, 암스트롱 부인. 카리에게 오셨다는 말을 전할게요. 차를 가져다드릴까요?"

"고마워요, 린지." 마릴린이 휴게실 쪽으로 걸어오다 나를 보고는 걸음을 멈췄다.

"한나." 마릴린이 쌀쌀한 목소리로 말했다.

나는 일어서서 손에 있는 '용서의 돌'을 만지작거리며 그녀를 맞았다. "안녕하세요, 마릴린. 당신과 얘기를 나눌 수 있을까 하고 왔어요. 일 분이면 될 거예요. 함께 앉아주실래요? 부탁이에요."

"음, 선택의 여지가 별로 없는 것 같네." 마릴린은 여전히 차가웠다.

나는 마릴린의 손을 잡고 나란히 앉았다. 나는 다시 한 번 더 그녀와 도로시를 방송에 출연시킨 건 어리석은 짓이었다고 사과했다.

그러고는 '용서의 돌'을 전해주었다.

"난 이기적이었어요. 그건 잘못이었죠. 당신은 무방비 상태에서 기습을 당했어요."

마릴린은 손에 놓인 돌을 내려다보았다. "그 말이 맞아. 넌 날 속였어. 그게 내가 너에게 화를 내는 이유야. 도로시가 어디에서 고백했는지는 중요하지 않았을 거야. 어쨌든 엄청난 파괴력을 지닌 진실이었으니까."

"그건 힘든 결정이었어요."

"그래, 네가 방송에서 한 고백과 똑같이 말이야. 네가 호되게 질책당하는 걸 봤어. 그런 일을 당하다니 유감이구나, 한나."

도로시와 내가 같은 입장이라는 걸 어떻게 설명하지? 우리는 받아 마땅한 벌을 받고 있다는 걸.

"전 잠시 미시건에 가려고 해요. 그래서 당신을 만나러 온 거예요. 도로시에게는 친구가 필요해요."

마릴린이 고개를 들고 조용히 물었다. "도로시는 어떻게 지내니?"

"슬픔에 빠져 외롭게 지내세요. 찢어지는 마음으로요. 도로시는 당신을 아주 그리워해요."

"내가 용서할 수 있을지는 몰라도, 결코 잊을 순 없을 거야."

"옛 속담에 용서하고 망각한다는 건 헛소리라는 말이 있죠." 나는 한 손을 들었다. "비속한 말을 해서 죄송해요, 마릴린. 하지만 당신은 도로시의 실수를 잊을 수 없을 거예요. 그건 불가능하니까요. 그리고 도로시도 그걸 결코 잊지 못하리라는 건 분명해요."

이 메시지를 어떻게든 건네주고 싶어 나는 마릴린의 손을 꼭 쥐었다. "전 피오나 놀스가 아니에요. 하지만 절대 잊을 수 없다는 사실을 인정하면서도, 그리고 다른 사람이 자신에게 어떤 고통을 주었는지 온전히 알고 있으면서도 용서를 선택한다면, 그 용서는 훨씬 더 달콤할 것이라고 전 믿어요. 아무것도 모르거나 고통스러운 일이 없었던 척하는 것보다 훨씬 관대한 용서가 아닐까요?"

검정색 옷을 입은 예쁘장한 금발 아가씨가 다가왔다. "암스트롱 부인이시죠? 카리가 준비를 마쳤어요."

마릴린이 내 손을 두드렸다. "와줘서 고마워, 한나. 하지만 아무것도 약속할 수 없어. 나도 마음이 아프긴 마찬가지거든."

나는 마릴린이 멀어져가는 모습을 바라보았다. 하나됨whole을 만든 대신, 구멍hole을 만든 두 사람의 아픈 마음을 슬퍼하며.

38

수요일 아침, 맨발로 서서 빵 반죽을 치대고 있을 때 초인종이 울렸다. 손을 닦았다. 주말도 아닌데 아침부터 누구지? 뉴올리언스를 통틀어 실업자는 나 하나뿐일 텐데.

나는 인터콤을 눌렀다. "누구세요?"

"한나, 나 피오나야. 올라가도 될까? 부탁해."

깜짝 놀라 인터콤을 뚫어지게 바라봤다. "피오나 놀스?"

"다른 피오나도 알고 있니?"

자신감 넘치는 피오나의 대답에 나는 미소를 지을 수밖에 없었다. 문을 열어주고는 서둘러 계량컵과 숟가락들을 개수대에 던져 넣었다. 저 애가 여기서 뭐 하는 거지? 책 이벤트가 또 있나? 우리 집 주소는 어떻게 알았지?

"지금 순회강연 중이지 않아?" 엘리베이터 밖으로 걸어나오는 피오나에게 비난에 가까운 투로 물었다. 그러고는 급히 말을 바꿨다. "널 보고 놀라서 그래."

"어젯밤 내슈빌에서 강연했어. 오늘 밤에는 멤피스의 서점에서 할 예정이었지만, 취소하고 이곳으로 되돌아왔어." 피오나가 집 안으로 들어왔다. 그녀는 흔들리는 시선으로 현관을 힐끗거렸다. 그녀도 나처럼 긴장하고 있었다. "네 말이 옳아. 그래서 왔어, 한나. '미안해'라는 말로는 충분하지 않을 때도 있어."

피오나는 나 때문에 그 먼 길을 되돌아온 걸까? 출판사에 손해를 끼칠지도 모르는데 말이다. 나는 어깨를 으쓱하고는 부엌으로 안내했다.

"얘, 그건 잊어. 그날 밤 난 최악의 상태였어."

"아니야. 네 말이 옳아. 난 네 얼굴을 마주 보며 진지하게 사과해야 해. 그리고 내가 네 가족에게 저지른 짓이 뭔지 알아야겠어."

나는 커피 주전자를 쳐다봤다. 반쯤 차 있었다. 아무렴 어때, 어쨌든 피오나는 한번 듣고 잊어버릴 텐데 말이야.

"커피 마실래?"

"어, 좋아. 수고스럽지 않다면, 바쁘지 않다면 말이야."

"시간은 넘쳐나." 나는 선반에서 머그잔 두 개를 꺼냈다. "화내면서 말했던 대로, 난 직장을 잃었거든."

커피를 들고 거실로 갔다. 우리는 소파 양쪽 끝에 자리를 잡고 앉았다. 피오나는 본론으로 바로 들어갔다. 오늘 밤 연설을 위해 멤피스로 돌아가고 싶은지도 모르겠다.

"우선, 난 무슨 일이 있었는지 전혀 몰랐어. 하지만 네게 일어났던 모든 일에 대해 난 사과해야 해."

나는 김이 모락모락 나는 잔을 손으로 감쌌다. "여하튼, 누가 고백하라며 내 머리에 총을 겨눈 건 아니었어. 전적으로 내 의지였어."

"용감한 일을 했다고 생각해."

"응, 너나 한두 사람 정도는 그렇게 생각할지도 모르지. 하지만 이 도시의 나머지 사람들은 전부 날 위선자라고 생각해."

"내가 널 위해 할 수 있는 일이 있었으면 좋겠어. 난 끔찍한 기분이야."

"넌 왜 날 미워했니?" 생각지도 않은 말이 내 입에서 튀어나왔다. 많은 세월이 흘렀지만, 그 불안정한 십대 소녀는 아직도 궁금했다.

"난 널 미워하지 않았어, 한나."

"넌 날 조롱했어. 내 말투, 내 옷, 내 가족을 말이야. 하루도 빠짐없이."

나는 이를 악물었다. 피오나 앞에서 눈물을 보이진 않으리라.

"어느 날 아침, 네가 나한테 시간을 낭비할 만한 가치가 없다고 판단하기 전까지는 줄곧 그랬어. 그리고 그때부터 난 투명인간 취급을 받았지. 비단 너뿐만 아니라 네 친구들 전부에게 말이야. 혼자 밥을 먹고, 혼자 교실을 찾아다니며 지내는 건 훨씬 더 힘들었어. 나는 아픈 척하고 학교를 빠지기도 했어. 내가 아침마다 배가 아프다고 하자 엄마가 크리스티안 선생님과 상담을 하셨어. 그동안 난 비좁은 상담실에 앉아 있었지. 선생님은 내가 학교를 싫어하는 이유를 이해하지 못했어. 난 널 고자질할 생각이 없었어. 네가 응징했을 테니 말이야."

피오나가 얼굴을 손으로 감싸고는 고개를 저었다. "정말 미안해."

나는 멈춰야 했지만 그럴 수 없었다. "상담이 끝난 후, 엄마와 선생님은 상담이 성과를 거둔 것마냥 얘기를 나누셨어. 그때 엄마가 선생님에게 부엌을 리모델링해야 한다는 말을 했어."

엄마가 서두르기를 바라며 복도에 서서 누군가의 사물함을 만지작거리고 있던 장면을 떠올리며, 나는 말을 멈췄다.

"크리스티안 선생님은 목수 한 명을 추천해주셨어. 밥 윌리스. 공립학교 목공 선생님이었지."

피오나가 고개를 뒤로 젖혔다. "설마 네 엄마와 결혼한 남자를 말하는 거니?"

"그래, 네가 아니었다면 엄마가 밥을 만날 일은 없었을 거야."

그 말을 토해내는 동안, 희미한 장면이 내 마음에 떠올랐다. 사랑이 가득 담긴 눈길로 밥을 향해 미소 지으며 스파게티를 가득 떠서 밥에게 먹이는 엄마의 모습이. 나는 그 장면을 애써 밀쳐냈다. 지금 나는 피오나에게 분노를 표출해야 했다. 감사가 아니라.

"내가 왜 그랬는지 해명할 수도 있어. 엄마의 기대에 한 번도 미치지 못해 분노로 너덜너덜해진 어느 소녀의 꽤 불쌍한 이야기가 될 거야."

피오나의 얼굴은 붉은빛으로 얼룩덜룩했다. 괜찮다고 말하며 피오나의 어깨를 쓰다듬고 싶은 충동이 들었지만 참았다.

"하지만 네 시간을 낭비하지는 않을게. 요약하자면, 나는 세상에 짜증을 내고 있었어. 덕분에 난 나 자신은 물론, 다른 사람들까지 상처 입히는 역할을 하고 있었어."

나는 힘겹게 침을 삼켰다. "네가 나만큼 비참했는지 아닌지는 아무도 모르잖아."

"우리가 고통을 숨기려 할 때 우린 더 많이 다쳐. 어떤 형태로든 고통은 새어나오는 법이니까."

나는 건성으로 미소를 지었다. "넌 정말 스프레이 같구나."

피오나의 입꼬리가 올라갔다. "아니, 지랄 맞은 간헐천(주로 화산지대에서 고온의 열수나 수증기, 가스 등을 주기적으로 분출하는 온천 – 옮긴이)이지."

"너한테 딱 맞는 표현이네."

피오나가 두 손을 번쩍 들었다. "용서의 돌풍을 일으키고 있는 요즘도, 난 내가 사기꾼처럼 느껴져. 대체 내가 무슨 말을 하고 있는지 모를 때가 숱하게 많아."

나는 웃었다. "넌 분명히 잘 알고 있어. 넌 용서 전도사잖아. 책도 썼고."

"그래, 하지만 그냥 더듬더듬 감으로 움직이고 있을 뿐이야. 사실, 난 용서를 구하며 사람들 앞에 서 있는 여자애에 불과해. 다른 모든 보통사람들처럼 그저 사랑받기를 바라면서 말이야."

나는 갑자기 얼얼해서 고개를 저었다. "그건 〈노팅힐〉 마지막 장면에서 줄리아 로버츠가 휴 그랜트에게 했던 말 아니니?"

피오나가 미소를 지었다. "난 사기꾼이라고 했잖아."

메모리얼 데이 행진이 있은 지 이틀 후라, '정원의 집' 진입로 양쪽으로 작은 국기들이 장식돼 있었다. 식당 빈 테이블에 앉아 있는 도로시를 발견하고는 놀라서 안으로 들어갔다. 점심이 나오려면 30분은 족히 기다려야 되는 시간이었다. 누군가가 테리직(보통 타월이라 불리는 면직물을 말한다 - 옮긴이) 행주를 턱받이 대신 도로시의 목에 둘러놓았다. 이 여성에게는 존엄성이 있다는 걸 사람들에게 상기시키며 그걸 떼서 던지고 싶었다. 하지만 곧 턱받이를 받쳐준 행동에 악의가 없었다는 걸 깨달았다. 요양사는 도로시가 음식을 흘릴까 봐 보호하려는 것이었다. 내가 일을 난장판으로 만들 때도 누군가가 나를 보호해주었더라면…….

나는 테이블 옆으로 다가가 가방에서 빵을 꺼냈다.

"한나의 빵 냄새구나." 도로시가 말했다.

오늘 그녀의 목소리는 기운찼다. 시간이 마법을 부렸나 보다. 혹 마릴린에게서 연락이 왔나?

"안녕하세요, 도로시." 나는 몸을 숙여 도로시를 껴안았다.

샤넬 향수와 내 목에 감기는 그녀의 가느다란 팔의 느낌이 나를 감상적으로 만들었다. 아니면 내가 다음 주에 떠나기 때문인지도 모른다. 이유가 뭐든, 나는 오늘 아침 도로시를 더 꼭 껴안았다. 그녀는 위태로운 내 감정을 아는 듯 내 등을 토닥였다.

"괜찮아, 한나. 이제 앉아서 네 이야기를 들려주렴."

나는 옆 테이블에서 의자를 끌어와 앉아 피오나가 찾아온 이야기를 들려주었다. "사과하려고 그 먼 길을 다시 달려왔다는 사실에 난 충격을 받았어요."

"멋지구나. 그래서 네 기분이 나아졌니?"

"네. 하지만 아직도 우리가 자신의 수치를 고백하는 게 잘하는 일인지, 아니면 바보 같은 짓인지 판단하려고 배심원단이 지켜보고 있는 느낌이에요. 우리 삶은 다시 정상으로 돌아갈 수 있을까요?"

"애야, 모르겠니? 고백은 우리를 자유롭게 만들었어. 하지만 앞으로 우리가 부서지기 쉬운 마음을 드러내야 할 때는 더 주의를 기울여야 할 거야. 자신의 취약성은 그걸 부드럽게 받아주는 사람들하고만 공유해야 하니까 말이야."

도로시 말이 옳다. 클라우디아 캠벨은 신뢰할 만한 사람이 아니다. 내 생각은 마이클에게로 옮겨갔다. 아니다, 그도 역시 부드럽게 받아주는 사람이 아니다.

"당신이 이렇게 긍정적이어서 기뻐요."

도로시가 내 어깨에 팔을 올렸다. "맞아, 난 그래. 우린 이제 모든 걸 가졌어. 우린 이제야 우리 자신을 되찾았어."

잠시 그 말을 곰곰이 생각했다. "그런 걸까요? 음, 그것으로 충분하길 바라야죠. 그러면 말해주세요. 어떻게 지내세요? 또 패트릭 씨는 어떠세요?"

"아주 좋아." 도로시가 주머니에서 편지를 꺼내 내 손에 쥐여주었다.

나는 미소를 지었다. "그분이 연애편지를 썼어요?"

"패트릭이 보낸 편지가 아니야. 내가 보낸 돌에 대한 답장이야."

마릴린이 도로시를 용서했구나! 굉장한데!

그때 주소가 눈에 띄었다. "뉴욕?"

402

"어서 읽어봐. 큰 소리로 읽어주렴. 다시 듣고 싶으니까 말이야."

나는 편지를 펼쳤다.

친애하는 루소 선생님께.

전 용서를 구하는 선생님의 편지를 받고 얼마나 놀랐는지 몰라요. 보시다시피, 전 돌을 돌려보냅니다. 선생님이 사과할 필요가 없다는 것을 알아주시기 바랍니다. 그날 수업 이후 저와 연락이 끊겨서 여태껏 죄책감을 느끼셨다니 정말 마음이 아픕니다.

사실, 저는 '월터코헨 고등학교'로 다시는 돌아가지 않았습니다. 그래서 선생님은 저를 잃었다고 생각하셨을 겁니다. 하지만 저를 구원한 사람은 바로 선생님이라는 걸 아셨으면 좋겠습니다. 흔히들 하는 말이지만, 6월의 그날, 저는 말썽쟁이 소년으로 선생님의 수업에 들어갔다 남자가 되어 나왔습니다. 그것도 저 자신도 꽤 마음에 드는 남자로 말이죠.

전 그날 아침을 생생히 기억하고 있어요. 선생님은 저를 교탁 앞으로 불러내 생활기록부를 보여주셨죠. 저의 불완전함을 그대로 증명하는. 전 그 학기에 한 번도 과제를 제출한 적이 없었어요. 선생님은 미안해하며 저를 낙제시킬 수밖에 없다고 말씀하셨죠. 졸업하지 못할 거라고 말이에요.

사실 그리 놀랍지 않았어요. 그 학기 내내 저는 선생님에게 꾸중을 들었어요. 저희 집으로 얼마나 자주 전화하셨는지 정확히 기억도 안 날 정도예요. 어느 날은 저희 집에 직접 찾아오셨죠. 선생님은 학교로 돌아오도록 저에게도, 저희 엄마에게도 간청하셨어요.

전 졸업을 하려면 6학점이 더 필요했어요. 그 말은 그 학기의 모든 과목을 통과해야 한다는 의미였죠. 그리고 선생님은 온 힘을 다해 절 도울 작정이셨어요. 선생님이 가르치는 영어 과목뿐 아니라, 다른 과목 선생님들께도 부탁하셨죠. 하지만 전 상황을 어렵게 만들었어요. 전 수없이 많은 변명을 했죠. 물론 그중 몇몇은 사실이었어요. 하지만 선생님은 잘해야 일주일에 한 번밖에 수업에 안 나오는 애에게 학점을 줄 수는 없으셨을 거예요.

저는 그날을 잊지 못합니다. 아마 선생님도 그날을 기억하실 겁니다. 하지만 선생님은 그 수업 중에 있었던 일을 전부 기억하지는 못하실 거예요.

그날 수업 시작 전, 선생님은 로저 패리스에게 워크맨을 내려놓으라고 하셨어요. 로저는 툴툴대며 그것을 책상 아래에 넣었어요. 그런데 수업 도중에 로저는 워크맨이 없어졌다고 말했어요. 누군가 훔쳐간 게 틀림없다며 화를 벌컥 냈어요.

아이들은 서로 비난하기 시작했어요. 가방 검사를 제안하는 아이들도 있었죠. 하지만 선생님은 그 제안을 받아들이지 않으셨어요.

아주 차분하게, 선생님은 학생들에게 누군가 실수를 저지른 거라고 말씀하셨어요. 그리고 교실에 있는 우리 중 한 사람이 지금 진지하게 후회하며 옳은 일을 하기를 간절히 바라고 있다고 말씀하셨죠. 그런 다음 선생님은 교실에 딸린 시멘트 벽돌로 지은 작은 사무실로 들어가 불을 껐어요. 교실에 있는 학생들 모두 각자 20초씩 그 깜깜한 방에 혼자 들어갔다 나오라고 하면서요. 우리는 각자 가방과 지갑을 가지고 들어갔어요. 워크맨을 가져간 사람이 그 사무실에 그걸 두고 나오리라 확신하셨던 거죠.

아이들이 모두 투덜대며 푸념하는 소리가 들렸죠. '우리 모두를 도둑이라고 생각하다니. 이게 웬 말도 안 되는 상황이람.' 아이들은 모두 제가 훔쳐갔다고 생각했을 거예요. 저는 대마초를 피워대는 가난한 아이였거든요. 그리고 그날 제가 학교에 나온 것을 보고 아이들 모두 놀랐어요. 무단결석을 밥 먹듯 하는 애였으니까요.

'왜 스티븐만 불러내서 가방을 검사하지 않는 거지? 나머지는 그냥 놔두지. 이미 자기 손에 들어온 지금, 그 아이는 로저의 워크맨을 절대 포기하지 않을 건데.'

아이들은 다른 선생님들은 그런 식으로 하지 않는다고, 선생님이 너무 순진한 거라고 선생님을 설득하려 들었죠.

하지만 선생님은 선생님의 방법을 고집하셨어요. 우리 모두는 선한 마음을 가지고 태어났다고, '실수로' 워크맨을 가져간 사람은 지금 자신이 한 일을 되돌리고 싶어 애를 태우고 있을 거라면서요.

그래서 마지못해 우리는 선생님 말에 따랐어요. 우리는 한 사람씩 좁고 어두운 사무실에 들어갔다 나왔어요. 지나 블루멜린이 20초가 지나면 문을 두드려서 시간을 알려줬어요. 한 명도 빠짐없이 모두 깜깜한 사무실에 들어갔다 나왔어요.

진실이 밝혀질 순간이 다가오자 우리는 사무실로 들어가는 선생님 뒤를 따라 문 앞으로 우르르 몰려갔어요. 어떤 결과가 나올지 아이들은 선생님과 매한가지로 불안했어요. 선생님은 불을 켰어요. 잠시 후 우리 눈에 그것이 들어왔어요. 캐비닛 옆 바닥에 로저 패리스의 워크맨이 놓여 있었죠.

모두 깜짝 놀랐어요. 아이들은 환호성을 지르며 하이파이브를 했죠. 우리 모두가 인간성에 대해 긍정적인 시각을 새롭게 갖게 된 셈이었어요.

전 어땠을 것 같으세요? 그 하나의 사건이 제 삶을 바꾸어놓았어요. 모두가 의심한 대로 워크맨을 가져간 사람은 저였어요. 아이들 생각이 맞았어요. 전 그걸 돌려줄 생각이 결코 없었거든요. 워크맨을 갖고 싶었지만, 우리 아버지는 실직자였고, 어쨌거나 로저는 재수 없는 녀석이었으니까요. 그러니 제가 신경 쓸 까닭이 없었죠.

하지만 제 안에 선이 있다는 선생님의 철저한 믿음이 제 사고방식을 완전히 바꾸어놓았어요. 캐비닛 옆에 워크맨을 두고 걸어나올 때, 저를 덮고 있던 낡은 피부가 벗겨져나간 기분이었어요. 나는 이제껏 부당하게 희생당하며 살아왔고, 세상은 나에게 갚아야 할 빚이 있다고 느꼈던 바로 그 낡은 껍질이 말이에요. 제 기억에는 처음으로 가치 있는 인간이 된 기분이었어요.

그러니 루소 선생님, 사과하실 필요 없어요. 저는 학교를 떠나서 어른들을 위한 교육 아카데미를 찾아갔어요. 6주 후, 전 고졸 학력 인증을 받았어요. 제가 정말 선할지 모른다는 생각과 저를 향한 선생님의 믿음이 제 사고방식을 완전히 변화시켰어요. 매질을 일삼던 부모 아래서 인생이 엿 같다며 세상을 원망하던 한 소년이 운명의 주도권을 잡기 시작한 거죠. 전 선생님이 옳았다는 걸 증명하고 싶었어요. 제 고등학교 마지막 날의 선생님 수업은 이후 제 삶의 기폭제가 되었습니다.

제 안의 선을 보고 제가 그에 맞는 행동을 하도록 이끌어 주신 것에 감사드립니다. 그때도, 그리고 앞으로도 영원히.

안녕히 계십시오.

스티븐 윌리스, 변호사

윌리스와 베일리 법률회사

149 롬바르디 거리

뉴욕

나는 소맷자락으로 눈물을 훔치며 도로시 쪽으로 몸을 돌렸다. "자랑스러우시겠어요."

"초가 하나 더 밝혀졌구나." 턱받이 대용 행주로 눈물을 닦으며 도로시가 말했다. "내 방은 더 밝아질 거야."

우리가 꺼뜨린 촛불들 때문에 우리는 다른 촛불을 밝힌다. 우리의 삶은 시련과 과오의 연속이다. 그리고 용서와 겸양은 우리가 짊어진 수치심과 죄책감의 무게를 덜어준다. 그래서 우리는 우리가 밝히는 빛이 우리가 만들어낸 어둠을 밀어내기를 소망한다.

나는 도로시의 손을 꼭 잡았다. "당신은 정말 엄청난 분이에요."

"맞아, 그녀는 정말 그래."

몸을 돌리니 마릴린이 내 뒤에 서 있었다. 얼마나 오래 그곳에 있었는지 알 수 없었다.

도로시의 눈이 커졌다. "너니, 마릴린?"

마릴린이 고개를 끄덕였다. "그리고 분명히 말하는데, 네 방은 더 밝아지고 있는 게 아니야. 그 방은 늘 환히 빛나고 있었어."

❖

집에 돌아오자 1시였다. 두 친구가 재회하는 모습을 보고, 그리고 우편함에서 RJ의 편지를 발견하고 한층 기분 좋게 집으로 들어섰다. 떨리는 손으로 편지를 뜯었다.

안녕하세요, 한나.

편지 보내줘서 고마워요. 당신이 다시 편지를 보내줄지 확신하지 못하고 있었어요. 사과할 필요는 없어요. 당신처럼 멋진 여자라면 그런 헌신적인 관계에 있으리라는 것은 분명하니까요. 나는 당신의 정직과 성실을 존중합니다.

나는 '헌신적인 관계'라는 단어를 노려보며 부엌으로 걸어갔다. 하지만 이제 나는 더 이상 헌신적인 관계를 맺고 있지 않았다. 난 이제 당신을 만날 수 있어요, 죄책감을 느끼지 않고!

미시건에 오게 되면 들러주세요. 어머니와 함께여도 좋고 연인과 함께여도 좋아요. 이제는 신사답게 행동할 것을 약속합니다. 그리고 언제나처럼, 당신 상황이 달라지면 나를 가장 먼저 춤 상대로 지목해주세요.

그럼 안녕히.

RJ

나는 냉장고에 기대서서 반복해서 편지를 읽고 또 읽었다. RJ는 나라고 생각하는 여성에게 푹 빠져 있는 게 분명했다. 나는 내 과거에 관해 그에게 얘기한 적이 한 번도 없다. 이곳에서의 그 끔찍한 결과를 보고서도, 내가 그에게 이야기할 이유가 있을까? 다른 사람들처럼 RJ도 내가 어떤 여자애였는지 알고 나면 나에게 실망할 것이다.

RJ를 다시 만나고 싶었다. 하지만 내가 다시 위선자로 돌아갈 수 있을까? 마이클이나 잭과 맺었던 피상적인 관계를 다시 맺을 수 있을까? 오래된 괴물을 지하실에 쑤셔넣어둘 수 있을까? 헤어질 때 잭이 했던 말이 떠올랐다. "넌 나를 떠나는 게 쉬울 거야, 한나. 사실, 네 안에 내가 들어간 적이 한 번도 없었으니까."

아니, 난 그럴 수 없다.

나는 글자 그대로 책상으로 전력 질주했다. 펜과 편지지를 집어들었다.

안녕하세요, RJ.
나에겐 이제 춤 상대가 아무도 없어요.
안녕히.

한나

39

차에 기름을 가득 채웠다. 엔진오일은 지난주 마릴린과 도로시에게 점심을 대접한 뒤에 갈아두었다. 앞좌석에는 옷가방 두 개와 함께 에너지바와 견과류, 물과 과일이 가득 든 손가방이 놓여 있었다. 내일 아침 일찍, 미시건으로 출발할 준비가 모두 갖춰졌다.

잠에 깊이 빠져 있는데, 전화가 왔다. 새벽 2시였다.

"그가 없어, 한나!"

맙소사, 밥이 죽었나 보다. 나는 침대 아래로 다리를 내렸다. "오 어떡해요, 엄마. 무슨 일이에요?"

"화장실에 가려고 일어났는데 밥이 침대에 없는 거야. 집 어디에도 없었어. 사라졌어, 한나. 밖에 나가 아무리 찾아봐도 안 보여."

안도의 한숨을 내쉬었다. 죽은 게 아니구나. 다행이다. 나는 속으로 말했다. 하지만 마음속 저 깊은 곳에서는 밥이 죽는다면 엄마는 새로운 삶을 살 수 있겠다는 생각이 들었다. 엄마는 그렇게 받아들이지 않겠지만 말이다.

엄마가 너무 급하게 말을 해 무슨 말인지 알아들을 수가 없었다.

"밥을 못 찾겠어. 샅샅이 뒤졌는데."

"서두르지 마세요, 엄마. 밥은 괜찮을 거예요."

하지만 난 믿지 않았다. 밥에게는 살아남을 만한 능력이 없다. 집 근처엔 숲도 있고 호수도 있다. 게다가 밤공기는 차다.

"제가 지금 갈게요. 경찰에 전화하세요. 분명히 밥을 찾을 수 있을 거예요."

엄마가 숨을 내쉬었다. "네가 온다니 정말 다행이야."

엄마의 딸은 이제야 비로소 엄마가 도움이 필요한 순간에 곁에 있어줄 수 있게 되었다. 엄마가 남편을 간절히 찾고 있는 순간에.

30분마다 전화를 했지만 자동응답기가 연결되었다. 멤피스에서 16킬로미터 떨어진 지점에 있을 때 엄마가 전화를 받았다.

"경찰이 그 사람을 찾았어. 보트 바닥에 웅크리고 있더래."

보트. 지난달 내가 다시 데리고 간 낡은 고기잡이 보트. 밥을 보트에 태워줬던 기억을 떠올렸어야 했다. 맙소사, 좋았던 의도마저 나쁜 결과를 가져오고 말았다.

"오, 엄마. 미안해요. 밥은 어때요?"

"저체온증에 걸렸어. 깊이가 7센티미터쯤 되는 차가운 물속에 잠

겨 있었거든. 진찰을 하기 위해 먼슨으로 데려가려고 구급차가 왔
었어. 그리고 여러 가지 검사가 벌써 끝났어. 지금은 따뜻한 죽을 먹
고 침대에 누워 있어."

"오늘 밤 7시까지는 도착할 거예요."

"저녁 준비를 하마."

"아니에요, 괜찮아요. 간단히 먹고 갈게요."

"집에 와서 먹으렴. 그리고 한나?"

"네?"

"고맙다. 네가 내 곁에 있어서 얼마나 든든한지 넌 모를 거야."

미시건으로 가는 내내 그 생각을 했다. 이제껏 내가 한 그 모든
실패를 통해 아무것도 배우지 못했다니, 나는 바보인지 모르겠다.
그 생각은 나를 두렵게 했지만 해야만 하는 일이다. 의문의 여지가
없다. 내가 용서를 구해야 할 사람이 두 명 더 있었다. 밥의 아들과
딸. 너무 늦기 전에 그들에게 용서를 구해야 한다.

나는 앤과 밥 주니어를 한 번도 만난 적이 없었다. 그들의 아버지
가 우리 엄마와 결혼했을 때, 그들은 이미 성인이었다. 내가 밥에게
어떤 혐의를 씌웠는지 그들이 어떻게 알게 됐는지는 모르지만, 그
들은 알고 있었다. 엄마와 밥이 앤과 주니어를 잠시 만났다는 이야
기를 한 적이 있었다. 그들이 아버지와 소원한 데에는 내 책임이 있
을 거라는 건 내 추측일 뿐이다. 옛날 이웃에 살았던 제이콥 여사가

학교에 이야기했고, 사람들 사이에 소문이 퍼졌을 것이다. 당연히 밥의 전처 귀에도 들어갔을 것이다. 하지만 그녀가 자식들에게까지 그 말을 할 정도로 잔인했을까? 듣자 하니 그랬던 것 같았다.

나는 I-57을 따라 끝없이 줄지어 서 있는 자동차 행렬을 내다보았다. 둘 중 누나인 앤은 지금 40대 후반쯤 됐을 것이다. 우리 엄마와 나이 차가 그리 많지 않았다. 1993년 여름에 앤은 벌써 결혼해서 위스콘신에 살고 있었다. 주니어는 대학에 다니고 있었던 것으로 기억한다.

그들은 혼자 올까, 아니면 가족과 함께 올까? 몇몇 사람들 앞에서 그들이 나에게 분노를 표출하는 게 나을까? 아니면 많은 사람들 앞에서 분노를 표출하는 게 나을까?

위장이 딱딱하게 굳었다. 나는 라디오 볼륨을 올렸다. 라이프하우스의 노래가 흘러나오고 있었다. "난 반쯤 왔지만 아직도 길 위에 있어……." 내 여행과 비슷하다. 나도 반쯤 왔다. 그리고 아직 용서를 구해야 할 일이 몇 개 더 남았다. 먼 길을 걸어왔지만 아직 가야 할 길이 남았다. 나는 나를 덮었던 망토의 모자를 벗었다. 하지만 아직 칼라가 나를 숨 막히게 하고 있었다.

나는 머리받이에 목을 기댔다. 그들의 얼굴을 어떻게 보지? 누군가가 우리 아빠에게 성추행 혐의를 씌웠다는 말을 한다면, 나는 그 사람을 증오할 것이다. 당사자인 우리 아빠보다 더 격렬하게. 아무리 진지하게 사과하더라도 잃어버린 시간은 되돌릴 수 없을 것이다.

그때 나는 부모님이 다시 합칠 수 있을 거라는 어리석은 환상에

413

빠져 있던 어린 소녀였을 뿐이라고 변명하며 내가 저지른 짓을 사탕발림할 수도 있다. 아니면 밥이 의도적으로 만진 건지 아닌지 지금까지도 잘 모르겠다고 사실대로 말할 수도 있다. 하지만 그렇게 한다면 책임을 회피한다는 인상을 줘서 진지한 사과로 보이지 않을 것이다. 안 된다. 용서를 구하려면, 나는 50퍼센트도 99퍼센트도 아닌 100퍼센트 유죄여야 한다. 전적으로 내가 책임져야 한다.

해가 호수 뒤로 넘어간 후에야 나는 진입로에 차를 세울 수 있었다. 시동을 끌 때 현관 앞에 나와 서 있는 엄마의 모습이 보였다. 하루 종일 기다린 것 같았다. 사정을 모르는 사람이었다면, 치매에 걸린 사람이 엄마라고 생각했을 거다. 되는 대로 머리를 질끈 묶고 야윈 얼굴에 지나치게 큰 구식 안경을 걸치고 있었다. 빛바랜 운동복 바지와 재킷 단추를 채우지 않아 속에 입은 티셔츠가 보였다. 멀리서 보니 엄마는 열두 살 난 소녀 같았다.

예고도 없이 불쑥 그 생각이 떠올랐다. 사람들이 엄마와 나를 자매로 착각하던 일들이. 엄마가 소녀처럼 보여서 밥이 엄마에게 끌렸던 건 아닐까?

나는 엄마를 향해 달려갔다. "엄마!"

엄마가 놀란 표정으로 나를 바라봤다. "한나." 엄마는 축축한 잔디 위에서 나를 꼭 껴안았다. 오늘은 더 단단히, 거의 필사적으로 나를 안았다.

"밥은 어때요?" 내가 물었다.

"하루 종일 자다 깨다 해." 엄마는 손으로 입을 막았다. "내가 너무 부주의했어. 침실 문에 종을 달아놓았어야 했는데. 네가 그의 모습을 봤어야 했어, 한나. 완전히 젖은 채, 물에 빠진 생쥐처럼 오들오들 떨고 있었어."

나는 엄마가 내 아이인 것처럼 엄마의 얼굴을 감쌌다.

"밥은 이제 괜찮아요. 그리고 그건 엄마 잘못이 아니에요. 엄마는 그를 찾아서 집으로 무사히 데려왔잖아요."

엄마의 삶이 줄곧 이랬겠다는 생각이 들었다. 사랑하는 사람들을 잃고, 그들이 사라지고, 그들이 어디 있는지, 아니 살아 있기나 한지도 모른 채 살았던 삶.

22년 만에 처음으로 나는 이 오두막에서 밤을 보냈다. 이곳이 집이라는 느낌이 들까 궁금했다. 나에게 불러주곤 했던 노래를 엄마가 밥에게 불러주는 모습을 바라보며 나는 작은 침실의 문지방에 앉아 있었다.

"거친 물 위의 다리처럼, 나는 몸을 눕히리."

음정이 조금 빗나간 허스키한 목소리였다. 내 목을 타고 응어리가 올라왔다.

엄마는 밥의 머리를 쓰다듬고는 볼에 입을 맞췄다. 불을 끄기 직전, 밥의 침대 옆 협탁 위에 놓인 사진 하나가 보였다.

"이게 뭐예요?" 사진 쪽으로 천천히 걸어가며 내가 물었다.

"밥이 가장 좋아하는 사진이야."

나는 나무 액자를 들고 트레이시와 함께 부두 끝에 서 있는 나의 십대 시절 사진을 보았다. 밥이 막 '너희들 여기 좀 볼래?'라고 외치자 우리가 고개를 돌렸던 것처럼, 우리는 등을 카메라 쪽으로 둔 채 고개를 돌리고 있었다. 수영복을 입은 내 왼쪽 다리가 보였다. 그을린 허벅지와 대비되는 흰 엉덩이가 살짝 노출되어 있었다.

나는 그 사진을 다시 내려놓았다. 불편한 감정이 올라왔다. 그 많은 사진들 중에 하필이면 이 사진을 침대 옆에 둔 이유가 뭘까?

밀려오는 의심을 나는 억지로 눌렀다. 그해 여름, 나는 거의 매일 수영복 차림이었다. 그러니 사진 속의 내가 수영복 차림인 건 당연했다.

나는 내가 마릴린에게 한 말을 기억하며 불을 껐다. '용서한다는 것이 반드시 망각을 요구하지는 않는다.' 하지만 내 경우는 용서에 망각이 필요하다. 흐릿한 사진 같은 내 진실은 초점이 맞지 않았다. 용서하려면 나는 잊어야 한다.

엄마와 나는 집 뒤 데크에 앉아 레모네이드를 마셨다. 쌀쌀한 밤 공기를 뚫고 귀뚜라미 노래 소리와 황소개구리 울음소리가 들렸다. 엄마는 모기를 쫓기 위해 시트로넬라(열대지방에서 자라는 식물로 해충 방지, 방부제 등으로 사용 - 옮긴이)초를 켜고 자신이 청소하는 근사한

416

집들 이야기를 해주었다.

잠시 엄마는 밥이 잘 있나 보러 갔다 왔다. 엄마가 그네의자로 다시 돌아왔을 때 엄마의 얼굴엔 미소가 어려 있었다. "어디까지 했지?"

'어디까지 했지?' 엄마는 내가 엄마를 상처 입히고 만남을 거부하던 그 모진 세월을 전부 묻어두는 것 같았다. 내 잔인함을 완전히 용서할 수 있을 만큼 엄마의 사랑은 강해 보였다. 이게 피오나가 말하는 달콤한 용서다.

"전 용서를 구하고 싶어요."

"오, 얘야. 이제 그만하렴. 우린 오래전에 널 용서했단다."

"아니에요. 밥에게 용서를 구하기에는 너무 늦었어요." 나는 숨을 깊이 들이마셨다. "난 밥의 자녀들에게 용서를 구하고 싶어요."

몇 초 동안 엄마는 나를 응시했다. "한나, 안 돼."

"부탁이에요, 엄마. 그들이 아버지와 관계가 소원해졌다는 게 계속 떠올랐어요. 그건 제 잘못이에요."

"그랬는지 아닌지 넌 모르잖니, 얘야."

"앤과 주니어를 만나게 약속 좀 잡아주실래요? 부탁이에요."

촛불이 엄마의 얼굴에 비쳐 주름이 드러났다. "그 아이들을 본 지 오래됐어. 벌레가 든 깡통을 여는 거나 다름없어. 정말 그러고 싶니?"

아니. 난 전혀 확신할 수 없다. 사실, 난 사는 동안 밥의 자녀들을 피하고 싶다. 하지만 그럴 수 없다. 나는 그들에게, 그리고 내가 평판을 망쳐놓은 남자에게 갚아야 할 빚이 있다.

"네, 부탁이에요. 제가 해야만 하는 일이에요, 엄마."

엄마는 어둠을 향해 고개를 돌렸다. "애들이 오지 않으려 하면 어쩌지?"

"급한 일이라고 얘기하세요. 할 얘기가 있다고. 그들은 내가 하는 말을 들어야 해요, 그렇게 하지 않는다면 비겁해요."

"언제?"

"토요일에 약속을 잡을 수 있어요? 부탁이에요."

엄마가 고개를 끄덕였다. 엄마는 그들이 나를 용서하기를 바라는 게 분명했다. 하지만 아니었다. 나는 그들이 밥을 용서하기를 바라고 있었다.

40

엄마가 파이에 넣을 체리를 씻는 동안 나는 스툴에 앉아 참치 샌드위치를 먹으려 애쓰고 있었다. 나는 몇 번인지 모를 정도로 계속 시계를 들여다봤다. 앤과 주니어는 3시에 오기로 했다. 속이 울렁거려 샌드위치를 접시에 도로 내려놓았다. 엄마는 옆모습을 보이며 금속 채반 위로 물을 부었다. 엄마는 흰색 카프리 바지(슬림한 라인의 8부 길이 바지 - 옮긴이)에 민소매 블라우스를 입고 있었다.

"예뻐요, 엄마."

엄마가 몸을 돌리며 미소 지었다. "네 마음에 들 줄 알았어."

"마음에 들어요." 조리대 위에 있는 멋진 파이 껍질이 눈에 띄었다. "엄만 늘 빵 굽는 걸 좋아하셨어요, 그렇죠?"

엄마가 파이 껍질을 내려다봤다. "네가 뉴올리언스에서 가지고 온 것보다 훌륭하지 않아. 이건 그냥 옛날 방식대로 만든 과일 파이와 쿠키, 케이크일 뿐이야. 네 외할머니가 만들어주시던 거지."

엄마가 어깨를 움직여 얼굴에 흘러내린 머리카락을 뒤로 넘겼다. "애들이 체리 파이를 좋아했으면 좋겠구나. 여러 해 전 크리스마스에 그 애들이 온 적이 있었어. 주니어의 전처 스테이시가 두 조각을 먹었지."

엄마는 벽난로 위에 놓인 시계를 쳐다봤다. "앤은 8시에 위스콘신에서 출발한다고 했어. 3시쯤 도착할 거야. 주니어도 비슷한 시간에 도착할 거라고 했어. 저녁으로 스파게티 캐서롤(조리한 채로 식탁에 내놓을 수 있는 서양식 찜냄비. 이 냄비를 사용한 요리도 이렇게 부른다-옮긴이)을 만들 거야. 물론 샐러드도 곁들여서."

엄마는 내가 대답할 틈도 주지 않고 빠르게 말했다. 엄마의 손이 떨리고 있었다.

"엄마, 괜찮아요?"

엄마가 고개를 들었다. "사실대로 말할까? 난 만신창이야."

엄마는 볼에 체리를 부어 채반에 옮겨 담은 후 개수대로 가져갔다. 쨍그랑 그릇 부딪히는 소리에 나는 깜짝 놀랐다.

일어서서 엄마에게 다가가 엄마의 어깨를 감쌌다. "무슨 일 있었어요?"

엄마가 고개를 저었다. "그 애들은 오랫동안 밥을 보러 오지 않았어. 그래서 오늘 무슨 일이 일어날지도 몰라. 게다가 앤은? 그 애는 이번이 두 번째 이혼이야. 내가 전화했을 때 그 애가 쏘아붙이더구나. 내가 초대한 게 달갑지 않은 모양이야."

나는 눈을 감았다. "미안해요, 엄마. 제 잘못이에요."

엄마는 밥이 낮잠을 자고 있는 침실을 슬쩍 곁눈질하며 목소리를 낮췄다. 그가 우리가 하는 대화를 듣고 이해하기라도 하는 듯.

"앤에게 아버지를 볼 마지막 기회가 될 수도 있다고 말했어."

나는 숨을 들이쉬었다. 엄마 말이 맞을지 모른다. 수요일, 보트에서 젖은 채로 구출된 이후로 밥은 말을 하지 않고 있었다. 그리고 그의 기침은 나아지기는커녕 갈수록 심해지고 있었다. 다시 죄책감이 밀려들었다. 지난달 밥을 데리고 보트를 타지 않았다면 그가 보트를 찾아갈 일은 없지 않았을까?

"죄송해요, 엄마. 이미 많은 짐을 지고 있는 엄마에게 제가 짐을 더 얹었네요."

엄마는 힘들게 침을 삼키고는 내 손을 잡았다. 지금은 애기할 수 없는 듯.

"그리고 주니어, 그 애는 늘 예의 바르지. 하지만 그리 행복해 보이진 않았어."

"제가 너무 많은 상처를 줬어요."

처음으로 엄마의 허울이 벗겨졌다. "그래. 넌 그랬어. 그건 인정할게. 그저 너무 늦지 않았길 바랄 뿐이야. 밥이 아이들을 알아보면 좋겠어."

내 마음에 어두운 구름이 내려앉았다. 이 또한 실수일지 모른다. 엄마와 난 비현실적인 기대를 품고 있다.

엄마는 체리 위에 설탕을 한 컵 뿌렸다. "어쩌면, 그저 가능성일 뿐이지만 밥은 자기가 용서받았다는 것을 알지도 몰라."

용서받았다고? 뒷목의 털이 곤두섰다. 엄마가 '용서받았다'는 단어를 사용하다니 몹시 이상했다. 잘못한 일이 없는데 어떻게 용서받을 수 있지?

❖

엄마는 몇 분 간격으로 손목시계를 들여다보며 거실 창가에 서 있었다. 2시 40분이 되자 밴 한 대가 진입로로 들어섰다.

"앤이 왔구나." 주머니에서 립스틱을 꺼내 입술에 살짝 바르며 엄마가 말했다. "앤을 맞으러 나가야겠지?"

심장이 두근거렸다. 창문 너머로 밴에서 내리는 중년 여성이 보였다. 희끗희끗한 머리칼이 어깨까지 내려오고 키가 큰 여자였다. 아홉 살쯤 돼 보이는 소녀 하나가 차에서 내렸다.

"리디아를 데려왔구나."

슬픔과 두려움, 안도가 뒤섞인 온갖 감정이 홍수처럼 밀려왔다. 나는 이 여자에게 가혹한 비난을 받을 것이다. 또 비난받아 마땅하다.

밴 뒤로 차 한 대가 더 들어왔다. 흰색 픽업트럭이었다. RJ의 트럭이 떠올랐다. 오늘 이곳에서 어떤 결과가 있든, 월요일이면 RJ를 만날 수 있다고 생각하니 위로가 되었다. 나는 그에게 내 과거에 관해 모두 털어놓고 깨끗하게 새로운 시작을 할 것이다. 왠지 RJ만은 모든 걸 이해해줄 것 같았다.

트럭은 밴 옆으로 와 멈췄다. 함께 들어오기로 한 듯, 앤과 리디아가 기다리고 있었다.

심장이 쿵쾅거렸다. 숨이 가빴다. 나는 몸을 돌려 부드러운 안락의자에 앉아 있는 밥에게 다가갔다. 엄마와 나는 오늘 아침 그를 침대에서 일으켰다. 내가 밥의 머리를 빗어주고 엄마는 수염을 깎아주었다. 밥은 엄마가 무릎 위에 놓아준 신문을 곁눈으로 보고 있었지만 돋보기안경에 더 관심이 많은 듯했다. 그는 안경을 벗어 들고 코받이 하나를 들여다보았다.

나는 밥의 무릎에서 신문을 치우고 이마에 흘러내린 흰 머리카락을 뒤로 빗어 넘겼다. 밥이 기침을 했다. 그에게 휴지를 쥐여주었다.

"너희들이 와서 너무 기쁘구나." 엄마의 목소리가 열린 문을 통해 들렸다.

그들이 집으로 들어오고 있었다. 이 작은 집이 나를 사방으로 포위하고 있었다. 도망치고 싶었다.

"고마워요, 수전." 남자 목소리였다.

나는 몸을 돌렸다. 그리고 그를 보았다.

RJ!

41

어찌 된 영문인지 몰라 잠시 어리둥절했다. RJ가 여기서 뭐하는 거지? 그가 어떻게 나를 찾았을까? 나는 미소를 지으며 RJ 쪽으로 걸어갔다. 하지만 그의 표정을 보고 나는 얼어붙었다. 그는 이미 퍼즐 조각을 맞추었다. 그리고 지금, 나도 알았다.

오, 하느님! RJ는 로버트 주니어였다. 밥의 아들.

"당신이 그 한나군요." RJ가 말했다. 질문이 아니라 답에 가까웠다. 그는 무겁게 시선을 떨어뜨렸다. "맙소사, 정말 미안해요."

"RJ." 내가 말했다. 하지만 더 이상 아무 말도 할 수 없었다. RJ는 자기 아버지가 성추행한 소녀가 나라고 생각하고 있다. 이제 잠시 후면 그도 진실을 알게 되리라. 하지만 지금 당장은 아무 말도 나오지 않았다.

RJ는 팔짱을 끼고 손으로 입을 막았다. 그는 나를 응시하며 고개를 저었다. "당신이어선 안 돼요."

RJ의 눈에 깃든 회한이 내 가슴을 산산이 무너뜨렸다.

"주니어를 아니?" 엄마가 물었다.

목이 메어 숨조차 쉴 수 없었다. 엄마가 그 질문을 되풀이하지 않게 나는 고개를 끄덕였다. 시곗바늘을 되감아보았다. 오, 맙소사! 내가 왜 그걸 몰랐지? 이제야 다 이해되었다. RJ는 디트로이트 근교에서 자랐고 그의 부모님은 그가 대학을 다니던 시절에 이혼했다. 이유는 말하지 않았지만 RJ는 아버지를 결코 용서할 수 없다고 했다. 개인적인 일을 꼬치꼬치 캐물을 수 없었다. 하지만 이제 그 이유를 안다. 그 오랜 세월 동안 RJ는 자기 아버지를 괴물로 여겼다.

엄마는 앤에게 나를 소개했다. RJ는 내 뒤, 자신의 아버지가 앉아 있는 안락의자 옆에 서 있었다.

나는 밥의 딸의 회청색 눈동자 속에서 따뜻함의 기미를 찾았지만 냉랭한 기운만 감돌고 있었다. 나는 떨리는 손을 앤에게 내밀었다. 앤은 형식적으로 그 손을 마주 잡았다. 그녀는 자신의 딸에게 나를 소개하지도 않았다.

"난 한나야." 짧은 청바지에 탱크탑을 입은 소녀에게 내가 말했다.

그 소녀는 기침을 하고 있었다. 밥처럼 심한 기침이었다.

"전 리디아예요." 리디아는 쉰 목소리로 말하며 나를 빤히 쳐다보았다. 아이들 눈에는 상대가 어떤 사람인지 다 보인다지만, 리디아는 예외인가 보다. 리디아가 동경하는 눈길로 쳐다보는 사람은 자신의 가족을 파괴한, 잘못 발사된 미사일이 아닌가.

앤은 의자에 앉아 있는 아버지를 흘낏 볼 뿐, 곁으로 다가가지 않았다. 나는 용기를 내서 앤의 어깨에 손을 올리고는 RJ도 들을 수 있게 소리를 높여 말했다.

"제가 엄마한테 두 분을 불러달라고 부탁했어요." 나는 말을 멈추고 주먹을 쥐었다 펴며 깊은 심호흡을 했다. 난 할 수 있어. 난 해야만 해. "여러분에게 해야 할 이야기가 있어요."

"마실 것 좀 갖다 줄까? 차와 레모네이드가 있어. 리디아는 콜라를 더 좋아하려나?" 엄마가 물었다. 명절을 맞이하는 것처럼 얼굴에는 미소가 어려 있었지만, 실은 떨고 있는 게 느껴졌다. 엄마는 두려워하고 있었다.

리디아가 대답하려 했지만 앤이 가로막았다. 자신이 이곳에 온 이유를, 그리고 내가 무슨 말을 하려는지 이미 알고 있는 듯.

"서두르는 게 좋겠어요. 우린 얼른 돌아가야 해요." 앤은 딸의 어깨에 손을 얹었다. "밖에 나가 있어."

오늘 밤에 돌아간다고? 매디슨까지 가려면 일곱 시간을 운전해야 한다. 불가능하다. 그들은 시내 모텔이나 RJ의 집에서 묵을 게 틀림없다. 엄마가 저녁 재료를 준비하며, 오늘 밤 앤이 손님방에서 잘 수 있게 내가 소파에서 자는 게 어떻겠느냐고 부탁한 일이 생각났다. 엄마는 나와 함께 시트를 새로 깔고, 정원에서 모란을 잘라 와 서랍장 위를 장식했다. 인정받기를 바라는 여인에게 또 하나의 실망이 더해졌다. 행복의 비결은 기대치를 낮추는 것이라던 아빠의 말이 옳은지도 모르겠다.

리디아가 밖으로 나가자, 앤은 조립식 의자에 앉고 엄마는 밥의

426

안락의자 팔걸이에 걸터앉았다. RJ는 아까 엄마가 부엌에서 가져다 놓은 오크 의자에 앉았다.

나는 미리 거실 테이블에 올려둔 용서의 돌이 담긴 주머니 두 개를 들고 그들 앞에 섰다.

"용서를 구해야 할 것이 있어요. 전 두 분의 아버지와 화해하려고 한 달 전에 이곳을 방문했어요. 아시겠지만, 제가 열세 살 때, 리디아와 비슷한 나이였을 때, 우연히 스친 밥의 손길을 의도적인 것이라고 단정 지었어요. 제 거짓말이었죠."

처음으로 난 그 일을 두고 거짓말이라는 말을 입에 올렸다. 혀가 저절로 움직였을까, 아니면 마침내 내가 그 사실을 인정하기로 한 걸까? 아무리 생각해도 도무지 알 수 없는 일이었다. 하지만 오늘로 그 일은 거짓말이 되었다. 아무런 증거도 없지만 그 일을 거짓말로 부를 수밖에 없었다.

"'용서의 돌' 얘기를 들어보신 적이 있을 거예요. 전 엄마에게도 밥에게도 하나씩 드렸어요. 지금 전 두 분에게 이걸 드리고 싶어요."

RJ는 턱을 괴고 앉아 마룻바닥만 뚫어지게 보고 있었다. 앤은 아무 말도 없었다. 밥을 흘낏 보니 그는 쿠션에 고개를 대고 돋보기안경을 치켜올린 채 자고 있었다. 가슴이 조여왔다.

"전 밥에게 돌을 드리면 제 수치심이 누그러질 거라고 생각했어요. 하지만 사실 전 화해하지 못했어요. 왜냐하면 두 분께도 용서를 구해야 하기 때문이에요."

나는 각각의 주머니에서 돌을 하나씩 꺼냈다.

앤에게 다가가며 내가 말했다. "앤, 제가 당신과 당신의 아버지에게 저지른 죄를 용서해주세요. 당신이 잃어버린 세월을 돌려드릴 수 없다는 걸 알아요. 정말 죄송합니다."

앤은 내가 내민 손에 들린 돌을 가만히 보았다. 팔이 흔들리지 않도록 애쓰며 나는 기다렸다. 앤이 받지 않을 수도 있다. 그렇다 할지라도 앤을 비난할 수는 없다. 손을 거두려는 순간, 그녀가 손을 뻗었다. 아주 잠시 앤의 눈이 내 눈을 스쳐갔다. 앤은 내 손에서 돌을 집어 주머니에 넣었다.

"고맙습니다."

이제야 숨을 쉴 수 있었다. 하지만 첫걸음을 내디뎠을 뿐이다. 앤이 돌은 받았지만 그것이 용서한다는 말이 적힌 편지와 함께 돌이 나에게 되돌아온다는 의미는 아니었다. 그래도 오늘은 이것으로 충분하다.

하나를 전했고, 전해야 할 하나가 남았다. 나는 RJ에게 다가갔다.

RJ는 아직도 마룻바닥만 바라보고 있었다. 그의 엉클어진 곱슬머리가 나에게 닿기를 바라며 나는 그를 향해 몸을 숙였다. RJ는 기도하듯 두 손을 겹치고 있었다. 불현듯 그가 매우 순결한 사람처럼 보였다. 내가 죄인인 반면, RJ는 흠이 없는 사람이었다. 이렇게 극과 극으로 다른 사람들끼리 어떻게 그리 잘 지낼 수 있었지?

하느님, 이 일을 할 수 있도록 도와주세요. 그에게 제 마음을 전할 수 있게 해주세요. 이들의 마음을 풀어주어, 아버지와 마지막 작별인사를 하게 하는 것이 오늘 나의 목적이었다. 하지만 이제 모든 것이 달라졌다. 나는 이 남자를 사랑한다. 나에겐 이 남자의 용서

428

가 필요하다.

떨리는 목소리로 내가 말했다. "RJ. 정말 미안해요. 당신이 절 용서하든 아니든, 당신이 아버지에 대한 감정을 치유하기에 너무 늦지 않았기만 바랄 뿐이에요." 나는 손바닥에 돌을 올려 RJ에게 내밀었다. "제 뉘우침의 상징인 이 돌을 받아주세요. 되돌릴 수 있다면……."

RJ가 고개를 들어 나를 봤다. 그의 눈에 핏발이 서 있었다. 그의 손이 내 손에 닿았다, 마치 슬로모션처럼. 안도의 물결이 내 마음을 훑고 지나갔다.

돌을 낚아채는 것을 알아차리기도 전에 쩽그랑 소리가 났다. 돌은 거실을 가로질러 창문을 뚫고 날아갔다.

눈물이 솟구쳤다. 나는 얼얼한 손을 쥐고 RJ가 일어나 문으로 걸어가는 모습을 바라보았다.

"주니어." 엄마가 뛰어나가며 불렀다.

방충문이 쾅 소리를 내며 닫혔다. 창문 너머로 RJ가 트럭을 향해 걸어가는 모습이 보였다. 나는 그를 이해해야만 했다.

나는 문밖으로 달려나가 현관 계단을 내려갔다. "RJ, 기다려요!"

RJ는 트럭 문을 열었다. 내가 진입로에 들어서기도 전에 그의 트럭은 떠났다. 흙길 위로 피어오르는 먼지 구름을 보고 있으니, 진입로 끝에 서서 아버지의 차가 자갈을 흩뿌리며 달려가는 모습을 바라보던 엄마가 생각났다.

❖

5시밖에 안 되었지만 우리 네 사람은 식탁에 앉았다. 오븐에서 스파게티가 구워지고 있는 동안에도 밥은 아직 그의 방에서 낮잠을 자고 있었다. 앤은 그를 깨우지 말자고 했다. 엄마의 얼굴에 안도의 빛이 떠올랐다. 그날 오후는 밥을 포함해 모두가 힘들었다. 낯선이들과 함께해야 하기에 오늘은 식사시간도 쉽지 않을 듯했다. 엄마는 밥의 존엄성을 지켜주고 싶어했다.

우리는 식탁에 앉아 체리 파이를 먹었다. 나는 먹는 척했지만, 접시 위에서 체리만 이리저리 옮기는 식이었다. 도저히 삼킬 수 없을 것 같았다. RJ의 눈에 떠오른 상처와 혐오가 생각나 목이 메었다.

앤도 나처럼 말이 없었다. 엄마는 아이스크림 통을 건네고 파이를 잘라주며 분위기를 바꾸려 애썼다.

포도주병을 따고 웃고 얘기하며 우리 여섯 사람이 함께 저녁식사를 하리라 정말로 기대했던 걸까? 그건 불가능하다는 것을 뒤늦게 깨달았다. 난 얼마나 어리석었던가. RJ와 나는 피를 나눈 남매가 아니다. 그들이 나를 용서할 이유는 없다. 앤이 아직 떠나지 않고 여기 남아 있는 이유를 알 수 없었다. 남동생의 행동에 대해 약간의 미안함을 느끼는 것 같았다. 아니면 엄마가 저녁식사를 준비했다는 걸 알고 엄마에게 연민이 생겼는지도 모른다.

고맙게도, 리디아가 끔찍한 침묵을 깨어주었다. 리디아는 기관지염을 크게 앓았던 얘기, 새미라는 이름의 말 얘기, 가장 친한 친구 사라 얘기를 재잘재잘 늘어놓았다. "사라는 한 손으로 땅을 짚고 재주넘기를 해요. 사라는 체조를 했거든요. 전 앞으로 구르기밖에 못해요. 원한다면 보여드릴게요, 한나 이모."

리디아가 아무것도 모르는 어린애라는 것에 감사하며 나는 미소를 지었다. 내가 자신의 엄마에게 준 그 모든 고통을 리디아가 안다면……. 나는 의자를 뒤로 밀고 일어서서 냅킨을 테이블 위에 내려놓았다.

"물론이지. 구르는 모습 한번 보여줘."

"5분 남았어. 우린 가야 해." 앤이 리디아에게 말했다.

"할아버지에게 작별인사 할래요."

"짧게 해."

나는 부엌에서 나가는 리디아를 뒤따라갔다. 엄마 목소리가 들렸다. "앤, 파이 한 조각 더 줄까? 아님 커피 더 줄까?"

"할아버지에게 친절하구나." 리디아와 함께 천천히 뒤뜰로 향하며 말했다.

"네, 전 할아버지를 두 번밖에 만나지 못했어요. 하지만 전 늘 할아버지가 있었으면 했어요." 리디아가 샌들을 벗었다.

내가 리디아에게서 할아버지를 앗아간 것이다. 그리고 가여운 밥은 손녀를 곁에 두지 못했다. 리디아는 마당을 달려가 앞구르기를 한 후 완벽하게 착지했다. 나는 손뼉을 치며 환호성을 질렀다. 하지만 마음은 다른 곳에 가 있었다. 얼마나 많은 사람들의 삶을 엉망으로 만들었는가 하는 회한만이 가득했다.

"브라보! 2020년 올림픽에 나가도 되겠어."

리디아는 기침을 하며 샌들을 다시 신었다. "정말 고마워요. 댄스팀을 만들 작정이에요. 2년만 있으면 중학생이 돼요. 엄마는 제가 축구를 했으면 하지만 전 축구엔 재능이 없어요."

나는 긴 다리와 봉긋 솟아나려는 가슴을 가진 이 꾸밈없는 영혼을 바라보았다. 있는 그대로 아름다운 아이였다. 우리가 아름다움을 꾸미기 시작하는 때가 정확히 언제일까?

"너다워지렴. 그리고 잘못된 행동은 하지 마. 자, 할아버지에게 작별인사를 하러 가자." 나는 리디아와 팔짱을 꼈다.

밥은 침대에 누워 주황색과 노란색이 섞인 담요를 덮고 있었다. 그의 분홍색 살결은 빛났고 머리카락은 사방으로 뻗쳐서 어린 소년처럼 보였다. 나의 심금이 울렸다. 리디아의 기침 소리가 들리자 밥의 눈이 깜박거렸다.

"죄송해요, 할아버지." 리디아는 침대로 올라가 담요를 들치고 밥의 곁으로 바싹 다가갔다.

밥은 본능적으로 팔을 벌려 리디아를 꼭 껴안았다. 리디아는 작은 몸을 웅크려 밥에게 바싹 안겼다.

나는 리디아에게 밥이 가장 아끼는 나무 퍼즐을 건네며 소름끼치는 그의 볼에 입을 맞췄다. 밥이 나를 올려다봤다. 아주 잠시 그는 나를 알아본 게 분명했다. 하지만 곧 밥의 시선은 나를 지나쳐 퍼즐 조각을 멍하니 바라보았다.

나무비행기를 가리키며 리디아가 말했다. "잘 보세요. 이 조각을 여기 넣으려면 어떻게 해야 하죠?"

내가 몸을 돌려 나가려 할 때 앤이 문 앞에 나타났다. 앤은 방 안을 쏘아보고 있었다. 그녀의 시선이 자신의 딸과 아버지가 함께 누워 있는 침대에 고정되어 있었다.

앤은 굳은 얼굴로 성큼성큼 두 걸음 만에 방을 가로질러 왔다.

"그에게서 물러나!" 앤이 리디아의 팔을 홱 잡아당겼다. "내가 얼마나 많이 얘기했니……."

"앤." 나는 앤의 말을 가로채며 다가갔다. "괜찮아요. 제가 말했잖아요……."

상처와 고통으로 가득한 앤의 얼굴을 본 순간, 나는 말을 이을 수 없었다. 앤이 나에게로 몸을 돌리자 우리의 시선이 마주쳤다. 밥이 당신을 상처 입혔나요? 당신도 성추행당했나요? 나는 그 질문을 입 밖에 낼 수 없었다. 그럴 필요가 없었다. 앤은 내 표정에서 내 질문을 읽고 있었기 때문이다.

방 저편에서, 앤은 고개를 끄덕였다. 아주 미세하게.

42

　나는 손님방 침대에 누워 천장을 응시했다. 모든 게 이해되었다. 남자와의 관계에서 앤이 어려움을 겪는 이유, 내가 등장하기 전부터 앤이 아버지와 거리를 둔 이유. 그녀가 평생 비밀로 해온 일을 그때 내가 사람들 앞에 공표한 것이다. 앤은 누구에게도 자신의 비밀을 알리고 싶어하지 않았다. 그럼 내가 빈 용서는? 앤은 진실을 꿰뚫어보았다.

　맥박이 빨라졌다. 혐오와 설욕이 섞인 이상한 감정이 나를 휘감았다. 그때 나는 틀리지 않았다. 누명을 씌운 것이 아니었다. 오늘 난 무죄를 선고받았다. 뉴올리언스로 돌아가 내 평판을 되돌릴 수 있다! 우여곡절을 겪었지만 이제야 내가 옳았다는 걸 엄마에게 알릴 수 있다! RJ에게 편지를 쓸 수 있다, 아니 포도원으로 당장 달려갈 수도 있다. 내일 아침 일어나자마자! 나는 RJ에게 내가 옳았다고 말하고, 난 그의 아버지의 삶을 파괴한 어린 악마가 아니었다고 말할 수 있다.

하지만 지금 앤은 떠났다. 아무도 내 말을 믿어주지 않으면 어떡하지? 나에겐 아무 증거도 없어. 무죄를 주장하는 나한테 사람들이 되려 파렴치하다고 비난하면 어떡하지?

하지만 앤의 얼굴에서 나는 공포와 고통을 보았다. 미세한 끄덕임으로 전하는 그녀의 메시지를 나는 알아들었다.

나는 베개를 껴안았다. RJ에게, 그리고 나 자신에게 내가 옳았다는 걸 증명할 수만 있다면. 그러나 넘겨짚은 생각으로 내 남은 인생을 허비할 수는 없다.

나는 벌떡 일어났다. 증거가 있다. 그리고 그것이 어디에 있는지 나는 정확하게 알고 있다.

초승달이 호수 표면에 은빛 길을 만들어내고 있었다. 맨발로 젖은 풀을 밟으며 그곳으로 달려갔다. 손전등 불빛이 산토끼처럼 껑충껑충 뛰었다. 보트에 도착하자 몸이 떨렸다. 나는 구명조끼 위로 손전등을 비추고는 낚시도구 상자를 잡아챘다.

작은 열쇠를 자물쇠에 집어넣었다. 자물쇠는 녹이 슬어 열쇠가 들어가지 않았다. 나는 다시 한 번 녹슨 자물쇠에 열쇠를 찔러 넣었다.

"젠장!" 악문 이 사이로 욕설이 튀어나왔다. 손이 아플 때까지 열쇠를 밀어넣었지만 소용없었다.

이마 뒤로 머리카락을 넘기며 고개를 숙였다. 그때, 보트 바닥에서 낡은 드라이버가 눈에 띄었다. 나는 낚시도구 상자를 무릎에 올려놓고 금속 자물쇠 밑으로 드라이버를 집어넣었다. 온 힘을 다해 밀었다.

"열려, 빌어먹을!" 자물쇠를 부수려고 안간힘을 쓰자 손가락에 쥐가 났다. 소용없었다. 자물쇠는 꼼짝하지 않았다.

마치 사람인 것처럼 그 상자를 노려보았다. "넌 뭘 숨기고 있어, 응?" 나는 그것을 걷어찼다. "누드잡지? 아동포르노?" 나는 상자에 대고 소리를 질렀다. 그리고 다시 한 번 시도했다. 놀랍게도 작은 열쇠는 마치 새것처럼 자물쇠 속으로 미끄러져 들어갔다.

뚜껑을 들어올리자 곰팡내와 담배 냄새가 섞인 퀴퀴한 냄새가 훅 올라왔다. 나는 손전등을 들었다. 뭘 발견하게 될지 두려움과 기대가 동시에 밀려왔다. 하지만 위 칸은 비어 있었다. 찌도 미끼도 없었다. 카드 한 상자와 반쯤 빈 말보로 레드 한 갑뿐이었다. 나는 그 축축한 물건들을 집어들었다. 그러자 거기, 낚시도구 상자 밑바닥에 불룩한 비닐 지퍼백이 보였다.

나는 지퍼백 위로 손전등을 비추었다. 심장이 격렬하게 뛰었다. 그건 사진처럼 보이는 것들로 가득 채워져 꽉 닫혀 있었다. 화려한 잡지 사진들. 속이 울렁거렸다. 토할 것 같았다. 나는 포르노라고 확신했다. 자백서나 마찬가지다. 구세주라도 만난 듯 나는 그것을 열기 위해 돌진했다.

손이 지퍼백에 닿으려는 순간 나는 얼어붙었다. 도로시가 뱃머리에 앉아 나에게 외치는 것처럼 그녀의 말이 생생하게 들리는 듯했다. "불확실성 속에서 살아가는 법을 배우렴. 확신이라는 건 바보들의 위안일 뿐이란다."

하늘을 향해 머리를 들었다. "안 돼요!" 나는 흐느끼며 말했다. "난 불확실성에 너무 지쳤어요."

평평한 회색빛 호수를 응시하며 RJ를 떠올렸다. 이 지퍼백이 내 평판을 회복시킬 수 있다. RJ는 이제 진실을 알게 되겠지. 그리고 분명히 나를 용서할 것이다.

하지만 RJ는 영원히 자신의 아버지를 용서할 수 없을 것이다. 그 상처는 결코 사라지지 않을 것이다.

나는 두 손으로 머리를 감쌌다. 피오나가 옳았다. 우리는 두 가지 이유에서 진실을 감출 수 있다. 우리 자신을 보호하기 위해서, 아니면 다른 이들을 보호하기 위해서. 밥은 치매에 걸려 이제 더 이상 누군가를 해치지 못할 것이다. 더 이상 누군가를 그에게서 지켜야 할 필요가 없다. 하지만 그를 사랑하는 사람들, 나는 '그들의 진실'을 지켜줄 필요가 있다.

뚜껑을 쾅 닫았다. 아무도 진실을 알 필요가 없다. RJ도, 엄마도, 나의 옛 팬들도, 전 고용주들도, 심지어 나조차도. 나는 불확실성을 안고 살아가는 법을 배울 것이다.

떨리는 손으로 자물쇠를 다시 잠갔다. 그러고는 마음이 바뀔까 봐 얼른 작은 열쇠를 빼서 온 힘을 다해 호수로 던졌다. 열쇠는 잠깐 달빛이 비치는 호수 표면에 파문을 일으키더니 곧 바닥으로 가라앉았다.

43

그 후 4일 동안, 슬펐다. RJ와의 우정을 잃은 것이 슬펐고, 내가 상상했던 가능성을 전부 잃은 것이 슬펐다. 옆방에 있는 남자에게서 생명의 불꽃이 사그라져가는 것이 슬펐다. 곁에 있는 여자가 위로의 노래를 불러주는 가운데 그는 생명을 유지하려고 사력을 다해 싸우고 있었다. 나는 20년간 엄마를 잃었다는 사실과 내가 영웅으로 여겼던 아빠를 잃은 것이 슬펐다.

때가 되면, 우리는 서로 너무나 다르다는 사실을 받아들일 수 있을 것이다. 우리는 모두 결함 있는 인간들일 뿐이다. 두려움이 가득하고 사랑에 목마른, 확신이라는 위안을 선택한 어리석은 사람들일 뿐이다. 하지만 지금 당장은 너무나 슬펐다.

새벽 4시 30분, 엄마가 나를 깨웠다. "그 사람이 떠났어."

이번에는 엄마의 말을 바로 알아들었다. 밥이 죽었다.

❖

누군가의 장례식에서 그 사람에 관해 얼마나 많은 것을 알게 되는지, 그리고 얼마나 많은 대답 되지 않은 질문들이 함께 묻히는지 나는 놀랐다. 2년 전 아빠의 추도식에서 아빠의 꿈이 조종사였다는 걸 알게 되었다. 이유는 모르지만 아빠가 이루지 못한 꿈이었다. 오늘 난 밥의 묘지 앞에서 알코올중독치료 모임 동료에게서 밥이 힘겹게 살아왔던 이야기를 들었다. 밥이 입양아였다는 사실을 처음 알았다. 그는 열다섯 살에 집에서 뛰쳐나왔고, 어떤 식당 주인이 그를 거둬 부엌일을 하며 다락방에서 살게 하기 전까지 1년을 노숙자로 지냈다. 6년을 식당에서 일한 후 밥은 대학에 진학했다.

입양 가정에서 무슨 일이 있었기에 집에서 뛰쳐나왔을까? 12단계의 회복 프로그램을 하며 밥이 이겨내려 했던 악마는 뭐였을까? 그의 주장처럼 알코올중독이었을까, 아니면 훨씬 더 파괴적인 문제였을까?

목사님이 용서를 비는 마지막 기도를 할 때 나는 엄마의 손을 꼭 잡고 고개를 숙였다. 곁눈질로 엄마의 다른 쪽 옆에 서 있는 RJ의 절제된 옆모습을 보았다. 나는 눈을 감았다. 제발 밥을, 그리고 저를 용서해주세요. 제발 RJ의 마음을 녹여주세요.

목사님이 성호를 그은 후 밥의 관은 땅속으로 내려졌다. 사람들이 한 명씩 떠났다. 한 남자가 엄마 곁으로 다가왔다.

"당신 남편은 좋은 사람이었어요."

"최고였죠. 그는 보상을 받을 거예요." 엄마가 말했다.

도로시가 여기 있었다면 기뻐했을 것이다. 희망이란 밥이 상 받기를 바라는 것이고, 믿음이란 밥이 어떤 모습으로 있게 될지 아는 것이다.

나는 엄마의 어깨를 감싸안은 후, 마지막으로 잠시 엄마 혼자 남아 엄마 인생의 사랑에게 작별을 고할 수 있도록 차를 향해 걸어갔다. 가는 도중 RJ와 마주쳤다.

RJ는 검은색 정장과 흰색 셔츠를 입고 있었다. 아주 잠시, 우리의 시선이 만났다. RJ의 눈에 어린 감정이 무엇인지 알 수 없었다. 일주일 전에 본 모멸은 더 이상 없었다. 낙심이나 갈망에 더 가까운 빛이 새겨져 있었다. '어쩌면 그랬을 수도 있는데'라며 안타까워하고 비통해하는 그의 모습을 상상했다.

누군가가 내 허리를 껴안아 화들짝 놀랐다. 리디아였다. 리디아는 나에게 얼굴을 파묻은 채 어깨를 떨었다.

"헤이, 애야. 괜찮아?" 리디아의 머리에 입을 맞추며 내가 말했다.

리디아는 나를 더 꼭 껴안았다. "제가 할아버지를 죽였어요."

나는 리디아를 떼어냈다. "그게 무슨 말이야?"

서서히 리디아의 엄마가 했던 말이 떠올랐다. "그에게서 물러나!"

나는 쭈그리고 앉아 리디아의 팔을 붙잡았다. "오, 애야, 네가 할아버지를 아프게 한 게 아니야."

리디아는 훌쩍였다. "어떻게 아세요?"

"내가 아프게 했거든." 목이 메었다. "할아버지는 몰래 집을 빠져나가 보트로 갔어. 내가 그분에게 보트를 태워줬기 때문이이야. 사람들이 다음 날 아침 흠뻑 젖어 체온이 떨어진 할아버지를 찾았어.

그때부터 할아버지는 아팠던 거야. 그리고 회복되지 않았어."

나는 신발로 땅을 파서 돌 두 개를 찾아냈다. 그러고는 하나를 리디아에게 준 다음, 손을 꼭 잡고 무덤을 향해 걸어갔다.

"네가 잘못한 일이 있다고 생각이 들 땐, 이 용서의 돌에 대고 속삭여. 이렇게 말이야." 나는 돌을 입 가까이 대고 말했다. "죄송해요, 밥."

리디아의 손에 돌을 쥐여주었을 때 아이의 표정은 회의적으로 보였다. 하지만 어쨌든 돌을 입 가까이 가져갔다. "제가 만약 기관지염을 전염시킨 거라면 죄송해요, 할아버지. 하지만 할아버지의 병은 어쩌면 한나 이모 때문인지도 모르겠어요. 이모가 할아버지에게 보트를 태워줬으니까요."

나는 미소를 지었다. "좋아, 셋을 센 다음 무덤 앞에 돌을 놓는 거야. 우리가 미안해한다는 걸 할아버지가 알 수 있게 말이야. 하나, 둘, 셋."

리디아가 무덤 앞에 돌을 내려놓았다. 내 돌도 그 옆에 놓았다.

"효과가 있었으면 좋겠어요."

"희망은 약한 사람들을 위한 거야. 우리는 믿음을 가져야 해." 리디아의 손을 잡으며 내가 말했다.

좁은 시멘트 길 위에 두 대의 차만 남았다. 엄마의 셰보레와 RJ의 트럭. 30미터 정도 간격을 두고 두 차가 세워져 있었다. 가벼운 안개비가 내리기 시작했다. 엄마와 나는 팔짱을 끼고 체크무늬 우산을 함께 썼다. 우리의 오른편에서는 리디아가 양손을 펼치고 빙빙 돌고 있었다. 비가 오는 것을 모르고 있거나, 아니면 비를 즐기고 있거나 둘 중 하나였다. 옆을 곁눈질했다. RJ가 앤과 함께 걷고 있었다. 대화에 열중한 듯 두 사람의 머리가 맞닿아 있었다. RJ에게 뭔가 말해야 한다. 지금이 그를 볼 수 있는 마지막 시간일지도 모른다.

차 가까이 이르자 엄마가 멈췄다.

"타렴. 안 잠겼어. 난 애들에게 집으로 가자고 말해볼게."

내가 엄마에게 우산을 넘겨주자 엄마는 밥의 자녀들을 향해 터벅터벅 걸어갔다. 엄마가 잘 알지 못하는 두 명의 어른들을 향해. 그들은 집으로 가지 않을 것이다. 나는 알고 있다. 그리고 그건 엄마 때문이 아니라, 나 때문이라는 것도.

잠시 후 엄마가 다시 돌아왔다. 엄마의 어두운 표정이 내 생각이 옳았다는 것을 말해주었다.

진눈깨비를 그대로 맞으며 나는 RJ가 점점 더 멀어져가는 모습을 지켜보았다. 가슴이 무너졌다. 지금이 마지막 기회야. 나는 말해야 해. 하지만 무엇을? 미안해요? 그날 밤 무슨 일이 있었는지 아직도 모르겠어요? 전 불확실성을 안고 살아가는 법을 배우고 있어요, 당신도 할 수 있나요?

그들이 트럭 앞에 도착했다. 리디아가 달려가 뒷좌석에 앉고 앤은 조수석에 올랐다. RJ가 문 손잡이를 잡았다. 하지만 문을 여는 대신, 자신을 지켜보는 내 눈길을 느낀 듯 몸을 돌렸다. 흐릿한 안개비 사이로 그와 나의 시선이 마주쳤다.

가슴이 뛰었다. RJ는 살짝 고개를 숙이며 가볍게 인사했다. 하지만 나에게 그건 결코 가볍지 않았다. 그건 아주 작은 희망의 불씨가 타오르는 것을 의미했다. 나는 잡고 있던 엄마의 팔을 놓고 손을 들었다.

천천히 RJ를 향해 다가갔다. 내가 너무 빨리 움직이면 그가 놀라 달아날까 봐 겁이 났다. 구두굽이 풀에 걸려 넘어질 뻔했다. 마지막 남은 품위의 흔적마저 달아나버렸다. 나는 다시 균형을 잡으며, 이번에는 RJ를 향해 최대한 빨리 걸었다.

내가 RJ의 앞에 섰을 때, 내 머리와 속눈썹에서 빗방울이 뚝뚝 떨어지고 있었다.

"정말 미안해요. 제발 믿어주세요." 거친 숨을 내뱉으며 내가 말했다.

RJ가 손을 뻗어 내 어깨를 잡았다. "믿어요."

그는 트럭 쪽으로 돌아섰다. "몸 조심해요."

다시 한 번, 나는 RJ가 트럭을 타고 떠나가는 모습을 바라보았다.

엄마와 나는 열흘에 걸쳐 밥의 짐을 정리했다. 엄마는 밥의 가운과 플란넬 셔츠 하나, 스웨터 세 벌을 간직했다. 그의 면도용품과 머리빗도 버리지 못했다.

"내 남편은 2주 전에 세상을 떠났지. 하지만 밥은 5년 전에 이미 사라졌어." 엄마가 마분지 상자 덮개에 테이프를 붙이며 말했다.

엄마는 앤과 RJ를 위해 기념이 될 만한 물건들을 챙겼다. "앤에게 보내는 물건은 포장해서 부칠 거야. 하지만 주니어는 가지러 오고 싶어할지도……."

"아니에요, 엄마. 그는 내가 떠나기 전에는 안 오려고 할 거예요."

"그러면 우리 둘이서 포도원에 이걸 가지고 가자. 난 한 번도 안 가봤어. 주니어가 이사했을 무렵에 밥은 이미 치매를 앓고 있었거든."

"그는 날 보려고 하지 않을 거예요."

나를 보기를 거부하는 남자가 나의 본모습을 알고 있는 유일한 남자라는 사실에 마음이 아팠다. RJ는 화장기 없는 나의 민낯과, 다듬지 않은 머리에 찢어진 옷을 입은 꼴사나운 모습을 본 사람이다. 그는 이제 모든 것을 안다고 생각했던 막돼먹은 십대 소녀를 알게 됐다. 그리고 내가 숨기려 했던 나의 추한 면모를 전부 안다. 하지만 피오나가 말하는 동화 같은 버전의 용서와는 달리, RJ는 추악한 사람을 사랑할 수 없다.

3주가 지나자 엄마는 다시 혼자 지낼 수 있을 만큼 마음을 추스른 게 분명했다. 내가 RJ의 소식을 다시 들을 수 없다는 것도 분명했다. 마음이 바뀌기 전, 엄마에게 내 계획을 말했다.

7월 첫 월요일, 나는 차 트렁크에 옷가방을 실었다. 요즘 내가 연락하는 사람들이 거의 없다는 사실이 놀라웠다. 도로시나 제이드와는 매일 연락하지만 직장도, 작별의 입맞춤을 하거나 걱정할 남자 친구나 남편도, 아이도 없었다. 얼마나 쉽게 떠날 수 있는지 깨닫는 것은 자유로운 동시에 두려운 일이었다. 마음속의 아픔도 함께 떠나길 바라며 나는 시동을 켜고 안전벨트를 맸다.

"조심해." 한 번 더 내 볼에 입을 맞추며 엄마가 말했다. "도착하면 전화해."

"정말 저랑 같이 갈 생각은 없어요?"

엄마가 고개를 끄덕였다. "난 이곳이 좋아. 너도 알잖니."

나는 가방에서 다이아몬드-사파이어 목걸이를 꺼내서 엄마에게 건넸다.

"이건 엄마 거예요." 엄마의 손에 목걸이를 놓았다.

엄마는 빛나는 보석을 바라봤다. 알아보는 듯했다. "난……, 난 이걸 가질 수 없어."

"분명 가질 수 있어요. 그걸 감정해봤어요. 그 목걸이의 값어치는 엄마가 가질 자격이 있는 것 중 아주 일부일 뿐이에요."

나는 멀어져가며 엄마가 무거운 마음을 안고 텅 빈 집으로 들어가는 모습을 그려보았다. 엄마는 부엌 조리대 위에 종이들이 있는 것을 보고 내가 잊고 갔다고 생각할 것이다. 그러고는 그 감정서에 적힌 숫자를 보는 순간 엄마가 놀라서 입을 막는 모습을 상상할 수 있었다. 그런 다음 내 편지를 펼칠 것이다. 그러면 내가 엄마의 계좌로 돈을 이체했다는 사실을 알게 되겠지. 이제야 엄마는 20년 전에 받았어야 마땅한 이혼 위자료를 받게 된 것이다.

❖

I-94 도로에 올라 라디오를 켰다. 스피커에서는 화창한 7월의 날씨와 완벽하게 부조화를 이루는 달콤씁쓸한 존 레전드의 발라드가 흘러나왔다. 나는 차창을 열고 RJ가 떠오르는 가슴 아픈 노래 대신 구름 한 점 없는 푸른 하늘에 집중하려 애썼다.

RJ의 가족에게 그토록 엄청난 일을 겪게 하고서도 난 그가 전화하리라고 기대하는 걸까?

나는 눈물을 참으며 라디오 채널을 돌렸다. 테리 그로스가 새로 등단한 소설가와 인터뷰하고 있었다. 나는 자동속도제어장치를 눌러 교통 흐름을 따르면서 타이어와 도로가 만드는 단조로운 흔들림을 느끼며 테리의 부드러운 목소리에 귀를 기울였다.

운전을 시작한 지 얼마나 지났지?

줄리아와 함께 로스앤젤레스에서 뉴올리언스까지 내 낡은 혼다를 운전해 오던 때를 떠올리며 미소를 지었다. 거의 3천 킬로미터를 달린, 3일간의 여행이었다. 아빠가 함께 가지 못했던 이유를 기억해내려 애쓰며 나는 얼굴을 찡그렸다.

"줄리아가 널 데려갈 거야. 줄리아는 할 일이 없잖아." 아빠가 말했다.

그건 사실이었을까? 지금 생각하니 줄리아 입장에서는 아주 무례한 말이었다.

하나로 묶은 금발 머리를 리듬에 맞춰 흔들며 본조비의 노래를 따라 부르던 줄리아를 떠올렸다. 아빠는 줄리아에게 고마워했을까? 살아 생전뿐 아니라 심지어 아빠가 죽고 난 후에도 줄리아가 아빠에게 얼마나 충실했는지 아빠는 알았을까?

줄리아에게 용서의 돌을 보내야겠다. 난 줄리아가 어떤 사람인지 안다. 편지를 숨기는 일이 줄리아를 얼마나 힘들게 했을지 알 수 있다. 난 개의치 않는다고 줄리아에게 말해야 한다. 그리고 나도 역시 아빠를 지키기 위해서라면 무엇이라도(나의 정직까지 포함해서) 했을 거라고 말해야 한다.

시카고의 거리들은 에너지와 여름 열기로 뜨겁게 달아올라 있었다. 매디슨 거리의 낡은 벽돌 건물을 찾았을 때는 오후 4시였다. 나는 엘리베이터를 타고 3층으로 올라가 319호를 찾으며 좁은 복도를 헤맸다. 손간판이 내가 사무실을 제대로 찾았다는 사실을 말해주었다.

'용서의 돌 모임 본부'

유리문으로 들여다보니, 벌집처럼 생긴 큰 방이 보였다. 그리고 피오나는, 여왕벌은, 컴퓨터 화면에 코를 박고 귀에는 전화기를 댄 채 책상 뒤에 앉아 있었다. 나는 문을 열었다.

내가 피오나 앞에 섰을 때에야 그녀는 나를 보았다. 피오나가 고개를 들자, 그녀의 얼굴에 두려움의 전구가 켜졌다. 내가 피오나에게서 덜어주어야 할 부담이 아직도 남아 있었다.

나는 피오나의 책상 위에 돌을 올렸다.

"네게 주는 거야."

피오나는 일어서서 내 곁으로 다가왔다. 우린 어색한 십대 소녀들처럼 서로 마주 보고 서 있었다.

"넌 분명히, 그리고 완전히 용서받았어. 이번에는 진심이야."

"하지만 난 네 삶을 파괴했잖아."

절반은 물음이고 절반은 사실이었다.

"나의 옛 삶을. 어쩌면 그래서 잘된 건지도 몰라."

나는 뒤로 물러서서 사무실을 둘러보았다.

"도와줄 사람 필요하지 않아?"

44

스리터빌에 한 달간 아파트를 빌렸지만 그곳에 머무는 시간은 거의 없었다. 지난 4주 동안 나는 눈을 뜨고 있는 시간 거의 대부분을 피오나와 24명의 자원봉사자들과 함께 본부에서 보내거나, 허가를 받기 위해 시카고 시청을 방문하거나, 판매자들을 만나거나, 밀레니엄 공원 관련 공무원들을 만나며 보냈다. 밤이면 우리는 피오나의 아파트에 모여 피자와 맥주를 마시기도 하고, 해피아워(하루 중 고객이 붐비지 않은 시간대 – 옮긴이)에 맞춰 유명 맛집 '퍼플피그'에 가기도 했다.

'스위트워터 타번'에 갔을 때 피오나가 요즘 가장 좋아하는 '그랜트파크 피즈' 음료를 나를 위해 주문했다.

"이건 진, 생강시럽, 라임, 탄산수, 오이를 섞어서 만든 맛있는 음료야. 천천히 마셔봐."

"오, 세상에. 최근 몇 달 동안 마신 것 중 최고야." 음료를 마시며 내가 말했다.

피오나가 미소를 지으며 내 어깨에 팔을 둘렀다. "너도 깨달았니? 우린 진짜 친구가 돼가고 있어."

"그래, 음, 이번엔 기회를 날리지 마." 피오나의 잔에 건배하며 내가 말했다.

"새로운 소식 있어?"

피오나는 내가 돌려받기를 기대하고 있는 마지막 두 개의 돌 이야기를 하고 있었다.

"그 사람에게서 소식은 없어. 하지만 RJ의 누나, 앤은 나에게 돌을 돌려주었어."

"네가 의심하는 대로……."

"으음, 앤의 편지는 짧고 애매했어. '당신의 돌을 동봉한다. 사과를 받아들이겠다. 그건 오래전에 딱 한 번 있었던 일이다. 우리 이제는 그냥 내버려두자.' 뭐 이런 식이었어."

"그러면 앤도 성추행을 당한 거구나! 딱 한 번. 당한 것이 사실이었네."

"아마도. 아니면 앤이 딱 한 번이라고 한 건 내 경우를 말하는 것일 수도 있어."

피오나는 한숨을 쉬었다. "오, 맙소사! 앤이 실제로 너한테 말한 건 아무것도 없구나. 그녀에게 직접 물어보는 게……."

나는 손을 들었다. "앤은 충분히 얘기했고, 날 용서했어. 그리고 그녀가 옳아. 이제는 내버려둘 때야."

새벽부터 내리기 시작한 비는 11시가 되어서야 그쳤다. 우리는 모두 오늘 '용서의 돌' 첫 번째 연례행사에서 전설 같은 이야기가 나오길 기대하고 있었다. 새벽 6시였다. 폭우가 내리는 가운데 우리는 본부에 모여 티셔츠와 장비가 든 상자를 밴에 쌓아올리고 있었다.

"저 상자 좀 건네줄래. 저 밴에 하나 더 실을 수 있을 것 같아." 엄마가 귀여운 20대 자원봉사자 브랜든에게 말했다.

"네, 어머니."

목요일에 엄마가 온 후, 피오나와 자원봉사자들은 우리 엄마를 '어머니'라고 불렀다. 그때마다 엄마는 미소를 지었다. 오랫동안 못 들었던 그 한 단어가 엄마의 귀에는 심포니처럼 들리는 것 같았다.

행사가 공식적으로 막을 올리기 한 시간 전인 9시가 되자 구름이 조금씩 걷히기 시작했다. '저에게 돌을 주세요.' '고백에 대한 집착' '돌을 주고 속죄하기'라는 문구가 적힌 티셔츠를 입은 사람들이 서성대고 있었다. 하지만 내 셔츠에는 단지 '돌을 받음'이라고만 적혀 있었다. 나는 용서받았거나 속죄한 척할 수 없었다. 그것이 가능한지조차 확신하지 못했다. 피오나가 말했듯이 사랑이나 삶과 같은 단어처럼 용서라는 단어도 이해하기 어려운 말이다.

나는 여러 주 동안 기대하고 있었던 이날의 축하행사로 주의를 돌렸다. 나는 마음 한구석에 RJ가 오늘 오리라는 환상을 품고 있었다. 하지만 그 생각을 멀리 밀어냈다. 오래전 아빠는 나에게 기대를 품지 말라고 가르쳤다.

피오나와 나는 이 테이블에서 저 테이블로, 이 노점에서 저 노점으로 종종걸음 치며 준비 상황을 체크했다. 우려와 달리 모든 일이 저절로 굴러가고 있었다. 엄마는 지역 빵집에서 제공한 빵을 확인하며 바쁘게 움직였다.

"파이 한 조각에 6달러래. 상상이 되니? 난 직업을 잘못 고른 것 같아."

11시가 되자 도로시와 그녀의 친구들이 모두 모습을 드러냈다. 도로시는 마릴린과 패트릭 사이에 서서 그들과 팔짱을 끼고 있었다. 나는 엄마의 손을 잡고 그들을 향해 뛰어갔다.

"안녕하세요, 여러분! 우리 엄마를 소개할게요. 엄마, 이분들은 내 소중한 친구 도로시, 마릴린, 패트릭 씨야."

"패디." 패트릭이 정정했다.

도로시가 손을 내밀었다. "아름다운 따님을 두셨어요."

"그렇죠? 그런데 실례가 되지 않는다면…… 지금 제가 티셔츠를 팔러 가야 해서요."

우리는 손을 흔들며 엄마를 보냈다. 마릴린이 나를 바라봤다. "오, 한나. 이 일을 가능하게 해줘서 고마워."

"아니에요, 이 일을 가능하게 한 건 도로시예요. 난 이 돌을 가지고 지름길로 가려고 했지만 도로시가 막았죠."

그들 뒤로 잭이 보였다. 그는 임신한 티가 역력한 예쁜 갈색 머리 여자를 팔로 감싸안고 있었다. "한나, 내 아내 홀리야."

잠시 날카로운 질투가 훑고 지나갔다. 결혼해서 임신할 수 있다면 나 또한 어떤 대가도 마다하지 않았을 텐데. 하지만 내가 잭을

452

진정으로 용서할 수 있었을까? 많이 부드러워지고 새로워진 지금의 나는 잭의 배신을 용서할 수 있으리라고 생각하고 싶다. 하지만 사실, 잭이 옳다. 잭은 내 안에 있는 강철을 녹일 만한 사람이 아니다.

내가 홀리의 손을 잡았다. "당신을 만나서 정말 기뻐요, 홀리. 결혼도, 아기도 축하해요."

홀리는 흠모하는 눈길로 자신의 남편을 쳐다보았다. "전 운이 좋은 여자예요." 그녀가 다시 나를 바라봤다. "저, 당신 덕분에 어머님의 용서들이 이루어졌다고 들었어요."

나에게서 도로시에게로, 그리고 마릴린에게로, 또 잭에게로 이어진 용서의 순환을 생각하며 미소를 지었다. "글쎄요, 그건 사실 당신의 시어머니, 도로시 덕분이에요."

잭이 고개를 저었다. "엄마 말하고 다른데." 잭은 한 팔로 짧은 은발 신사의 어깨를 감싸안았다. "한나, 우리 아버지 기억하지, 스티븐 루소."

"물론이지." 나는 도로시의 전남편 손을 잡았다. 유방절제수술 이후 도로시를 떠난 남자. 지금 전남편을 만난 도로시의 기분이 어떨지 궁금했다.

"우리 아버지가 내가 보낸 돌을 돌려줬다는 말을 할 수 있어서 행복해. 난 한때 내 행복이 아버지의 행복보다 더 중요하다고 생각했던 이기적인 아들이었어. 믿기 힘들겠지만 정말 그랬어."

잭이 활짝 웃었다. 내가 그에게서 빼앗아갔다고 생각한 바로 그 한쪽으로 비스듬하게 짓는 웃음이었다.

"그리고 난 내 돌을 도로시에게 보냈어. 난 자상한 남편이 아니었어." 루소 씨가 말하며 자신의 전부인을 바라보았다.

나는 도로시의 표정을 유심히 살폈다. 도로시는 고개를 빳빳이 들고 있었다. 하지만 웃음기 없는 그녀의 얼굴엔 그동안 잃어버렸던 평화가 깃들어 있었다.

"의미 없는 말이야." 도로시가 말하며 재빨리 내 쪽으로 고개를 돌렸다. "우린 스티븐 윌리스를 오늘 여기서 만났어. 뉴욕에 사는 나의 옛 제자 말이야. 기억하지, 한나?

"네. 잃어버린 워크맨을 되찾으려는 당신의 뛰어난 책략을 어떻게 잊겠어요?" 나는 도로시의 손을 두드렸다. "다들 좋은 시간 보내세요. 나중에 다시 올게요. 전 크라운 분수대에서 제이드를 만나기로 해서 잠시 갔다 올게요."

좁은 시멘트 보도를 10미터쯤 걸었을 때, 누가 내 이름을 불렀다. "한나!"

고개를 돌리자 빠른 걸음으로 다가오는 잭의 모습이 보였다.

"헤이, 엄마가 미시건에서 있었던 일을 얘기해줬어. 포도원 주인이 널 용서하지 않았다며? 엄마는 당신이 그 남자를 정말로 사랑한다고 말했어."

마음이 갈기갈기 찢어졌다. 어디론가 사라지고 싶었다. 얼굴이 달아오르는 것이 느껴졌다.

"사랑? 에이, 난 그를 잘 알지도 못해."

잭의 표정이 부드러워졌다. "괜찮아, 한나. 솔직해도 돼."

눈물이 났다. 나는 눈을 깜박이며 눈물을 참았다. "말도 안 돼." 웃음이 얼어붙었다. 나는 얼굴을 돌렸다. "미안해."

"내가 상관할 일은 아니지만, 기회를 놓치지 마, 한나. 네가 그를 사랑한다면, 그를 얻기 위해 싸워."

잭은 내 어깨를 꼭 잡은 후, 몸을 돌려 사라졌다.

RJ 생각이 밀려오기 시작했다. 그의 접근을 막기 위해 고용한 경비요원이 일을 마치고 이제 막 가버린 것 같았다. RJ는 어떻게 지내고 있을까? 내 생각을 한 적이 있을까? '당신은 당신이 사랑하는 사람을 결코 포기하지 않아.' 난 RJ를 포기한 걸까? 아니다. 난 노력했다. RJ가 나를 포기한 것이다.

제이드가 아버지의 휠체어를 잡고 서 있었다. 둘은 분수를 바라보며 즐거워하고 있었다. 제이드는 디지털 프로젝터가 거대한 물화면 위로 만든 십대 소년의 얼굴을 손가락으로 가리키고 있었다. 작은 폭포가 소년의 입에서 쏟아져내렸다. 제이드의 아버지는 웃고 있었다.

"한나벨." 나를 보자 제이드가 외쳤다.

나는 제이드의 어깨에 팔을 두른 후, 곧 몸을 숙여 제이드의 아버지를 안았다. "기분이 어떠세요, 아버지?"

그의 눈 밑에는 다크서클이 내려앉아 있었고 몸은 아주 야위었다. 하지만 미소 짓고 있었고 나를 안는 팔힘은 셌다.

"몇 달 전보다는 나아졌어."

"아빠와 삼촌들은 이번 주에 즐거운 시간을 보내셨어, 그렇죠, 아빠?"

제이드의 아버지가 분수를 즐기고 있는 동안, 나는 제이드를 옆으로 데려갔다. "아버지는 어떠셔? 너는 어떻고?"

제이드는 미소 지었지만 눈빛은 무거웠다. "많이 지치셨어. 하지만 행복해하고 계셔. 이제 몇 달이 아니라 몇 주밖에 안 남은 것 같아. 아빠를 떠나보내고 싶지 않아. 하지만 적어도 난 아빠가 날 자랑스러워한다는 걸 알게 됐어."

"네 정직한 일탈까지 전부 자랑스러워하시지." 나는 제이드의 팔을 꼭 잡았다. "집은 어때?"

"지난주에 마르쿠스가 장미꽃을 가져왔어. 셀 수 없을 만큼 많은 것들에 대해 미안하다고 말했어. 한 번만 더 기회를 준다면 완벽한 남편이 되겠노라고 맹세하더군."

나의 냉철함이 전부 되돌아왔다. 나는 숨을 들이쉬고 판단하지 말자고 다시 되뇌었다.

"좋아. 달콤한 이야기네. 그래서 넌 뭐라고 했어?"

제이드가 손등으로 내 어깨를 쳤다. "그렇게 억지로 말하지 마, 한나. 내가 뭐라고 했을 것 같아? 꺼지라고 했어. 당신이 돌아올 수 있는 길은 없다고 했지. 나한테 원 스트라이크는 아웃이야."

나는 큰 소리로 웃으며 그녀의 손을 잡고 빙빙 돌렸다. "잘했어! 때로 '미안하다'는 말로는 해결하지 못하는 경우가 있지."

나는 시계를 들여다봤다. 정오가 다 됐다. 밴드가 퍼렐 윌리엄스의 〈해피〉를 연주하는 소리가 프리츠커 파빌리온 쪽에서 들려왔다.

"그 사람도 여기 왔어?" 제이드가 물었다.

그녀는 RJ의 이야기를 하고 있었다. 제이드도 나처럼 어쩌면, 혹시 어쩌면 그가 올지도 모른다고 생각했나 보다.

"아니. RJ는 안 올 거야." 그 순간 나는 확신했다. 그리고 낡은 어두운 망토가 나를 다시 덮치려고 위협하기 전 불쑥, 결정을 내렸다.

"RJ는 오지 않을 거야. ……그래서 내가 가려고 해. 미시건으로, RJ의 포도원으로."

제이드가 소리를 질렀다. "가! 여기서 떠나!"

달려가는 내 등 뒤에 대고 제이드가 외쳤다. "골치 썩어!"

내가 떠난다는 말을 하자 엄마는 손으로 입을 막았다. "애, 그게 좋은 생각일까? 주니어는 네가 여기 있다는 걸 알아. 지난주 그 애에게 밥의 유품을 전해주러 갔을 때 이 행사 이야기를 했거든."

나는 풀이 죽었다. 엄마는 내가 다시 굴욕을 당할까 봐 걱정하고 있었다. RJ가 나를 절대 용서하지 않으리라는 것을 엄마는 알고 있다. 나는 엄마의 눈을 들여다봤다. 자신의 뜻대로 살기보다 누군가에게 좌우되는 삶을 산 여인이 거기 있었다. 엄마가 스스로 원하는 결정을 한 것은 단 하나, 미시건을 떠나지 않기로, 밥을 선택하기로 한 것이었다. 그것이 좋은 결정이었는지, 아니면 나쁜 결정이었는지는 솔직히 모르겠다.

"엄마도 함께 가실래요?"

엄마는 몰려든 사람들을 둘러봤다. 엄마의 마음을 알 것 같았다. 엄마가 하버코브를 벗어나 누군가를 돌볼 책임 없이 자유롭게 다니게 된 건 실로 오랜만의 일이었다. "네가 원한다면."

"아니면 아파트에 머물다가 원래 계획대로 수요일에 기차를 타고 오셔도 돼요."

엄마의 얼굴이 밝아졌다. "괜찮겠니?"

"물론이죠. 오늘 밤에 전화할게요. 일이 잘 풀리지 않으면 내일 다시 돌아올게요."

내가 떠나기 전 엄마는 나를 껴안고 내 머리를 쓰다듬으며 말했다. "행운을 빈다, 얘야. 난 너 대신 여기 있는 거야. 알지?"

나는 고개를 끄덕였다. 옛날 시카고에서의 엄마와 딸 관계에서 우리는 많이 진전했다. 분노와 판단, 확신의 필요가 전부 사라졌다. 하지만 우리 관계가 완벽한 건 아니다. 내가 꿈꾸던 모녀관계는 그저 꿈일 뿐인 게 분명했다. 우리는 정치나 철학, 책이나 예술을 주제로 길게 토론하지는 못할 것이다. 우리는 포도주와 식당과 영화를 향한 사랑을 함께 나눌 수는 없을 것이다, 엄마는 인생을 바꾸는 조언이나 주옥같은 지혜의 말에서 뭔가 배울 수 있는 영리하고 요령 있는 여자는 아니다.

하지만 그 대신, 엄마는 훨씬 더 나은 무언가를 줄 수 있다. 엄마는 부서지기 쉬운 내 마음이 편히 내려앉을 수 있는 부드러운 장소를 제공하는 사람이다.

45

4시가 막 지날 즈음 포도원에 도착했다. 멀리 과수원에서 들리는 쩍쩍거리는 참새 소리를 제외하면, 그곳에는 정적만 흐르고 있었다. RJ의 트럭을 찾아 주위를 둘러보았지만 보이지 않았다. 주차장을 가로질러 서둘러 출입구로 가 보니 그곳엔 '닫힘'이라고 쓰인 표지판만 걸려 있었다. 저절로 낮은 신음이 새어나왔다.

제기랄! 문을 두드리며 머리 위 창문을 보았다. 하지만 창엔 커튼이 드리워져 있었다. 그곳도 다른 곳과 마찬가지로 정적이 흘렀다.

나는 테라스 벤치 위에 털썩 주저앉았다. 너무 늦었다. 오지 말았어야 했다. 나는 자격이 없다. RJ 같은 사람이 날 사랑한다고 생각하다니 정신이 나간 게 틀림없다.

떠나. 이제 그냥 가. 더 이상 너 자신을 웃음거리로 만들지 마.

안 된다. 이번만큼은 포기하지 않을 것이다. 난 RJ를 얻기 위해 싸울 것이다. 실패할지 모르지만, 운에만 맡기지 않을 것이다.

나는 5분에 한 번씩 시계를 들여다보며 건물 뒤를 거닐었다.

어서, RJ! 난 당신을 만나야만 해요.

언덕에 주차된 트랙터 옆을 지나갔다. 뒤로 작은 나무 헛간이 하나 있었다. 헛간 처마 아래, 여러 가지 도구들이 놓인 작업대가 있었다. 나는 작업대를 만지작거렸다. 망치와 펜치와 드라이버를 집어들었다. 손잡이 하나하나마다 RW라는 이니셜이 새겨져 있었다. 로버트 월리스. 밥의 목공도구였다. 엄마가 RJ에게 전해준 것이리라.

뭔가 단단한 것이 내 발에 닿았다. 물러서서 눈을 가늘게 뜨고 바라보았다. 작업대 아래, 상자 하나가 처박혀 있었다. 아니야. 그럴 리 없어.

천천히 쪼그리고 앉아 작업대 밑을 자세히 들여다보았다. 나는 헉 하고 숨을 들이쉬며 목을 와락 움켜잡았다. 밥의 빨간색 낚시도구 상자였다.

주위를 둘러보았다. 아무도 보이지 않았다. 나는 나를 삼키려는 소용돌이 물결을 거슬러가기라도 할 듯이 주의 깊게 몸을 움직였다. 다시 한 번 확실성을 잡기 위해.

심장이 요동쳤다. 이 상자가 다시 등장한 건 계시일까? 안에 무엇이 들었는지 봐야 할까?

낡고 녹슨 상자를 두 손으로 끄집어냈다. 텅 빈 듯 무게가 느껴지지 않았다. 그 순간 이걸 차 트렁크에 싣고 가 쓰레기통에 던지기로 결심했다. RJ가 이 속에 든 사진 뭉치를 발견하지 못하도록.

그 금속상자가 밝은 빛 아래로 나온 순간, 나는 보았다. 숨을 제대로 쉴 수 없었다. 입을 크게 벌린 악어처럼, 상자 뚜껑은 열려 있었다. 나는 그걸 내려다보았다.

그 안에 든 건 쇠톱으로 잘려진 녹슨 자물쇠 하나뿐이었다. 누군가가(의심의 여지 없이 RJ가) 결국 수수께끼를 푼 것이다.

과수원에 어둠이 내려앉자 낮의 온기도 함께 사라졌다. 차에서 스웨터를 찾아 몸에 두르고는 야외 테이블로 갔다. 나는 팔로 몸을 감싸고 테이블 위에 엎드렸다. 어스름에 덮여 잘 보이지 않는 체리나무숲 저 너머 멀리에서 반짝이는 불빛들을 바라보다 스르르 잠이 들었다.

누군가가 내 어깨를 두드려 화들짝 놀라 잠이 깼다. 주위는 칠흑같이 어두웠다. 눈을 깜박이자 마침내 눈이 어둠에 적응했다. 그의 얼굴이 보였다.

"RJ!"

갑자기 당황스러워 벌떡 몸을 일으켰다. RJ의 집 뜰에서 자고 있다니 날 미쳤다고 생각할 게 분명했다. 아니 한 술 더 떠, 정신이 이상한 스토커라고 생각할지도 모른다.

내 본능은 온통 도망치라고 외치고 있었다. 이 남자는 날 보고 싶어하지 않는다. RJ는 날 용서하지 않을 것이다. 난 무슨 생각으로 온 거지? 하지만 도망칠 수 없었다. 그러지 않을 것이다. 나는 너무 멀리 왔고, 너무 많은 것을 잃었다.

RJ가 내 옆에 앉았다. 그의 다리가 내 한쪽 다리에 닿았고, 우리는 어깨를 마주한 채 얼굴이 닿을 듯 가까이 있었다.

나는 뛰는 가슴을 진정시키기 위해 한 손을 가슴에 얹고는 힘겹게 RJ의 눈을 들여다보았다.

"제발, 이것을 느껴주세요." 떨리는 손으로 RJ의 손을 요동치는 내 심장 위로 가져갔다. "이게 나예요. 당신을 두려워하는."

RJ가 손을 치우려 했지만 나는 RJ의 손등을 힘주어 눌렀다.

"당신에게 이렇게 부탁할게요. 제발 날 용서해주세요."

눈을 감았다. "지금 당신에겐 이 부서진 마음을 짓이길 수도, 낮게 할 수도 있는 힘이 있어요. 그래서 난 지금 죽도록 두려워요."

나는 그의 손을 풀어 옆으로 내려놓았다. RJ는 입을 꽉 다물고 나를 응시했다. 나는 시선을 돌렸다. 어디론가 사라지고 싶었다. 이제 그만하자. 다 끝났어. 내 마음을 다 보여줬는데도 그는 여전히 침묵을 지키고 있다. 눈물을 흘리며 일어섰다. RJ에게 눈물을 들키기 전에 이곳에서 나가야 한다.

RJ가 내 손목을 잡고 나를 다시 앉혔다. 숨이 멎는 듯했다. 나는 그를 향해 몸을 돌렸다. RJ의 시선은 부드러웠다. 그는 미소를 지으며 손을 뻗어 내 볼을 감쌌다.

"난 시카고로 갔다가 이곳으로 다시 오느라 내내 길 위에 있었어요. 당신에겐 이게 최선이었어요?"

나는 입을 막았다. "당신이 시카고에 갔다고요? 오늘? 날 만나러?"

RJ가 고개를 끄덕였다. "내가 아는 어떤 아가씨가 말해줬어요. '당신이 누군가를 사랑한다면, 당신은 결코 그를 포기하지 않는다.'"

"내가 이곳에 온 게 바로 그 이유예요."

RJ가 두 손으로 내 얼굴을 감싸고 몸을 숙였다. 부드러운 그의 입술이 내 입술에 닿았다. 나는 눈을 감았다. 이 순간이 내가 바라던 전부다. 아니, 내가 그리리라 믿었던 전부다.

나는 주머니에서 돌을 꺼냈다. 매끈하고 부드러웠다. 그 여러 달을 지내며 나는 그것을 위안으로 오해할 뻔했다. 하지만 아니었다. 그건 짐이었다.

"난 엄마 집에서 이걸 당신에게 주려고 했어요. 당신에게 다시 물을게요, RJ. 날 용서해주겠어요?"

RJ가 나에게서 돌을 받았다. "그래요. 난 당신을 용서해요." 그는 나를 뚫어지게 바라보며 내 얼굴을 감쌌다. "당신은 좋은 사람이에요, 한나. 정말 좋은 사람이에요. 고마워요."

목이 메어 아무 말도 할 수 없었다. 눈을 감았다. 내 평생 듣기 원했던, 누구나 듣고 싶어하는, 이 단순한 확인의 말. "고마워요."

RJ가 내 손에 돌을 돌려주었다. "너무 오래 걸려서 미안해요. 자기 자신을 용서할 수 없을 때, 다른 사람을 용서하는 것은 정말 힘들어요."

나는 RJ가 낚시도구 상자에서 찾아낸 것에 관해 이야기를 꺼낼 거라 생각하며 숨을 멈췄다.

"내가 잭과 이지를 보살피는 진짜 이유를 아직 당신에게 말하지 않았어요."

나는 눈을 깜박였다. "당신 아이들이군요." 어떤 판단도 하지 않고 내가 말했다.

RJ가 입술을 깨물었다. "아니에요. 그 아이들의 아버지, 러스는 내 밑에서 일했어요. 술을 마시고 출근하는 일이 너무 많이 반복되었죠. 난 적어도 열두 번은 경고했지만 고쳐지지 않았고, 결국 그를 해고하고 말았어요. 러스는 한 번만 더 기회를 달라고 애걸했지만 난 거절했어요."

"당연한 일이에요."

RJ는 손바닥 위에 놓인 돌을 만지작거렸다. "그래요, 음. 하지만 반드시 그래야만 했던 건 아니었죠. 러스는 집으로 돌아가는 길에 잭 다니엘스 위스키 한 병을 샀어요. 그리고 부엌 바닥에서 잠이 들어서 다시는 깨어나지 못했죠."

나는 눈을 감았다. "오, RJ."

"러스는 도움이 필요한 사람이었어요. 그런데 난 그에게 등을 돌렸어요."

RJ의 손을 꼭 잡았다. "지나간 일이에요. 당신 스스로를 용서하세요. 내 관점으로는 그것만이 우리가 선택할 수 있는 유일한 것이에요."

우리는 손을 맞잡고 잠시 말없이 앉아 있었다. RJ가 일어섰다. "이리 와요. 당신에게 보여줄 게 있어요." 그가 나를 잡아끌며 말했다.

RJ는 손전등을 들고 주차장을 지나 좁은 자갈길로 나를 이끌었다. 그가 낚시도구 상자 이야기를 꺼내지 않고 헛간을 그냥 지나치자 나는 안도했다.

RJ는 내 손을 잡고 어두운 과수원을 걸으며 오늘 행사에서 엄마를 어떻게 찾았는지 얘기해주었다. "수전이 당신이 떠났다는 말을 하자 난 믿을 수 없었어요. 돌아가야겠다고 수전에게 얘기하며 당신에게 전화하지 말아달라고 당부했어요. 당신을 놀래켜주고 싶었어요. 집으로 오는 내내 시속 120킬로미터로 달렸어요. 내가 도착했을 때 당신이 떠나고 없을까 봐 너무 두려웠거든요."

"난 떠나지 않았을 거예요. 영원히 기다렸을 거예요."

RJ가 내 손을 들어올려 입을 맞추었다.

"난 당신이 토요일에 포도원을 닫았다는 사실이 아직도 믿기지 않아요. 이곳에서 여름 주말이 얼마나 중요한지 아니까요."

"믿거나 말거나, 일이 착착 진행되고 있어서 조만간 최고의 해가 될 거예요. 하지만 그게 전부는 아니죠." RJ가 나를 보며 활짝 웃었다. "이제, 만약 훌륭한 제빵사를 구한다면, 나는 틀림없이 성공할 거예요. 혹시 아는 사람 있어요?"

"사실, 있어요. 근데 그녀는 세트로 올 거예요. 모녀 이인조로요."

RJ가 내 손을 꼭 잡았다. "그래요? 당신은 고용되었어요. 두 사람 모두."

우리는 150미터 정도 더 걸어가 엄청나게 커다란 단풍나무 아래서 멈췄다.

"전부 당신 거예요." RJ가 나무둥치를 두드리며 올려다보면서 말했다. "우린 당신을 기다리고 있었어요."

3미터 높이, 반짝이는 이파리와 가지에 둘러싸인 나무집이 있었다.

눈물로 흐려진 눈으로 RJ를 바라보았다. "당신 말은…… 이게 내 거라고요?"

RJ가 고개를 끄덕였다.

나는 RJ를 와락 끌어안고 그의 입술과, 뺨, 이마에 입을 맞췄다. 그는 웃으며 나를 안고 빙빙 돌렸다. 다시 땅에 내려서서 나는 사다리를 잡았다.

"오, 안 돼요. 가면 안 돼요. 비밀번호를 모르면 못 들어가요." RJ가 나를 막아서며 말했다.

나는 고개를 갸우뚱 기울였다. "좋아요. 비밀번호가 뭐죠?"

"당신이 알잖아요. 당신이 나에게 말한 것. 기억해봐요."

나는 그날 저녁식사 자리에서 나무집을 갖고 싶다고 말한 일을 떠올리며 미소를 지었다. 그때 그가 비밀번호를 묻자, 나는 불쑥 고백했다. '난 남자친구가 있어요, RJ.'

RJ가 눈을 반짝였다. "자, 당신은 기억하고 있어요."

나는 머뭇거리며 말했다. "난…… 남자친구가…… 있어요?"

RJ가 활짝 웃었다. "맞아요. 그리고 다음 말은?"

1초가량 생각한 후 말했다. "RJ?"

그가 고개를 끄덕였다. "한 문장이 아니라 두 문장이에요."

갈라지는 목소리로 비밀번호를 반복했다. "나는 남자친구가 있어요. RJ."

"어떻게 들려요?" RJ가 속삭였다.

"완벽해요."

❖

다음 날 아침 우리는 안개 긴 만을 따라 산책했다. 난 머리를 하나로 묶고, RJ의 강한 비누 덕분에 발그스름해진 얼굴을 하고 있었다. 그의 낡은 셔츠와 어제 입고 온 바지 차림으로, RJ는 내 어깨에 팔을 두르고 편안한 침묵 속에서 함께 걸었다.

나는 어젯밤 그에게 낚시도구 상자에 관해 묻지 않았다. 앞으로도 결코 묻지 않을 것이다. 내 생각엔, 9주 전 엄마 집 거실에서 내가 고백한 후, 두 가지 일 중 하나가 일어났던 것 같다. RJ 역시 내가 밥에게 제기한 혐의가 틀리지 않았다는 것을 알게 됐거나, 아니면 나를 용서하게 됐거나. 둘 중 무엇인지 알 필요는 없었다.

우리는 호숫가에 이르자 걸음을 멈췄다. RJ는 주머니에서 돌 두 개를 꺼냈다. 하나는 그의 왼손에 그대로 두고 나머지 하나를 내 손에 올렸다. 그 돌은 내가 용서받았다는 것을 말해주었다. RJ는 나를 바라봤다. 그리고 우리는 함께 돌을, 그것이 상징하는 마음의 짐을 호수를 향해 힘껏 던졌다. 우리는 손을 마주 잡고 돌이 가라앉으며 일으키는 파문을 바라보았다. 두 개의 파문이 하나로 합쳐지며 영원히 사라졌다. RJ와 나를 제외하고는 아무도 그 돌들이, 그리고 그것이 일으킨 파문이 존재했다는 사실을 모를 것이다.

| 감사의 말 |

토머스 굿윈이 얘기했죠. "기도로 얻어지고, 수많은 감사로 닳아진 축복이야말로 가장 달콤하다." 날마다 감사를 드리지만, 여전히 부족한 기분입니다. 소설책을 낸다는 건 꿈이었습니다. 심지어 두 번째 소설책을 출판한다는 건 정말이지 상상 속에서나 가능한 일이었지요. 열정과 신념, 그리고 기막히게 훌륭한 저의 매니저 제니 벤트가 없었더라면, 아직 이 책을 완성하지 못했을 것입니다.

제니와 더불어, 클레어 페라로가 이끈 환상적인 출판팀, 그리고 비범한 편집자 데니스 로이와 함께 작업할 수 있어서 정말 즐거웠습니다. 데니스, 당신의 예리한 시선과 통찰, 언제나 달려와 도움을 주신 것, 그리고 긴급함과 평정을 동시에 만들어낼 수 있는 당신의 무시무시한 능력에는 아무리 고마움을 표해도 부족할 것 같습니다. 애쉴리 맥컬레이, 코트니 노빌, 레이철 브레슬러, 존 파간, 매슈 도

468

나, 그리고 펭귄/플룸의 전 영업직원들에게 마음을 다해 감사와 존경을 표합니다. 그리고 보이지 않는 곳에서 묵묵히 도와주신 나의 보배 빅토리아 로즈를 잊을 수 없습니다. 당신의 많은 모자들은 하나같이 참 아름다웠습니다.

나의 멋진 남편 빌에게 깊은 사랑과 감사를 표합니다. 부족한 작가인 나로서는 당신이 나에게 어떤 의미인지 글로 다 표현할 수가 없습니다. 언제나 나를 가장 응원하고 사랑하는 나의 부모님, 좋은 이모들, 사촌들, 의붓 자식들, 자매들, 특히 거의 모든 출판 행사마다 친구들을 데리고 찾아와준 내 여동생 나탈리 키퍼에게 감사의 말을 전합니다.

재능 많은 나의 시동생이자 NOLA 컨설턴트인 데이비드 스필먼에게 특별한 감사를 표합니다. 우리가 주고받은 전화와 이메일, 맞춤형 지도들은 이루 말할 수 없이 유용했습니다. 전문지식을 친절하게 알려주신 사랑스러운 언론인 셰리 존스, 레베카 레니에, 켈시 키퍼에게도 감사의 인사를 전합니다. 내 사랑하는 친구들과 잃어버린 워크맨(사실은 휴대폰)을 되찾을 기막힌 책략을 들려주며 이 책에 사용할 수 있도록 허락해준 동료 교사 지나 블루멜린에게 찬사를 보냅니다. 그리고 저를 저의 첫 번째 북클럽에 초대해주고 흰색 카펫에 관한 이야기를 들려준 사라 윌리엄스 크로웰에게 감사의 말을 전합니다. 그 이야기를 내 책에 쓰게 해준 당신의 아름다운 마음과 당신 부모님 돈과 낸시 윌리엄스에게 또한 찬사를 보냅니다.

나의 훌륭한 친구들이 나에게 보여준 친절과 후원에 깊은 감사와 사랑을 보냅니다. 자칭 조수인 너그러운 주디 그레이브에게 진

심으로 큰 감사를 드립니다. 당신 같은 친구를 가지다니 난 정말 운
좋은 작가입니다.

나의 초기 독자들인 에이미 베일리 올과 스테이시 칼에게 감사
드립니다. 당신들의 조언과 편지는 정말 값졌습니다. 그리고 에이
미, 당신은 최고의 글쓰기 동반자예요.

고맙게도 저를 초대해주시거나 제 책을 홍보해주신 모든 서적
판매인들과 블로거들, 북클럽들에게도 감사드립니다. 아주 흥분되
는 동시에 영예로운 일이었습니다. R클럽의 캐시 오네일과 페어뷰
요양원에 감사의 마음을 전합니다. 특히 친절하고 열정이 넘치는
마릴린 터너와 언제나 빛나는 영혼을 가진 내 친구 도로시 실크에
게 감사드립니다.

글쓰기가 나에게 주는 특별한 선물은 줄리 로손 팀머와 에이미
수 나단 같은, 새로운 독자이자 작가인 친구를 사귈 수 있다는 것입
니다. 켈리 오코너 맥니와 에이미 올과 함께 위험과 축배를 함께 나
눌 수 있었던 덕분에 나는 심리치료를 받을 필요가 없었습니다.

그리고 친애하는 독자, 저를 믿고 제가 당신에게 이야기를 들려
줄 수 있도록 귀중한 시간을 내어준 당신께 감사드립니다. 보잘것
없는 나는 영예를 느낍니다. 그리고 마음 깊은 곳에서 우러나는 감
사를 전합니다.

마지막으로, 용서에 관한 책을 쓴 데 대해 미안하다는 말을 하지
않는다면 그건 무책임한 행동일 것입니다. 미안합니다. 진심으로.

옮긴이 **최유리**

경상남도 사천에서 태어났다. 진주 제일여고를 나왔고,
서울대학교 미학과를 졸업했다.
아름드리미디어에서 출간된 《부처와 아침》 교열자로 시작해,
《메타 마우스》, 《첫 번째 법칙》을 번역했다.

달콤한 용서

1판 1쇄 2016년 6월 13일

지은이 로리 넬슨 스필먼
옮긴이 최유리
펴낸이 조경숙
펴낸곳 아름드리미디어
출판등록 1998년 7월 6일 제10-1612호

주소 10881 경기도 파주시 문발로 214-12
대표전화 031-955-3251
팩스 031-955-3271
이메일 arumdrimedia@gmail.com

ISBN 978-89-98515-18-8

이 도서의 국립중앙도서관 출판예정도서목록(CIP)은 서지정보유통지원시스템 홈페이지
(http://seoji.nl.go.kr)와 국가자료공동목록시스템(http://www.nl.go.kr/kolisnet)
에서 이용하실 수 있습니다.(CIP제어번호: CIP2016012725)